JAZMÍN.

SUE SWIFT
EN BRAZOS
DEL JEQUE

Editado por Harlequin Ibérica.
Una división de HarperCollins Ibérica, S.A.
Avenida de Burgos, 8B - Planta 18
28036 Madrid

© 2024 Harlequin Ibérica, una división de HarperCollins Ibérica, S.A.
N.º 569 - 12.1.24

© 2003 Susan Freya Swift
En brazos del jeque
Título original: In the Sheikh's Arms

© 2003 Renee Roszel
En brazos de un seductor
Título original: Surrender to a Playboy

© 2003 Susan Lute
Una vida perfecta
Título original: Oops...We're Married?
Publicadas originalmente por Harlequin Enterprises, Ltd.
Estos títulos fueron publicados originalmente en español en 2003

I.S.B.N.: 978-84-1180-606-0
Depósito legal: M-32145-2023
Impreso en España por: BLACK PRINT
Fecha impresión para Argentina: 10.7.24
Distribuidor exclusivo para España: LOGISTA
Distribuidor para México: Distibuidora Intermex, S.A. de C.V.
Distribuidores para Argentina: Interior, DGP, S.A. Alvarado 2118.
Cap. Fed./Buenos Aires y Gran Buenos Aires, VACCARO HNOS.

CON RABIA, Rayhan ibn-Malik aceleró su Land Rover y, lanzando nubes de polvo al abandonar el Double Eagle, su rancho texano, entró por el portón abierto de la propiedad de los Ellison.

Nada había cambiado en el C-Bar-C desde que Rayhan firmase la engañosa escritura y comprase el Double Eagle.

No había ningún signo de escándalo en las amplias praderas, ni indicación del abundante petróleo que bullía bajo la superficie del pacífico rancho; ninguna pista revelaba la riqueza que Rayhan pensó haberle comprando a Charles Ellison ni señalaba el botín que el viejo le había prometido.

El C-Bar-C parecía estar tan apacible y bien administrado como siempre. En el horizonte se veían las torres y las bombas de petróleo, con su constante balanceo. Una hilera de árboles seguía el curso del arroyo que serpenteaba entre las dos propiedades. Ordenados corrales encerraban el ganado de los Ellison.

A Rayhan se le aceleró el corazón al acercarse a la vivienda. Hacía apenas unos días se había sentado en la galería de aquella blanca casa, bebido cerveza y firmado los documentos, creyendo que Charles Ellison era su amigo.

La rabia le retorció las entrañas. Para ser justo, la culpa no era enteramente de Ellison. El hecho de que Rayhan hablase mal el inglés y tuviese un abogado incompetente seguramente habían contribuido a la debacle... en parte.

Pero solo en parte.

Rayhan dio un volantazo para esquivar el parterre de césped en medio del amplio camino de grava, lanzando una lluvia de guijarros con las ruedas del coche. Clavó los frenos y el Land Rover se detuvo de golpe.

Como si lo esperase, Ellison se hallaba en la galería. La expresión de su rostro no se podía distinguir en la sombra.

Rayhan se bajó del jeep y lo cerró dando un portazo.

—¡Me engañó! —acusó al ranchero directamente, sin motivo para censurar sus palabras.

Ellison sonrió, pero el rictus de sus labios no era de triunfo.

—La próxima vez, leerás mejor lo que firmas, niñato —le dijo en tono condescendiente—. Te ha costado poco aprender la lección. Nunca te embaucarán otra vez.

Rayhan se ruborizó. Niñato. Con veinte años, no necesitaba que nadie le recordase su inexperiencia.

—¿Otra vez? ¿Cuándo? Esta transacción sin valor me ha dejado sin un dólar.

—Compraste un magnífico rancho y un rebaño de hermosas reses Hereford por añadidura.

–¿Vacas? –exclamó Rayhan con desprecio–. Vacas, pero nada del petróleo que hay en el subsuelo.

Sin el petróleo que deseaba, Rayhan no tendría nada que enseñarle a su familia en Adnan. Ninguna forma de demostrarle a su padre, el rey, que era digno del puesto de gobierno que deseaba. Al ser uno de los hijos menores, hacía tiempo que había aceptado que nunca gobernaría, pero anhelaba el poder, la responsabilidad y el respeto que creía merecer por su cuna y su educación.

–Aunque quisiese, no podría venderte los derechos de explotación del mineral. Le pertenecen a ella –dijo el viejo Ellison y señaló con la cabeza el parterre de césped frente a la casa.

Rayhan no se había dado cuenta de que una niña jugaba con una camada de cachorrillos, arrodillada en la hierba. Tenía el cabello rubio partido en dos coletas mal hechas y el peto rosado manchado de verde. Su apariencia descuidada lo sorprendió. Una legión de niñeras se había ocupado siempre de que sus hermanas estuviesen inmaculadas. ¿Aquella granuja era de veras una rica magnate?

–¿El petróleo es de ella? –preguntó Rayhan, intentando contener su rabia y su sorpresa.

–Mi hija, Camille –dijo Ellison con evidente orgullo. Bajando los escalones del porche, pasó junto a Rayhan, que seguía de pie en el sendero de grava. Acercándose a la niña, prosiguió–: Esta tierra le perteneció a su madre, por eso se llama C-Bar-C, por los Cromwell. Mi mujer le dejó todo a Cami. Yo lo administro, por supuesto. Según los términos del testamento, puedo vender la tierra, pero no los derechos de explotación del petróleo. Cuando sea mayor de edad, todo esto le pertenecerá a ella.

Rayhan le clavó la mirada a la niña de rubio cabello. Levantando la cabeza, ella lo miró con los grandes ojos azules muy abiertos.

«Suerte que las niñas se convierten en vulnerables mujeres», pensó él, recordando la letra de una vieja canción. Sonrió. Todo sería de ella, había dicho Ellison.

«No, viejo, no. Todo será mío».

CAMI Ellis, frente al espejo del cuarto de baño, cepillaba con irritación su largo cabello. Se lanzó una mirada de rabia, como si con ello pudiese eliminar el grano que le había salido en la barbilla. ¡Todavía tenía espinillas, como si tuviese trece años en vez de veinte!

Dejó caer el cepillo con estrépito, se puso protector solar en el rostro y se tapó la roncha con maquillaje. Trenzó su pelo, lo sujetó con una goma color púrpura y abrió el armario para mirar su contenido.

Una extraña inquietud la consumía. Quería que sucediese algo, lo que fuese. Sabía que su padre viudo la había consentido sin remedio, pero, después de pasarse un año fuera, en la universidad, Cami se sentía enjaulada en la rutina con él en el rancho C-Bar-C.

Desde su vuelta de San Antonio, provista de nuevos conocimientos, se había pasado todos los días ocupándose de la administración del rancho. Si hoy no salía de la casa, comenzaría a golpearse la cabeza contra la pared.

No sabía lo que quería. Quizá una buena cabalgata la librase de la tensión que le retorcía las entrañas como un muelle, lista para saltar con una ansiedad que nunca había sentido antes y de la que no sabía cómo librarse.

Se puso un sujetador deportivo y una camiseta color rosa que metió en la cintura de los vaqueros elásticos. Ajustó el cinturón con adornos de metal y, calzándose un par de gastadas botas vaqueras, agarró el viejo sombrero Stetson que colgaba de un gancho sobre el escritorio. No le apetecía sentarse a desayunar con su padre. La idea de conversar banalidades mientras tomaba café con tostadas le dio deseos de gritar. Se escabulló sin que la viesen.

Al atravesar la puerta de la cuadra, los olores y la tibieza del lugar la calmaron. Se paseó lentamente por el pasillo central, saludando a todos sus amigos, hasta que se detuvo frente a su compañera, Sugar. Sugar, una yegua baya de crines rubias, era su montura desde que se hizo demasiado mayor para ir en su poni, Funnyface. Cami le abrió la puerta y, tomándola del cabestro, la hizo salir. Ella le apoyó el largo morro en el hombro y resopló, su forma de saludarla todos los días. Riendo, Cami la llevó a ensillarla.

Unos minutos más tarde galopaban por los campos del C-Bar-C. Se veía a lo lejos una hilera de arbustos y árboles, gris verdosa y polvorienta. Cami recordó que su follaje escondía un arroyo serpenteante, límite entre el rancho de su padre y el Double Eagle, donde criaba caballos Ray Malik. Se decía en McMahon, el pueblo, que los caballos árabes de Malik, apreciados como yeguas y sementales, habían ganado numerosos premios, incluyendo una medalla olímpica.

Aunque eran vecinos desde hacía diez años, a Cami nunca le habían presentado a Ray. Su padre, amigo de casi todo el mundo, siempre había guardado las distancias con Ray Malik. Nunca le había comentado los motivos a Cami, y ella, que respetaba los sentimientos de su padre, tampoco se lo había preguntado.

Yegua y jinete penetraron la sombra moteada de los algodoneros que bordeaban el arroyo. Cami le dio rienda suelta a Sugar, que se acercó a una poza y bebió. Desmontando, Cami se apoyó contra un árbol para estirar las piernas Aunque era una experta jinete, llevaba sin montar desde su última visita a casa y estaba tensa.

A través de las ramas, divisó algo blanco que se movía con la brisa. Alargó el cuello para ver mejor, acariciando inconscientemente las crines de Sugar.

Un jinete en un gran caballo tordo penetró el bosquecillo junto al arroyo. Al ver el *gutra* blanco con el que el hombre se cubría la cabeza, Cami se preguntó quién llevaría un atuendo tan estrafalario. Mientras una parte de ella pensaba con cinismo que él parecía escapado de una película de Rodolfo Valentino, su espíritu romántico se despertó al ver el blanco tocado árabe ondeando en la brisa. Permanecieron escondidas tras un grupo de arbustos.

Él había detenido al hermoso tordo entre los algodoneros, permitiéndole que se refrescase. Desmontó y, quitándose el gran pañuelo y la camisa blanca, se quedó en botas y pantalones de montar color beige. Su cuerpo, lustroso por el sudor, brillaba a la dorada luz de la mañana.

Cami sintió que el aliento se le atragantaba. Se quitó el Stetson y se abanicó con él. No era la primera vez que veía el torso desnudo de un hombre, por supuesto, pero ninguno de sus compañeros de clase le había resultado tan... hermoso.

Seguramente aquel hombre era Ray Malik, su misterioso vecino. Los años de duro trabajo criando y adiestrando purasangres se notaban en sus amplios hombros y firmes pectorales. El árabe se hincó junto al arroyo, salpicándose con el agua fresca. Cuando sacudió la cabeza, su cabello semilargo disparó gotas que relucieron en arcos diamantinos.

¿Cómo sería tocarlo?, se preguntó Cami. Nunca había acariciado el torso desnudo de un hombre. Se imaginó recorriendo aquellos músculos con las yemas de los dedos, dándole la vuelta a aquellos oscuros pezones. Su mano se tensó involuntariamente en las crines de Sugar. La yegua se movió, delatándola al dar un resoplido.

El hombre se enderezó de golpe. Su mirada se clavó en la de ella con la actitud de un jeque que elige a una esclava para pasar con ella la noche. Luego le sonrió, indicándole a Cami con un gesto que cruzase el arroyo y se acercase.

Ella titubeó, consciente de la actitud distante que su padre mantenía con Ray. Sin embargo, Charles Ellison nunca le había dicho que se apartase de él, ni prohibido que pise el Double Eagle. Y ella siempre había sentido curiosidad por conocer a Ray Malik. Lo había visto en alguna ocasión en McMahon o en el rancho, montando alguno de sus magníficos purasangres. Había oído rumores de lo más fascinantes con respecto a él. Los más disparatados decían que era un príncipe árabe exiliado por cuestiones políticas. Otros, que había sido un espía, retirado a aquel tranquilo rincón de Texas. Algunos chismorreaban sobre sus conquistas, aunque ninguna de las mujeres exóticas que supuestamente se llevaba a la cama había aparecido por McMahon.

Bien, ella había deseado que algo sucediese... y allí lo tenía. Recordó un viejo proverbio: «Ten cuidado con lo que deseas... puede que lo consigas».

Agarró las riendas de Sugar y volvió a montarla. Chasqueando la lengua, la guió hacia un estrecho vado y la hizo cruzar.

Se ruborizó, pero no supo cómo esconder su vergüenza. Aquel atractivo hombre la había pillado espiándolo. Un hombre mayor que ella, que irradiaba sensualidad y experiencia. Se sintió joven e inexperta a su lado. Sin embargo, deseaba suscitar su interés, demostrar que podía atraer a hombres más maduros que los chicos con los que había salido en el instituto y la universidad.

Sabía que estaba jugando con fuego. Se daba cuenta de que un hombre tan guapo como Ray Malik probablemente pretendiese algo más que una conversación agradable con una mujer que flirteaba con él. Se dijo que no le prometería nada que no estuviese dispuesta a darle.

Aunque deseaba su atención, no sabía cómo

conseguirla, y fijó la mirada en el espacio entre las orejas de Sugar, el agua brillante que despedían los cascos de la yegua... en cualquier lado con tal de evitar la mirada oscura y penetrante de Ray.

Sugar llegó a la orilla del arroyo y subió a ella. Cami detuvo su montura junto a la de Ray y lo miró. Los profundos y castaños ojos de él brillaban de travieso humor. Ella se hallaba lo bastante cerca como para oler el perfume masculino, una loción de afeitar que sugería misteriosos zocos y exóticos puertos.

Ninguno de los cuales conocía, muy a su pesar, pensó Cami. Era un total cero a la izquierda. ¿Cómo podía interesarle a un hombre como Ray Malik? Carraspeó.

–Hola –dijo como una pazguata–. Soy Cami, y esta es Sugar.

Él sonrió. Sus dientes, parejos y blancos, contrastaron con sus oscuras mejillas. Tenía la piel color miel y una boca hermosa, con labios ni demasiado gruesos ni demasiado finos y delicadamente perfilados. Cami sintió una sensación extraña en el estómago.

–Sé quién eres, Camille Cromwell Ellison. Y conozco a tu Sugar. Es una hermosa yegua. Tiene muy buen linaje –acarició el cuello del animal, que respondió con un amistoso resoplido.

–¿Cómo lo sabes? –preguntó Cami con sorpresa.

–Lo sé todo sobre ti.

–¿Por qué? ¿Cómo? –volvió a preguntar ella, que casi se cayó del caballo–. Nadie puede saberlo todo sobre una persona.

—Llevo muchos años observándote.

Cami debería haberse ofendido cuando él reconoció haberla espiado, pero ¿acaso no hizo lo mismo ella cuando lo vio refrescándose con el torso desnudo?

—¿Por qué?

—Me cuesta trabajo no interesarme en una hermosa joven, especialmente si monta casi tan bien como lo hago yo.

Cami lanzó una exclamación ahogada. La sonrisa masculina se le reflejaba en los ojos, divertidos. Hubiese jurado que él se estaba burlando de ella, pero ¿por qué?

—No lo digo por insultarte. Te estoy tomando el pelo.

¿Qué era lo que pretendía aquel hombre?

Él se dirigió a la pila de ropa blanca que había dejado en la orilla, donde se la había quitado. Se puso la camisa y no se la abrochó, dejando el pecho al descubierto, y luego se acomodó el *gutra*. Los músculos se le marcaron bajo la piel ámbar y satinada.

—¿Por qué te pones eso en la cabeza? —le preguntó Cami, y se apartó la camiseta del cuerpo para refrescarse.

Él se encogió de hombros.

—A veces, echo en falta mi país, así que me visto con el atuendo de mi gente. Es muy cómodo. Si te envuelves bien en él, el *gutra* te protege del polvo. ¿Has llevado alguno alguna vez?

—No —no.

Él agarró las riendas de su caballo y montó con un ágil y elegante movimiento.

Cami tuvo que reconocer que ella nunca había sido capaz de hacerlo así de bien.

—Bonito tordo. ¿Es uno de tus caballos árabes?

—No te he dicho quién soy —dijo él, con una sonrisa maliciosa.

—Tú no eres el único que conoce los alrededores. Eres Ray Malik, crías purasangres en el Double Eagle.

—Ah, así que lo sabes todo sobre mí —dijo Ray, esperando que no fuese así. Si su padre la había envenenado con historias de la rabia de Ray por el engaño del petróleo, nunca podría concretar su venganza, largamente planeada.

Según pasaban los años, Rayhan había tenido cuidado de evitar a Charles Ellison. No quería que Ellison tuviese ningún motivo para hablar de su vecino con su hija. Desde su desastrosa compra, Rayhan no había hecho nada más llamativo que criar caballos y viajar.

Intentando cambiar el curso de la conversación, recordó un cumplido que siempre funcionaba bien con las mujeres.

—Montas muy bien tu yegua. ¿Has competido alguna vez?

Al verla ruborizarse y agachar la cabeza, Ray se preguntó qué pasaba con los hombres americanos. Aquella hermosa joven se comportaba como si nadie la hubiese halagado nunca. Imposible. Ridículo. Sin embargo, a Rayhan le gustó su modestia. La camiseta y los vaqueros de ella revelaban un sinuoso cuerpo femenino. Seguía teniendo el cabello rubio, una melena que brillaba como un halo a la luz de la mañana y que llevaba sujeta en una larga trenza que le pendía sobre un pecho, rozándolo. Envidiaba aquella trenza. Sonrió. La granujilla se había convertido en una princesa. La venganza sería verdaderamente dulce.

—Sí —respondió ella—. Sugar y yo competíamos antes de que me fuese a la universidad en San Antonio. No tengo tiempo de montar cuando estoy en la universidad.

—San Antonio es una bonita ciudad. ¿Qué estudias?

Cami abrió los ojos y sus manos se tensaron en las riendas, sacudiéndolas. Por algún motivo que Rayhan no pudo identificar, la pregunta pareció asombrarla. La yegua giró la cabeza y la miró.

—Ten cuidado —le dijo él—. Montas bien, pero a ella no le gustan los movimientos bruscos.

—Ya lo sé. Lo que pasa es que me sorprendiste con tu pregunta sobre mis estudios.

—Como te he dicho, no es raro que un hombre se interese por una joven hermosa, particularmente si ella es su vecina.

—Antes no demostraste ningún interés.

—Eras demasiado joven. A vosotros, los americanos, no os parece bien que un hombre sea amigo de una niña.

—Supongo que tienes razón —rio ella—. Pues, en respuesta a tu pregunta, estudio Administración de Empresas, con especialidad en petróleo.

—Entonces, ¿sabes lo que quieres hacer?

—Oh, quiero quedarme aquí —dijo Cami con decisión—. El C-Bar-C es mi hogar. Yo llevaré las riendas del negocio familiar. Hace años que ayudo a mi padre.

–¿Y si te casaras? –le preguntó él, manteniendo la voz neutra.

–¿Qué? Lo único que puedo decir es que será mejor que a mi esposo le guste Texas.

Rayhan decidió que le gustaría Texas el tiempo suficiente como para conseguir a quien quería. Sonrió.

–Entonces, es una suerte que me guste Texas.

El rostro de Cami reflejó confusión antes de que ella lograse esbozar una sonrisa nerviosa. Rayhan decidió que sería mejor no ir tan rápido.

–¿Cómo haces para saltar a la montura de esa forma? Sugar no me deja –le preguntó ella, cambiando de tema e indicándole que quería ir más despacio.

De acuerdo, lo haría. Si podía.

–Es fácil, pero tu caballo tiene que estar preparado para el peso repentino. Prueba montar a Kalil –dijo él, bajándose de la montura.

–¡Vaya!, gracias –exclamó Cami, desmontando. Se acercó a Kalil y le acarició el morro–. Es precioso. ¿Lo las criado tú?

Se había acercado y estaba a centímetros de Rayhan, que inhaló su delicada fragancia, natural, que le recordó el viento y el cielo, el color de sus ojos. Acostarse con ella no sería ninguna tarea desagradable. Con esfuerzo, Rayhan se recordó que su objetivo era la venganza, no el placer. Volvió a la conversación, arrancándose de sus pensamientos. ¿De qué estaban hablando? Ah, sí, Kalil.

–Sí, es uno de mis purasangres. Me di cuenta pronto de que no sería adecuado para semental, así que lo castré y se ha convertido en mi montura favorita.

–Pobre Kalil.

–Tú sabrás que los sementales son muy malas monturas –rio él–. Son demasiado salvajes e inquietos. No te gustaría, por ejemplo, montar a Karim, mi semental. Te desmontaría en cuestión de segundos.

–Karim y Kalil. ¿Qué significan esos dos nombres?

–Karim significa «noble» y Kalil es «amigo íntimo».

–Qué bonito –dijo Cami, fascinada. La realidad de Ray Malik era mejor que lo que indicaban los rumores sobre él. Era guapo, agradable y le había dicho directamente que estaba interesado en ella, sin rodeos. Le gustó eso, lo prefería a los juegos, y odiaba el engaño.

–Intenta saltar a la montura. El truco está en utilizar la fuerza de los muslos.

Cami miró al caballo. Estaba segura de que Kalil se comportaría bien, pero era un animal alto, más de dos metros hasta la cruz. Aunque ella no era baja, no estaba segura de poder saltar a la montura con la gracia de Ray. Ahora que él había manifestado su interés por ella, no quería arruinarlo todo cayéndose sobre el trasero en el lodo del arroyo.

–Quizá en otro momento.

–¿Eres miedica?

Cami lanzó una risilla. La frase infantil parecía incongruente proviniendo de los labios de Ray.

—¡Claro que no!

—¡Claro que sí! —dijo él, apoyándose contra Kalil y mirándola con los ojos entrecerrados.

Ojos de dormitorio. Eso era lo que Ray tenía: ojos de dormitorio. Cami nunca había comprendido del todo aquella expresión hasta aquel momento, cuando la ardiente mirada masculina se cruzó con la de ella. Apartó la suya con esfuerzo e intentó no perder la compostura.

—Eres... eres ridículo... ¿cómo te atreves? Puedo hacer todo lo que haces tú y mejor.

—Bien, entonces, ¿por qué no probamos algo menos difícil, pero quizá más emocionante?

Ella se dio la vuelta y lo miró a los ojos. Él estaba lo bastante cerca para tocarlo, con su amplia camisa abierta, mostrando el musculoso torso. Era la virilidad personificada. Demasiado cerca, demasiado rápido. «Cami, no prometas lo que no puedes dar». Retrocedió un paso, inspirando aire, nerviosa. Craso error. El aroma masculino la hizo acercarse. Luchó contra las feromonas de él y contra sus propios instintos.

Cuando Ray sonrió, cautivándola y le pasó un dedo largo y elegante por la línea del mentón, a Cami le cosquilleó la piel. Cerrando los ojos, inhaló, sintiendo un exquisito placer al percibir la exótica esencia masculina y la reacción de su propio cuerpo ante ella. Ray había logrado convertirla en una temblorosa masa de sensaciones con solo un roce. ¿Cómo lo habría hecho? Antes la habían tocado, pero ningún hombre había logrado excitarla de aquella manera. Con un ligero roce del dedo, Ray había logrado que las apagadas brasas de su feminidad se convirtiesen en un incendio. Los pezones presionaron contra el sujetador y no necesitó bajar la mirada para ver lo que había sucedido. Ardiente de deseo como estaba, se moriría de vergüenza si Ray se diese cuenta. Por un lado deseaba marcharse, pero no podía renunciar al desafío que Ray le había hecho. Lo miró.

Los ojos de Ray se dirigieron a la boca femenina, deteniéndose allí.

–¿Has besado alguna vez a un hombre sobre una montura? –le preguntó él.

CAPÍTULO 2

DESDE luego que sí.
Rayhan sintió que la rabia lo invadía. Lo enfadaba que otro hombre hubiese tocado a su princesa texana. Ella le pertenecía. Se controló, recordándose que ella era americana y que muchas jóvenes eran promiscuas en sus relaciones. Probablemente ella había realizado el acto sexual sobre la montura, pensó asqueado. Se le hizo un nudo en la tripa. ¿Sería capaz de casarse con una mujer así, por más que lo hiciese para apoderarse de la fortuna que se merecía? Su honor se hallaba en juego. La venganza le propiciaría un gran placer, pero atarse a un producto de segunda mano le causaba repulsión. Miró a Cami.

–Cuando era pequeña, mi padre me sentaba frente a él y cabalgábamos todas las mañanas –dijo ella con expresión soñadora.

Ray se tranquilizó. Ella había recibido el cariño de su padre sobre la montura, no se había acostado con un equipo de fútbol de la universidad.

–Se me había ocurrido algo más... estimulante. Monta a Sugar, que te lo demostraré –y montándose en Kalil, hizo que este se colocase junto a la yegua.

Cara a cara con Cami, que se encontraba nuevamente sobre Sugar, Rayhan vio una expresión de
femenino interés en los ojos de ella. Tomando aire,
soltó las riendas de Kalil. El caballo se mantuvo
inmóvil como una roca. Ray sabía que se arriesgaba a espantar a su presa. Aunque sabía que no
debería presionarla, no pudo resistirse a la abierta
curiosidad de la mirada de ella.

–Cami –le dijo, acariciándole la mejilla, suave y
tierna como los pétalos de una rosa del desierto.

Los labios de ella se entreabrieron y él sintió
que ella estaba dispuesta y anhelante. Inclinándose, le rozó los labios con los suyos. Estaban húmedos y dulces. Y ella le devolvió la caricia con
inconfundible inocencia. ¿Era posible que hubiese
permanecido incólume? El corazón se le aceleró al
pensar en ello. Deseaba más y lo tomó.

Cami sintió que el mundo le daba vueltas. Alargó
las manos y se agarró a la pechera abierta de la
camisa de Ray, buscando el equilibrio. Pero en lo
más profundo de su corazón supo que él no le ofre-
cería equilibrio, sino, por el contrario, una vida
con todas las complicaciones de la emoción. Ella
había crecido rodeada del afecto de su padre, pero
lo que anhelaba ahora era otro tipo de amor: el torbellino de la pasión de un hombre poderoso y sexy.
Para conseguir a Ray, sería capaz de cruzar Texas
descalza. Tiró de la camisa para acercarse más
cuando él profundizó el beso.

Ray le rozó la barbilla con el pulgar, urgiéndola
a que abriese la boca, y luego la penetró con la lengua.

Después del sobresalto inicial, el fuego que ella llevaba dentro se acrecentó. Sabía que lo que hacía estaba mal, que era una locura, que Ray no era el hombre adecuado para ella. Le exigiría más de lo que ella, una virgen, estaba dispuesta a darle a un hombre antes de que este le pusiese una alianza en el dedo. Y, sin embargo, un beso de Ray había hecho que ella se cuestionase hasta sus más profundas creencias.

Los labios masculinos se curvaban sensualmente alrededor de los de ella, y la lengua de él bailó dentro de su boca. Aunque la habían besado antes, Cami nunca había sentido aquello. Nunca le había gustado que los chicos la baboseasen. Pero Ray... Ray era diferente. No era vacilante ni baboso.

Detenerse era imposible ya. Y continuar... continuar estaba mal, mal, mal. Si no paraban, permitiría que Ray la arrastrase en una alfombra mágica de pasión y se entregaría a él en la ribera del río.

Sugar hizo una cabriola hacia atrás, resoplando. Cami se dio cuenta de que le había comunicado su indecisión a la sensible e inteligente yegua.

–*Azhi* –exclamó Ray, parpadeando.

–Si con ello quieres decir : «¡Cielos!» en árabe, estoy de acuerdo contigo. Eso sí que ha sido un beso.

Él asintió lentamente con la cabeza, y la expresión de sus ojos sensuales fue la de un predador decidido. Volvió a alargar la mano para agarrarla.

Era ahora o nunca. Cami se humedeció los labios y se separó de él, apartándose de la tentación que le ofrecía.

–Yo, ejem, creo que tengo que decirte que yo no hago... eso.

–¿Qué, besar a un hombre? –preguntó él, soltándola. No parecía sorprendido; en realidad, parecía que sabía por la inquietud de Cami que ella no era muy experimentada.

La vergüenza hizo que todo su cuerpo se encendiese de calor.

–Ya sabes... eso.

–¿Eso? –le preguntó, aparentemente intrigado.

«¡Dios Santo!», pensó ella. «¿Se lo tengo que decir todo, con pelos y señales?». Luego, recordando las diferencias entre sus culturas y sus lenguajes, llegó a la conclusión de que probablemente sí. Tragó e hizo un esfuerzo para ser totalmente clara y honesta.

–No me acuesto con hombres así como así.

–Es un alivio –dijo él tras un a pausa, de forma tan clara y honesta como ella–. Ese beso sería menos especial si lo hicieses. ¿Qué edad tienes, Cami, veinte? Recuerdo lo que sentía al tener tu edad.

–Hablas como si fueses un viejo. Tengo diecinueve.

–Yo tenía veinte cuando vine a Texas hace una década –dijo él, con un rictus amargo, como si lo molestase recordarlo.

–¡Vaya! Entonces, ¿tienes treinta? ¡A papá le dará un patatús!

–Tienes razón –dijo Ray, que pareció volver a

elegir sus palabras con cuidado–. Quizá tu padre no me apruebe.

–¿Por qué no?

–Soy mucho mayor que tú. A decir verdad, no debería estar contigo en absoluto –dijo, haciendo girar al caballo como si fuese a marcharse.

–¡Espera! –dijo Cami, interceptándole el camino con la yegua–. Mira, yo soy una adulta. Mi padre sabe que yo me veré con quien quiera.

–Lo que pareces es una hija muy desobediente. Eso no está bien. No querría causar una ruptura en tu familia –dijo él, arrugando la nariz en un cómico gesto de desaprobación.

–Mira, no voy a hacer nada malo –dijo ella, sonriendo–. Ya te lo he dicho, yo no... ya sabes.

–¿Tú tomaste esa decisión a pesar de que otras chicas, ejem, lo hacen?

–Cuando estaba en el instituto, mi padre me vigilaba bastante y me hizo prometerle que no lo haría hasta que cumpliese los dieciocho. Me dijo que cuando me fuera a la universidad sería una adulta y podría tomar mis propias decisiones. Y cuando llegué a la universidad y vi todas aquellas chicas acostándose con unos y con otros, me di cuenta de que no eran felices. Algunas se quedaron embarazadas y tuvieron que abortar. Otras pescaron enfermedades venéreas. Y otras dejaron la universidad porque estaban tan ocupadas con sus novios que no iban nunca a clase.

–Entonces, ¿tú decidiste no...? ¿Cómo puedo decirlo? ¿No seguir su ejemplo?

–Exacto –dijo ella, asintiendo con la cabeza.

–Creo que eres una mujer muy inteligente, Cami Ellison –dijo Ray, que no podía estar más satisfecho. Seguro de que la seduciría, ahora sabía que ella sería un límpido vehículo para su placer.

La miró nuevamente, observando los detalles que se había perdido antes. Un decidido y pequeño mentón, una boca firme. Ambos indicaban una fuerte voluntad. Aquella mujer no sería fácil, pero valdría la pena invertir todo el esfuerzo que le llevaría ganarla. Ray llevaba suficiente tiempo en Norteamérica como para que le comenzasen a gustar otro tipo de chicas, no solo las pequeñas y morenas, como las de Adnan. Era una princesa texana, alta, fuerte, inteligente e intacta. Era perfecta.

Sorprendido, Rayhan se dio cuenta de que no se le había ocurrido antes que pudiese llegar a desear a la hija de Ellison. Pero eso no importaba. La tendría como fuese. La había testado insinuando que su padre podría no aprobar su relación; ella había reaccionado con una demostración de independencia. Cami estaba dispuesta a enfrentarse al desagrado de su padre. Estaba lista.

–¿Cuándo te volveré a ver? –le preguntó, con la voz extrañamente ronca. Carraspeó.

–Me estás viendo ahora –dijo ella, pestañeando.

–¡Qué pena no poder entretenerme contigo todo el día! –miró el reloj–. Tengo que administrar un rancho. Pero esta noche... esta noche es otra cuestión. ¿Te gusta bailar?

–Claro.

–¿Conoces el Dancin' Nancy's, en McMahon? Vamos esta noche, a eso de las nueve.

Cami sonrió, entusiasmada, prácticamente bailando en la montura. Sus movimientos sobresaltaron a Sugar, que volvió a lanzarle una mirada.

¡La había invitado a salir! ¡Tenía una cita! Haciendo un esfuerzo, Cami volvió a la realidad, recordando su espinilla y su guardarropa. En unos días, el granito habría desaparecido y además, tendría oportunidad de ir de compras.

—¿Qué te parece, ejem, el sábado?

—Preferiría verte antes, pero el sábado también está bien —esbozó una sonrisa maravillosa y se despidió—. Hasta el sábado a las nueve, entonces.

Afortunadamente para Cami, su salón de belleza en San Antonio le compuso el rostro. Ataviada con un nuevo vestido de algodón con escote fruncido, el bajo de volantes y un cinturón ajustándole la cintura, se sentó ante la barra del Dancin' Nancy's el sábado por la noche. Ray había dicho a las nueve, pero Cami, nerviosa e impaciente, llegó antes. Se tomaría una gaseosa y bailaría una o dos piezas para calmarse antes de que él apareciese.

Marcó el ritmo con sus botas de vestir favoritas de piel de vaca con manchas blancas y negras. La barra, como una gran rosquilla, ocupaba el centro del local. A un lado había unas mesas de pool iluminadas por lámparas Tiffany. Vaqueros y obreros de los campos de petróleo jugaban y tonteaban a su alrededor.

Una banda de música country tocaba en un escenario en el lado opuesto del recinto. Una pista de baile, donde Nancy daba clases, ocupaba la zona entre el escenario y el bar. Las luces se reflejaban en una bola de espejos que giraba en la pista, a la que rodeaban mesas y bancos.

Cami iba al Dancin' Nancy's desde que era adolescente. Ahora, sentada ante la barra, oía el ruido de la conversación mientras pensaba en Ray Malik. Tuvo que reconocer que no había pensado en nada más durante días. Deseaba que él la tocase, ansiaba sus besos a todas horas del día. Y, cuando dormía, soñaba con amarlo. Contemplado las burbujas que subían en su gaseosa, se dio cuenta de que sabía poco o nada de aquel misterioso hombre.

No era americano, tenía treinta años, criaba caballos magníficos. Y punto.

Era la persona más fascinante que había conocido en su vida y quería saber más de él. De repente, como si fuese el eco de sus pensamientos, oyó que lo nombraban. Sorprendida, levantó la mirada de su vaso.

A poca distancia de ella, del otro lado de la barra, dos mujeres hablaban de Ray, sus voces apenas audibles por encima de la música. Cami titubeó. Luego, agarrando su vaso, se cambió a dos asientos más cerca. Quedaba de espaldas a la puerta y no podía ver quién entraba, pero las oía perfectamente.

–... la puso en un avión en Houston y no se supo más de ella –dijo una de ellas, una pelirroja con un top de lentejuelas.

–¿A una supermodelo? –preguntó su compañera, abriendo mucho los verdes ojos–. ¿Así como así? –chasqueó los dedos.

Cami se quedó de piedra. ¡Caramba, aquel hombre tiraba a las mujeres a la basura como si fuesen botes de gaseosa vacíos! Estiró el cuello para oír más, pero, al percatarse de ello, una de las cotillas le dio la espalda, bajando la voz. No le importó. Ya había oído lo suficiente». ¡No prometas lo que no vas a dar!», repitió para sí. De repente, la puerta tras ella se abrió y sintió una corriente de aire.

Ray había llegado.

Cami giró la cabeza cuando él se deslizó en el asiento a su lado. El corazón femenino le latía en el pecho como el batir de las alas de un pájaro. Del otro lado de la barra, las cotillas se callaron. Cami no pudo resistir lanzarles una sonrisita de triunfo antes de concentrarse totalmente en Ray.

Aunque llevaba vaqueros y una camisa de percal como la mayoría de los hombres del bar, Ray llamaba la atención. Por encima del cuello de su camisa inmaculada y sin una arruga, se le ensortijaba el pelo húmedo, recién lavado. Cami sintió su exótico perfume cuando él se inclinó hacia ella para hablarle.

–Hola, Cami –le susurró él al oído y, agarrándole un rizo de pelo, jugueteó con él–. Me gusta que lleves el cabello suelto. Parece tan... alborotado y libre.

A Cami se le secó la boca. Tragó, esperando que él hubiese captado su mensaje cuando hablaron la última vez. Le hacía sentir deseos de ser libre, libre y desenfrenada, aunque a su propio ritmo. ¿Era eso coherente? Probablemente no, pero le daba igual.

Ray apoyó sus antebrazos en la barra, mostrando sus muñecas. En una de ellas llevaba un reloj de oro de aspecto caro.

Eso era bueno, pensó Cami. Significaba que él tenía dinero y no iba tras el C-Bar-C. Cuando cumplió catorce años, su padre comenzó a advertirle sobre los chicos que intentarían conquistarla por su rancho. Al ver las fuertes manos de Ray, recordó la sensación de aquellos largos dedos contra su rostro cuando se besaron, y el corazón se le aceleró. Aquel había sido el momento más excitante de su vida. Hizo una profunda inspiración. Tenía que controlarse.

—Hola, Ray —le dijo, en un esfuerzo por parecer despreocupada—. ¿Cómo estás?

—Bien, ahora que estoy contigo —dijo Ray y pareció no darse cuenta de que a ella se le aceleraba el pulso—. ¿Qué tomas?

—Ginger ale.

—¿Qué va a tomar? —preguntó el barman, acercándose.

—Lo mismo que mi amiga. Y, por favor, tráigale otra, que casi ha terminado —dijo Ray, y le sonrió a Cami.

Ella se sintió increíblemente tensa y anhelante. Tenía la piel húmeda de excitación. Se levantó el cabello de la nuca para refrescarse, preguntándose si aquello sería amor. Esperaba que no. No sabía cuánto más podría soportarlo. Sentía que explotaba.

Al sentir la cálida mano de Ray deslizarse por su rodilla, bajo el vestido, que se le había subido hasta medio muslo, y apretarle la carne desnuda, Cami no pudo contener un estremecimiento de deseo. Levantó el vaso y tomó un sorbo de la helada bebida, esperando que las burbujas no la hiciesen eructar. «¡Por favor, Dios, por favor, permite que la noche acabe sin que yo haga ninguna tontería!».

Recordó un consejo que había oído más de una vez: «A los hombres les encanta hablar de sí mismos». Lo único que necesitaban era un poquito de aliento.

—Pues... Ray, dime algo sobre ti. Corren rumores extraños sobre tu persona.

—¿Rumores? ¿De qué estilo? —dijo él, soltándole el muslo.

Ella titubeó. Probablemente parecería tonta.

—¿Eres un príncipe? Esa parece que es la teoría más popular al respecto.

—Sí, soy lo que se podría llamar un jeque.

A Cami casi se le cayó la bebida. ¡Vaya! ¡Un jeque árabe de carne y hueso en Texas! Hizo un esfuerzo por recobrar la compostura.

—¿Y cómo te llamas en tu idioma? —le preguntó.

—Rayhan —dijo él, sonriente.

A ella le gustó aquello. Él no era jactancioso.

—Rayhan —repitió—. ¿Tiene algún significado?

—Sí. Significa «favorecido por Dios» —dijo él, y su sonrisa se convirtió en una mueca irónica y luego en un triste rictus.

—¿Qué te sucede?

Ray se pasó las húmedas palmas de las manos

por los vaqueros, incómodo. Les sirvieron las bebidas y las pagó antes de responder.

–Soy el séptimo hijo y el cuarto varón de mi padre, que era el rey de Adnan.

–¿No es eso en África del norte, cerca de Marruecos?

–Muy bien. La mayoría de los americanos no han oído nunca hablar de Adnan, y mucho menos de dónde se encuentra.

Cami, curiosa, quiso averiguar el motivo de la evidente inquietud de Ray.

–¿Y a tu padre no le parecía que el cuarto hijo fuese importante?

–No, en absoluto. Mi hermano mayor es el rey ahora. El segundo es el gran visir. Se pasó la vida preparándose para ese puesto. El tercero es el jefe de las Fuerzas Armadas. Mis hermanas se casaron por conveniencias políticas.

–¿Y el cuarto hijo varón? –le preguntó ella.

–Siempre he creído que mi mayor utilidad es como recambio, listo para tomar el puesto de mis hermanos mayores en caso de que alguno de ellos sufriese daño o muriese –dio él, encogiéndose de hombros como si le diese igual el rechazo de su familia.

–Qué injusto –dijo Cami, consciente de que su padre la había malcriado. No pudo imaginar lo que Ray sentiría al darse cuenta de que era de recambio, en vez de irreemplazable.

–La vida es injusta muchas veces –dijo él.

La dureza de su voz la sobresaltó, pues todavía no le había visto el lado oscuro. Luego, él se encogió de hombros y ella se preguntó si se habría imaginado su enfado.

—Así es que me vine... – prosiguió él– ¿cómo se dice?, a hacer la América. No había nada para mí en Adnan. El rey ni siquiera consideró al inútil de su cuarto hijo para un puesto de poca importancia.

—Comprendo –dijo Cami, deseando consolarlo–. Mi padre tiene una foto mía de hace diez años junto a su cama. ¡Qué difícil convencer a mi padre de que soy una adulta cuando todavía me ve como una niña de nueve años!

—Una observación muy acertada –dijo Ray, arqueando las cejas–. Sí. Nuestros padres tienden a vernos como éramos, no como somos. Así es que me vine a Norteamérica enfadado con mi padre, decidido a demostrarme a mí mismo y a ellos que podía tener éxito aquí.

—Y te dedicaste a criar caballos de fama mundial que han ganado montones de premios –dijo Cami–. Lo has logrado, ¿no?

—Sí, supongo que sí –dijo él con ironía–. ¿Hablas idiomas, Cami?

—Solo inglés y español.

—Muy útiles. Ojalá mi inglés hubiese sido mejor cuando llegué aquí –dijo él.

Cami lo miró. No había aprendido a interpretar sus cambios de humor, pero le pareció que él estaba molesto por aquella conversación. Comprendía su disgusto por la actitud de su padre, pero ¿por no saber idiomas?

—¿Has hecho fortuna? ¿Estás feliz con tu vida aquí? –le preguntó, esperando que él le dijese que

sí, que no escondía el anhelo de volver a su patria.
Quería descubrir lo que sucedería entre ella y Ray.

–Me ha ido bien, pero creo que recientemente
he descubierto el tesoro más grande de todos –dijo
él y le volvió a acariciar el muslo, causándole un
estremecimiento de placer con su contacto–. ¿Quieres bailar? –le preguntó, poniéndose de pie y acomodándose los vaqueros.

–Sí, seguro que sí –dijo ella. Tomó un sorbo de
su bebida y se puso de pie.

La banda comenzaba a tocar un tema y la gente
se puso en hileras, preparándose para bailar. A
Cami le causó gran placer descubrir que Ray era
tan buen bailarín como jinete, y se divirtió con el
siguiendo los pasos, que incluían golpes con el trasero. Cami se excitó al sentir el contacto del trasero de él contra el suyo.

La banda comenzó una pieza lenta y Ray la tomó
en sus brazos, acariciándole la espalda desnuda por
encima del volante del escote. Cami sintió que ardía y que su mundo se reducía hasta contenerlos
solamente a ellos dos, las luces que se reflejaban
en la bola de espejo que giraba lentamente y la música.

–Eres deliciosa –le susurró él, mordisqueándole
el lóbulo de la oreja.

–¿Siempre devoras a tus parejas en la pista de
baile? –rio ella.

–Solo a aquellas que saben tan dulces como un
dátil –respondió él, y deslizándole una mano por la
cadera, la acercó más a sí.

Su cuerpo se apretó, caliente y duro, a través de

la ropa que los separaba. Ella se quedó sin aliento ante su atrevimiento. El mundo le daba vueltas.

–Enseguida vuelvo –dijo él. Aflojando el abrazo y tomándole las manos, indicó con la cabeza la parte de atrás del local, donde se encontraban los servicios–. ¿Nos vemos en el bar en... digamos que cinco minutos? –le besó las muñecas.

–De acuerdo –murmuró ella. Volvió al bar y pidió otra gaseosa para refrescarse. El ejercicio de bailar le había dado calor, pero sabía que Ray era el causante del sensual ardor que la invadía.

Había sentido la dureza del cuerpo masculino. Aunque no era experimentada, sentía y comprendía su necesidad y que él se había apartado antes de perder el control. Si seguían donde habían comenzado, había solo un sitio donde acabarían: en la cama. ¿Cómo tendría que reaccionar? Cami se mordió el labio, reconociendo que, en el pasado, preservar su virginidad no le había resultado difícil, dado que nunca había conocido a nadie que la tentase a perderla... hasta Ray.

Le dieron un tironcito de pelo, haciendo que girase el taburete. Eran Jenelle Watson y su marido, Jordy, sonrientes.

–¡Hola, Cami! –dijo Jordy, dándole un abrazo que la levantó del asiento.

Cami se soltó, molesta.

–Hola, Jordy. Jenelle –dijo. Abrazó a su amiga y luego la contempló. Aunque se había casado con su novio del instituto al acabar la escuela, Jenelle no parecía feliz. A pesar de su embarazo, sus ojos tenían una expresión triste que Cami no había visto nunca en ellos. ¿Por qué no sería feliz?–. Vamos a sentarnos a una mesa –les dijo y, tomando su gaseosa, se dirigió a un sitio más tranquilo, lejos de las conversaciones.

Jordy ya había pedido una cerveza. Se acercó con un vaso lleno en la mano.

–¿Jenelle? –dijo, alargándoselo a su mujer.

–Sabes que el bebé y yo no podemos tomar eso –dijo ella con una mueca.

–¿Cómo te han dado una cerveza? –le preguntó Cami–. Eres menor de edad.

–«Poderoso caballero, don Dinero», cariño –dijo Jordy guiñándole un ojo, y volvió a la barra.

«¿Cariño?». ¿Qué pasaba allí? Jordy nunca la había llamado de aquella forma. La expresión de Jenelle era de desagrado, con los labios apretados y la mandíbula tensa. Cami decidió no hacer ningún comentario.

–¿Qué tal va el restaurante? –le preguntó. La pareja regentaba un restaurante de comida tex-mex en régimen de franquicia.

–Horrible –dijo Jenelle, señalando con la cabeza a Jordy, sentado a la barra–. Ya ves, se bebe todas las ganancias.

–Oh –dijo Cami, mirando alrededor. ¿Dónde estaría Ray?

Un vaquero se acercó a la mesa y la invitó a bailar. Ella negó con la cabeza. Prefería quedarse con Jenelle y ponerse al día con los chismes. Jenelle aceptó la invitación del vaquero y le lanzó una mirada a su marido, que seguía en la barra. A Cami le dio pena verla reducida a bailar con extraños para llamarle la atención a su marido. La vida no había sido amable con Jenelle, que tenía diecinueve años, estaba embarazada y atrapada en un matrimonio horrible.

La música cambió, la siguiente pieza fue más lenta y Cami deseó que Ray volviese. Echaba de menos la emoción de su abrazo. Conteniendo el aliento, recordó la rigidez masculina contra la suavidad de su cuerpo. La había hecho arder a través de sus vaqueros y su vestido. Ardía por él ahora.

Momentos más tarde, Jordy se acercó y la invitó a bailar. Aburrida de esperar, ella aceptó. Se arrepintió de haberlo hecho inmediatamente. El olor de Jordy, una espantosa combinación de grasa, chile, cigarrillo y cerveza, le hizo desear salir corriendo. Estaba claro que él no se había duchado después de cerrar la hamburguesería. Él se acercó para susurrarle algo al oído. No podía oírlo porque estaban cerca de los parlantes.

Se separó de él.

–¿Qué? –le gritó al oído, haciéndole dar un salto. Sonrió. Ahora mantendría las distancias–. Perdona –le dijo.

–Decía que estás más guapa que nunca, Cami Ellison –dijo Jordy, lanzando una mirada a su mujer, que bailaba cerca de ellos. Una fugaz expresión de asco se le reflejó en el rostro al ver su vientre distendido.

¿Dónde se habría ido Ray?, se preguntó Cami, mirando a su alrededor.

–Perdona –le dijo a Jordy, y se alejó hacia los servicios.

Jordy la tomó por la cintura con un brazo y la empujó hacia la salida trasera.

El aire nocturno y las luces le dieron a Cami de lleno como un puñetazo. Se giró, parpadeando, y arrugó la nariz al sentir el olor de los cubos de la basura.

–Todavía no hemos acabado, Cami –le dijo él con una sonrisa desagradable–. ¿No recuerdas lo mucho que te gustaba en el instituto? Pues bien, ahora es tu oportunidad.

Aturdida por sus mentiras, ella no supo qué hacer cuando él apretó sus labios contra los de ella y le dio un tirón al escote de su vestido, rasgándoselo. Cami no llevaba sujetador y sus pechos quedaron expuestos. Jordy se los agarró, retorciéndole un pezón y pellizcándole el otro mientras le metía la lengua en la boca.

Cami sintió que se ahogaba. Se apartó. Al hacerlo dio con la cabeza contra la pared. El dolor la mareó y la cabeza se le fue hacia delante, dándole con fuerza a Jordy y haciendo que un chorro de sangre le brotase a él de la nariz. Accidentalmente le había propinado un soberano cabezazo. Por suerte, la mente se le aclaró. Reuniendo todas sus fuerzas, le dio un pisotón y luego levantó la rodilla y le propinó un rodillazo donde más le doliese.

De repente, estaba libre. Ray se encontraba allí y había lanzado a Jordy contra la pared de ladrillos. Con un bufido y un grito ahogado, este se deslizó hasta caer al suelo, agarrándose los genitales.

–¿Cami? ¿Camille? –dijo Ray a su lado con ansiedad.

Ella se agarró la cabeza. Le dolía todo: la frente donde le había dado en la nariz a Jordy, el cráneo en el sitio donde se había golpeado contra la pared y los pobres pezones que Jordy había maltratado.

—Estoy bien —masculló.

—No me lo parece —dijo Ray, ayudándola a levantarse.

Se tambaleó, apoyándose en él. Él la sujetó con un brazo sin apretarla, como si comprendiese que un apretón de un hombre, cualquier hombre, habría sido demasiado en aquel momento. Lo miró para agradecérselo.

Tenía la mirada clavada en sus pechos desnudos.

HIJO de...! –exclamó Cami, intentando apartarlo. Rebuscó en su bolsillo, intentando encontrar las llaves de la camioneta. ¡Malditos hombres! ¡Eran todos iguales!

–Tendrías que cubrirte –le dijo Ray con desaprobación.

–¿Para qué? Ya lo has visto todo –dijo ella.

De repente, la dominó el horror de lo que había sucedido, de lo que podría haber sucedido si no se hubiese librado de Jordy, o si Ray no hubiese aparecido. Se tambaleó, a punto de caerse.

Ray la agarró, sujetándola fuerte esta vez.

–Te has dado un susto, ¿sí? Pero ya pasó –dijo, sin soltarla y hablándole con suavidad–. Cami, tienes que tener más cuidado.

Ella se enjugó las lágrimas con un gesto de rabia.

–¡Pero si conozco a todo el mundo en McMahon! ¡He crecido aquí! –señaló con la cabeza a Jordy, desmadejado en el suelo–. ¡Lo conozco desde que éramos niños!

–La gente cambia. Los sitios cambian –dijo Ray, cubriéndole los pechos con el vestido–. Perforaron un nuevo pozo del otro lado del pueblo desde que tú te fuiste a la universidad. Hay muchos hombres aquí que tú no conoces, y que no conocen a tu padre. Y hay otros a quienes les da igual –dijo, señalando a Jordy con el pulgar.

–Tienes razón –admitió ella, dando un trémulo suspiro.

–Quiero que no te separes de mí mientras estemos en McMahon por la noche –le dijo, levantándole el mentón para que lo mirase a los ojos–. Ya no es el pueblecito tranquilo donde creciste.

–De acuerdo –susurró ella. Apenada, cerró los ojos. Cuando estaba en San Antonio, nunca salía de noche sin un amigo, pero pensó que en su pueblo estaría segura. Lloró por todo lo que había perdido.

–Cami, Cami –dijo Ray y apretándola contra sí, se dirigió a un pequeño parque cercano. Allí se sentó en un banco y la subió sobre su regazo–. Cami, no sabes cuánto lo siento. No te tendría que haber dejado sola tanto tiempo.

–¿Qué –qué pasó? ¿Dónde estabas?

–Un tipo quería hablar sobre la compra de uno de mis caballos. Salimos a charlar y se marchó unos minutos antes de que me diese cuenta de... –después de un profundo suspiro de pesar, le besó las mejillas, secándole las lágrimas.

Su ternura la abrumó. Cuando él le rozó los labios con los suyos, no se resistió, sino que inmediatamente se abrió a él. Con la adrenalina todavía corriéndole por las venas y sin nadie que la amenazara ya, lo deseó más que nunca y le hundió las manos en el cabello de la nuca para acercarlo más, para hacer más íntimo el beso. Exploró con la lengua la boca masculina, buscando su calor y su fuerza, y él respondió inmediatamente, apretándola contra sí, los músculos tensos. La fuerza apenas reprimida del abrazo la sacudió; se dio cuenta de que él se controlaba, pero con esfuerzo.

Ray separó su boca de la de ella, haciendo varias inspiraciones entrecortadas para calmarse. Luego, le recorrió la garganta con besos suaves como plumas, bajando hasta la clavícula.

Aferrándose a él, con el cuerpo trémulo de deseo, ella echó la cabeza hacia atrás y un leve gemido se le escapó de la garganta. Los bordes rotos de su vestido le acariciaban la suave piel.

Ray la sentó en el banco para hundirle la nariz entre los pechos. Con un suavísimo movimiento, se los cubrió con la tela y luego le acarició los pezones a través de ella hasta que se pusieron tensos y duros de deseo.

Cami hizo una trémula inspiración. La delicadeza de Ray era tan diferente a la brutalidad de Jordy, que se le volvieron a saltar las lágrimas.

Sin titubear, Ray la siguió acariciando con dulzura, como si supiese exactamente lo que ella necesitaba. Ramalazos de placer la recorrieron, haciéndole lanzar un alarido.

—Quiero que seas mi mujer —le dijo él en voz baja, casi ronca.

Aturdida, ella solo pudo mirarlo con la boca abierta.

—Eso significa no tener contacto con otros hombres, nada de coqueteos, ni bailes, ni besos.

Ella seguía sin encontrar qué decir. Lo miró a los ojos. La tenue luz los convertía en dos pozos profundos de deseo.

Con lenta y sensual deliberación, Ray le recorrió con un dedo el hueco de la garganta y luego siguió hacia abajo, trazando una línea de ardiente deseo hasta el valle entre los pechos femeninos, que el vestido roto dejaba al descubierto. Masajeó uno con la palma de la mano y luego apretó la punta de su pezón, mirándola con los ojos entrecerrados.

Enderezándose, ella lanzó una exclamación ahogada. Nadie, ni siquiera el hombre que acababa de maltratarla, se había atrevido a tocarla nunca de aquella forma. Un calor comenzó a surgir en el centro de su ser.

—¿O permites que cualquier hombre te toque de esta manera?

Su tono insultante la impulsó a apartarse y propinarle un bofetón. Escandalizada por su atrevimiento, se deslizó hasta una esquina del banco y se cubrió con el vestido hasta arriba.

—Bien —sonrió él—. Una digna compañera.

—No permito que me falten el respeto —dijo ella, frotándose con la muñeca los labios sensibles.

Ray se echó hacia atrás, extendiendo los brazos sobre el respaldo del banco.

—¿A qué falta de respeto te refieres? Te quiero. En retribución, te ofrezco mi persona, completamente.

Cami se lo quedó mirando. Las diferencias culturales nunca le parecieron una barrera tan profunda. ¿A qué se refería? ¿Quería ser su novio?

—Esto es... no sé... no pensé que sucedería esto.

—¿No? —dijo él, ajustándose los vaqueros—. ¿Nunca? ¿Hace mucho que no te miras al espejo? Eres una mujer hermosa .

Cami se ruborizó y apartó la vista, sintiéndose como si tuviese catorce años.

—Mira, tenemos mucho de que hablar, ¿no? Desayuna conmigo.

Un hastío femenino comenzó a subirle por la espalda. ¿Qué se creía Ray, que pasaría la noche con él?

—Solo desayuno, nada más —dijo él, sonriendo levemente—. En el pueblo —señaló con la cabeza en dirección a la calle principal—. En Pete's.

Ella se tranquilizó. Todo el mundo iba a Pete's a desayunar.

—Mañana a las diez —dijo él—. Y ahora, te llevo a casa.

—Mi camioneta...

—No deberías conducir, no después de lo que ha sucedido esta noche.

Le levantó una mano. Temblaba.

—No es nada —dijo ella, cerrando la mano en un puño—. Conduciré despacio.

—Yo te seguiré, ¿de acuerdo? Hazlo por mí, Cami. Solo deseo que no corras peligro.

Mientras la seguía hacia el rancho C-Bar-C, Rayhan pensó en los diez años que habían transcurrido. Diez años eran mucho tiempo y él no había permanecido ocioso, desde luego. Tampoco lo había obsesionado su venganza. Después de descubrir que no podía perforar en el rancho, se había dedicado a su primer amor: los caballos. Si había tenido una obsesión, había sido por sus purasangre árabes, rápidos como el viento y hermosos como la medianoche. El programa de cría ya había dado frutos y los caballos del Double Eagle tenían fama mundial por su calidad para monta y exhibición.

No, Rayhan no estaba obsesionado, pero era un planificador. Quería purgar su honor y vengarse de Charles Ellison, pero se negaba a involucrarse en un desagradable litigio. La violencia tampoco era el método más adecuado. Había decidido hacía diez años que se apropiaría de la adorada hija de Ellison en pago por el petróleo que él le había robado. Ella sería el medio de resarcirse.

Casarse por motivos que no fuesen el amor no era algo que lo preocupase. Como miembro de una familia real, siempre había sabido que sus esposas lo beneficiarían política o económicamente. Una empresa tan importante como el matrimonio no podía depender de los caprichos del corazón.

En alguna ocasión había visto a Cami mientras ella crecía y pasaba de ser una bribonzuela a una adolescente desgarbada. Nunca había hablado con ella, por lo que no sabía nada de su personalidad.

Y ahora que ella se había convertido en una mujer, ya no la podía considerar solo una peón dentro de sus planes, sino que se veía obligado a considerarla como lo que era: una joven inteligente con una buena cabeza sobre los hombros, una firme voluntad y una incisiva intuición femenina.

Impresionado por la forma en que ella se había dado cuenta de la necesidad que él tenía de reconocimiento paterno, llegó a la conclusión de que Cami se convertiría en una admirable compañera en su vida o, por el contrario, en una obcecada adversaria.

Hoy había visto su fuerza. Ella se había defendido con habilidad. Aunque alterada por la situación, no se había dejado dominar por el pánico. El pecho se le hinchó de orgullo: sería la madre idónea para sus hijos. Y, en cuanto a amante... Ray sonrió. Se había dado cuenta hacía días que un beso de ella se le subía a la cabeza más que el más fino coñac. Ahora había probado su ardor y su hermosura: sus pechos, como frutos maduros, le habían llenado las manos con su pesada dulzura. Había deseado tomarla en aquel momento, en el banco del parque, entre las sombras, pero se dio cuenta de que la espera haría que su unión resultase más maravillosa.

Casarse con Cami Ellison haría que cumpliese muchos de sus objetivos: se apoderaría del petróleo que había deseado durante mucho tiempo, llevando a cabo su venganza; tendría una hermosa mujer que le calentase la cama y le diese hijos, y además restregaría en la cara la rica heredera texana a su familia en Adnan, que siempre lo había menospreciado.

Apretó los dientes. El último comunicado de su hermano, el rey, amenazaba a Rayhan con casarlo con una joven de las tribus del desierto, siempre díscolas, e insinuaba que Ray sería recompensado ampliamente.

Rayhan suponía que la alianza política forzaría a su hermano a nombrarlo en algún ministerio. Un puesto inferior insultaría a la familia de la mujer. Por fin, después de tantos años le habían encontrado una utilidad, pensó con amargura. Quizá obedeciese, quizá no.

¿Sería capaz de abandonar sus sueños de lograr un puesto elevado en el gobierno de Adnan por Cami Ellison y todo lo que ella representaba?

Cami. Llenos, suaves y fragantes, sus pechos habían brillado, iridiscentes, a la luz de la luna. Recordó el sabor de ella, la sensación de acariciar sus pezones. Se le habían puesto erectos inmediatamente, mostrando su pasión escondida. Le bastaba con recordar aquellas rígidas cúspides para excitarse.

Pero, si su hermano le decía que Adnan lo necesitaba, ¿valdría Cami un reino?

Cuando Cami se acercó al portón del C-Bar-C, redujo la velocidad y se detuvo para abrirlo con el control remoto. Ray le hizo una seña de luces y siguió hacia el Double Eagle.

Cuando atravesó el portón, volvió a accionar el mando para cerrarlo y tomó el camino hacia la casa.

Su relación con Ray avanzaba a pasos agigantados y no estaba segura de que ello le gustase. Tampoco estaba segura de que él le gustase, por más atracción física que sintiese por él, algo que nunca le había sucedido antes.

Su modo de consolarla iba más allá de lo que ella había experimentado nunca. Le habían dado deseos de fundirse con él, hacerse uno. Pero parecía que él no la había escuchado decir que quería ir despacio. Eso la preocupaba.

Esta noche él prácticamente le había pedido un compromiso. «Quiero que seas mi mujer». Ser su mujer incluiría sexo, obviamente, y aunque él le ofreciese una relación, le exigía más de lo que ella estaba dispuesta a dar. ¿Podría resistirse a su contacto, a sus besos?

Al sentir su caricia en los doloridos pechos, ella se había derretido. Nadie la había tocado allí antes. No sabía que el consuelo de un hombre pudiese ser tan reconfortante. Le había calmado el dolor de una forma que, extrañamente, era más excitante que una tormenta eléctrica.

¿Cómo había sabido Ray qué hacer exactamente?

Cami condujo hasta la casa y aparcó. Se bajó de la camioneta y cerró la puerta lo más silenciosamente posible para no despertar a su padre.

Al pensar en su padre, hizo una mueca. Cami conocía a su madre solo de fotos y él había sido su madre y su padre a la vez. Le había dado tanto... Había administrado la herencia de Cami, el C-Bar-C desde lo que ella recordaba, hasta desde la cama del hospital cuando había tenido el terrible accidente de coche que lo había dejado en una silla de ruedas. Siempre había vivido para ella.

Subió al porche y se quitó las botas antes de entrar de puntillas. Imaginaba que su padre no aprobaría su relación con el jeque Rayhan. Al margen de las frías relaciones que había entre el C-Bar-C y el Double Eagle, estaba segura de que su padre pensaría que Ray era demasiado mayor, y demasiado... diferente de ella. Y tendría razón.

Al oler el aroma familiar a aceite de limón, se calmó. Decidió que vería a Ray a la hora del desayuno y el diría que no podría aceptar su halagadora oferta.

–Soy demasiado joven para esto –murmuró, entrando a la cocina a buscar una aspirina y un vaso de agua.

Pero más tarde, cuando intentaba dormirse, las imágenes y las sensaciones la turbaron. El placer de su beso, el contacto de su mano en su pecho, su aprobación, sí, su aprobación cuando ella lo había abofeteado. «Una digna compañera», había dicho.

Le daba la sensación de que Ray tenía grandes planes y que ella podría ser la estrella de su espectáculo, pero ¿era Ray lo que ella quería? ¿La persona a quien ella quería? Solo tenía una sola virginidad y no estaba dispuesta a entregársela a cualquiera.

Pero Ray no era cualquiera. Según él, era un jeque del desierto. Aunque en Norteamérica la realeza no tenía importancia, no le habría gustado que fuese una mentira. No soportaba a los hombres que mentían para darse aires de grandeza.

Estaba claro que no podría dormir. Encendiendo la luz de la mesilla, salió de la cama y se dirigió a su escritorio. Abrió su ordenador portátil y lo encendió.

Después de unos minutos de búsqueda, se encontró mirando asombrada la información que había descubierto en Internet.

El nombre de la casa real de Adnan era ibn-Malik al-Rashad, que quería decir: «hijo del rey, el guía». Su símbolo era el águila bicéfala, que indicaba la doble naturaleza del pueblo de Adnan como navegantes y tribus del desierto. Varios hermanos gobernaban el país y se dividían las responsabilidades del rey, el gran visir y el jefe de las fuerzas armadas.

Y uno de los hermanos, ponía Internet en una de sus páginas, vivía tranquilamente en Texas y criaba caballos de montar y exhibición que habían ganado varios premios.

Así que era verdad. Pero eso no tenía por qué hacer ninguna diferencia, se dijo Cami, volviéndose a la cama. Ray era demasiado experimentado y demasiado avasallador. Deseaba más de lo que ella podía darle. Se lo diría con suavidad, pero su relación no iría a ningún sitio donde ella no quisiese. Jeque o no, así eran las cosas.

El domingo por la mañana el Pete's estaba lleno de gente. Al entrar, Cami vio que no había ningún taburete libre en la barra. Camareras con anticuados uniformes de poliéster color rosa y delantales blancos se afanaban entrando y saliendo de la cocina por las puertas metálicas. Llevaban humeantes cafeteras o bandejas rebosantes de huevos, patatas, salchichas, filetes de pollo, galletas y salsa.

Cami inhaló profundamente los aromas a grasa y humo. Pete's, el paraíso del colesterol, no era un buen sitio para ir si se estaba a dieta.

Ninguna de las mesas largas flanqueadas por bancos de madera que daban a la calle estaba libre. Muchos de los parroquianos llevaban todavía la ropa de la noche anterior. Reconoció las lentejuelas de una de las mujeres que había chismorreado sobre Ray en el Dancin' Nancy's. Con el rímel marcándole ojeras, la pelirroja compartía huevos con jamón con un vaquero.

Sentado en la anteúltima mesa, Ray charlando con Mae MacPherson, de uniforme color rosa de poliéster. La camarera le servía café, plantándole el enorme busto en la cara. ¿Llevaría sujetador talla cien o más? Cohibida, Cami le lanzó una ojeada a su sujetador, de la talla noventa, mucho más modesto.

Sintió un ramalazo de celos. No estaba dispuesta a que Billie Mae la venciese, por más silicona que esta se hubiese agregado. Caminó a lo largo de la hilera de mesas, repiqueteando con los tacones a propósito en el suelo de linóleo. Se detuvo lo bastante cerca de Billie Mae como para resultar intimidante. Le sacaba más de una cabeza de altura a la exuberante camarera.

–Buenos días, Billie Mae –dijo, y saludó a Ray con una cabezadita–. Hola, Ray.

Billie Mae se enderezó de golpe, pero sus pechos permanecieron duros como una roca, signo inequívoco de intervención quirúrgica.

Ray se puso de pie, apartándose de Billie Mae.

–Buenos días, Camille.

Cami se sentó y él también. Algo le golpeó a ella el tobillo bajo la mesa que los separaba. Miró a Ray, cuyos ojos tenían aquel brillo travieso que comenzaba ya a resultarle familiar. Sonriente, él le rozó la pantorrilla con el pie. Cami se separó la camiseta de la piel.

–¿Tienes calor, Cami? Billie, por favor trae un vaso de agua con hielo –dijo Ray, guiñándole un ojo a Cami.

–Tráeme también una taza de café –dijo Cami.

–¿Quieren el menú? –preguntó Billie.

–De acuerdo –dijo Ray, que seguía tonteando con Cami por debajo de la mesa. A ella se le endurecieron los pezones y se le notaron a través de la camiseta. No podía creer que él pudiese excitarla con solo tocarla con un pie. Billie se marchó.

–¿Qué tal dormiste? –le preguntó Ray a Cami.

–No demasiado bien –dijo ella. Después de apagar el ordenador, se había pasado la noche dando vueltas en la cama.

–Lo siento. ¿Te sentías mal por el tipo aquel que te hizo daño? Podemos ponerle una denuncia en la comisaría si lo deseas –dijo Ray y señaló–: Se sienta allí, con su mujer.

Cami se incorporó en el asiento y giró la cabeza para verlo. Era verdad. Jordy, con la nariz vendada, se sentaba con Jenella al final del mostrador, cerca de la puerta. No los había visto al entrar al Pete's, solo había tenido ojos para Ray.

Ninguno de sus supuestos amigos la habían saludado. Se preguntó qué le habría dicho Jordy a su mujer. ¿Cómo habría justificado el enorme vendaje de su nariz? Les hizo un saludo con la mano, seguido por un gesto señalando la nariz y un guiño. Jenelle la miró perpleja; Jordy le lanzó una mirada de odio.

Cami los apartó de su mente y se sentó, lanzando un profundo suspiro. Aunque podría estar charlando eternamente con Ray de tonterías, sería mejor que fuese derecho al grano. Se le aceleró el corazón. Había pasado la noche deseando abrazarlo, aunque segura de que la relación era imposible.

—No estuve pensando en Jordy —dijo, jugueteando con la punta de su trenza—, sino en ti.

—Ah.

—Me temo que sí —dijo tragando el nudo que tenía en la garganta—. Oye, Ray, no podemos seguir así.

CAPÍTULO 4

RAYHAN sintió una opresión en el pecho. Su presa amenazaba con escapársele.

–¿Así? ¿Cómo? Creía que nos gustábamos.

–Me gustas, pero... me pides más de lo que puedo darte en este momento.

Ray se maldijo por su impaciencia. La deseaba con locura, deseaba hacerla suya y protegerla.

–Lo siento. Anoche estabas asustada. Intenté consolarte. ¿No debí hacerlo?

–No es eso –susurró ella, bajando la mirada a la mesa–. Estuviste maravilloso... demasiado maravilloso.

–No comprendo cómo puede ser eso. Tú también me resultaste maravillosa. Cami, comprendo que quieras ir despacio.

Ella levantó la cabeza y la esperanza le iluminó los hermosos ojos azules.

–¿De veras?

–Sí. En Adnan, un hombre espera que su dama sea virtuosa –su mirada se dirigió a Billie Mae, riéndose en la barra con uno de los parroquianos. El vaquero le dio juguetonamente con el sombrero en el busto. Prosiguió–: He estado con otras mujeres en el pasado, pero por ti, no lo haré más. Lo único que te pido es que nos «peguemos» el uno al otro en este momento.

–No te comprendo.

–Lo siento –suspiró él–. A pesar de los años, tu idioma me sigue resultando difícil. Lo que quiero decir es que no salgas con otros hombres, que permanezcamos «pegados», juntos.

–¡Ah! –exclamó ella, aliviada, secándose la frente y la nariz con una servilleta de papel–. No te había entendido. Cuando me pediste que fuese tu mujer, creí...

–Te mentiría si te dijese que no te deseo –dijo él, contemplando su boca, sus pechos, imaginándose la dulzura del momento en que finalmente fuesen uno–. Pero no estás lista.

–No, no lo estoy –murmuró ella, cohibida.

–No es nada –se apresuró él a tranquilizarla–. Te esperaré.

Billie Mae llegó con el agua, el café para Cami y menús para los dos.

–¿No creéis que el café americano es muy débil en el cercano oriente? –le preguntó Cami con curiosidad, tomando un sorbo de su taza.

–Me he acostumbrado a él. En mi país bebemos el café con los posos en el fondo de la taza. Tiene un sabor muy diferente, sí, pero es muy bueno. También tomamos té con hierbabuena –le sonrió, imaginándosela a su lado vestida con un hermoso caftán en el palacio real–. Me gustaría llevarte allí algún día... pronto.

–Me gustaría. Háblame de Adnan.

–Es un país hermoso –dijo Ray. Se apoyó en el respaldo y cerró los ojos. Visualizó las blancas casas y los coloridos minaretes recubiertos de mosaicos–. «Adnan» significa «agradable» y de veras que lo es.

–¿Por qué te marchaste? Es evidente que quieres mucho a tu país.

Ray la miró. Cami lo observaba con su mezcla inquietante de curiosidad, inteligencia e intuición. Algún día, probablemente muy pronto, tendría que decirle la verdad. Era una mujer demasiado inteligente como para engañarla con facilidad. Se preguntó cuánto le llevaría a ella descubrir los verdaderos motivos de su relación. La deseaba, sí, pero sin embargo...

–Como te he explicado, no había nada para mí allí. Cuando acabé la universidad, quería un nombramiento en el gobierno, pero mi padre, que era el rey en aquel momento, se negó a escucharme. Pensé que cuando mi hermano ascendiese al trono... –hizo un gesto de fatalidad– pero él estaba acostumbrado a considerarme el hermano menor inútil. No conseguí persuadirlo de que me diese las responsabilidades que creo merecer.

Billy Mae volvió a tomar sus pedidos. Cami pidió cereales y fruta con leche desnatada y Rayhan una tortilla de chorizo.

–¿Comes cerdo? –le preguntó ella.

–Sí. Soy... ¿cómo se dice? Un musulmán caído. No creo en demasiado, Cami.

–¿Crees en Dios o en Alá?

–Creo que yo no soy quién para decir qué o

quién habita los cielos –dijo él, con un encogi-
miento de hombros

–¿Crees en el amor?

Rayhan la miró a los ojos, dulcemente románti-
cos, que le hicieron recordar noches de verano,
perfume de jazmines y besos robados.

–Cuando estoy contigo, creo en el amor.

Ruborizándose, Cami bajó la vista a la mesa y
recorrió con el dedo su dibujo. Ray notó que llevaba las uñas cortas y lustradas. Bien. No le gustaban las uñas pintadas de algunas chicas, que parecían las garras de un halcón.

Había estado con muchas mujeres, pero ninguna con la inquietante personalidad de ella. Podía
ser a la vez pudorosa y apasionada, inocente e inteligente, intuitiva e ingenua. Era fascinante.

Llegó la comida y Rayhan atacó su plato con
apetito. Tenía hambre. Se había levantado pronto y
cabalgado por el linde de ambas propiedades, esperando verla. Sabía que era una tontería, porque
la vería más tarde, pero disfrutaba con ella y quería
verla lo antes posible. Se dijo que cuanto más se
viesen, más pronto se haría realidad su venganza.

Cami abrió la caja de copos de maíz y los vertió
en el cuenco. Luego, tomó la banana, peló la mitad
y la cortó en rodajitas encima. Finalmente, le vertió la leche encima.

–¿Quieres un poco de mi tortilla? Hay de sobra.

–No-no, gracias –dijo ella, masticando un crujiente bocado–. ¿No te preocupan la grasa y el colesterol?

–Te avergüenzas de tu apariencia. ¿Por qué?

Eres muy guapa –dijo, metiéndose un trozo de huevo en la boca. Masticó y tragó.

–Tengo la tripa y los muslos gordos.

–¿Qué os pasa a las americanas? Todas estáis obsesionadas con ser delgadas. ¿Quieres parecerte a este tenedor?

–No, pero...

–Por supuesto que tienes tripa. ¿Dónde pondrías la comida, si no? Y tus muslos no son gordos. Yo te los toqué anoche, ¿recuerdas? –sonrió al recordarlo. Había soñado con yacer entre sus espléndidos muslos–. Y puedo decir con justicia si son gordos o no. No son gordos –le ofreció un bocado de tortilla.

–Me alegra que pienses que están bien –dijo ella, volviéndose a ruborizar.

–No están bien, están perfectos –dijo. Tan perfectos que quería recorrerle con la lengua cada glorioso centímetro cuadrado de ellos.

–Pero dejar que me des de comer es... –titubeó, como si no supiese qué decir.

–Íntimo –dijo Rayhan, sabiendo que compartir las comidas con ella los uniría de una forma sutil pero determinante–. Pero son solo huevos, Cami, no una sortija de compromiso.

–¿Una sortija? –dijo ella, boquiabierta.

Le metió el trozo de tortilla en la boca. Ella era tan deliciosamente transparente que no pudo evitar una sonrisa victoriosa. Le retiró el tenedor de la boca antes de comerse lo que le quedaba en el plato.

–Acábate los cereales. ¿Vas a comerte el resto

de esa banana? –le preguntó, saliendo de su lado de la mesa para deslizarse en el banco junto a ella.

–Puede que sí.

Ray le apoyó la mano en la vulnerable nuca, sabiendo que su contacto íntimo era una declaración pública de que salían juntos. Ella se apretó contra él, reclinando su largo y flexible cuerpo contra el suyo. Ray le recorrió el cuello con la punta de los dedos y luego le deslizó la mano hasta el brazo.

Cami ronroneó como un gato. El sensual murmullo de placer le produjo a él una ola de calor. Agarró el resto de la banana con la mano libre y le acercó el trozo a los labios. Ella contuvo el aliento y luego abrió la boca. Ray sonrió.

Avergonzada de haber descuidado a su padre, Cami se dirigió directamente a la oficina que compartían en el rancho. Desde los trece años y con contadas excepciones, su padre y ella habían dedicado cuatro horas diarias a la contabilidad. La única vez que dejó de hacerlo fue cuando se fue a la universidad. Desde su vuelta habían retomado la rutina y añadido mayores responsabilidades ejecutivas a la lista de tareas que generalmente cumplía.

Ella siempre había sido consciente de que el petróleo de los Cromwell le pertenecía, aunque el ganado era de los Ellison. Pero la distribución de los activos del rancho no era distinto, ya que sabía que heredaría ambas fortunas algún día. Y cuando acabase la carrera, administraría su holding, dejando a su padre libre para que se jubilase si así lo quería.

–¿Listo para trabajar, papá?

Sentado en su silla de ruedas tras el enorme escritorio de roble, su padre cerró la sección deportiva del periódico y arqueó una poblada ceja gris.

–¿Qué te pasa, nena?

Cami suspiró. Tendría que haber sabido que a él no podría esconderle sus caóticas emociones. Nunca había sido capaz de engañarlo. Desgraciadamente, no supo qué responder a su pregunta. Sentía demasiadas emociones a la vez. Estaba crispada con nerviosa energía, excitada porque alguien se interesaba en ella, asustada de que su padre no aprobase a Ray... ¡Rayos! ¡Ni siquiera ella lo aprobaba!

Buscó las palabras adecuadas. Su padre no estaba bien desde que el accidente le destrozara la pelvis, causándole numerosas heridas internas, algunas de las cuales no se habían curado bien. Nunca volvería a caminar sin ayuda y con mucha suerte llegaría a hacerlo con bastón. Cami no quería decirle nada que lo hiciese empeorar.

–Me siento, ejem... –carraspeó–, nerviosa, tensa. Supongo que tendía que salir un poco más; aunque anoche fui a bailar y esta mañana desayuné con unos amigos en el Pete's –algo que estaba bastante cerca de la verdad.

–¡Estupendo! –dijo su padre–. Me alegra que comiences a salir. No es necesario que te quedes en casa con tu viejo padre, mirando vídeos y películas viejas.

–Oh, papi –dijo Cami, sintiéndose culpable. Le rodeó los hombros, abrazándolo. Su delgadez le daba miedo–. No quería decir que me aburriese contigo.

–Ya lo sé, cielo –dijo él e hizo una pausa para inspirar en el inhalador que guardaba en el cajón de su mesa. También sufría de asma y tenía que quedarse dentro en el verano, para evitar el polen y el polvo–. Es natural que a tu edad busques algunas emociones.

–Pues anoche tuve más de las necesarias –dijo Cami y le dio una versión censurada de su encontronazo con Jordy, diciéndole solamente que él le había hecho una insinuación–. No sé qué hacer –concluyó–. Me da rabia que engañe a Jenelle y se beba todo el dinero que ella necesitará para el bebé.

–Quizá pueda resolver el problema de bebida de Jordy en McMahon dejando caer una palabra que otra en los oídos adecuados.

–¿De veras? –dijo Cami. Se sentó tras su mesa y encendió el ordenador.

–Claro. Es menor de edad, ¿no? –dijo el ranchero. Agarró el fichero de tarjetas giratorio–. ¿Y has conocido a un hombre?

Cami dio un respingo. ¡Y ella que creía haberlo engañado!

–Ejem, sí. Yo...

–No me digas más si no quieres, Cami –dijo su padre, levantando una mano. Confío en que tomes las decisiones apropiadas.

–Pero no estoy segura, papá.

–¿Qué problema hay?

–Es mucho mayor que yo.

Ya estaba. Lo había hecho. Le había dicho la verdad.

—¿Casado? —dijo su padre, con el ceño fruncido.

—¡Oh, no! —exclamó ella, aliviada—. Lo cierto es que me ha dicho que no quiere salir con nadie más mientras salgamos juntos. Y tampoco quiere que yo lo haga.

—Es lógico —dijo Charles, pensativo—. De lo contrario, ¿cómo ibais a confiar el uno en el otro?

El apoyo de su padre le levantó el ánimo a Cami, pero se seguía sintiendo culpable porque, en realidad, no le había dicho nada. También era verdad que él le había dicho que no le diese detalles.

Pero lo peor era que Ray no le había pedido una cita después del desayuno en el Pete's. Había pagado y la había acompañado cortésmente a la camioneta; luego le había dado un beso que le había quitado el hipo, pero no le había pedido volver a salir. No sabía qué hacer. Normalmente, a cualquier otro amigo simplemente lo llamaría por teléfono o le mandaría un e-mail. Pero Ray no era cualquier amigo. Era mayor, de una cultura más tradicional. Supuso que no le gustarían las mujeres muy lanzadas. Había dejado claro que prefería el recato al decir que en Adnan los hombres esperaban que sus damas fuesen virtuosas.

Ella quería pertenecerle, pero no sabía si podría renunciar a la libertad a la que estaba acostumbrada al ser una americana moderna.

Quizá pudiese tenerlo todo, pensó, alegrándose.

Ray nunca había dicho nada de vivir en Adnan, solo ir de visita. Seguramente no pretendería hacerla vivir lejos de su adorado C-Bar-C. Y si se quedaban en Texas, lo tendría todo: su príncipe del desierto y su hogar.

Aunque no habían quedado en verse, Rayhan se sentía sereno. No quería presionarla y dejó que el pajarillo se acercase a comer de su mano por su propia voluntad.

No se escondió, sino que cabalgó con frecuencia cerca del linde de las dos propiedades al amanecer y el atardecer. El sol se ponía tarde en junio y con frecuencia su cabalgada tenía lugar a eso de las nueve de la noche. Disfrutaba de los días largos; le recordaban a su hogar. Pero aquella tarde era decididamente texana, con su humedad y su polvo, su olor a caballo y sus algodoneros. Cansado después de pasarse todo un día entrenando a una yegüita a llevar la brida, Rayhan permitió que Kalil eligiese por dónde quería ir y el hermoso caballo eligió un sendero conocido: el que llevaba a la poza cerca del C-Bar-C.

Alimentada por un manantial, las aguas del estanque permanecían frescas hasta en los días más cálidos del verano. Lo rodeaba un espeso bosquecillo que lo protegía de miradas curiosas. A aquella hora, los peones ya se habían retirado a descansar o se habían ido al pueblo a divertirse. Solo Rayhan, impulsado por una inquietud que no comprendía, seguía merodeando el Double Eagle.

Bandas de color rosa y coral iluminaban el cielo. En pocos minutos se convertirían en el mágico tono de azul que siempre le recordaba a los ojos de Cami. ¿La encontraría aquella noche? El pulso se le aceleró al pensarlo.

Kalil se internó en el follaje que rodeaba a la poza y piafó. Al oír un chapoteo, Rayhan desmontó para ver cuál era su causa.

Ah, Cami. Seguro que ella había estado galopando, porque Sugar se encontraba hasta los ijares en el agua... y Cami estaba totalmente sumergida, excepto su rubia cabeza. Luego, se echó hacia atrás y se quedó flotando en la superficie de la poza. A pesar de la creciente oscuridad, le veía los pechos por encima del agua, cubiertos de ligera tela.

Rayhan se acercó más.

Cami se levantó, sumergida hasta medio muslo. La luz del atardecer se reflejó en el agua que se le deslizaba por las curvas del cuerpo. Parecía una náyade emergiendo de un estanque encantado.

Rayhan se quedó paralizado, sin poder hablar ni respirar. Ni siquiera pensar. A pesar de que la luz era tenue, vio que ella llevaba unas escuetas braguitas y un breve y ligero top. Recorrió con la mirada su caja torácica hasta la estrecha cintura. Gotas cristalinas adornaban el ombligo femenino, invitándolo a quitarlas con la lengua. Más abajo seguían las adorables y redondas caderas y una amplia pelvis diseñada para llevar un niño. Su niño, pensó, haciendo una trémula inspiración. Las mojadas braguitas rosadas no cubrían demasiado, pero la luz que se iba apagando le escondía los secretos.

Avanzó un paso, haciendo ruido deliberadamente para anunciar su llegada. Quería darle a ella la oportunidad de que se acercase a él.

CAMI se quedó helada. ¿Quién estaba allí? Recorrió las márgenes del estanque con la mirada y no vio nada en las sombras. Un pájaro nocturno batió las alas, sobresaltándola.

Una rama crujió y luego una forma oscura emergió de los matorrales. Ataviado con largas vestiduras, parecía una criatura salvaje nacida del mito y la leyenda. No parecía caminar, sino deslizarse hacia el agua, un espíritu de la noche.

Llevada por una fuerza incontrolable, Cami se acercó a él en el borde del agua. Sus sentidos eran conscientes de todo lo que la rodeaba: el lodo bajo sus pies desnudos, el zumbido de los insectos, los perfumes nocturnos del follaje, el latido de su corazón, que se había acelerado al darse cuenta de quién era el que se acercaba entre las sombras.

Ray la esperó con la actitud de un sultán que había llamado a su hurí y, sin embargo, no había pronunciado palabra. No fue necesario. Fuerte y alto, fascinante y misterioso, la atraía sin ningún esfuerzo, de la misma forma en que los hombres había atraído a las mujeres desde el principio de los tiempos.

Ella no le pudo ver la expresión en la penumbra.

Nerviosa, supuso que a él le disgustaría su impulsiva decisión de bañarse en ropa interior. Quizá su conducta no fuese la que los hombres de Adnan esperaban de una mujer virtuosa. Ahora que se encontraba frente a él, el corazón se le aceleró más.

Él alargó la mano y le abarcó un pecho, rozándole rápidamente el pezón a través de la seda mojada de la breve camisola. Este se contrajo en un punto tenso, anhelante. Cami cerró los ojos, concentrándose en el éxtasis de la sensación. Las rodillas le temblaron y tuvo que hacer un esfuerzo para no caer.

—Observa —dijo él con asombro—. Mira cómo tu pecho tiembla en mi mano.

Avergonzada, giró el rostro, haciendo que Rayhan lanzase una carcajada.

Cami se envaró y le lanzó una mirada de enfado. ¿Cómo se atrevía a reírse de ella?

—Cami —dijo él, pero sin burla, seductor, y la recostó hacia atrás sobre su brazo para besarle los pezones, despertando uno y luego el otro.

La excitación la embargó al sentir que la tierna piel se contraía y endurecía contra la presión de la lengua y los dientes masculinos. Conteniendo el aliento, le empujó el pecho dentro de la boca, buscando más placer.

Ray le deslizó la mano entre los muslos, que cedieron, entreabriéndose, para que él acariciase su fuego con dedos hábiles. Su humedad, su boca dispuesta, sus ojos entrecerrados, sus dulces gemidos, le indicaron que estaba lista para su amor. Entregada sobre su brazo, vibrando de deseo, ofreciéndosele, un banquete para los sentidos. Pronto disfrutaría de él, pero no aquella noche. La acarició una vez más y ella se retorció en sus brazos totalmente entregada.

En vez de tomarla allí, en el borde del agua, la hizo ponerse de pie y le apartó el cabello del rostro ruborizado. Ella alargó las manos y lo agarró de sus vestiduras para acercarlo a ella, moldeando sus curvas contra la dureza masculina, que se escondía bajo los pliegues de la túnica. El cuerpo masculino se estremeció y Ray tuvo que luchar contra el deseo de poseerla inmediatamente. Cuando ella intentó apartarse, no la dejó, sino que la empujó íntimamente contra sí.

–¿Creías que permanecería impasible, eh? –le dijo roncamente al oído.

La hizo deslizarse lentamente a lo largo de la evidencia de su pasión mientras le recorría la trémula boca con delicados toques de la lengua, acariciándole primero la tierna superficie interna del labio, donde la carne era más sensible, para luego penetrarla profundamente una y otra vez. Le lamió el delicado espiral de la oreja, soplándole luego.

Ella se estremeció, hundiéndose en su abrazo, como si buscase su calor. Él la rodeó con sus brazos y la envolvió con sus vestiduras.

Cami se sintió totalmente segura, envuelta en un capullo de seda. Pero los exigentes besos masculinos y el cuerpo viril le recordaron la amenaza que él podía resultar. La tensión de sus músculos indicaba que él estaba a punto de perder el control. Si se dejaba llevar por sus instintos, ella no podría proteger su inocencia. Era demasiado fuerte, demasiado seductor. La tentación era demasiado grande.

—Pronto —le susurró él al oído.

Ella se apartó.

—Pronto, Cami. Sé cómo tratar a una mujer, créeme. Te lo demostraré.

Se llevó un dedo a la barbilla, quedándose pensativo.

—¿Me lo demostrarás? ¿Cómo? —dijo ella.

La sonrisa de él la hizo estremeciese de anhelo, aunque sabía que no sucedería nada. No podía suceder.

—Ven al Double Eagle. Sola. Dentro de... mmm... tres días, cuando se ponga el sol. El atardecer es la hora en que se unen la luz y la oscuridad. Lo masculino y lo femenino.

Le tocó nuevamente el pecho, haciendo que el pezón se volviese a contraer de ansioso deseo. Un ávido ramalazo la recorrió, dejándola trémula y sin fuerzas.

—Ven a mí.

«Ven a mí». Ray tenía la forma más convincente de hacer que una sencilla invitación a cenar pareciese el inicio de una aventura. Tres días más tarde, a la caída del sol, Cami puso en marcha una de las camionetas del rancho, preguntándose cómo lo haría. Y ella, como una boba, siempre caía.

«Sé cómo tratar a una mujer». Seguro que aquella noche no se enteraría de cómo, porque había hecho todo lo posible para que no pasase nada, sin tener que romper la cita.

No se había maquillado para que él no la encontrase atractiva, aunque, exceptuando el día en que fueron a bailar, nunca había llevado cosméticos cuando se había visto con Ray. Él no parecía notar la diferencia.

Llevaba pantys, aunque los odiaba, especialmente en pleno verano. Pero cualquier prenda que la cubriese de la cintura a la punta de los pies era una buena idea. Si hubiesen existido los cinturones de castidad en Texas, se habría puesto uno, pero se había contentado con un sencillo sujetador sin aros y unas simples braguitas.

Encima de ello se había puesto una falda hasta media pierna de seda arrugada y una amplia camisola que le daba aspecto de estar embarazada de cinco meses. Con suerte pasaría una velada agradable, una buena comida, y luego se marcharía sin liarse demasiado con Ray Malik, o, mejor dicho, Príncipe Rayhan ibn-Malik al-Rashad.

Con un profundo suspiro reconoció que probablemente fuese demasiado tarde ya. Se había enamorado de él más rápido que Julieta de Romeo. Lo único que esperaba era que su romance resultase mejor. Salió del C-Bar-C y se dirigió al Double Eagle.

Los dedos le temblaban ligeramente al sujetar el volante. No podía contener la excitación, que le producía un calor sensual que se le extendía por el vientre. Se movió en el asiento, retorciéndose. Sabía que lo único que podría calmarla sería recibir al hombre que ansiaba con tanta desesperación dentro de su cuerpo.

Se acercó al Double Eagle y se detuvo junto a la caseta de entrada. Un hombre que también llevaba un *gutra*, como Ray, le hizo señas de que entrase. Cami siguió, mirando a su alrededor. A pesar de la penumbra, pudo distinguir los ordenados corrales, los animales, y hasta los cultivos. Alfalfa, supuso, para los caballos. No había ni torres de perforación ni bombas extractoras. Se preguntó el motivo. McMahon se encontraba sobre una enorme bolsa de petróleo y, si el rancho de ella era rico, ¿por qué no el de él?

Dejó de pensar en ello cuando se acercó al hogar de Rayhan, una gran casa en una loma a media milla de la entrada. Supuso que él la habría construido, pues, ¿qué otra tendría un minarete en Texas? Se accedía a ella a través de una elaborada puerta de hierro forjado que contribuía a darle un fascinante aspecto, mezcla de estilo árabe y español, con paredes blanqueadas de cal y un tejado naranja. Las ventanas también ostentaban el mismo trabajo en hierro, más por decoración que por defensa. Aunque, como jeque que era, seguro que Ray tendría en cuenta la seguridad, ¿no? Pero los hermosos rosales que adornaban las verjas hacían olvidar su función original.

La esperaba bajo un arco. Vestido de blanco, con largas y envolventes vestiduras, se lo veía cómodo y fresco cuando le abrió la puerta de la camioneta y la ayudó a bajarse.

No sucedió lo mismo con Cami. Cuando abandonó el aire acondicionado del vehículo sintió que las pantys la ahogaban.

–Cami –dijo él, besándola en la frente y tomándole la mano.

Cami notó que él tenía las manos callosas de entrenar a sus caballos, igual que a ella se le había endurecido la piel al entrenar al suyo.

La guió por una escalinata embaldosada hasta su casa. La casa de Ray.

No tenía puerta de acceso. Una elaborada reja de filigrana de hierro protegía un arco recubierto de mosaicos. Después de que ella entrase, la reja se cerró con un golpe, indicando que estaba en sus dominios.

Cami sentía que el pulso le corría, acelerado, y jugueteó con la punta de su trenza. Pasándole un brazo por los hombros, él la guió por un pasillo de baldosas, deliciosamente fresco, hacia una zona llena de una luz turquesa. De repente, el pasillo se abrió y entraron en un enorme patio con plantas y la más maravillosa piscina que ella había visto en su vida, brillando en la luz como una enorme aguamarina.

Las pantys, que ya la incomodaban, se le hicieron insoportables. Deseó quitárselos de un tirón y saltar gritando como una niña dentro del agua. El labio superior comenzó a sudarle.

–Pareces acalorada, Cami –dijo Ray, preocupado–. ¿Quieres darte un baño? El agua está muy agradable. La mantengo fresca, aunque no fría.

Mirándolo a los ojos, Cami no pudo detectar ni un ápice de malicia.

–Te prometo que nadie abusará de ti. Ninguno de mis sirvientes se atrevería a tocar a una invitada mía –añadió, con la arrogancia de un príncipe acostumbrado a la total obediencia.

Aunque Cami sabía que acceder a quitarse la ropa y nadar en su piscina sería como acceder a meterse en su cama, no pudo decir que no.

–Ven –le dijo él, volviéndola a tomar del brazo. Cruzaron junto a la piscina. No olía a cloro, sino a las rosas y los naranjos que se alineaban junto a las blancas paredes.

Una fuente caía a la piscina. Los tacones de las botas de Cami repiquetearon en la baldosa, pero Ray, descalzo, no hizo ningún ruido. Se detuvo frente a unas puertas dobles al final del patio. Abriéndolas, la hizo pasar a una habitación con una cama, una cómoda y armarios. Aunque parecía confortable, olía a cerrado y Cami supuso que sería una habitación de invitados. Una lujosa colcha estampada cubría la cama y alfombras ahogaban sus pasos.

–Nada en ropa interior, si quieres –dijo Ray, abriendo un armario para sacar un albornoz blanco–. Pero no me molestaría que te quitases todo –esbozó su maliciosa sonrisa–. Mientras, te traeré un poco de zumo. Estás acalorada, tienes que tener cuidado de no deshidratarte con este tiempo –se marchó, cerrando las puertas tras de sí.

Cami tragó, la boca seca. Tenía razón. La ropa que había elegido y las botas habían sido una elección estúpida para semejante temperatura y humedad. A pesar de que ya casi era de noche, todavía hacía bochorno.

Se quedó en sujetador y braguitas que, recatados, escondían su cuerpo de manera más eficaz que un biquini. Se puso el albornoz antes de salir y salió a la luz del patio. Junto a la piscina, se quitó la prenda y la dejó caer sobre una de las dos tumbonas que allí había antes de sumergirse en el agua.

Rayhan salió al patio llevando una bandeja con una jarra, un balde de hielo y dos copas, que depositó sobre la mesa junto al albornoz de Cami. Sentándose, la observó chapotear y jugar en el agua. Aunque sintió la tentación de unirse a ella, decidió mantener una respetuosa distancia. Le había prometido que no la molestaría y cumpliría su promesa aunque reventase de deseo.

El cuerpo de Rayhan había entrado en estado de alerta al tocarla en el brazo. La ropa que ella había elegido: una larga falda estampada y una camisola a juego, más que mostrar, insinuaban. Luego, había notado lo acalorada que se encontraba.

—¡Niña imprudente! —murmuró para sí.

Cuando se casasen, se dijo, la cuidaría. Se acabarían los baños semidesnuda en la poza insalubre que visitaban vaqueros y animales. Basta de andar por ahí, en pleno verano, arriesgándose a que le diese una insolación.

Esperaba que su rival, Charles Ellison, apreciase todo lo que él haría por Cami. No pudo evitar sentir un poco de pena por él. Rayhan sabía que Ellison estaba lisiado. Seguramente, en su condición, le habría resultado difícil educar a una voluntariosa adolescente. Si todo salía tal como él lo había planeado, Ellison dejaría de ser responsable de su hija; su esposo llevaría las riendas de la vida de Cami y de su fortuna.

La piscina se quedó silenciosa. Rayhan vio a Cami haciendo la plancha. Los pechos femeninos, cubiertos por el sujetador, se asomaban por encima del agua. Los pezones se habían apretado y se veían, prietos y rosados a través de la transparente tela mojada.

Rayhan se echó atrás en la silla, disfrutando del espectáculo. Agradeció que lo cubriese su *thobe,* amplio y suelto. Los vaqueros ajustados hubiesen sido una agonía.

Pero el flirteo tenía que parar antes de que reventase de frustración. Las mujeres estaban para satisfacer a los hombres, se dijo. Y Cami Ellison estaba para satisfacerlo a él, tanto si lo sabía como si no. Tenía que convencerla de que eran el uno para el otro.

Mientras tanto, ambos necesitaban calmarse.

Cami sintió que algo frío le caía sobre el vientre. Abrió los ojos y vio que Ray se encontraba en el borde de la piscina, echándole cubitos de hielo.

–¡Eh! –exclamó, sumergiéndose para salir junto a Ray. Le salpicó, empapándolo de cintura para abajo.

El agua mojó las largas vestimentas masculinas que, transparentes se le pegaron a Ray al cuerpo. Cami lanzó una ahogada exclamación, sin poder apartar la vista de la fascinante y sombreada zona de la pelvis de Ray. Él lanzó una carcajada y se dejó caer en una de las tumbonas, presa de una ataque de risa.

Mortificada, Cami se sumergió en el agua. Esperaba que él se fuese a cambiar antes de que emergiese, pero no tuvo suerte. Estaba sentado en el borde, con las piernas sumergidas en el agua, riéndose de ella.

—Pensaba que te gustaban las mujeres pudorosas —dijo ella, sin comprender.

—Me gustas tú. Ven —se puso de pie y le alargó la mano.

Ella la tomó, dejando que él la sacase de la piscina de un tirón y agarrando el albornoz que le ofrecía. Todavía riéndose, Ray le sirvió un vaso de zumo.

Cami se secó con el albornoz, luego se lo puso y se ató el cordón a la cintura. Agarró el vaso que él le daba y tomó un sorbo, saboreando el dulce y fresco zumo de naranja.

—Mmm, está delicioso. ¿De tus árboles? —preguntó, señalando con un gesto de la cabeza los oscuros naranjos de hojas lustrosas que rodeaban el patio.

—Lo he hecho para ti yo solo.

Cami inclinó la cabeza de lado, viéndolo bajo un nuevo ángulo.

—Te gusta hacer las cosas solo, ¿no?

Él la miró, atónito.

—¿Qué? Los príncipes no... hacemos cosas. Somos criaturas inútiles. Especialmente los que nacemos en cuarto lugar —la miró perplejo, con el ceño fruncido.

–Tú no –dijo Cami, meneando la cabeza al recordar las callosas manos de él–. Tú no tienes por qué hacerlo, pero exprimes tu propio zumo y entrenas caballos. Te gusta usar las manos para lograr cosas, hacer que sucedan.

–Eres muy intuitiva. Quizá tengas razón –Ray se encogió de hombros–. Disfruto mucho en este rancho. Por supuesto, mis caballos árabes son mi orgullo. Me gusta especialmente mirar a las yeguas de cría, y sueño con sus potrillos, si serán machos o hembras, bayos, tordos, mansos o díscolos.

Aquel hombre sería un padre excelente. El pensamiento le pasó por la mente como un tornado. Se lo quedó mirando, viendo nuevos detalles: los ojos espaciados e inteligentes, las manos, precisas y elegantes mientras se servía zumo, la sensible boca. Se estremeció al recordar el contacto de sus labios.

Evaluó sus cualidades no solo como amante, sino como una mujer soltera evalúa a un hombre soltero como... un posible compañero para toda la vida.

Luego, recordó que Ray había mencionado el matrimonio en su primera cita... le había dicho que sería una compañera adecuada la noche del Dancin' Nancy's... había hablado de una sortija la mañana siguiente en el Pete's...

Además, él había reconocido haberse fijado en ella antes de conocerla. Ella no le había prestado atención, pensando que solo flirteaba, imaginándose que él solo quería llevarla a la cama. Se quedó sin aliento.

¿Y si fuese verdad?

Ya no la sorprendería nada de lo que Ray hiciese. Lo contempló. A pesar de ser de cuna real, no lo molestaba ensuciarse las manos criando caballos ni haciéndole un zumo a su novia.

—Bebe —le dijo Ray, sirviéndole más zumo.

Cami lo examinó por encima del vaso. Era un hombre que se ocupaba de dar, de nutrir. Sí, eso era lo que era. Y además, era tan sexy que no podía quitarle las manos de encima. Quería meterse dentro de su piel y fundirse con él.

Cami nunca se había preocupado en pensar en lo que quería de un hombre. A su edad, ni siquiera había pensado en casarse. Pero ahora, mirándolo, se dio cuenta de que no necesitaba que un hombre tuviese dinero o que la protegiese físicamente. Ella era capaz de hacerlo por sí sola.

Lo que necesitaba era alguien que supiese dar, nutrir. Alguien que fuese un buen padre para sus hijos.

Eso. Eso era lo que quería. Dejó el vaso vacío sobre la mesa con un golpe. Si él se lo pedía, le diría que sí y, ¡al diablo con la diferencia de edad!

QUÉ ESTABA pensando? ¿Estaba loca? ¡Hacía apenas diez días que se conocían! Necesitaba tomar distancia.

—Me gustaría vestirme ahora —dijo, dirigiéndose al cuarto de invitados.

—Hay una ducha en esa suite —dijo Ray—. Puedes lavarte el pelo si lo deseas.

Quince minutos más tarde, Cami estaba lista para reunirse con Ray en el patio, descalza, con solo la falda larga y la amplia túnica cubriendo su desnudez. La piel le cosquilleaba y, al caminar, los pechos se le balanceaban levemente y los pezones le rozaban la gasa de la túnica.

Dos sillas de hierro forjado con coloridos almohadones flanqueaban la mesa de cristal, ahora puesta para cenar. Una cálida luz proveniente de los candelabros de bronce esmaltado suavizaba los rasgos de Ray.

Él se inclinaba sobre un plato, acomodando la guarnición de un pastel de crujiente masa. Al oírla, levantó la vista, sonriendo, dejó lo que hacía.

—Cami —le dijo al llegar a su lado, y le tomó la palma para besarle la mano, causándole un estremecimiento. La acompañó hasta la mesa, donde sirvió un vino de pálido color dorado en dos copas.

–No sé si debería beber –dijo Cami.

–No permitiré que te extralimites. Emborracharse es una condición muy poco elegante. También hay agua para ti –levantó la copa–. Por el amor.

Cami tomó un sorbo, consciente de la forma en que él la observaba.

Aunque había salido con hombres, nunca la habían cortejado, halagado, mimado de aquella manera, con tanta ansia manifiesta. Sintió la urgencia de él y creyó comprender su origen. Los hombres tenían necesidades. Seguramente él intentaría acostarse con ella aquella noche. Le diría que no, una vez más. Tenía que hacerlo.

Quizá fuese anticuada, pero sabía que se había enamorado de aquel hombre guapo y complicado, de su fascinante personalidad de príncipe árabe y de su masculinidad.

Él tenía una vida interior compleja y un pasado misterioso que ella no comprendía aún, pero le encantaría desenredar la madeja de todo lo que formaba a Ray, aunque la tarea le llevase una vida. Sus secretos lo envolvían en un aire de misterio, intrigándola del mismo modo que el tesoro escondido llama al pirata.

Lo necesitaba en su vida, pero, si hacían el amor sin casarse, él podía irse, razonó Cami. Sería más probable que no se marchase si ella tenía una alianza en el dedo. Si él la abandonaba, no sabía si podría volver a amar. Aunque el matrimonio no podía asegurar la felicidad, se imaginó que tendrían mejor suerte si se casaban. Dejó la copa, recordando que cuando la gente se emborrachaba, se ponía estúpida.

—Comamos —dijo Ray y cortó el crujiente pastel.

—¿Qué es? —preguntó Cami, oliendo el delicioso aroma, perfumado con canela.

—Tengo una sencilla comida para ti esta noche. Ensalada tabouleh y b'stila, un pastel de paloma con almendras, huevo y pasas.

—¿Has cocinado tú?

—Por supuesto. Los sirvientes tienen la noche libre. No deseaba que nos molestasen.

—¿Cocinaste tú? —repitió Cami, incrédula. Ray, un príncipe, le había exprimido las naranjas de un zumo, hecho b'stila y la ensalada tabouleh.

Él sirvió un trozo de pastel en el plato de loza azul, luego ensalada, y lo adornó con una ramita de perejil.

—Sí, yo cocino —sonrió.

—No eres un inútil cuarto hijo.

—No, no lo soy. Desde que vine a Texas hace diez años, he trabajado duro para... ¿cómo se dice?... superar el accidente de mi nacimiento y crearme una vida nueva —se sirvió—. Come.

Cami comió y bebió. La comida era deliciosa, casi lo bastante como para que se olvidara de lo mucho que la excitaba la presencia de Ray. Él no podía quitarle las manos de encima. Acercó su silla a la de ella y le dio los bocados más delicados de su plato, intercalados con besos y sorbos de vino hasta que ella lo empujó, apartándolo.

–Basta –le dijo–, o creeré que intentas emborracharme para aprovecharte de mí.

–Tus sospechas serían correctas. Alguna noche espero tener suerte contigo.

–Ni lo sueñes –dijo Cami. Se sentía relajada y alegre.

–Sí que lo sueño, todas las noches. Pero no te presionaré. Tienes que venir a mí cuando tú lo desees.

–Pues sigue soñando.

–Ya sé que no lo harías con cualquiera, pero ¿sigo siendo cualquiera para ti? –le rogó con los ojos muy abiertos.

–Perdón, príncipe –dijo Cami, tomando el último bocado de su b'stila–. Me estoy guardando para el matrimonio.

–¡Matrimonio! Le pones un precio muy alto a tu amor. Pero quizá tengas razón al hacerlo –rio Ray suavemente, recostándose en la silla. Miró el cielo sin luna–. Mira allí –dijo, señalando–. Marte.

–¿Cómo sabes? –preguntó ella.

–Es ligeramente rojo. Déjame mostrártelo.

La tomó de la mano y la llevó hasta la puerta por la que se accedía al minarete.

Subiendo las escaleras de caracol, Cami sintió como si hubiese dejado Texas para ascender a un mundo nuevo y mágico donde los misterios le serían revelados y se le desvelarían secretos. Los sentidos se le aguzaron en la oscuridad. La única iluminación era la luz de las estrellas que se filtraba por unas hendiduras dispuestas en el minarete. Percibió sus respiraciones entrecortadas, la frescura del suelo en sus pies descalzos y el calor de la mano de Ray en su cintura, que le producía estremecimientos de anhelo. Finalmente, las escaleras acabaron, desembocando en una amplia estancia circular en lo alto del minarete.

Rodeaban el recinto octogonal ocho ventanas abovedadas, sin cristales y abiertas a la noche, que dejaban penetrar los sonidos del campo. El único mobiliario era una pulcra mesa, dos taburetes, y una gran estructura cubierta con una tela plástica. Ray le soltó la mano para quitarla y revelar un telescopio.

–Me siento aquí muchas noches a mirar las estrellas –dijo en voz baja y un poco titubeante, como compartiendo una parte secreta y preciosa de sí mismo.

–¡Vaya! –exclamó ella, recorriendo la estancia para poder verlo todo.

–Ven, déjame mostrarte que Marte es verdaderamente el planeta rojo –dijo Ray y giró y ajustó expertamente el complejo telescopio.

Le mostró Marte y Saturno con sus fabulosos anillos, y luego exploró con ella más profundamente el universo. Cami vio a Sirius, con su luz azulada, y una estrella doble, sus dos mitades con increíbles tonalidades de dorado y turquesa, reluciendo en el cielo, unidas por la gravedad en una danza infinita.

–Los colores son asombrosos –dijo Cami, mirándolo con una expresión deslumbrada.

–No son más hermosos que tus ojos –le tomó las manos–. Cami, te he traído aquí para mostrarte mi corazón, la parte más profunda de mí. Quiero que tengas, ya sabes, todo mi ser.

A último momento, Rayhan sintió que lo asaltaban las dudas. ¿Y si iba muy rápido? Sentía que ella lo deseaba, pero era una mujer joven, independiente, con una firme voluntad para ser tan joven. ¿Y si...? Metió la mano en el bolsillo de su *thobe* y tocó los bordes de la caja, reconfortándose con su contacto.

Podría haberla hecho suya en la poza, pero había interrumpido la seducción a propósito, para enloquecerla y luego dejarla vacía y anhelante, pues la deseaba toda, no solamente su cuerpo, también su corazón y su alma. Lo único que lo satisfaría sería una conquista completa. Inhaló para calmarse y sacó la caja del bolsillo. Tragó el nudo que tenía en la garganta.

–Para ti –susurró–. Y con él, mi corazón.

Cami alargó la mano con dedos trémulos y abrió la caja. Entre pliegues de blanco satén, brillaba un diamante en forma de corazón engastado en platino.

La caja se le cayó y desapareció en las sombras de la estancia.

–¡Oh, lo siento! –dijo, atribulada, llevándose la mano a la boca–. Habrá caído con la parte blanca hacia abajo. ¿La encontraremos?

–Por supuesto –dijo Ray, que a pesar de los nervios y la exasperación, logró mantener la calma. Arrodillándose, tanteó con la mano y la encontró rápidamente–. No sabía que mi propuesta te alarmaría tanto.

–No estoy alarmada, solo un poco sorprendida. Había pensado en ello y me preguntaba si tú también. ¿Es por el sexo?

Su candor lo sobresaltó. Aunque casta, la habilidad de Cami de hablar de sexo abiertamente no era una característica que hubiese encontrado en otras mujeres. Ellas evadían el tema o flirteaban. Pero Cami no. Se caracterizaba por su honestidad por encima de todo. Deseando responderle con la misma honestidad, titubeó. ¿Debería revelarle sus planes, largamente estudiados? Se sentiría engañada por su calculada seducción y sus motivos ocultos.

–Pues te escuché cuando tú dijiste que querías que no nos precipitásemos, pero te deseo y no puedo mentirte.

Ella lo tocó con atrevimiento a través del *thobe*, y el cuerpo masculino reaccionó instantáneamente al roce de su inquisitiva mano.

–No, está claro que no puedes hacerlo –le dijo con una sonrisa.

–Pero es mucho más que eso –la rodeó con sus brazos y regó con suaves besos su frente, sus párpados, sus mejillas–. Eres muy inteligente y muy fuerte. Quiero que me des hijos. Y quiero cuidarte todos los días de mi vida.

Lágrimas brillaron en los hermosos ojos de Cami, que se inclinó, apoyando la frente contra el hombro masculino.

–¿Dirás que sí? –preguntó él. Tenía que saberlo.

Cami retrocedió, llevándose las trémulas manos a las mejillas. Aunque había soñado con aquel momento, le daba tanto miedo la realidad, que no podía decir que sí. Pero ¿podía decir que no? Por fin había conocido a alguien que deseaba, respetaba y amaba. Alguien que le ofrecía el compromiso que ella exigía como precio de su inocencia. Tomó una bocanada de aire y lo soltó lentamente mientras contemplaba a Ray. Él la bebía con los ojos como si fuese una taza de café, fuerte y aromático. Parecía sincero. «Quiero cuidarte todos los días de mi vida». No podía pedir algo más dulce que eso.

—Sí —susurró.

—¿Qué?

—¡Sí!¡Sí!¡Sí! —gritó ella, agarrándolo de la túnica y, sin prestar atención al diamante que él sostenía en la mano, comenzó a hacerlo girar por toda la estancia, riéndose.

Bailando con ella, él consiguió sacar la sortija de la caja y ponérsela en el dedo.

—Te queda perfecta —dijo, orgulloso.

—¡Claro! —exclamó ella, imitando su acento y moviendo la mano en el aire. El diamante reflejó la luz de las estrellas, reluciendo y centelleando—. ¡No me atrevería a desafiar a un príncipe de Adnan!

Él la tomó de la mano y la apretó contra sí, su cuerpo maravillosamente firme y sólido contra los pechos femeninos. La besó, primero mordisqueando tiernamente sus labios. Cuando ella se abrió a él, le hizo el amor a su boca hasta robarle cada gota de oxígeno y dejarla jadeante y sin aliento.

–Bien, entonces nos tenemos que preparar para marcharnos –le dijo sonriente.

–¿Marcharnos? ¿Adónde?

–A casarnos.

–¿Ahora? ¿Por qué tanta prisa? –le preguntó ella, poniendo la cabeza de lado.

–No quiero que te vayas y luego cambies de opinión –dijo él, pero al ver que la había mortificado, añadió con una sonrisa maliciosa–: ¡De acuerdo! ¡Lo reconozco! ¡Quiero probar mi suerte muy pronto!

Leves estremecimientos le recorrieron a Cami la columna.

–Pero ¿qué le digo a mi padre? No se encuentra bien. Tiene asma.

–Sé que él es muy importante para ti –dijo Ray, soltándola–. ¿Qué le has dicho de esta noche?

–Le dije que cenaría con el hombre con quien estoy saliendo.

–¿Ah, sí? ¿Y qué le has dicho de mí? –le preguntó Ray con curiosidad.

¿No estaba un poco nervioso? Bueno, era lo normal, dadas las circunstancias.

–Poco, solo que tú eres mayor que yo y que querías una relación exclusiva. Le pareció que eso estaba bien, pero no quiso que le diese detalles de nosotros.

Él se rascó el lóbulo de la oreja, pensativo.

–Si no quiere detalles, entonces no es necesario que se los demos, especialmente si no ha estado bien de salud.

–Apuesto a que papá quería una boda por todo lo alto.

–Eso llevaría mucho tiempo, ¿no?

–Sí –dijo ella, jugueteando con su trenza.

–Cami, ya que estamos seguros, hagámoslo. Siempre podremos repetir la ceremonia cuando tu padre se encuentre bien. Podemos, ¿cómo se llama? Renovar nuestros votos, ¿no?

CAPÍTULO 7

RAY FUE a cambiarse y se puso unos vaqueros. Cami metió su ropa interior, todavía húmeda, dentro del bolso. Se dirigieron hasta la camioneta.

—¿Cómo conseguirás organizar una boda con tan poco tiempo? —le preguntó Cami—. ¿Adónde vamos?

—Tú no te preocupes —le dijo él, sonriendo—. No te preocupes por nada.

Viajaron toda la noche, con Cami durmiéndose a cada rato. Cuando llegaron al puerto de Galveston al amanecer, ella se frotó los ojos y se quedó mirando la blanca pared de metal del barco que había frente a ellos. Luego, comprendió.

—¡Vamos de crucero y el capitán nos casará! ¡Oh, Ray, eres un genio! —le echó los brazos al cuello y le plantó un estruendoso beso en los labios.

—Ya había reservado el crucero y hecho los arreglos —sonrió él—, esperando que dijeras que sí. Podremos casarnos una vez que el barco esté en aguas internacionales.

—¿Adónde vamos?

–Es solo un crucero corto, ya que no tienes tu pasaporte. Iremos a Nueva Orleáns y visitaremos playas por el camino.

–¿Cuánto tiempo estaremos fuera?

–Tres días.

Cami se mordió el labio, preocupada por las consecuencias de su aventura.

–Tendría que decírselo a mi padre, de veras.

–Cami, es la madrugada. No puedes llamar a tu padre ahora, estará dormido –dijo Ray, haciendo un gesto con la mano–. Subamos al barco. Es pronto, pero hablaré con el comisario de a bordo y veré si nuestra suite está lista. Puedes llamar a casa a una hora más civilizada.

–¿Una suite?

–Pues claro. Reservé la suite nupcial, por supuesto –le guiñó el ojo.

–¡Oh, Dios mío! –exclamó Cami, cubriéndose la boca, excitada.

Tomándola del brazo, Rayhan la guió por la plancha de acceso, rogando que ella no encontrase un teléfono hasta que se hubiesen hecho a la mar. Temía que el viejo Ellison la convenciese de que no se casara. Y, si Ellison se enteraba de la identidad del novio antes de que el matrimonio se consumase, Rayhan estaba dispuesto a apostar su caballo más rápido a que la unión sería anulada antes de la puesta del sol.

No, tenía que mantenerla alejada de los teléfonos hasta que la boda hubiese tenido lugar, estuviese consumada, y, con un poco de suerte, hubiese un heredero en camino. Pero a la vez tenía que evitar que ella se diese cuenta de que intentaba impedírselo.

Después de sobornar a dos marineros para que los dejasen subir, la llevó a un salón, semejante al hall de un hotel.

—¿Ves, Cami?, si nuestro camarote no está listo, podremos tomar el desayuno. Y luego ya será hora de llamar a tu casa —le dijo, señalando a los teléfonos públicos cerca de los servicios.

Ella pareció tranquilizarse.

—No te preocupes —dijo Rayhan, intentando impregnar de seguridad su voz—. Todo saldrá bien. Quizá tu padre se sorprenda cuando oiga las noticias, pero no estará molesto, ¿no?

—Eso es lo que temo —dijo ella, volviéndose a mirarlo, preocupada—. Nunca he hecho nada sin haberlo conversado antes con él.

El temor lo recorrió, el estrés le hizo un nudo en el estómago. Tomándola del brazo, la llevó hasta un sofá y se sentó con ella.

—Cami, si no estás segura, no deberíamos...

—¡Oh, sí que estoy segura! Solo siento que debería decírselo.

—Por supuesto que deberías —dijo Rayhan y decidió llamar a su rancho y arreglar algo, lo que fuese, para que Charles Ellison no pudiese hablar por teléfono con su hija cuando esta llamase. Quizá mantener la línea ocupada hasta que se casasen...

—Son las seis —dijo Cami, mirando el reloj—. Aunque papá no esté despierto, Robbie lo estará. Es nuestra ama de llaves y se levanta pronto a preparar el desayuno para los peones —sacó un teléfono móvil del bolso y comenzó a apretar los botones.

Rayhan se tranquilizó. Había visto a Roberta Morris varias veces en McMahon, y había intercambiado ocasionalmente algunas palabras con ella. Sabía que Ellison la había contratado unos años después de que Rayhan comprase sus tierras. Robbie nunca había indicado saber nada de la tensión que existía entre los residentes del Double Eagle y del C-Bar-C.

—Hola, Robbie, soy Cami.

—¿Cami? ¿Dónde estás? —la conexión no era muy buena, pero se oía la voz de Robbie a pesar de las interferencias.

—Oh, he salido con un amigo. ¿Papá está levantado? —preguntó Cami, sonriéndole a Ray.

Ray la miraba fijamente, tenso.

—No, ha pasado mala noche —dijo Robbie—. No se levantará hasta dentro de una hora o así. ¿Has salido con un amigo? ¿Dónde?

—Espera un momento —dijo Cami. Tapando el teléfono, le preguntó a Ray—: No quiero que papá se entere por Robbie de que me caso. Tendríamos que decírselo nosotros, ¿qué le digo a ella?

—Dile que todo va bien. Que te ha surgido la oportunidad de viajar a Nueva Orleáns con un amigo y has decidido ir. Que volverás el jueves.

—De acuerdo —dijo Cami, aliviada. Se dio cuenta de que todo iría bien. Era una adulta, ¿no? Su padre la había criado para tomar decisiones por su cuenta. Además, nunca se había enfadado por nada de lo que ella hubiese hecho, ni siquiera cuando, a la edad de once años, se había montado a una de las camionetas del rancho y se la había llevado, chocándola luego contra un árbol.

Le dio el mensaje a Robbie.

—Se lo diré —respondió el ama de llaves—. Gracias por llamar, Cami. Nos habríamos preocupado.

Después de acabar la conversación, Cami apagó el móvil y le sonrió a Ray.

—Me alegro de haberme quitado eso de encima. Vamos a comer.

Ray había planeado un día relajado para Cami, así que después del desayuno la dejó en el spa del barco. Después de un masaje de dos horas y un ligero almuerzo, Cami, disfrutando de tantos cuidados, se hizo maquillar el rostro, hacer las manos y los pies. Luego, la peluquera le lavó el rubio cabello y se lo trenzó en forma de diadema, el peinado que Cami quería para su boda.

La ceremonia. El corazón se le aceleró al pensar en lo que sucedería a las seis de la tarde. Controlando los nervios, se dirigió a las tiendas que había en la cubierta principal. Ray le había dicho que cargase las compras a la habitación.

El Corsario, al ser un crucero de lujo, tenía de todo, hasta una boutique para novias. En un tiempo razonable, Cami compró un vestido, zapatos, y un velo. Aunque el vestido, de seda blanco con corpiño bordado, le dejaba los brazos al descubierto y tenía un profundo escote en «V», esperaba que le gustase a Ray, ya que, sabiendo que él prefería que ella fuese recatada, lo eligió porque su talle imperio y su falda amplia, en vez de marcarle la figura, la insinuaban. Un miembro de la tripulación le indicó a Cami, cargada con varias bolsas, dónde se encontraba el camarote nupcial. Su asombro fue tal que se le cayeron todos los paquetes al suelo cuando entró en el camarote.

Dominaba la suite una enorme cama redonda sobre una plataforma. Se le secó la boca y la recorrió un estremecimiento al imaginarse a Ray y ella desnudos, con sus cuerpos entrelazados en aquella colcha roja de satén.

Parecía que Ray había estado y se había marchado, pues sobre el lecho había un hermoso ramo de dos docenas de rosas amarillas, un regalo y una nota.

Mi adorada Cami:

Espero que hayas disfrutado de tu día. Me han dicho que los americanos creéis que es mala fortuna que la novia y el novio se vean antes de la ceremonia, así que nos veremos nuevamente en la capilla del barco a las seis.

En el interín, acepta por favor mi regalo de matrimonio.

Te echo de menos a cada momento.

R.

Cami leyó la nota durante largo rato. Le gustó su letra, de confiado trazo, que veía por primera vez. Luego, miró el regalo y arrancó el papel plateado que lo envolvía. Dentro había un fabuloso par de pendientes y un colgante a juego con la sortija de compromiso. Los regalos eran lujosos, pero discretos. Le irían de maravilla con su vestido.

La alegró haber pensado también en un regalo para él. Le había comprado un brazalete de oro macizo de masculino diseño y le había pedido al joyero que le grabase el broche, plano y cuadrado, con sus iniciales.

Intentó nuevamente comunicarse con su padre para compartir su felicidad, pero comunicaba. ¡Rayos!

Llegaron las seis de la tarde. Cami, trémula de excitación, se vistió, calzó sus nuevos zapatos de satén blanco y se dirigió a la capilla. Se preguntó si la gente que se cruzaba con ella adivinaría, tras la aparente calma, la forma en que le latía el pulso. ¿Se darían cuenta de la alegría que sentía en cada célula de su cuerpo?

Al llegar a las puertas dobles de la capilla, la recibió una mujer sonriente, que se presentó como la directora de actividades del barco y le dio un ramillete de rosas amarillas. Cami hundió el rostro en las perfumadas flores e inhaló profundamente. ¡Qué romántico era Ray!

La decisión de casarse con aquel hombre especial se reafirmó hasta hacerse dura como el granito. Aunque él nunca le había dicho que la amaba, todo lo que hacía reflejaba su sinceridad y devoción. Los hombres no mostraban su lado romántico a menos que estuviesen seguros. Cami tuvo la certeza de haber encontrado el firme y verdadero amor que ansiaba para el resto de su vida.

Después de ayudar a Cami con el velo, la directora de actividades abrió las puertas dobles. Cami parpadeó, deslumbrada por las luces. Oyó el dulce sonido de un violín.

Ray la esperaba, alto y orgulloso, junto al altar lleno de rosas amarillas, gladiolos rojos y blancos claveles. También vestía de blanco y su esmoquin resaltaba su estampa de exótica belleza.

Cami tuvo que inspirar varias veces para tranquilizarse. Le costó trabajo. Aquel hombre maravilloso hacía que se quedase sin aire con solo mirarlo.

Casi corriendo, se dirigió por la nave hacia él.

LOS CORCHOS de champán y los fogonazos del fotógrafo sobresaltaron a Cami, ya bastante mareada por la ceremonia, que, aunque breve, había estado cargada de solemnidad. Había unido su vida a la de Ray. Estaba casada.

Jugueteó con el pie de la copa mientras esperaba que Ray acabase de hablar con el capitán y el fotógrafo, observando discretamente su apostura, su cuerpo, bien proporcionado, que pronto la haría mujer... su esposa.

Cuando él volvió a su lado, miró el rostro masculino, muchas veces sombrío, En aquel momento, la sonrisa amplia y los ojos tranquilos de Ray no escondían nada. Segura de haber hecho lo correcto, Cami apoyó la mano en el brazo de su esposo para dirigirse hacia su suite.

Cuando llegaron a la puerta, Ray la levantó en sus brazos.

—¡Oh, venga, no seas cursi!

—Me han dicho que trae buena suerte. ¿No quieres lo mejor que la fortuna te pueda ofrecer? Venga —dijo Ray, agarrándola con firmeza—. Oh, Cami, me he dejado la tarjeta para abrir la puerta en el bolsillo del pecho. Sácala, ¿quieres?

En vez de meter la mano en el bolsillo, Cami metió la mano entre dos de los corchetes de la camisa y le deslizó las uñas por el pecho. Encontró el pezón y se lo acarició, rascándolo suavemente.

Ray trastabilló, diciendo algo en árabe que ella no comprendió.

—¿Dónde has aprendido a hacer eso?

Ella esbozó una sonrisa atrevida y frotó su trasero contra él, haciendo que él casi la dejase caer.

—En una revista para chicas —rio.

—Por favor, saca la tarjeta, ahora mismo.

Cami abrió la puerta y Ray logró atravesarla sin golpearle la cabeza ni los pies en la jamba.

—Lo has hecho muy bien —dijo Cami.

—Y eso que nunca he hecho nada tan tonto en mi vida. ¿Hay muchas otras costumbres misteriosas que debamos llevar a cabo antes de que podamos, ya sabes...?

—No —dijo ella—, ya lo hemos hecho todo.

—Sí, lo hemos hecho, ¿verdad? —la hizo girar, levantándola en el aire—. ¡Lo hemos hecho, Cami! ¡Lo hemos hecho de verdad!

—¡Sí! ¡Nos casamos! —la risa salió a borbotones del pecho de ella, llenándola de gozo.

Ray le cubrió de ligeros besos la frente, los párpados, la nariz y las mejillas, antes de volver a dejarla con cuidado en el suelo.

Ella le devolvió los besos, intentando profundizar más la seducción que esperaba con anticipación, pero Ray tenía otras ideas. Cruzando la estancia, se dirigió al sistema de música de la suite. Pronto, un cantante de jazz entonó una cálida balada y él abrió los brazos para recibirla en ellos y bailar juntos, como si hubiesen sido diseñados el uno para el otro.

Mientras bailaban, ella le rozó los labios con los suyos, tentándolo, jugueteando con él, ansiosa por ser suya. Los besos se hicieron más profundos, más indagadores. Cami comenzó a recorrerle el pecho con los dedos. Le soltó la corbata, le abrió los corchetes de la camisa y le quitó la faja, dejándola caer.

No sabía lo que le pasaba. Una mujerzuela descarada y lujuriosa parecía haber tomado posesión de ella, llenándola de un ardor incontrolable que la obligaba a recorrer el cuerpo de Ray.

Y él no se resistió en absoluto. Por el contrario, le abrazó con fuerza la cabeza cuando ella se inclinó a frotar su rostro contra la masculina mata de pelo que le cubría el pecho. Luego, ella le rodeó con la punta de la lengua los oscuros pezones, mordisqueándoselos hasta ponerlos duros de excitación. Él gimió y murmuró algo en árabe, sujetándola por la nuca.

Cami descubrió que le gustaba excitar a su marido, pero también era lo bastante egoísta como para hacerlo para sí misma. Deseaba ver todo, sentir todo, hacer todo.

Llamaron a la puerta, sacándola de su ansiosa exploración del torso de Ray. Este sonrió y abrió la puerta de par en par.

–¡La cena está servida!

Cami esperó impaciente a que los camareros dejaran las viandas sobre la mesa.

Ray sirvió agua y la colocó junto a los platos, sonriente.

–Mira, ya no soy un niño, Cami. Sé que en este país las mujeres podéis elegir y creo que es lo correcto, aunque espero que tú escojas tener niños para nosotros, para completar nuestras vidas.

Ella hizo una profunda inspiración, intentando encontrar el equilibrio.

–No sé, Ray...

–Si no estás segura, entonces no deberías.

–No, estoy segura de nosotros. Te amo. ¿Por qué lo dudas? –cruzando la habitación, le apoyó la cabeza en el pecho, su hermoso pecho desnudo.

–Sé que todo ha sucedido muy deprisa. Si tienes dudas, no puedo culparte, esposa mía –la ansiedad velaba los oscuros ojos.

Cami no pudo soportar que él sufriese ni un instante de preocupación.

–No tengo dudas –le dijo–. Hagamos un bebé.

Tomándolo de la mano, lo llevó hasta el lecho.

Rayhan se sentó en la cama: eran las dos de la mañana. Cami dormía, una sonrisa curvando sus labios.

No quiso despertarla, así que se deslizó silenciosamente entre las sábanas arrugadas y se puso los vaqueros. Depositó una sola rosa amarilla en el hueco que su cabeza había dejado en la almohada antes de marcharse.

Le pidió un cigarrillo a un marinero y se sentó en una tumbona, mirando el cielo, tachonado de infinitas estrellas, que le recordaron a su esposa. Su esposa.

Cami no hacía más que sorprenderlo a cada instante, envolviéndolo cada vez más en la tela que tejía con su cuerpo inocente y sabias sonrisas, sus ardientes ojos y manos curiosas.

Durante la ceremonia, había sido una joven recatada, vestida con una túnica virginal; había dicho las palabras del antiguo ritual con solemnidad, inspirándole reverencia. Él había sentido lo mismo con cada uno de sus votos.

Pero una vez cruzado el umbral del camarote, ninguno de los dos tuvo tiempo de comer o beber.

Sabía que su primera vez la marcaría para siempre, que una mala experiencia sería desastrosa para su futuro. Por ello, la llevó lentamente por el camino del sexo. Antes de dar rienda suelta a su deseo, logró que su esposa subiese hasta la cima de la pasión.

Pero no tendría que haberse preocupado. La expresión «hacer el amor» no alcanzaba para describir lo que había sucedido entre ellos. Cerró los ojos, recordando las palabras de la tradicional ceremonia: «Con mi cuerpo, yo te venero». Se habían adorado el uno al otro del mismo modo que los paganos adoraban a una salvaje diosa de la fertilidad.

Rayhan fumó, inspirando profundamente. Tocó la alianza que llevaba y luego el grueso brazalete.

Acarició las iniciales del cierre: *C+R*. Se le hizo un nudo en la garganta. Levantando los ojos al cielo, agradeció a quien estuviese allí por su buena fortuna, porque ciertamente era el esposo más afortunado del mundo.

La puerta se cerró con un chasquido, seguida por el roce de la ropa que alertó a Cami del retorno de Ray. Luego, sintió que él se deslizaba en la cama, su cuerpo largo y fresco rozándola como si flotasen.

—¿Dónde has estado en nuestra noche de boda? —le preguntó, adormilada—. ¡Esposo malo! —le dio un ligero cachete en la cadera.

Ray lanzó una profunda risa ahogada y luego la tomó de las muñecas, sujetándoselas por encima de la cabeza. Cami intentó liberarse, pero él, con otra ronca carcajada, se dio la vuelta y su peso hundió las caderas femeninas en el colchón.

—Tranquila, querida, déjame compensarte por el agravio —sus labios le acariciaron el rostro, luego el cuello, y siguieron descendiendo hasta abajo. Mucho más abajo.

El cuerpo femenino comenzó a estremecerse, ilusionado. Con total confianza, Cami se entregó a su esposo y a su amor.

No fueron de excursión a una de las playas de la costa del golfo, prefiriendo pasarse el día en la cama. A la mañana siguiente, el barco atracó en Nueva

Orleáns. Como dos turistas más, exploraron una mansión encantada en el Garden District y luego visitaron el zoo y el acuario. Cuando asistieron a un «auténtico ritual de vudú», Cami soltó la carcajada y les dio tanta vergüenza que tuvieron que marcharse. Riendo todavía, fueron a comer una deliciosa cena creole.

Después de que el barco partiese de Nueva Orleáns, el capitán anunció que tendrían mal tiempo, con marejada. Cami comenzó a sentirse mal y Rayhan la miró preocupado echarse sobre la cama.

—Me parece que estás un poco pálida.

Abruptamente, ella se puso de pie y salió corriendo al cuarto de baño. Rayhan la siguió y la encontró inclinada sobre el inodoro, gimiendo mientras el agua se llevaba los restos del cangrejo étouffée.

—Oh, cariño —dijo él, abriendo el grifo del lavabo—. Ven, enjuágate la boca.

Cami lo obedeció, gimiendo levemente. Él tomó una toallita limpia y la empapó. Después de retorcerla, se la colocó en la frente.

De repente, Ray se dio cuenta de que nunca se había preocupado tanto por una persona. Por sus caballos, sí; había hecho el sacrificio de quedarse levantado toda la noche para cuidar a un potro enfermo o a una yegua preñada. Pero ¿otro ser humano? ¿Una mujer?

Rayhan frunció el ceño mientras acompañaba a su esposa a la cama. Después de hacer que ella se echase, le puso la compresa fría en la frente y buscó un cuenco por si volvía a tener deseos de vomitar.

Nunca se había preocupado antes por sus parejas. Como príncipe de Adnan, siempre había tenido mujeres dispuestas en su época de estudiante en Francia y América. Pero se había casado con solo una.

El matrimonio tenía poco que ver con las emociones, se recordó. Había elegido a Cami porque era rica, inteligente y hermosa, un receptáculo sin mancillar para su simiente y una digna madre para sus hijos.

El que ella fuese adorable no había contribuido en absoluto a su decisión y no tenía por qué hacerlo. Ni ahora, ni nunca. Era ridículo amarla, imposible. El amor era una fantasía dirigida a vírgenes timoratas, para hacerlas caer en la trampa del sexo o del matrimonio. El amor era el sueño de un tonto.

No se había enamorado de su esposa. Se había casado con ella para purgar su honor y llevar a cabo su venganza contra el estafador de su padre.

Con un sobresalto, Rayhan se dio cuenta de que llevaba mucho tiempo sin pensar en Charles Ellison, en su honor y su venganza. Pero eso no quería decir que se hubiese enamorado de su esposa, aunque le gustase mucho su hermosa princesa texana. La conservaría y disfrutaría tanto tiempo como pudiese.

—¿Qué es esto? —preguntó Ray, de pie frente a la mesa del comisario, con el entrecejo fruncido mientras revisaba la factura del crucero. Cami le pasó el brazo por la cintura y espió por encima de su hombro, preguntándose qué habría molestado a su imperturbable marido.

—Estoy seguro de que está correcta, señor —dijo el joven ansiosamente.

—Camille, no veo que hayan cargado tu ropa a nuestra habitación. ¿Cómo es posible? —preguntó Ray, volviéndose a ella.

Cami sonrió. Ahora que la tormenta había pasado y el barco estaba en puerto, había recuperado su habitual alegría.

—Lo cargué todo a mis tarjetas de crédito.

—Eres mi esposa. No necesitas gastar tus fondos.

—No quería que pensases —le dijo ella al oído— que me casaba contigo por tu dinero, cielo. Soy una mujer rica, ¿sabes? —le mordisqueó el lóbulo.

Rodeándole el talle con un brazo, él la acercó a su cuerpo.

—Puede ser, pero soy perfectamente capaz de vestir a mi esposa —le trazó con el dedo una línea por la espalda hasta la nuca, donde le dibujó pequeños círculos con la yema, haciéndola estremecerse de renovado deseo.

—Ray, no iba a hacer que te comprases tu propio regalo de boda —le dijo ella. Contenta de que a él no le importase su dinero, le acarició el brazalete que le rodeaba la muñeca.

—Muy bien, cariño. No discutiremos por esas nimiedades. Pero en el futuro, ¿por qué no hablamos de estas cosas con antelación?

–Por supuesto, alteza. No se me ocurriría desobedecer a un jeque de Adnan –lo imitó ella, riendo.

El barco había atracado a la madrugada y Cami
quería correr a compartir su felicidad con su padre.
Le dio prisa a Ray para que iniciasen la marcha a
casa y no quiso detenerse por el camino. Sin embargo, no pudo evitar darse cuenta de que cuanto
más cerca se encontraban de McMahon, más silencioso estaba su esposo.

Cuando Ray salió de la autopista y tomó la carretera que llevaba a los dos ranchos, sus manos
sujetaban el volante con tanta fuerza que los nudillos se le pusieron blancos.

–¿Qué sucede? –le preguntó ella, apoyándole
una mano sobre los tensos dedos.

–Me temo que tu padre no aprobará lo que hemos hecho –suspiró él.

–Yo también –dijo ella, sintiendo una opresión
en el pecho–. Hemos sido muy impulsivos. Pero
estoy segura de nosotros. ¿Tú no?

–Desde luego que sí –dijo él inmediatamente–.
Cami, pase lo que pase, recordemos que estamos seguros. No nos arrepintamos de nada, ¿de
acuerdo?

–De acuerdo.

Suponiendo que su padre estaría trabajando,
Cami tomó a Ray de la mano y lo llevó a través de
su casa hacia el estudio. Y, efectivamente, Charles
estaba detrás de su mesa, hablando por teléfono.

Cuando Cami entró llevando a Ray tras ella, sus ojos se enturbiaron.

–Oye, Larry –dijo a su interlocutor–, ha surgido algo. Ya te llamaré –y cortó.

La expresión de sus ojos azules era indefinible mientras iban de Cami a Ray.

Cami se lo quedó mirando. Por primera vez en su vida, su padre mostraba miedo y ... ¿culpabilidad? ¿Qué sucedía allí?

Ray carraspeó.

–Hola, viejo amigo –dijo con tono irónico.

«¿Viejo amigo?». ¿A qué se refería? ¿Tenían su marido y su padre una relación que nunca le habían mencionado?

–¿Os conocéis? –les preguntó.

–En absoluto –dijo Ray con voz fría y distante.

Qué extraño, cada vez más extraño.

–Hemos tenido algunos negocios en el pasado –dijo Charles. La mano izquierda de Cami, apoyada en el brazo de Ray le llamó la atención–. Cami, ¿qué es eso?

Cami le mostró con orgullo sus dos anillos.

–Son mi sortija de pedida y mi alianza de matrimonio. Estamos casados. Nos casamos hace tres días en un crucero a Nueva Orleáns.

Agarrando un bastón que tenía junto a la mesa, Charles se puso de pie.

–Cami, ¿por qué no me lo comentaste? –dijo con voz ahogada de rabia. La respiración le salía entrecortada.

–Yo... ejem... yo... –le lanzó una mirada de desesperación a Ray. La reacción de su padre superaba todo lo que se había imaginado. En vez de estar alegre, parecía al borde del colapso.

Cami había imaginado que su esposo sonreiría, le estrecharía la mano a su padre, quizá pediría su bendición. Pero Ray no hizo nada de eso. Su rostro parecía tallado en obsidiana.

—Así que lo has hecho —dijo Charles sin resuello, la mirada fija en Ray—. No pudiste ponerle tus sucias manos al petróleo hace diez años, así que me robaste a mi niñita y te casaste con su dinero —renqueando, con el bastón en la mano, se acercó—. ¡Canalla codicioso, cazafortunas rastrero!

—¿Cazafortunas? ¡Ja! ¡Sin ánimo de ser jactancioso, podría comprar y vender este pueblo y a vosotros dos, las veces que quisiera!

—Entonces, ¿por qué lo has hecho? —preguntó Charles acercándose renqueando a Cami, que seguía aferrada al brazo de su marido. Tenía los labios pálidos, casi azulados.

—Honor —Ray se encogió de hombros—. Venganza —le dirigió a Cami una mirada enigmática—. Deseo. Necesito una esposa. Ella es lo más precioso para usted, ¿no? Y ahora es mía.

Cami sintió que se le paralizaba el corazón. «Necesito una esposa». Eso era frío, frío como el hielo. Ray nunca le había dicho que la amaba y ella lo había dejado pasar. Se había dicho a sí misma que él le demostraba su amor constantemente con sus acciones en vez de expresárselo con palabras. ¿O había intentado convencerse de ello?

–¿Qué pasa aquí? –logró susurrar, con el miedo atenazándole la garganta.

Charles levantó el bastón para pegar a Ray. Este recibió el golpe en un brazo. Le quitó la improvisada arma y la arrojó a un lado.

Charles cayó contra su hija y luego se desplomó en el suelo, con las extremidades convulsas.

–¡Mi medicina! –dijo, casi sin voz, señalando con una mano trémula su mesa.

–¡Oh! ¡Dios Santo, está teniendo un ataque de asma! –exclamó Cami.

Corrió al primer cajón de la mesa y lo abrió de golpe para buscar en él el inhalador de su padre.

Abalanzándose sobre el teléfono, Ray marcó tres números y comenzó a hablar con voz tensa.

A los pocos minutos de que Ray llamase a Urgencias, se oyó la sirena de una ambulancia. Los paramédicos estabilizaron a Charles y se lo llevaron al hospital. Como conocían a Cami, le permitieron que fuese en la ambulancia. La mascarilla de oxígeno impedía que padre e hija conversasen y la mente y el corazón de Cami eran un torbellino de preguntas y emociones contradictorias. Al entrar a Urgencias, pusieron a Charles en un cubículo y Cami se quedó a su lado, mientras que Ray permaneció en la sala de espera porque solo permitían una visita por paciente.

–Papá, ¿puedes hablar? –preguntó ella finalmente–. ¿Me quieres decir qué pasa entre tú y Ray?

–Oh, Cami –suspiró Charles–. Este lío es todo por mi culpa. ¿Me podrás perdonar?

–No sé qué es lo que tengo que perdonarte. ¿Qué sucedió?

Ray se apoyaba contra una puerta, tomando sorbos de horrible café de máquina, cuando vio que Cami salía de la sala de urgencias y se acercaba a él.

Durante un segundo, se sintió como una marioneta cuyos hilos manejaba un amo invisible. Luego, se recordó que él había creado aquella situación y que tenía que vivir con ella.

Su esposa había envejecido en pocas horas, pasando de ser una despreocupada joven a una mujer apenada. Tenía los hombros hundidos y los enrojecidos ojos llenos de lágrimas. Su paso había perdido su habitual vitalidad.

Ray cerró los ojos brevemente. Nunca pensó en el efecto que sus acciones tendrían sobre la mujer con la que se había comprometido de por vida.

Era un imbécil.

Finalmente, ella llegó a su lado. Ray le ofreció el vasito de café.

Cami lo olió e hizo un gesto de desagrado; luego, sopló la humeante bebida.

–Ray, ¿es cierto?

–¿Qué?

–Que mi padre te hizo una estafa millonaria hace diez años –los ojos azules lo miraron con seriedad por encima del borde del vasito–. Mis millones.

Rayhan tomó aire, consciente del temblor de la voz femenina, las pestañas, húmedas por las lágrimas, la importancia del momento.

Su venganza no sabía dulce, sino que estaba aliñada con la salsa más amarga: la culpabilidad. Le había hecho daño. Aunque ello había sido necesario, quería que ella comprendiese.

–Esa es mi opinión, sí –dijo–. Yo era muy joven, más o menos de tu edad, y no hablaba inglés demasiado bien –hizo un gesto–. Ya sabes que sigue sin ser perfecto. El rey, mi padre, me envió el abogado real de Adnan, que tampoco comprendía demasiado. Tu padre dijo cosas que resultaron ser falsas. No podía perforar para extraer petróleo en mis tierras. Sigo sin poder hacerlo.

–Y desde entonces planeas una venganza –su voz era un susurro–. Eso es morboso.

¿Cómo podía pensar algo así? ¡Era su esposa!

–Dijimos que no nos arrepentiríamos, ¿no? –dijo, alargando la mano para ponérsela en el hombro.

Cami se apartó de un tirón.

–Eso era antes de que me enterase de lo retorcido que eres –dijo, dándose la vuelta y marchándose del hospital sin volver a mirarlo.

Quiso correr tras ella, explicarle todo, pero ¿qué podría explicarle?

Indeciso, se paseó por la sala. Cami estaba muy enfadada y afligida por la situación. Sí, eso era lo que sucedía. Quizá fuese mejor esperar. Volvería a

él por sí sola una vez que se hubiese calmado y re-
flexionado un poco. Si no lo hacía... a Rayhan se le
paralizó el corazón.

Luego, respirando profundamente, tomó una resolución. Si ella no volvía, sería porque no creía en
sus votos matrimoniales. Si así era, no le rogaría.
Si ella no creía en su matrimonio, no tenían nada.

CAPÍTULO **9**

Querido papá:

He alquilado un apartamento en San Antonio y comenzaré la universidad nuevamente en septiembre. Sé que me marché del rancho muy pronto después de que tú volvieses, y lo siento. Pero, por favor, comprende por qué no puedo quedarme más contigo. Solo necesito estar un tiempo sola para aclarar mis pensamientos.

Cami

Syed, capital de Adnan
Tres semanas más tarde

EL HERMANO mayor de Rayhan, el rey, caminaba arriba y abajo con pasos bruscos, sacudiendo sus largas vestiduras.

–¡Es un desastre! ¡Tu esposa te ha puesto una demanda de divorcio! ¡Rehúsa acudir a la llamada de un príncipe de Adnan!

Rayhan hizo una mueca de desagrado. Para Kadar, todo resultaba un desastre. Siempre había sido así. Cami ya le habría puesto algún apodo, con lo fácil que le resultaba hacerlo.

–Es norteamericana –dijo Rayhan, prosaico–. No tiene por qué obedecer una orden mía.

–Es su obligación –dijo el rey, reiniciando sus paseos–. La situación está muy complicada. La postura antiamericana de las tribus del desierto se exacerbará con su insolencia. Buscarán llevarnos hacia el fundamentalismo y sus locuras.

Rayhan se estremeció. Ningún adnaní, exceptuando las díscolas tribus del desierto, querría que su pacífico reino tomase la actitud de los fundamentalistas de los países limítrofes.

–¿Qué podemos hacer? –preguntó.

–¿No quieres considerar el casamiento con Matana al-Qamra? Su familia se sentirá gravemente insultada si tú te echas atrás. Se rumorea que desean una alianza con las tribus del desierto para incitar a la revolución.

–Desde luego que no –dijo Rayhan, cruzándose de brazos–. Ya estoy casado.

–La ley adnaní permite que los príncipes se casen con varias mujeres.

–El compromiso fue negociado sin mi consentimiento –dijo Rayhan, enfadado–. Me niego a ser un títere de la política –sabía que si cedía en esa cuestión, perdería su independencia totalmente. Además, no quería otro mal matrimonio.

–¡Todos nosotros somos títeres de la política!

–Tú te casaste por amor –dijo Rayhan, señalando con la cabeza a su cuñada, la reina, que, embarazada, descansaba en una tumbona en el otro extremo del patio.

–Es verdad –dijo el rey, y su rostro se dulcificó

al mirarla–, pero Habiba y yo nos comprometimos cuando éramos niños. Nuestro amor creció junto con nosotros. Y si no hubiese sido así, nos habríamos casado igual por la estabilidad del país. ¡Y eso es lo que tú debes hacer!

–No.

–¿Desobedeces una orden?

Rayhan le lanzó a su hermano una mirada de odio. Sabía que el rey lo podía decapitar en la plaza central de Syed si así lo deseaba.

–Cásate tú con ella si resulta tan importante.

–No puedo. Habiba está en una condición muy delicada. Tú eres ministro sin cartera y ya estás comprometido con Matana. ¡Haz algo!

En un mes, Rayhan había aprendido que ser ministro sin cartera significaba que era responsable de todo y sin embargo no tenía ningún poder de decisión sobre nada.

–Puedo viajar a Texas y pedirle a mi esposa que nos visite. Si ella coopera, quizá su presencia estabilice la situación.

Eso lograría mucho. Echaba de menos Texas, sus caballos y sus tierras. Odiaba la idea de tener que rogarle a Cami, pero tenía que reconocer que la extrañaba.

Nada le había salido bien desde que bajaron del crucero. Ahora deseaba que se hubiesen quedado en el barco y navegado para siempre. Cuando Cami estaba a su lado, su corazón había rebosado de felicidad. Sin ella, hasta el brillante sol adnaní parecía opaco. Había vuelto a su patria para iniciar una nueva vida, pero todo le salía mal.

–No, no –dijo el rey–. No puedes rebajarte, ni rebajar a la familia. Eso debilitará nuestra postura ante el pueblo. Enviaré a alguien a que la traiga.

–Que no le hagan daño.

–Por supuesto que no. Es tu esposa, la consorte de un príncipe de Adnan. Pero tendrá que venir.

Cami salió de su apartamento y cerró con llave. Con el periódico bajo el brazo, bajó las escaleras lentamente y salió a la calle. El calor era insoportable.

Según pasaba el tiempo, se había sentido peor y peor. Rogaba no estar embarazada, pero tenía los síntomas: vómitos, todo le daba náuseas, deseaba estar todo el día en la cama. Un embarazo sería catastrófico. Ya había interpuesto la demanda de divorcio, pero si el test de embarazo daba positivo, vería qué hacer. Cuando reuniese el coraje suficiente para hacérselo.

Entró en la cafetería de la esquina. Le gustaba tomar un café helado con chocolate blanco mientras leía el periódico todas las mañanas. Notó que había un empleado nuevo tras la barra, un hombre maduro y guapo, cuya apostura le recordó a Ray. Apartó la vista. Odiaba todo lo que hiciese recordar al desgraciado de su marido, canalla mentiroso. Pagó y se dirigió con el café a una mesa cerca de la ventana.

Tomó un sorbo e intentó leer, pero su cabeza era un caos: la culpabilidad por haber hecho sufrir a su padre, la furia que sentía hacia él y hacia Ray...

¿Cómo había podido su padre esconderle durante tantos años las circunstancias de la venta de las tierras del Double Eagle?

Después de salir del hospital, Cami volvió al rancho a leer las escrituras. Una cláusula, titulada «Concesión de los derecho de hidrocarburos», escrita en una jerga ininteligible y en letra pequeña, impedía al comprador la explotación del petróleo del subsuelo del Double Eagle. A un lector poco prudente, o un joven que supiese poco inglés, lo habrían confundido, por no decir estafado.

Le costaba pensar en una estafa en relación con su padre, que siempre se había ocupado de ella con tanta ternura. Pero ¿justificaba ello lo que Ray había hecho?

Hizo una mueca de desagrado. Ray la había engañado, se había casado con ella por venganza y le había robado su inocencia por el más bajo de los motivos. «Ella es lo más precioso para usted, ¿no? Y ahora es mía». El canalla se había casado con ella con el único objetivo de hacerle daño a su padre, como si ella solo fuese un títere en sus sucias manos. Y ahora tenía el descaro de ordenarle que fuese a Adnan para algún evento. Ja, Ja. Que esperase sentado.

Se sentía engañada, traicionada. Su honestidad, su interés en ella, habían sido falsos. ¿Cómo había podido ser tan imbécil?

Tomó el café helado, esperando que la bebida refrescante la calmase; luego, hojeó el periódico hasta llegar a la parte de espectáculos. Necesitaba pensar en otra cosa. Una película le iría bien.

Los nombres de las películas estaban impresos en letra minúscula. Entrecerrando los ojos, Cami acercó la cabeza al periódico hasta que la nariz casi tocó el papel, pero las palabras parecieron bailarle frente a los ojos. De repente, se le puso todo negro.

Entumecida, con un dolor de cabeza que le recordó al mareo en el crucero, Cami se despertó en lo que le pareció un dormitorio muy peculiar, que parecía diseñado para enanitos, con ventanucas redondas.

Un zumbido le vibraba en los oídos. Poniéndose de pie, se dirigió tambaleante a una de las ventanitas. Vio el cielo azul, nubes blancas como de algodón y, brillando muy lejos, abajo, el océano.

—¡Canalla, más que canalla!

No quería ver a Ray nunca más, pero si lo hacía, le arrancaría la piel a tiras y luego lo pisotearía con sus botas de vaquero. Como ella no le había hecho caso a su orden, ¡la había raptado!

El sonido de los motores cambió de tono. El avión se movió e, inclinándose a un costado, se estabilizó. Cami corrió a una de las puertas, rezando que fuese la de un cuarto de baño.

Rayhan vio cómo Cami soltaba de un tirón el brazo del guardia y bajaba a trompicones la escalera del jet privado del rey. Parecía una bribonzuela, con su trenza deshecha. Llevaba el amplio vestido de color rosa y largo hasta media pierna completamente arrugado, como si hubiese dormido con él puesto. Parecía muy grande para ella y le colgaba del cuerpo. ¿Había perdido peso?

Al acercarse, le vio las ojeras y los ojos opacos.

Los agentes del rey que la acompañaban no parecían estar demasiado mejor. Uno tenía un ojo negro. El otro, con la ropa manchada de café, intentó tomarla del brazo para ayudarla a bajar y ella le dio un codazo en el costado.

—¡No me toque! —rugió.

Los agentes del rey no podían seguir las largas zancadas de Cami, que se dirigió directamente a Rayhan sin mostrar ni un ápice del temor que otra mujer inferior a ella hubiese manifestado al verse en país desconocido. Rayhan sintió que el pecho le reventaba de orgullo. Su esposa tenía el corazón de una leona.

Al llegar a un metro de él, Cami lo agarró por la parte delantera del *thobe*. Dándole un tirón, lo acercó a ella, como para abrazarlo. El corazón le dio a Rayhan un vuelco. Quizá todo estuviese bien.

Mientras se preparaba para darle un profundo beso, ella le giró la cabeza con un dedo. Sintió los labios femeninos acercándosele a la oreja. La piel le cosquilleó bajo su cálido aliento.

—¡Canalla inmundo! —le gritó ella en la oreja.

Rayhan se apartó con una mueca de dolor. Se merecía el castigo que ella quisiese propinarle, pero, al mismo tiempo, ella tenía que comprender el sitio que ocupaba en su sociedad.

—La pena por atacar a un miembro de la familia

real adnaní es la muerte por decapitación –dijo con calma, quitando las manos que lo sujetaban del *thobe*.

Lo primero que Cami percibió fue la luz de Adnan. Sin una gota de humedad, completamente límpido, el aire reverberaba con un sol brillante y blanco, que resaltaba vívidamente los colores. Había banderas por doquier, los colores nacionales: una franja amarilla, ardiente como curry picante, debajo una central verde esmeralda y, por encima, otra del azul deslumbrante del cielo de Adnan. Los colores le dañaron los ojos, acentuando su náusea y mareo.

El calor tampoco contribuyó a hacerla sentirse mejor y, cuado Ray la tomó del brazo para llevarla hasta la limusina con aire acondicionado, Cami no se resistió. En vez de ello, lanzó un suspiro de alivio al cerrar el guarda la puerta.

Se echó hacia atrás sobre el respaldo y cerró los ojos, pero la presencia de Ray hacía vibrar a cada una de sus células. El vello de sus brazos se le paró, atento, con un cosquilleo en la piel. Odiaba que él le provocase aquella reacción sin hacer ningún esfuerzo.

Estaba sedienta, hambrienta, cansada, exhausta. Lo único que quería era una ducha y su cama. Algo fresco y duro le tocó los labios.

–Bebe –le dijo él.

Abriendo los ojos, Cami vio una copa y obedeció, a pesar de que no quería ni ver a Ray. Pero la única perjudicada con una huelga de hambre sería ella.

Zumo de naranja, dulce y frío.

—No está tan bueno como el de Texas —logró decir, con la garganta seca.

—Por supuesto que no. El otro estaba recién hecho, de naranjas exprimidas de mis árboles. Este es una marca comercial.

—¿Adnaní?

—Sí. Cultivamos cítricos en una zona fértil entre el mar y las montañas. Más allá, solo hay desierto. Las tres zonas que representan los colores de la bandera.

—Qué maravilla —dijo ella con acritud.

Por más exótico e interesante que fuese el país, no quería estar en Adnan y se juró no cooperar. Después de acabarse el zumo, volvió a cerrar los ojos, aislándose deliberadamente de Ray.

—Cami, por favor. Hay mucho que necesitas saber. Tu posición...

—Oye, Ray —dijo ella. De golpe, se enderezó y le lanzó una mirada furiosa—. Tú eres quien necesita saber algo. Nuestro matrimonio está acabado. He pedido el divorcio. Y aquí no tengo ninguna posición —se dio la vuelta, haciéndose un ovillo en el otro extremo de la limusina.

El coche se detuvo unos momentos. Solo se oía la respiración regular de él.

—Lo siento mucho —dijo Ray finalmente—, pero no puedo concederte el divorcio.

—¿Concederme el divorcio? ¿De qué hablas?

–arrogante, además de canalla–. Según la ley texana, tengo total derecho al divorcio.

–No estamos en Texas.

Sus palabra, dichas en voz baja, le cayeron encima como una avalancha. «No estamos en Texas». La realidad de la situación la golpeó. Estaba sola, en un país extraño, la esposa cautiva de uno de sus príncipes. No tenía ni talonario de cheques, ni identificación, ni pasaporte ni dinero.

No tenía nada, no era nada. Lo único que tenía era un marido al que odiaba. Era solamente la esposa sin cara ni nombre de alguien. Hundió el rostro en las manos e intentó no llorar de rabia y desesperación.

–Camille, déjate de tonterías. No es momento de que te dé una pataleta infantil. Sabías a qué atenerte cuando te casaste. Sabías que yo era un príncipe adnaní...

–¡Nunca hablamos de ello! –exclamó ella, enderezándose de golpe–. Pensé que viviríamos en Texas.

–No estoy segura de dónde viviremos ahora. Están sucediendo muchas cosas aquí de las que no tienes ni idea.

–Me da igual –dijo ella, dándole la espalda.

–No puedes tomar esa actitud. Ahora eres Camille al-Rashad, la consorte de un príncipe de Adnan. Y eso conlleva responsabilidades. Ya no eres la malcriada Cami Ellison.

Cami se estremeció al oírlo. Se pegó a la ventanilla y miró hacia fuera para no pensar en sus hirientes palabras.

Pasaban por un sitio comercial donde había carteles similares a los de Norteamérica, con aceras llenas de peatones de todas las edades y razas vestidos de diferentes maneras.

–Muchas mujeres llevan ropa occidental –dijo ella, fascinada, sin poder evitarlo–. Había oído que los países árabes pueden ser bastante represivos con las mujeres.

–En Adnan no. Nosotros fuimos colonizados por los franceses, ¿sabes? Y estamos muy cerca de Europa. La influencia europea es muy fuerte, especialmente en las ciudades y en la costa. Las mujeres no tienen por qué ir cubiertas si no lo desean. Mira –se acercó a ella para señalar–, las mujeres jóvenes y solteras van de blanco, para indicar su inocencia. Las que están de duelo llevan negro, las que han enviudado hace mucho, gris. Y las casadas eligen el color que les plazca. Los de nuestra bandera son los preferidos.

Su proximidad la irritó.

–¿Y las divorciadas? ¿Qué color llevan?

–No hay divorciadas en Adnan –dijo él, apartándose de golpe–. Los adnaníes comprenden los conceptos «compromiso» y «lealtad» –dijo, lanzándole una mirada enfurecida.

–¿Y la sinceridad, eh? –le dijo ella, directamente en la cara–. ¿Y el amor?

–¡Nunca te he mentido!

–Están las mentiras por omisión, ¿verdad? –dijo ella. Él estaba evadiendo una respuesta y no permitiría que se saliese con la suya–. ¿Y el amor?

–El amor –dijo él con sorna–. ¿Qué pasa con el

amor? Vosotros los americanos estáis obsesiona-
dos con el amor. Soy un príncipe de Adnan. Los
príncipes no se casan por amor. Me casé contigo
porque eres hermosa, inteligente y rica. Además,
eras virgen.

–Ya no –dijo ella, furiosa. Se había reservado
para el matrimonio y descubrió que había sido un
títere en el engañoso juego de venganza de su marido.

–No –una sonrisa autocomplaciente se dibujó
en el rostro masculino.

Deseó borrársela de una bofetada, pero se contuvo. La efímera satisfacción que conseguiría abo-
feteándolo no justificaba morir decapitada.

La limusina aparcó frente a un gran edificio decorado con mosaicos. Rodeado de minaretes, brillaba al sol. El coche pasó bajo un arco y se detuvo
junto a una multitud de otros vehículos, incluyendo un Rolls Royce plateado y un Humvee pin-
tado de camuflaje.

–¿El Rolls es el del rey? –preguntó Cami.

–No, ese es el de Sharif, el Gran Visir. Kadar no
conduce, utiliza esta limusina o vuela el jet en el
que te trajeron a Adnan.

–Pues será mejor que se compre otro jet, entonces –dijo ella con ironía.

–¿Por qué? –el chófer le abrió la puerta y Ray se
bajó, alargando la mano.

–Lo que me metieron en el café me causó unos
vómitos horribles –dijo ella y le tomó la mano.

–¿De veras? –preguntó él, y sus cejas se unieron
en una negra línea recta. Bajó deprisa y la ayudó a

bajar, llevándola por un pasillo. Tuvo que correr para poder seguir sus pasos furiosos.

–Ya sabes que a mí no me sientan demasiado bien los viajes –dijo ella, y mientras cruzaban el palacio a toda velocidad, vislumbró ajetreados despachos y estancias con hermosos muebles donde trabajaban sirvientes silenciosos.

–Mmm –la llevó hacia un patio de vegetación tropical rodeando una fuente.

Ray abrió de golpe una puerta de madera ricamente ornamentada y de inmediato comenzó a gritarle en árabe a un hombre que se sentaba tras una gran mesa. El hombre, que llevaba vestiduras blancas como Ray, se puso de pie y le gritó a él también. Pronto estuvieron frente a frente en el medio de la estancia, mientras que Cami se quedaba, muda, junto a la puerta.

Se dio cuenta de una presencia detrás de sí. Se dio la vuelta y vio de pie ante la puerta a una pequeña mujer vestida con un *abaya* color gris perla con profusos bordados. La mujer alargó la mano y se echó hacia atrás la capucha, mostrando el cabello canoso. Una agradable sonrisa le arrugó el rostro moreno. Su delicadeza, suave como la caricia de una madre, calmó a Cami enseguida.

–No te alarmes. Kadar y Rayhan siempre han sido así, como el agua y el aceite –dijo la mujer, en inglés. Su perfecto acento indicaba que había estudiado en Inglaterra.

–Usted... ¿Usted es la madre de Ray?

–Sí. Puedes llamarme Zedda si lo deseas, como todo el mundo.

–Gra-gracias.

–Y tú eres la esposa de Rayhan, ¿sí? No exageró, entonces –le rozó la mejilla suavemente–. Dijo que su esposa era hermosa como la aurora, con el coraje de un halcón. Que su sonrisa brillaba más que una playa de diamantes.

Cami se turbó, bajando la vista.

–¿Por qué está tan enfadado?

–Parece ser que el rey hizo que te trajeran hasta aquí.

–¿Quien me hizo traer fue el rey?

–Ray sabía lo de tu viaje, pero no las circunstancias del mismo –explicó Zedda–. Por eso está tan alterado. Está enfadado por la forma en que te trataron.

–¿Ese es el rey? –preguntó Cami, mirándolos. Ray no parecía tratar al rey con demasiado respeto.

–Sí. Kadar, el mayor.

–¿Por qué no me aprueba el rey?

–Desea que Rayhan se case con alguien más.

–¿Quién? ¿Por qué? –preguntó Cami, y un escalofrío la recorrió.

–La hija del jeque al-Qamra. El Pueblo de la Luna tiene mucha influencia sobre las tribus del desierto, que hablan de sublevarse contra nuestra familia.

Cami sintió que la cabeza le daba vueltas. ¿En qué se había metido? Ella estaba preparada para llevar un rancho en Texas, no entrometerse en la política de Adnan.

Gritos y risas infantiles distrajeron a Cami de su conversación con Zedda. Una niñita vestida de encaje rosa pasó a toda velocidad y desapareció tras un arco. La seguía una mujer vestida de negro.

–Mi nieta, Selima –sonrió Zedda–. Su nombre significa «pacífica».

Cami rio.

–Eres una joven encantadora. Vendrás pronto a tomar el té conmigo, ¿sí?

–Yo, ejem, claro –dijo Cami. No tenía intención de quedarse lo bastante como para ir a tomar el té a ningún sitio, pero Zedda era muy amable.

Ray interrumpió la discusión para acercarse a ella.

–Zedda –se inclinó a besar la arrugada mejilla.

–Rayhan, tu esposa está cansada y necesita cuidados –dijo la anciana, sacando una llave de un bolsillo escondido en su traje–. Llévala al *purdah*.

–Creía que el viejo harén estaba en desuso –se extrañó Rayhan.

–Ahora está consagrado al esparcimiento y descanso de las mujeres de la Familia Real –dijo Zedda, dándole la llave a Cami.

–No lo sabía.

–No tenías por qué saberlo. Informaré a los sirvientes de que solo tú y tu esposa podréis ser admitidos durante los dos próximos días.

EL *PURDAH* de la reina superaba a cualquier spa de los que Cami conocía. Estancia tras estancia de piscinas de mármol blanco, cada una a diferente temperatura, deslumbraron sus sentidos. Lo decoraban hermosos mosaicos de intrincado diseño, en los que predominaban los colores de la bandera adnaní. Perfumaba el aire el olor a jazmín y azahar. Era evidente que el *purdah* estaba preparado para recibirlos. Había mesas dispuestas con viandas, y limpias toallas se apilaban junto a las piscinas. Ray se dirigió por delante de Cami a una de ellas y, sin asomo de timidez, se quitó las vestiduras, dejándolas caer al suelo. Se dio la vuelta.

—Ven –le sonrió, alargando la mano.

—Ray, no quiero tontear contigo –dijo Cami, clavada donde estaba.

—¿Por qué no? Hace mucho tiempo que no lo haces, y estamos casados.

Ella lanzó un suspiro, apartando la vista. Sabía que si miraba aquel moreno cuerpo viril, perdería el control, bastante débil ya. No resolverían nada y estarían como al principio: atrapada en un matrimonio fruto de la venganza, los engaños y malentendidos. No quería eso.

–Ray, tenemos que hablar.

–De acuerdo –dijo él, tumbándose en uno de los bancos de mármol.

Su desnudez le recordó la última vez que lo había visto sin ropas: cuando hicieron el amor a bordo de El Corsario. La sangre se le aceleró en las venas. No pudo evitar el recuerdo de cómo su hermoso cuerpo se unía al de ella.

Rayhan le sonrió, esperando esconder el impetuoso latido de su corazón con su actitud despreocupada. Los próximos días serían cruciales para su matrimonio, su vida, y probablemente incluso la historia de su país. El frágil vínculo que había logrado establecer haciéndole el amor se había roto al primer indicio de tensión entre los dos.

Lo alegró que Cami apartase los ojos. Sabía por su apasionada luna de miel que su cuerpo no le disgustaba a su esposa. Ella también había intentado mantener las distancias en la limusina. Todo ello indicaba que tenía miedo de ceder si se acercaba demasiado a él. La forma mejor de reconquistarla seguía siendo la seducción. Despertándola, había logrado cautivar la sexualidad ardiente de Cami, pero no debía olvidarse de respetar su inteligencia, su intuición y su profunda moralidad. La rabia de ella era profunda y sincera. La peculiar obsesión de las americanas por el verdadero amor sería un obstáculo. A menos que él se explicase con total claridad, Cami seguramente encontraría sus razones ofensivas y no lo comprendería.

–Necesito saber lo que pasa –le dijo ella.

Por fin su insensata esposa se preocupaba por algo que no fuese ella misma.

–Hay mucho en juego. Verás, mi país está compuesto por varias tribus. En general, nos llevamos bien pero, a veces, no. Están los pueblos del desierto, cuyos intereses pueden ser diferentes a los de las montañas; los habitantes de las ciudades quizá piensen distinto de los de la costa; las preocupaciones de los granjeros no son las mismas que las de los pescadores.

–Comprendo –dijo Cami, y sus ojos azules brillaron con inteligencia–. ¿A qué pueblo perteneces tú?

–A los mercaderes y financieros, que llevan años intentando unificar el país bajo sus líderes: mi familia.

Dado el giro que había tomado la conversación, Ray se vistió, pero dejó abiertas sus vestiduras en el cuello porque sabía la fijación que Cami había tenido con él cuando habían hecho el amor.

–Desde finales de la Segunda Guerra Mundial –prosiguió–, hemos proporcionado el fuerte liderazgo que Adnan necesitaba para que no nos tragase alguno de los países árabes más poderosos.

–¿Hay peligro de ello? –preguntó ella, abriendo los ojos.

–Puede que hayas leído que hay mucho fundamentalismo antiamericano en nuestro vecino del Este. La mayoría de los adnaníes queremos permanecer al margen de esos problemas y seguir un curso diferente.

–¿Proamericano?

–Sí. Nosotros creemos que nuestro pueblo saldría beneficiado con alianzas con Estados Unidos y la Unión Europea. Pero muchos no están de acuerdo, especialmente los nómadas. Vuestra intransigencia se ve como un insulto. Y para complicar más las cosas, está la cuestión de mi compromiso.

–Tu madre dijo que el rey quiere que te cases con alguien más –dijo ella, apartando la vista.

–Sí –dijo él, y esperó unos minutos antes de añadir–: Me negué.

–¿Cuál es el problema? –preguntó Cami, sus ojos fríos y duros como lapislázuli–. Yo interpuse una demanda de divorcio. Estás libre si quieres.

Con la garganta seca y el corazón dividido entre sus tres amores, su familia, su país y su esposa, Rayhan se puso de pie y se dirigió a una mesa cargada de viandas.

–Divorciarse de una esposa para casarse con otra no es libertad.

–¿No simplificaría mucho las cosas?

–Quizá, pero el compromiso se hizo sin mi consentimiento. Me niego a ser un títere. Además, está la cuestión del petróleo –añadió, alargándole un vaso de zumo–. Se ha encontrado petróleo recientemente en Adnan. Carecemos de la tecnología para explotarlo y el rey no sabe si aliarse con alguno de los otros productores de petróleo. Y allí es donde entras tú.

–¿Yo? –el vaso de zumo se detuvo en el aire.

–Tu propiedad te convierte automáticamente en la persona que sabe más de petróleo de la familia.

—Como dirías tú —dijo ella, entrecerrando los ojos—, me niego a ser un títere.

Aunque se sentía orgullosa de que Ray la considerase capaz de semejante responsabilidad, seguía enfadada por el hecho de que él no se hubiese casado con ella por amor. La política se unía ahora a la venganza y el sexo, motivos que la convertían en un objeto y se burlaban de su matrimonio y de sus emociones. A todo ello se añadía el profundo temor de no estar a la altura de las circunstancias.

—Esposa mía, nunca te he forzado a hacer nada y nunca lo haré. Te doy mi solemne promesa de que no sucederá nada que tú no elijas libremente.

Ella se dirigió a uno de los bancos, vacilante, y se dejó caer en él, cubriéndose el rostro con las manos.

—No sé qué hacer —susurró—. Nunca se me ocurrió que sucedería algo así. No estoy preparada para ello.

—¿Por qué te niegas a ver lo que eres? —le preguntó él, sentándose a su lado—. La mujer con la que me he casado es inteligente, fuerte y capaz. Tiene el valor y el orgullo de los leones y la intuición de una adivina.

—No sabía que tuvieses semejante concepto de mí —dijo ella, levantando la cabeza para contemplar el serio rostro moreno.

—Te veo como lo que eres, Cami. Puede que no haya optado por el amor como la base de nuestro matrimonio, pero creo en el respeto —la tomó de las manos—. Me casé contigo. Deseo que seas la madre de mis hijos. ¿No significa eso nada para ti?

No decidas nada ahora. Sigue el consejo de mi madre y disfruta de este sitio –alagó la mano, tirando de su ropa.

–Ray, por favor –dijo ella y se apartó para quitarse el vestido sin su ayuda–. ¡Deja de mirarme de esa forma! –le dijo, ruborizada, al ver que los oscuros ojos le recorrían el cuerpo–. ¡Como si fuese un bicho bajo la lente del microscopio!

–Siempre me ha fascinado tu cuerpo, aunque dudo que hayas probado bocado desde que me marché de Texas –le dijo, acariciándole las costillas y haciéndole recordar tiempos mejores y felices.

–No he tenido demasiado apetito últimamente –dijo ella, poniéndose de pie para evitar sus manos, su mirada.

–Ya haremos que recuperes el peso aquí. Volverán tus curvas, como las de una joven adnaní. Ahora, ven conmigo –dijo Ray, y, volviéndose a quitar la ropa, se sumergió en la piscina, salpicándole.

Cami se quitó las braguitas y las sandalias y entró al agua. Ray había elegido una piscina con el agua apenas más caliente que la temperatura corporal. Fue como entrar al Paraíso. Cerró los ojos, relajándose.

Después de bañarse y comer, Ray la llevó hasta un dormitorio y Cami se acostó y durmió profundamente.

Se despertó desorientada. La luz de la luna penetraba por una ventana a su derecha. ¿Dónde estaba? El cuerpo cálido de su esposo se encontraba a su lado y durante un breve instante, su presencia la reconfortó. Luego, la realidad se le desplomó encima: los pecados de su padre, la traición de Ray y su propia estupidez se habían combinado en un remolino abrumador. Agobiada, Cami se abrazó a la almohada gimiendo y dejando escapar sollozos de desesperación.

Cuando Ray la rodeó con sus brazos, intentó empujarlo, pero se sentía demasiado débil y acabó acariciándole el pecho. Se apartó.

–Déjame acariciarte, deja que te ayude.

–Oh, Ray, ¿no te das cuenta de que tú eres el problema?

–Ya sé que tengo que esforzarme para ser digno de ti –dijo él, besándola en la boca con ternura.

–No, por favor, está mal.

–¿Cómo puede estar mal esto? –dijo Ray y le acarició un pecho. El pezón se endureció, tierno y excitado–. Estamos casados. Me he casado contigo para siempre.

–Sí, pero por los motivos equivocados. No me amas –odiaba reconocer que era un fracaso como mujer. Saber que su marido no la amaba era como una daga que le atravesaba el corazón.

–¿Y qué? Has dicho que me amas. ¿Tus sentimientos no cuentan?

El razonamiento hizo que Cami se diese cuenta con un sobresalto que ella se había casado con él porque lo quería, no porque él la quisiese a ella.

–Pero... pero...

–¿Pero qué? Te respeto y te estimo. Estoy dispuesto a cuidarte a ti y a nuestros hijos para siempre. ¿Por qué no me permites que te ofrezca el consuelo de mi cuerpo? ¿No te sentirías mejor?

–Por-porque me siento muy confusa –lloró ella, enjugándose las lágrimas con la sábana–. Tengo tanto y tan poco a la vez... Todo menos un esposo que me ame.

–Comprendo que te resulte importante, pero ¿qué es el amor, Cami?

–¿No lo sabes? ¡Oh, Ray! –aquello era peor. No sabía lo que era el amor. ¿Cómo podría amar, entonces? Nunca la amaría como se lo merecía, nunca.

–Cami, te amo hasta donde puedo. Así que te amo, ¿de acuerdo?

–¡No! –volvió a enfadarse ella–. ¡No quiero que me mientas!

–¿Cómo puedes decir eso? ¿Cuándo te he mentido? ¡No te miento! Cami, estás haciendo que nos volvamos locos –dijo Ray, saliendo de la cama de un salto para pasearse por la habitación–. Soy tu esposo. Cualquier cosa que necesites yo te la doy. Necesitas que te ame, ¡entonces te amo! ¿Qué problema hay en eso?

Estaba tan desesperado que a Cami le dio risa.

–Al menos te he hecho reír –masculló, sentándose en la cama junto a ella–. Rayhan, el bufón.

–No eres un bufón –dijo ella, secándose las lágrimas con el dorso de la mano. Lanzó un suspiro.

–Cami, estás muerta de cansancio –dijo Rayhan, volviendo a tomarla en sus brazos–. Basta de llorar, ¿de acuerdo? Vamos a dormir.

Demasiado cansada para luchar con él, Cami le

permitió que la acunara en sus brazos hasta que, por fin se durmió.

Ray la miró serenarse según su sueño se hacía más y más profundo. La dulce curva de la sonrisa que volvió a dibujarse en los labios de su esposa le dio esperanzas. En lo más profundo de su alma, Cami era feliz en su matrimonio. ¿Cómo podía dormir con tanta calma si hubiese estado realmente afligida?

A pesar de la obsesión que ella parecía tener con el amor, la recuperaría. Corría el riesgo de perder todo lo que él amaba. Y, lo que era más importante, la felicidad de Cami y la de la familia que él ansiaba formar.

Cami se despertó sola en la gran cama. Una pila de libros sobre la cómoda incluía volúmenes en inglés, francés y árabe. Recordó que se encontraba en las habitaciones de Ray, que había dormido con ella, la había abrazado y consolado.

Como siempre, había sido dulce y amable. Al mismo tiempo, se dio cuenta de que él había cambiado. Parecía más abierto y emotivo; pensó en lo que le había dicho a su madre de ella. Y se había enfadado con su hermano, el rey, por la forma en que la habían tratado.

Tomó aire para calmarse. La rabia que sentía contra él había desaparecido, dejando una herida abierta y sangrante. Deseó poder seguir enfadada, porque la rabia le servía de coraza contra el dolor.

Las dos personas en las que más había confiado

en el mundo la habían engañado sin que se diese cuenta. ¿Cómo podría volver a confiar en nadie? ¿Cómo podría confiar en sí misma, si se había equivocado tanto?

Tenía que agarrarse a su amor, creer en la verdad que le decía su corazón. Pero ¿debería conformarse con la farsa de un matrimonio unilateral?

Suspiró, estirándose, y luego vio una prenda de tela azul bordada en dorado a los pies de la cama. Se levantó y la tomó. Era un traje con capucha parecido al que llevaba Zedda.

Se puso el sencillo vestido por encima de la cabeza y dejó la habitación, saliendo a un patio rodeado de columnas. En el centro había un jardín frondoso que olía a jazmín y azahar, perfumes que ya asociaba con Adnan. Una fuente cantarina le acarició los oídos. Por la luz, supuso que sería media mañana. ¡Dios Santo! ¡Había dormido más de dieciocho horas!

Al otro extremo del patio, Zedda se sentaba ante una mesa redonda, jugando con dos niñas. Una de ellas era Selima, la activa niñita que ya había visto. Cami se acercó a ellas, titubeante.

—¡Mirad, niñas! Aquí viene vuestra tía Cami, la esposa del tío Rayhan. Es norteamericana, así que tenemos que hablar en inglés —dijo Zedda, haciendo un gesto con la mano—. Por favor, siéntate. Mira, ya conoces a Selima, ¿sí? Y esta es Sadira, nuestra pequeña estrella. Son las hijas de mi hija Leila.

Cami, encantada, se sentó y aceptó la servilleta de encaje para el regazo.

Las dos niñas llevaban vestidos con grandes cuellos marineros y guantes blancos que se quitaron con cuidado para comer los delicados sándwiches de pepino y beber el humeante té con hierbabuena. Hablaron cortésmente de *Alicia en el país de las maravillas* y *Peter Pan*. Sin embargo, pronto las niñeras se las llevaron y las dos mujeres quedaron solas.

–¿No son adorables, mis nietas? –preguntó Zedda, sorbiendo su infusión.

–Mucho más de lo que esperaba –dijo Cami y, acariciándose el vientre, se preguntó si estaría embarazada.

–No estás *enceinte,* querida. Me habría dado cuenta de ello.

–¿Cómo sabe lo que estaba pensando? –le preguntó Cami, con el corazón oprimido–. ¿Y cómo está segura de que no estoy embarazada? He tenido muchos de los síntomas.

–No es necesario ser un genio para darse cuenta de lo que piensa un joven cuando se toca el vientre mientras habla de niños –se encogió de hombros Zedda–. No estás embarazada. Si has sufrido los síntomas, las descomposturas matinales, y demás, es debido a la tensión entre Rayhan y tú.

–Zedda, no sé qué hacer –dijo Cami y lanzó un suspiro.

–¿Quieres hablar de ello? Si no deseas que le repita esta conversación a mi hijo, la mantendré en secreto.

–No es necesario, gracias. Él sabe por qué estoy disgustada. No me ama, y se casó conmigo por razones totalmente equivocadas –dijo Cami, y le explicó lo que había sucedido con las tierras, el petróleo y su padre.

–Mmm –dijo Zedda pensativa, jugueteando con la servilleta–. Ahora comprendo.

–¿Qué?

–Rahyan se marchó hace unos diez años después de una pelea con su padre, mi esposo. Mi hijo me dijo en aquel momento que necesitaba demostrarle a Malik quién era. Pero no volvió hasta después de la muerte de su padre. Ahora comprendo por qué no volvió. Necesitaba purgar su honor antes de volver.

–Y ahora lo ha hecho, al casarse conmigo.

–Sí. Malik no lo habría respetado si hubiese vuelto deshonrado. Mi marido era un hombre de gran poder, Cami, pero no demasiado afectuoso. Nos casamos por motivos políticos, para unificar el país.

–Parece que eso es lo que se suele hacer por aquí –dijo ella, sintiendo que se le ponía tensa la mandíbula.

–Sí, lo es. Ya sé que tú no estás acostumbrada a ello, pero no es algo extraño, ni siquiera en Occidente. Puede que Rayhan se casase contigo por los motivos equivocados, pero quizá sigáis juntos por los motivos correctos.

CAPÍTULO 11

MI ESPOSA.

La mano de Ray le había tocado el hombro. Estaba tan concentrada en la conversación, que no se había dado cuenta de la presencia de Ray hasta sentir su contacto.

Se dio la vuelta y lo contempló, viéndolo con ojos nuevos. Ojos que veían por debajo de su fachada al joven rechazado, al hombre atrapado entre dos culturas, debatiéndose para hacer lo correcto.

–Hola, Ray –le dijo y rozó su mejilla contra la mano de él.

Los ojos masculinos expresaron sorpresa, pero no pareció molesto.

–Cami, me gustaría que vinieses a nuestra reunión. Esta mañana el tema es el petróleo, tu especialidad.

Cami rodeó la mesa para acercarse a Zedda. Inclinándose, la abrazó.

–Muchas gracias.

–De nada, hija mía –le dijo Zedda, acariciándole la mejilla–. Ve ahora, hasta la hora de la cena.

Ray y Cami se marcharon juntos.

–Me alegra que tengas una buena relación con mi madre.

–Es adorable.

–Quizá necesites una madre en quien confiar.

–Quizá. Hablar con ella me ha ayudado mucho a sentirme mejor.

Llegaron a una puerta de intrincado diseño tallado en madera.

–Pase lo que pase ahora, no te sientas intimidada.

–¡No sé por qué quieren hablar conmigo, si solo tengo diecinueve años!

–Mira, Cami, hace años que conoces el negocio. Además, mis hermanos no confían en extraños y tú eres de la familia –le tocó el hombro y su ligero contacto bastó para tranquilizarla.

–¡Pero soy americana y, además, mujer!

–Chitón –dijo, poniéndole un dedo sobre los labios–. Nosotros no somos como otros pueblos árabes. Mis hermanos te escucharán. Quizá no estén de acuerdo contigo, pero te escucharán. Recuerda que eres la consorte de un príncipe de Adnan, recuerda quién eres –dicho esto, empujó la puerta, revelando una enorme estancia dominada por una gran mesa redonda.

Cami entró con el corazón palpitante. La única persona que reconoció dentro fue al rey. Ray le presentó a los otros dos hermanos, Tariq, el jefe de las Fuerzas Armadas, y el Gran Visir, Sharif. Luego, le presentó a un hombre mayor, vestido de oscuro, como el tío Hamid, el *mullah* local, el líder religioso. El hombre no le dirigió la palabra, sino que le dijo al rey algo en árabe.

–Hablamos en inglés por cortesía a nuestra invitada, la consorte de Rayhan, príncipe de Adnan –dijo Kadar, con voz de seda.

–No hace bien la reverencia –observó el tío Hamid, en inglés con un fuerte acento árabe.

–Soy norteamericana, señor. Nosotros no hacemos reverencias –dijo Cami, mirando fijamente los ojos oscuros.

–¿Cómo puede una mujer tan joven aconsejarnos? –dijo Hamid, levantando con gesto orgulloso su nariz aguileña.

Ray escoltó a Cami a una silla frente a los cuatro hombres y se sentó a su lado.

–Mi esposa posee y administra varios miles de acres petrolíferos en Texas. Sabe más del negocio del petróleo que cualquiera de los que estamos aquí.

Eso hizo que el tío Hamid no hiciese más comentarios. Cami levantó la barbilla y miró a cada uno de los hermanos de su esposo a los ojos.

–¿Cómo los puedo ayudar?

El rey se inclinó hacia delante.

–Recientemente la OPEP nos propuso darnos equipo y asesoramiento para desarrollar la industria de los hidrocarburos en Adnan.

Cami entrecerró los ojos, recordando que Ray le había mencionado las dudas que el rey tenía aliarse con la OPEP.

–¿Qué piden a cambio?

–Un porcentaje del petróleo extraído –dijo Sharif.

–¿Durante cuánto tiempo?

Se hizo silencio.

–¿Incluiría ello la preparación del personal adnaní? ¿Pasaría el equipo a ser propiedad de Adnan
al cabo de un tiempo razonable, digamos que unos
cinco años? –quiso saber Cami.

–Esos son temas excelentes de negociación
–dijo Sharif, echándose atrás en la silla con los
ojos brillantes.

–¿Y los costes intangibles? –preguntó Cami, recorriendo con los dedos el borde de la mesa–. Muchas de las naciones de la OPEP tienen acuerdos
políticos. ¿Coincide Adnan con sus preocupaciones?

–¡Eso es lo que a mí me preocupa! –exclamó
Tariq, dando un puñetazo en la mesa–. No podemos permitirnos mezclarnos con extremistas, pero
seguro que ellos querrán involucrarnos en sus
disputas.

–Yo negociaría un contrato de compra por lea-
sing con un país neutral, incluso con una empresa
privada –dijo Cami.

–Y debemos asegurarnos de que incluya la for-
mación de ciudadanos adnaníes –habló por fin
Ray, y ella agradeció su apoyo–. No podremos depender siempre de extraños.

–¡Sí! –dijo el rey–. Rayhan, tú y tu consorte os
reuniréis con nosotros mañana para proseguir las
conversaciones, ¿no es así?

–Sí, pero hoy pertenezco a mi esposa.

–Idos, entonces –dijo el rey con un gesto–. Pero
mañana tenemos reunión con la Royal Dutch Pe-
troleum Company.

Después de inclinar su cabeza asintiendo, Ray y Cami se marcharon.

–Has causado una gran impresión a mis hermanos –dijo Ray, acompañándola fuera del palacio–. Quizá me perdonen que me haya casado contigo.

–¿Están muy enfadados contigo por eso? –preguntó ella, cubriéndose con la capucha del intenso sol del mediodía.

–Sí, pero hoy los has convencido, creo. Oh, los viejos más anticuados, como el tío Hamid, nunca te aprobarán, pero él nunca aprueba nada. Jamás le he caído bien –tomándola de brazo, Ray la guió expertamente por una acera llena de peatones, bicicletas y vespas y pasó bajo un arco, llevándola con él.

De repente, la atmósfera cambió. Lejos de la calle con el ruido de los vehículos, en aquella zona reinaba una atmósfera misteriosa y exótica.

–¿Dónde estamos?

–En el viejo zoco –le sonrió Ray–. Pensé que querrías ver un poco de mi país mientras decides sobre nuestro matrimonio.

–¿Viviríamos en Adnan, en el palacio?

–Parte del tiempo, supongo –respondió él, abriéndose paso entre la multitud.

La tarde transcurrió relajada y divertida. Paseando por las antiguas callejas de la vieja Syed, Cami se compró ropa y accesorios. Eligió vestidos tradicionales adnaníes: cómodos y vaporosos trajes de amplia túnica y pantalones a juego, con un pañuelo para completar el atuendo. En vez de ir cargados con las bolsas, quedaron en que las tiendas les llevarían las compras al palacio.

—Me pregunto dónde estará mi talonario de cheques —dijo Cami, mientras Ray pagaba por todo—. Tendré que cancelarlo, y también las tarjetas de crédito.

—¿No se les ocurrió agarrar tu bolso? —bufó Ray—. Kadar no tendría que haber mandado a unos tontos que no saben las costumbres americanas. Lo siento, lo hicieron todo mal.

—Sí, y necesito llamar a casa para que mi padre no se preocupe. ¿No te interesa saber cómo está? —preguntó, molesta. Ray había mandado a su padre al hospital y ni siquiera se había molestado en preguntarle cómo se hallaba.

—Pues está muy bien. ¿Qué crees, que no lo sé?

—¿Lo sabes? —se detuvo ella para mirarlo.

—Por supuesto. Hemos hablado varias veces desde que te mudaste a San Antonio. Habremos tenido nuestras diferencias en el pasado, pero a ambos nos une la preocupación por ti.

—Ajá —dijo Cami, atónita.

—¡Vale, vale! —dijo él levantando las manos—. Lo reconozco. Le pedí disculpas.

—¿Le pediste disculpas? ¡Pero si él te estafó! ¿Y yo?

—Una pregunta por vez, por favor —agarrándola del brazo, la llevó hasta la terraza de un restaurante—. Sí, me estafó, pero yo estaba equivocado.

Llegó un camarero y Ray pidió algo en árabe.

Cami no podía reaccionar. Sin que nadie se lo

pidiera, Ray había llamado para disculparse con su padre.

—¿Qué dijo papá?

—Parecía sorprendido, pero no tanto como tú ahora —se encogió de hombros—. Y él también se disculpó. Me explicó que, hace diez años, le iban mal los negocios y que les estaba costando trabajo darte de comer.

—Pero eso no justifica lo que hizo.

—El tiempo todo lo cura. Amo el Double Eagle. Mis purasangres son famosos en el mundo entero. Borrón y cuenta nueva, como se dice.

—Entonces, ¿por qué llevaste a cabo tu venganza?

—De puro imbécil. Estaba equivocado. No me di cuenta de lo equivocado que estaba hasta ver el daño que te causé a ti, mi esposa.

—Sí —dijo ella, enrojeciendo de rabia—, qué pena que tu víctima no fuese mi padre.

—Le quité lo más precioso. Pero no me arrepiento de haberlo hecho. Te valoro tanto o más que él.

—¡Me niego a que me trates como si fuese una propiedad! —dijo ella. Al ponerse de pie, se llevó por delante al camarero, que se acercaba con una bandeja con dos tazas—. ¡Oh, cuánto lo siento!

Se volvió a sentar mientras el camarero recogía, hablando sin parar en árabe.

—Tu rabia esconde el amor que me tienes —dijo Ray—. ¿Lo reconoces?

Mordiéndose los labios, Cami apartó la mirada.

—Cami, mírame. Te necesito. Estamos casados. ¿Puedes olvidar tu enfado? ¿Por nosotros? ¿Por nuestro matrimonio?

–Oh, Ray –dijo ella, afligida–. Estoy tan rabiosa, apenada... Cuando me olvido de la rabia, estoy... destrozada. ¿Cómo pudiste hacerme algo así? ¿Por qué?

Unos gritos los distrajeron de su conversación. Voces hablando en inglés, francés y árabe les asaltaron los oídos. Ray dijo algo en árabe, irritado.

–Aquí vienen –dijo luego en inglés–. Reporteros.

–¿Qué?

–Soy un príncipe y nuestra situación ha llamado la atención de la prensa. Lo que es peor, alguien les filtró la información de tu demanda de divorcio. Eso ha causado un poco de sentimientos antiamericanos.

–Oh, Dios Santo. No me había dado cuenta de que mi vida privada pudiese causar un incidente internacional.

Una mujer vestida con un traje azul estilo occidental se puso junto a la silla de Cami, dando ordenes en árabe. Un cámara los apuntó con su máquina.

–Aquí Lasca bin Wasim, desde el zoco de Syed –dijo la mujer hablando a un micrófono–, para la cadena de habla inglesa de Adnan. Hemos localizado al príncipe Rayhan y a su controvertida consorte americana, Camille Ellison. ¿Le gusta nuestra ciudad, señora? –preguntó, poniéndole a Cami el micrófono frente a la cara.

–Eh, ejem, mucho –dijo Cami y se quedó paralizada, sintiéndose idiota. Decididamente no estaba hecha de madera de princesa.

–¿Ha abandonado su intento de divorciarse del príncipe Rayhan por la corte de Texas?

Cami estuvo a punto de contestarle con una grosería, pero antes de cometer una imprudencia, recordó algo que Ray le había dicho: «Recuerda quién eres».

¿Quién era? A los diecinueve años, no estaba demasiado segura, pero algo sí que sabía: no era alguien que hablase a la prensa de su vida privada.

–Lo siento, pero no puedo hacer comentarios sobre el tema –dijo, y, tirándose de la capucha se cubrió el rostro.

Para su inmenso alivio, la periodista se retiró inmediatamente, volviéndose hacia la cámara para acabar la historia.

–Como se puede ver, la consorte del príncipe Rayhan no solo ha adoptado el traje tradicional del país, sino también la respuesta que las mujeres reales siempre dan a las preguntas de la prensa: «Sin comentarios». Les habló Lasca bin Wasim, desde el zoco de Syed. Adelante, Jamal.

El grupo se marchó, dejándolos solos.

–La reportera parecía agresiva, pero respetuosa.

–Lasca sabe que tiene que ser respetuosa de las tradiciones, a la vez que una profesional. Que te haya comparado con las otras princesas servirá para reforzar tu imagen.

–¿Esto sucederá con frecuencia? –le preguntó Cami.

–Espero que no –sonrió Ray–. Esta es la primera vez que la prensa me ha prestado atención. Generalmente están mucho más interesados en mis hermanos. Como imaginarás, mi madre es la favorita. Y tú lo has hecho muy bien.

—Quizá no sea tan difícil esto de ser consorte —rio ella.

—Has estado perfecta —dijo Ray y Cami sonrió ante su elogio, radiante.

Volvieron al palacio a descansar antes de la cena. La ducha la despertó al atardecer. Se estiró y, luego, siguió a Ray y se bañó.

Eligió uno de sus trajes nuevos de pantalón y túnica de seda bordada y se recogió el cabello en lo alto de la cabeza con unas hermosas peinetas que había comprado aquella tarde en el zoco.

—Me siento como una exótica princesa del desierto —le dijo a Ray, mirándose en el espejo.

—Es que lo eres, esposa mía. Me alegra que estés dispuesta a aceptar nuestras costumbres.

—Me pregunto a quién veremos hoy.

—¿La familia?

—Sí, aunque Habiba, la reina, está en su noveno mes de embarazo y a veces come en sus habitaciones.

—No la conozco. ¿Cuántos niños tienen? —dijo Cami, probándose el pañuelo sobre los hombros.

—Lamentablemente, ninguno. Habiba es adorable y tememos por su vida. La pobrecilla ha perdido varios bebés. La ley adnaní permite que Kadar tome otra esposa, pero él se niega a hacerlo.

—¿Puede tener dos esposas?

—Todos los príncipes podemos hacerlo. Es la

forma de asegurar la sucesión –la voz de su esposo era neutra, afable, sus ojos indefinibles.

Cami tragó el nudo que se le hizo en la garganta. ¿Y si Ray decidía...? No, no podría aceptarlo. De ninguna manera. Nunca.

Se dirigió a la puerta, se dio la vuelta y lo esperó, dándole la oportunidad de que negase tener algún plan de tomar otra esposa, pero la estancia permaneció silenciosa.

–¿Eso es lo que quieres? –dijo ella entonces.

–Mis hermanos me están presionando bastante con respecto a la princesa al-Qamra.

La invadió la rabia. ¡Los cerdos tenían el atrevimiento de pedirle que los asesorara con el petróleo, y le saboteaban el matrimonio! Pero... ¿quería ella realmente seguir con aquello? Se sintió confusa. Sin embargo, algo tenía claro: no estaba dispuesta a compartir a Ray con nadie.

–Si pretendes que lo acepte para quedarme, olvídate de mí –dijo, conteniendo las lágrimas–. Tomaré el primer avión a casa mañana por la mañana.

Abrió la pesada puerta de un tirón y se marchó. Aunque adoraba a Ray con todo su corazón, no estaba dispuesta a compartirlo con nadie.

CAPÍTULO 12

AL SALIR del dormitorio, Rayhan se quedó mudo cuando se dio cuenta de que Cami suponía que él tomaría una segunda esposa. Con su moral tan firme, ella nunca aceptaría un matrimonio poligámico, pero había que integrar a los al-Qamra a la Familia Real por el bien de Adnan.

¿Por qué tendría que ser él el cordero del sacrificio? Siempre había deseado un sitio en la política de Adnán, pero el precio era demasiado alto. Oyó el repiquetear de los tacones de Cami sobre las baldosas en los jardines en penumbra. Se disponía a ir tras ella, cuando lo interrumpió una voz conocida.

–¡Joven!

¿El tío Hamid, hablando con su mujer? ¿Qué hacía el conservador *mullah* hablando con su esposa sin chaperón? ¿Qué le diría ella?

–¿Cómo? –dijo Cami, perpleja–. Ah, es usted, señor.

Rayhan sonrió. Ella no sabía cómo tratar al tío Hamid.

–Le conviene volverse a América. La princesa al-Qamra es quien debería casarse con el príncipe Rayhan.

–Será mejor que hable de ello con el príncipe Rayhan –dijo ella con calma.

–El Pueblo de la Luna es poderoso. Pueden crearle muchos problemas a los al-Rashad. Le ofrezco diez mil denarios para que devuelva la alianza al príncipe.

–No recuerdo bien a cuánto está el dólar –dijo ella, y Ray se dio cuenta de que para cualquiera menos él, hubiese parecido que estaba considerando la propuesta–. ¿Cuánto es eso? ¿Un poco más de ochocientos dólares?

Rayhan casi soltó la carcajada. Cami seguro que había gastado más que eso en el brazalete que le compró de regalo. Aunque tuviese dudas sobre su matrimonio, Cami no se dejaría sobornar. Lo amaba. La conocía.

De repente, se dio cuenta de que él la conocía, pero ella... ¿lo conocía a él? ¿No se merecía ella tenerle la misma confianza?

–¿No es bastante? –insistió su tío–. Es codiciosa, ¡hasta para ser americana! ¡Veinte mil!

–Pero él es un príncipe –dijo Cami con una risilla ahogada–. ¿Y si yo quiero ser una princesa?

–Nosotros también somos de sangre real. Le doy a mi hijo, es un buen muchacho. ¡Veinticinco mil!

Cami comenzó a reírse a carcajadas y Rayhan oyó los tacones femeninos alejándose del viejo *mullah*. La vio aparecer, muerta de la risa, con lágrimas corriendo por el rostro. La agarró antes de que ella cayese con los altos tacones y la hizo sentarse.

–¿Lo has oído? –dijo Cami, intentando controlar la risa–. ¡Ese viejo bandido quiso sobornarme!

–Lo he oído.

–¿No estás enfadado? ¡Solo vales veinticinco
mil dólares!

–Te olvidas de que también te ofreció a su hijo.

–Oh, es verdad –dijo ella, mirándolo divertida–.
Tendría que pensármelo...

–Te conviene pensar que tendrás que soportar
también al, ejem, viejo bandido.

–Saludos por la tarde, hermana –dijo el rey,
cuando la guió a la mesa ocupada por este, su hermano Sharif y Zedda, que tenía a Sadira en el regazo. Cerca de ellos, a un lado, exquisitos aromas
procedían de la comida dispuesta para que se sir-
viesen. De no ser por los coloridos trajes y la
forma de comer, podrían haber sido una familia
cualquiera sentada a la mesa.

–Buenas tardes, señor –respondió ella, esperando haberlo hecho bien. No quería ponérselo en
contra. Si el rey deseaba que Ray se casase con alguien más, quizá la ayudaría a volverse a América.

Se sentó y bebió el té con hierbabuena que le
sirvió Zedda. Sadira se bajó de las rodillas de su
abuela para sentarse en su regazo.

–¡Ah! Hoy has sido la elegida –rio Zedda–.
Nunca se sabe el regazo que un niño elegirá para
sentarse.

Cami abrazó a la niña, encantada de que la
aceptase como una más de la familia.

–¿Tienes hambre, cielo? –le preguntó, y pinchó un trocito de cordero del plato del que le había estado dando Zedda, ofreciéndoselo. Tomó un trago de té–. Esto es maravilloso. Me encanta –dijo, echándose atrás en la silla con un suspiro.

Al verla, Ray sintió un nudo en la garganta. Tanto si lo sabía como si no, su esposa había nacido para criar niños. Sus niños. Comenzó a sudar. Rogó que ella no hubiese dicho en serio lo de marcharse a Texas por la mañana.

–¿No extrañas tu tierra? –le preguntó Sharif y Rayhan le lanzó una mirada furiosa.

–Viajar es siempre... interesante –dijo Cami con calma. Su mirada se dirigió al rey.

–Te pido disculpas por la forma en que llegaste –dijo Kadar, con aspecto cohibido.

Rayhan le dirigió una mirada al rey. Cortado por el mismo patrón que su padre, Kadar no se disculpaba con frecuencia. ¿Qué pretendería?

Sadira se bajó del regazo de Cami y se alejó corriendo y parloteando algo en árabe. Ray se dio la vuelta a ver.

–El tío Hamid ha vuelto –dijo, mirando a su mujer a los ojos.

–Trae visita –dijo Kadar, poniéndose de pie–. El jeque al-Qamra y Matana, su hija.

–Los al-Qamra, llamados el Pueblo de la Luna, tienen mucha influencia en la política –dijo Sharif.

–¡Basta, Sharif! –dijo Ray, con voz dura y fría como el acero.

Cami se sobresaltó. Nunca había visto a su esposo tan enfadado.

–¿Qué, pasa, hermano? –dijo Sharif, abriendo las manos en un gesto–. Solo he hecho una observación...

–Intentas obligarme a un matrimonio que no deseo –dijo Ray, apoyándole una mano en el hombro a Cami–. Quizá no comprendas, pero esta es mi esposa y no tomaré ninguna otra.

–Los al-Qamra tienen que participar en la política de Adnan –dijo el Gran Visir, dirigiéndole una mirada a Cami.

–Bien. ¿Por qué no te casas tú con Matana? –le preguntó Ray.

–¡Oh, no! Esa mujer y el entrometido de su padre son demasiado para mí.

–Ajá. Quieres conservar tu reputación de playboy –dijo Ray y bajó la voz, para dirigirse al rey con desprecio–. Y nuestro hermano Tariq sigue jugando a los soldaditos con sus tanques. ¡Pero yo soy un hombre y un esposo y no permitiré que intenten hundir mi matrimonio! –dijo, dando una palmada en la mesa.

–Tienes razón, hijo mío –dijo Zedda, tocándole los dedos, que se relajaron–. Tendremos que encontrar alguna otra forma de apaciguar a los al-Qamra. Sus costumbres nómadas los hacen muy importantes en las comunicaciones de nuestro reino. Tienen mucha influencia en la opinión pública.

El rey se sentó y Ray también.

–Quizá una manada de tus maravillosos caballos, Rayhan, los compensen por la pérdida de un príncipe.

–O quizá diez mil denarios –dijo Ray, guiñándole un ojo a Cami. Parecía haber recuperado el buen humor.

–Ray, por favor, preséntame a nuestros invitados –dijo Cami, cuadrando los hombros.

Ray la tomó de la mano y la llevó hasta la entrada a recibir a los invitados. Cami miró al tío Hamid con los ojos entrecerrados. Estaba segura de que el rastrero bandido había llevado a su rival deliberadamente para hacerla sufrir. Junto a Hamid había otro hombre, probablemente el jeque al-Qamra. Detrás de ellos, un joven, vestido de negro. El hijo, supuso.

Y Matana, una exquisita joven vestida de color blanco perla. Cuando se quitó la caperuza, Cami pudo apreciar su belleza: altos pómulos, enormes ojos oscuros y llenos labios rojos. Cami recordó las palabras de Ray, refiriéndose a lo que ella había adelgazado. Matana era el ejemplo del ideal adnaní de belleza: bonita, redonda como una paloma, lista para el plato... o para la cama. Descompuesta de celos, Cami sintió que se le hacía un nudo en el estómago.

De repente, sintió la presencia de su esposo a su lado, el calor de la mano de Ray en su hombro.

–Recuerda quién eres –susurró él al oído.

Haciendo una profunda inspiración, Cami se tranquilizó con un esfuerzo y enderezó la columna. Con las sandalias doradas de tacón que había comprado aquella tarde, le sacaba más de una cabeza a Matana, que tenía que echar la cabeza atrás para poder mirarla.

Hamid, la voz llena de malicioso regocijo, presentó a Matana como la prometida del príncipe Rayhan.

—Ex prometida —lo corrigió Ray, con gélido tono—. Permitidme que os presente a la que es y será mi única esposa, Camille Ellison al-Rashad.

Matana, con expresión de sorpresa, miró a su alrededor. El joven de negro se acercó y le habló al oído en rápido árabe. Ella abrió mucho los ojos, clavándolos en Hamid con expresión ofendida.

—Soy la esposa consorte del príncipe Rayhan, Matana, encantada de conocerte. Ojalá las circunstancias no fuesen tan incómodas. ¿Nadie te informó?

El hermano volvió a hablar.

—No-no —dijo Matana, titubeante, en inglés, cerrando los labios con firmeza.

Cami se soltó de Ray para tomarla del codo y alejarse con ella hacia la mesa de las viandas. El joven las siguió.

—Lo siento —dijo Cami con dulzura—. Ahora que el compromiso está roto, ¿cuáles son tus planes?

Rayhan deseó dar un salto en el aire, con el puño levantado, al puro estilo americano. Sin dejar de sonreír, su esposa le había cortado las alas de la política a su tío Hamid. A juzgar por la reacción de Matana, Rayhan supuso que los al-Qamra no volverían a confiar en Hamid nunca más.

Zedda, respondiendo a su impecable instinto político, se acercó rápidamente al jeque. Ray se alejó, permitiendo que su madre ejerciese su ma-

gia, pero dudaba que la diplomacia de Zedda pudiese alterar lo inevitable.

Cerca de la mesa de la comida, su esposa sonreía satisfecha conversando con el príncipe al-
Qamra, que le había traducido a su hermana. Cami
le ofreció un plato e hizo gestos de que se sirviese.
A unos pasos, el rey hablaba con la princesa al-
Qamra, ejerciendo toda su diplomacia para calmar
su mal humor.

Rayhan apartó a su esposa del príncipe al-
Qamra, que hizo una reverencia y se alejó.

—Ray, Matana es adorable, ¿por qué la has rechazado?

—No está mal —dijo Ray, encogiéndose de hombros—. Pero tenemos poco en común. No habla inglés, no ama Texas. Y no eres tú. ¿Nos retiramos?
—le ofreció el brazo.

Ella se puso tensa y no se lo tomó.

—Cami, no comprendes —suspiró él—. La mayoría de las parejas no tienen lo que nosotros tenemos, querida.

—¿Qué? —dijo ella, sin resistirse cuando él la
acercó a su lado.

—Estamos bien juntos. Muy bien. ¿Crees que el
contacto de otro hombre te causaría tanto placer?
—dijo él, comenzando a andar.

Cami lo miró. Él había anunciado públicamente
que ella era su única esposa. Decía que era perfecta, la describía de forma muy favorable ante todos y se negaba a aceptar que el matrimonio de
ellos estaba acabado.

Ray abrió la maciza puerta tallada del dormitorio y la hizo entrar, besándola incuso antes de acabar de abrirla. La cerró con el pie y acercó a Cami a sí.

Ella no pudo contener la respuesta al dulce roce de sus labios. Cuando los dedos masculinos desabrocharon los botones de su túnica, no se resistió.

Lo deseaba, lo necesitaba, lo amaba.

Ray le abrió el traje, dejando sus pechos desnudos al descubierto. Tomándoselos, se los llevó a la boca, rozando con la lengua sus pezones hasta llevarlos al éxtasis.

–¿Recuerdas cuando nos encontramos en la poza? –le preguntó–. Como una diosa del río, saliste del agua para meterte en mi corazón –la voz masculina se hizo un íntimo susurro–. Fue el momento más erótico de mi vida.

–Para mí también. Ni siquiera en nuestra luna de miel...

–Lo sé. Pero nuestro amor es maravilloso. ¿No podemos encontrar otra vez la razón por la que nos casamos? Has cautivado mi corazón, me has robado el alma. Cuando estuvimos separados, el mundo se me hizo gris y mortecino. Cuando estamos juntos, aunque discutamos, mi mundo está nuevamente lleno de color y luz. No puedo vivir sin ti, Camille mía. Si eso no es amor, entonces, ¿qué es?

–Tú... me amas –dijo ella, con los exquisitos ojos llenos de lágrimas.

–Sí, amada mía. Te amo. Soy tuyo para siempre.

JAZMÍN.

RENEE ROSZEL

EN BRAZOS
DE UN SEDUCTOR

HARLEQUIN™

EN CUANTO Taggart Lancaster saliera de su coche de alquiler, se convertiría en un impostor, en un hijo pródigo que regresaba al hogar después de dieciséis años de ausencia.

Taggart contempló por el parabrisas la elegante casa victoriana que se alzaba ante sus ojos. Una joya arquitectónica, cuyo color rojizo contrastaba con el verdor de los árboles de hoja perenne que la rodeaban. Apretó con fuerza el volante hasta que los nudillos se le pusieron blancos, y murmuró una maldición mientras se preguntaba qué estaba haciendo allí, y cómo había podido comprometerse a hacer semejante cosa.

Malhumorado, dejó vagar la mirada por el tejado de dos aguas de la casa mientras pensaba en lo hermosa que era toda la zona rural de las Montañas Rocosas norteamericanas, con sus bosques de pinos todavía vírgenes, sus impresionantes acantilados, sus abruptas cuencas, sus cascadas y las cumbres nevadas que parecían elevarse hasta aquel cielo de verano completamente azul.

Bonner Wittering, amigo suyo desde hacía muchos años, y el cliente de su bufete al que más tiempo dedicaba, le había dicho que las montañas de Colorado eran muy hermosas. Taggart recordó los Alpes suizos y el internado en el que ambos habían crecido. Al sentir que lo invadía una oleada de nostalgia, hizo todo lo posible por librarse de ella. Por culpa de su amistad incondicional, se había metido en aquel lío.

Bonner había tenido razón al decir que necesitaba unas vacaciones, pero además le habían dejado salir de la cárcel bajo fianza con la condición de que no abandonara Boston.

Como abogado de Bonner sabía que no podía permitirle abandonar la ciudad, y eso era exactamente lo que Bonner había dicho que haría si no le dejaban otra elección.

Taggart movió la cabeza de un lado a otro.

—Debo de estar loco —murmuró.

Nadie le habría hecho aceptar un plan tan extraño, pero Bonner era más que un hermano para él. Para desgracia de Taggart, su único argumento en contra del plan había carecido de peso, porque eran como dos gotas de agua.

—Bonner, viejo amigo, no podría decir quién está más loco de los dos —se había quejado Taggart—. Si tú por pedirme hacer una tontería tan increíble, o yo por aceptar llevarla a cabo.

Taggart pasó todavía un rato apretando con todas sus fuerzas el volante del automóvil.

—Hacerle un favor a un amigo no es ningún crimen —murmuró—. Has venido para que una anciana enferma se sienta feliz, así que, ¡muévete! —dijo tras soltar el volante—. ¡Sal del maldito coche!

Dejando a un lado su inquietud, respiró profundamente y salió del coche.

—La charada ha comenzado —murmuró, y sacó su equipaje del maletero.

Subió las escaleras de madera que daban al porche de la casa, y de nuevo tuvo que apartar de su mente la inquietud que le causaba haber aceptado hacerle aquel favor a Bonner. Desahogando parte de sus frustraciones en la pesada aldaba con forma de cabeza de león, anunció su llegada con la delicadeza de una ametralladora.

—No se dará cuenta de que no eres Bonner —murmuró mientras esperaba a que le abrieran–. Tenía diecinueve años la última vez que estuvo aquí, y la gente cambia. Además, la anciana está casi ciega y sorda.

Aunque no lo estuviera, Taggart sabía que era difícil que se diera cuenta del engaño, porque tanto Bonner como él tenían el pelo negro y los ojos castaños. Poseían la misma constitución atlética, aunque Taggart era un poco más alto. Los dos iban al gimnasio con regularidad y jugaban al baloncesto en un equipo de aficionados. Además del parecido físico, Taggart conocía la historia de Bonner tan bien como la suya, así que bien podría hacerle el favor de complacer a su anciana y enferma abuela que quería volver a ver al único familiar vivo que le quedaba antes de morir. La haría feliz, y eso era lo único importante.

La puerta se abrió, y apareció una mujer robusta vestida con un vestido de flores. Rondaría los cincuenta, y tenía el pelo castaño y corto, un poco canoso. La expresión de su rostro era educada, pero fría.

–¿El señor Wittering? –le preguntó, con un tono de voz que no denotaba precisamente que hubiera estado deseando conocerlo.

Taggart asintió.

–Llego un poco tarde. Mi vuelo... –no terminó la frase. Al fin y al cabo, lo más normal era que los vuelos llegaran con retraso.

–Sí, ya hemos llamado para informarnos.

Taggart tuvo la sensación de que los habitantes de aquella casa habían temido en algún momento que Bonner se hubiera echado atrás, que hubiera decidido no ir a ver a su abuela en el último momento como había sucedido en otras ocasiones. Se sintió mal por no haber llamado para tranquilizarlas, pero al fin y al cabo el vuelo solo se había retrasado una hora, y había recuperado parte del tiempo en la carretera.

–Lo siento –dijo–. Debería haber llamado.

–Habría sido muy amable por su parte –le respondió la mujer secamente.

A Taggart no lo sorprendió su actitud, sino que sintió compasión por ella. Seguramente sería la persona que se ocupaba de cuidar a la abuela de Bonner y que tantas veces le había escrito para suplicarle que visitara a la anciana.

–Me gustaría ver a mi abuela lo antes posible –dijo, como suponía que hubiera hecho un nieto arrepentido.

La expresión de la mujer se suavizó un poco, y casi esbozó una sonrisa.

–En cuanto le muestre su habitación, haré saber a Miz Witty que está deseando verla.

La mujer le hizo un gesto para que entrara y lo dejó pasar.

–Soy la señora Kent, el ama de llaves. Todo el mundo me llama Ruby.

–Encantado de conocerte, Ruby.

La siguió por el vestíbulo hasta las escaleras. No tuvo mucho tiempo de mirar a su alrededor, pero le dio la sensación de que la casa estaba decorada con una mezcla de objetos antiguos y modernos. La porcelana y las pinturas abundaban. Enseguida pensó que, seguramente, serían piezas originales coleccionadas a lo largo de los años.

Aquella casa le pareció muy acogedora de inmediato. Olía a productos de limpieza para los muebles y a... mujer. El aire estaba impregnado de aroma a flores frescas, baños aromáticos y velas. Su hogar había olido también de manera muy parecida hasta que Annalisa...

–Esta es su habitación, señor Wittering –le dijo Ruby, interrumpiendo su melancólica ensoñación. Se detuvo en lo alto de las escaleras y abrió una puerta.

–Llámame... Bonner –le pidió Taggart mirando para otro lado, de manera que el ama de llaves no viera en su rostro el desagrado que le había producido mentir sobre su nombre.

–Si insistes... Bonner –respondió cuando Taggart volvió a mirarla–. La habitación de Miz Witty se encuentra a otro lado del vestíbulo, en la parte de atrás de la casa. Le diré que has venido. Tomate tu tiempo para refrescarte, y luego ve a verla.

–Gracias Ruby.

Taggart entró en la habitación. Era muy soleada, y estaba decorada con unos muebles muy sencillos de madera, pintados de manera que se viera la veta y patinados con cera a mano. Las flores frescas, colocadas cerca de la ventana, inundaban la pieza con su fragancia. Estaba claro que se pretendía que el huésped se encontrara a gusto.

Dejó la maleta en el suelo, y cuando se volvió hacia el ama de llaves para agradecerle que le hubiera asignado una habitación tan agradable, la mujer ya se había marchado. Salió al pasillo y la vio meterse en la habitación de Miz Witty, sin duda para anunciarle la importante noticia de que... «el hijo pródigo» había regresado. Al menos eso era lo que ellas creían.

Taggart decidió dejar que Miz Witty tuviera tiempo de asimilar la noticia. Se puso a deshacer la maleta y a colocar su ropa en el armario. Decidió no quitarse el traje, aunque no recordaba haber visto nunca a Bonner con uno puesto, excepto cuando había hecho de padrino en su boda con Annalisa, y tres años más tarde... en su funeral. Pero Miz Witty seguramente no conocía la manera de vestir de Bonner. Además, la última vez que lo había visto habría estado de traje, ya que había sido en el funeral de los padres de Bonner, tras su trágica muerte bajo una avalancha de nieve mientras esquiaban.

Se echó un último vistazo en el espejo y salió de la habitación. Al llegar a la de Miz Witty, llamó a la puerta.

La alegría que notó en la voz que le pidió que entrara le hizo volver a odiarse a sí mismo por el engaño al que se había prestado.

Al entrar en la habitación, lo primero que le llamó la atención fue la enorme cama de madera tallada cubierta por una colcha de seda blanca y encaje, que daba la impresión de encontrarse ante un paisaje invernal. En medio, sobre numerosos cojines, se encontraba acostada una mujer pequeña, con la apariencia de una reina, piel de marfil y una sonrisa tan parecida a la de Bonner que Taggart se quedó impresionado. Tenía los ojos marrones, y peinaba sus cabellos blancos y rizados hacia arriba en una especie de recogido. Taggart pensó que era una mujer atractiva, de apariencia muy juvenil para haber cumplido ya los setenta y cinco. Llevaba un camisón blanco con encaje en el cuello y los puños.

Cuando tendió los brazos para dar la bienvenida a Taggart, pareció como si una enorme muñeca de porcelana hubiera cobrado vida.

–¡Pero si es mi Bonny!

Al ver cómo se le llenaban los ojos de lágrimas a la anciana, Taggart sintió un deseo imperioso de regresar a Boston y darle una patada en el trasero a Bonner por haber descuidado a aquella frágil mujer tan parecida a una muñeca. Sin dudarlo más, Taggart cruzó la alfombra persa, y se acercó a la cama para dejarse abrazar. La anciana olía a polvos de talco y a suave jabón francés.

–Me alegro mucho de verte, Miz Witty –dijo contra la fría mejilla de la anciana–. Tienes un aspecto maravilloso.

Bonner le había enseñado una fotografía de su abuela, pero para tener diez años más y encontrarse al borde de la muerte, Taggart la veía de maravilla. Le habían dicho que estaba sorda y ciega, pero no llevaba ni siquiera gafas, y parecía haberle oído muy bien llamar a la puerta.

–¿Cómo estás? –le preguntó en un tono de voz normal para comprobar su audición.

–De maravilla. Todavía siento un poco de debilidad en la pierna derecha como para andar y tuve una neumonía muy fuerte, pero cada día me siento con más energías.

Se quedó mirándolo y Taggart tuvo que hacer un gran esfuerzo para que no se le notara en el rostro el nerviosismo. Se preguntó si podría ver lo bastante bien como para darse cuenta de que no era Bonner. Una oleada de ira volvió a invadirlo. Por un momento deseó que se diera cuenta de que era un impostor. Detestaba tener que mentirle de aquella manera.

La anciana le acarició la mejilla con cariño.

–Eres mucho más guapo de lo que te recordaba.

Taggart se movió intranquilo, sin saber qué contestarle.

Una tos ligera, procedente de la puerta llamó su atención. Se volvió, y vio a una mujer que lo impresionó. Estaba mirando a Miz Witty, y vestía unos vaqueros, una camiseta rosa y unas zapatillas deportivas. Traía en las manos una bandeja con una tetera de porcelana, una taza y un plato de tostadas. Taggart se irguió, sorprendido por su casi mágica aparición. No la había oído entrar.

–Oh, Bonny, cariño –dijo Miz Witty–. Te presento a Mary O'Mara, la persona que me cuida. Vive también en la casa. Mary, este es mi nieto, Bonny.

Mary miró a Taggart. Le sonrió y le hizo un gesto con la cabeza educadamente.

–¿Cómo está, señor Wittering? –le preguntó con una voz que a Taggart le pareció muy sensual.

La joven avanzó hacia la cama, sin hacer ningún ruido. Casi parecía flotar. Taggart no pudo evitar seguirla con la mirada.

Tenía el cabello oscuro, largo y liso, peinado con

raya al medio. Una brillante cortina que se movía de un lado a otro a cada paso que daba, acariciando sus mejillas... derecha, izquierda, derecha, izquierda. Taggart se sintió hipnotizado por el balanceo de aquellos sedosos cabellos acariciando las sonrosadas mejillas de la joven.

Cuando llegó hasta donde se encontraba él, lo miró fijamente, y un relámpago pareció destellar en sus ojos grises.

–Disculpe, señor Wittering –le dijo con una sonrisa en los labios y la misma voz sensual que antes.

Taggart se dio cuenta, de repente, de que estaba en medio, y se hizo a un lado sintiéndose como un memo.

–Perdone.

–No pasa nada –murmuró, y centró toda su atención en Miz Witty–. Nos hemos quedado sin mermelada de naranja. Espero que no te importe que sea de fresa.

–¡Perfecta!¡Deliciosa! –exclamó Miz Witty con júbilo, mientras entrelazaba sus fríos dedos con los de Taggart–. Nada podría parecerme mal hoy –le apretó los dedos con cariño–. Mi Bonny ha vuelto por fin a casa, y soy completamente feliz.

Taggart apartó la mirada de la joven para dirigirla a Miz Witty, y vio que tenía los ojos llenos de lágrimas. Se le hizo un nudo en la garganta y le apretó también los dedos, pero fue incapaz de esbozar una sonrisa.

–Me alegro mucho de verte tan feliz –dijo Mary.

Al verla sonreír, Taggart pensó que le daba un vuelco el corazón. Después de la muerte de Annalisa, nunca había pensado que pudiera volver a sentir algo así.

–Espero que disfrute de su estancia aquí, señor Wittering –le deseó la joven con su sensual voz.

–Llámeme Bonner –le dijo Taggart, sintiendo que se le trababa la lengua como a un colegial.

–Gracias –le dijo, y volvió a centrar su atención en Miz Witty–. ¿Quieres que te traiga algo más?

–No, querida –le respondió la anciana mientras se servía el té–. Ve a descansar un poco –de repente se detuvo y frunció el ceño–. ¡Pero qué maleducada soy! –dijo mirando a Taggart–. Bonny, querido, ¿te apetecería una taza de té? ¿O tal vez picar algo? ¡Claro que quieres! –dijo sin dejarle responder–. Mary, por favor, pide a la cocinera más té y tostadas.

–Enseguida –respondió la joven, y se dio la vuelta para marcharse.

–Si tienes café... –dijo Taggart sin poder evitar sentirse decepcionado por la marcha de Mary–. Iré yo mismo a buscarlo. No tengo hambre.

Mary miró a Taggart.

–Por favor, no se moleste, señor, yo se lo traeré.

–De ninguna manera. Ahora mismo vuelvo –dijo mirando a Miz Witty, quien sonrió y se llevó la taza a los labios.

–Muy amable por tu parte. Es un verdadero tesoro –dijo sonriendo a Mary.

La joven le devolvió la sonrisa, y se dirigió hacia la salida sin hacer ningún ruido.

Taggart salió tras ella y cerró la puerta. La fragancia floral que había dejado la mujer embriagó sus sentidos. De repente, necesitaba volver a ver aquellos ojos, aquella sonrisa. No había sentido algo así desde el día en que había conocido a Annalisa, y no creía posible volver a sentir nada tan embriagador. Annalisa y él se habían enamorado el mismo día en que se habían conocido, y se habían casado tres meses después. El cortejo había durado lo mismo que la cena. En los postres, ya estaban comprometidos.

Había tardado mucho en volver a salir con una mujer. Tres años después de la muerte de su esposa, sus amigos le habían convencido para que saliera y conociera a otras jóvenes. Desde entonces no había llevado una vida de monje, pero tampoco era un mujeriego como Bonner.

El trabajo lo mantenía ocupado y, a decir verdad, estaba más acostumbrado a ser perseguido que a perseguir. Por eso casi se había asustado al sentir esa necesidad imperiosa de estar cerca de Mary O'Mara. Se preguntó por qué no era tan hosco como de costumbre. Nunca había sido del tipo de hombres que van detrás de las mujeres. Desde la muerte de Annalisa, no había vuelto a sentir un deseo tan fuerte de dirigirse a una mujer.

–¿Mary? –le dijo cuando llegó a su altura–. ¿Puedo llamarte Mary? –le preguntó con una sonrisa–. ¿Eres tú la Mary que... me escribió esas cartas?

Mary se detuvo bruscamente y se volvió hacia él. Entonces Taggart vio la transformación que habían sufrido aquellos ojos que tanto había deseado volver a mirar. Los ojos de la joven brillaban con furia y malicia.

–Sí, yo soy «esa» Mary –la voz sensual que él tanto había querido volver a oír se había transformado en agresiva–. ¿Cómo se ha atrevido a descuidar así a una mujer tan maravillosa durante tantos años, maldito egoísta?

Taggart se quedó sin habla ante semejante transformación. Aquel cambio de actitud lo había pillado con la guardia bajada.

–Por el bien de Miz Witty, cuando estemos delante de ella seré educada y fingiré que no lo encuentro repulsivo –susurró–. Lo llamaré Bonner en su presencia, si eso es lo que ella desea, y haré un esfuerzo para no escupirle en los ojos cuando me llame Mary. Por lo demás, señor Wittering, procure no cruzarse en mi camino.

TAGGART se quedó mirando a Mary O'Mara mientras bajaba las escaleras muy enfadada. El aire a su alrededor todavía chisporroteaba con su rabia, y hasta pensó que podía percibir el aroma a ego chamuscado.

–¡Qué carácter! –musitó mientras se aflojaba el nudo de la corbata.

Como abogado, estaba acostumbrado a encontrarse con todo tipo de reacciones adversas por parte de la gente con la que trataba, pero aquella no la había visto venir. Ahora se preguntaba por qué había estado tan ciego. Aquella mujer se había pasado los últimos dos años suplicando a Bonner que visitara a su abuela, y siempre había recibido negativas por respuesta. Era lógico que reaccionara de aquella manera. Algo en aquellos hermosos ojos grises había interferido con el radar que tenía en su mente para detectar cuando alguien era sincero o no. El rapapolvo que acababa de recibir lo había pillado con la guardia completamente bajada.

–Hasta ahora he recibido en esta casa muestras de desconfianza, adoración y odio. Muchas gracias, Bonner, viejo amigo –murmuró con ironía.

Bajó los escalones de dos en dos. No tenía ganas de tomar café, pero le había dicho a Miz Witty que iba a buscar una taza, así que no podía regresar con las manos vacías. Tal vez un buen café le quitaría el gusto amargo que le había dejado la señorita O'Mara en la boca.

Al llegar a la planta baja, se dirigió a la parte trasera de la casa pensando que allí debía de estar la cocina. Acertó, y nada más entrar se encontró a la mujer que tanto parecía odiarlo, junto a una rubia de apariencia robusta, atractiva, aunque no tanto como Mary O'Mara.

Cuando la rubia percibió su presencia, lo miró de arriba abajo. Sin embargo, la señorita O'Mara hizo todo lo contrario: le dio la espalda para mostrarle lo mal que le sentaba verlo allí. Taggart no entendía por qué estaba tan molesta por su aparición. Al fin y al cabo ya sabía que quería una taza de café; no iba a ir a buscarlo a Brasil.

—Hola —dijo la rubia, que se apartó de la cocina, donde parecía haber estado revolviendo una salsa, y se cruzó de brazos sobre sus voluptuosos pechos con la cuchara de madera todavía en la mano.

Llevaba puestos unos vaqueros, como Mary, pero mucho más ajustados y, aunque vestía una camisa de hombre, le estaba tan prieta a la altura de los senos que algunos de los botones se habían soltado dejando a la vista parte de un sujetador de color rojo.

—Así que este es el chico malo del que tanto he oído hablar.

Lo que había estado revolviendo con la cuchara era del color de la salsa de tomate. Una gota se desprendió de la cuchara y cayó al suelo.

—Pauline, está goteando —le advirtió Mary, señalando la cuchara.

La rubia siguió sin apartar la mirada de Taggart.

—Bueno, disculpa, pero es que hacía mucho tiempo que no entraba un hombre tan guapo en mi cocina.

A Taggart lo sobresaltó el descaro con el que hablaba aquella mujer.

—¡Por el amor de Dios, Pauline! —dijo Mary, que estaba al lado del fregadero bebiendo agua. Con el vaso en la mano, se acercó a donde estaba la cocinera, haciendo como si no viera a Taggart, y le quitó la cuchara de madera de la mano–. Estás poniéndolo todo perdido con la salsa de los espaguetis.

–¡Vaya!

La rubia miró al suelo y se encogió de hombros, lo que contribuyó a que se le abriera aún más la camisa.

–¡Pauline! –exclamó Mary, mirando con severidad hacia donde estaba Taggart–. Tienes la camisa desabrochada –le dijo, y se apresuró a abrocharle los botones–. Estaré en el sótano si me necesitas.

–Gracias, mamá –dijo Pauline, sin apartar la mirada de Taggart.

Mary desapareció por la parte de atrás de la cocina, y Taggart pensó que, incluso odiándolo, o más bien a Bonner, la presencia de la joven electrizaba el lugar donde se encontrara, y su ausencia hacía que todo se volviera anodino.

–La verdad es que nunca he visto a Mary tan... tan... –Pauline hizo un gesto de desagrado, y colocó las manos como si fuera a arañar a alguien.

–¿Tan llena de remordimientos? –sugirió Taggart con ironía.

La cocinera pareció confusa por un momento, pero enseguida se echó a reír.

–Sí, eso es. Cuando Mary puede permitírselo, asiste a clases nocturnas de enfermería. Se supone que las enfermeras se llevan bien con los enfermos, por muy difíciles que sean. Siempre pensé que tenía muy buen carácter, hasta que apareciste tú.

Taggart se quedó pensativo. Al parecer Mary se llevaba bien con todo el mundo excepto con el mujeriego Bonner Wittering.

–Tal vez le caiga mejor si contraigo alguna enfermedad mortal, como por ejemplo la peste negra –murmuró Taggart.

La cocinera volvió a echarse a reír.

–Eres muy gracioso –le dijo con un guiño–. Gracioso y guapo. Así me gustan los hombres.

Taggart empezó a sentirse incómodo por el rumbo que tomaba la conversación. Ya había conocido a otras mujeres como aquella. En realidad se mostraban descaradas para que no se les notara la poca seguridad que tenían en ellas mismas.

La cocinera se acercó a él y le tendió la mano.

–Me parece que no nos han presentado. Soy Pauline Bordo. Miz Witty y Mary me llaman «la Cocinera», cosa que detesto –volvió a guiñar un ojo a Taggart–. Tú puedes llamarme como quieras.

Taggart se recordó a sí mismo que la actitud de la joven solo respondía a inseguridad, y trató de mostrarse de una manera civilizada.

–Yo soy... Bonner.

–Ya lo sabía. En realidad todo el pueblo sabe que estás aquí.

Taggart no se alegró de que su fama lo precediera. Hasta ahora se habían mostrado hacia él de tres maneras: con devoción, desconfianza y odio. Pauline le estaba mostrando una cuarta: la lujuria. No estaba muy seguro de desear saber cuál iba a ser la que más predominara.

Taggart miró a su alrededor y vio la cafetera. Por suerte para él estaba medio llena. La señaló con la cabeza.

–He venido a servirme un café. Miz Witty está esperándome.

Pauline no le soltó la mano.

–Yo no vivo en la casa como Mary y Ruby. A las siete de la tarde suelo estar libre –dijo, y lo sujetó también con la otra mano–. Normalmente tengo alguna cita, pero no tienes más que silbar, y vendré corriendo, guapo. He oído hablar mucho de ti.

Taggart pensó que seguramente no habría oído cosas buenas.

–Lo tendré en cuenta –le aseguró.

Tras conseguir soltarse de las manos que lo sujetaban, se acercó a la cafetera, tomó una taza y se sirvió café lo más rápido que pudo. En todo momento, sintió los ojos de la cocinera sobre él. Cuando se volvió, la encontró en el mismo sitio que la había dejado.

–Bonito trasero –le dijo Pauline, riendo.

Para su asombro, lo sorprendió el comentario. Trató de mantener la calma, pensando de nuevo en la inseguridad de ese tipo de mujeres, pero se dijo a sí mismo que no debía darle ningún tipo de esperanza.

Sin embargo, recordó que era Bonner Wittering, famoso mujeriego, y debía mostrarse como tal. Sin sonreír, levantó su taza a modo de saludo burlón.

–No puedes ni imaginarte las veces que he oído eso –le dijo.

Pauline se echó a reír, provocativa. A pesar de lo chamuscado que había dejado Mary su ego, no podía evitar darse cuenta de que Pauline tenía fijación con el prototipo de mujeriego que él representaba.

La cocinera puso los brazos en jarras, y los botones que le había abrochado Mary volvieron a abrirse. Taggart se preguntó si tendría controlados todos los movimientos de su cuerpo, y si podría hacer que se desabrochasen aquellos botones a su antojo.

–Me sorprendes, guapo.

Taggart se dijo a sí mismo que aquel día iba de mal en peor. Lo único de positivo que había tenido hasta aquel momento había sido conocer a Miz Witty. Tratando de mantener la pose que había adoptado, se dirigió hacia la puerta.

–¿De verdad te he sorprendido? –preguntó a la cocinera.

–Pues sí. Llevo un buen rato tratando de ligar contigo, y sigues más frío que un témpano de hielo. Desde luego, vosotros, los mujeriegos de ciudad os lo montáis de maravilla –dijo, y volvió a guiñarle un ojo. Lo había hecho tan a menudo en la última media hora, que Taggart había empezado a pensar que podría tratarse de un tic nervioso–. Para que lo sepas, guapo, tu frialdad me está excitando.

A Taggart le costó contener la irritación que le causaba el rumbo que había tomado la conversación. Sentía lástima por ella, pero todo tenía un límite.

–Entonces ya he hecho lo que tenía que hacer aquí –le dijo él ya desde la puerta.

Las risotadas lujuriosas de Pauline lo persiguieron por el pasillo.

Taggart no se dio cuenta de que se había quedado dormido hasta que lo despertó el sonido de su teléfono móvil.

–Lancaster al habla –dijo medio dormido.

–Muy mal, Tag, viejo amigo. No tendrías que responder con tu verdadero nombre –dijo aquella voz que le era tan familiar al otro lado del teléfono–. Espero que no haya nadie acostado a tu lado.

Taggart conocía muy bien la voz de Bonner. Se frotó los ojos y bostezó.

–Lo de siempre, ya sabes, un par de super modelos.

–¿Has tenido un día relajado?

–A lo mejor para Bonner Wittering habría sido un día relajado, pero recuerda que solo estoy fingiendo ser tú. ¿Puedes decirme por qué demonios estas llamándome a... –miró la esfera fluorescente de su despertador de viaje– casi la una y media de la mañana? Allí serán las tres y media, ¿no? –de repente lo asaltó un pensamiento terrible, y se incorporó sobre un codo–. ¡No estarás en la cárcel!

Taggart oyó como Bonner se reía a carcajadas.

–Deja de hablar como una anciana. Estoy en mi casa, como un niño bueno, viendo en la televisión los anuncios de venta por correo. ¿Sabías que puedes comprarte un cinturón con electrodos que ejercita tus abdominales mientras duermes?

Taggart estaba a punto de perder la paciencia.

–Muy bien, pues cómprate uno y vete a dormir.

Bonner volvió a echarse a reír.

–¡Vale, vale, ya he captado el mensaje! Solo quería saber cómo te iban las cosas. Como tú no llamabas, decidí que sería mejor enterarme de si estabas bien... o si ya te habían colgado.

Taggart se sentó en la cama.

–Todavía respiro, pero me da la sensación de que Mary está considerando lo de colgarme.

–Es una entrometida con muy mal carácter. No le hagas ni caso.

Taggart se pasó los dedos por el pelo.

–Vaya, ¿cómo no se me habría ocurrido antes? –dijo con ironía.

–Ya me imagino que no será nada fácil, encontrándotela a cada paso.

–Pues no –murmuró Taggart, sin poder apartar de su memoria aquellos ojos grises.

–¿Pasa algo?

–No, nada.

–Bueno, háblame de Miz Witty. ¿Se lo ha tragado todo?

–Imagino que sí –Taggart se echó hacia delante, y apoyó el brazo en el muslo.

–Lo que no está es ni ciega ni sorda. ¿Quién se inventó esa historia, la señorita O'Mara o tú?

–¿Señorita? ¿Es guapa? –preguntó, haciendo gala de su fama de mujeriego–. Ba, seguro que no. Será una de esas odiosas solteronas.

–No evadas el tema, Bonner –dijo Taggart, sintiendo casi dolor al recordar la hermosura de Mary–. ¿Fue idea de Mary o tuya?

–Vale, vale. Veamos, yo creo que fue un poco idea de los dos –dijo Bonner riendo–. Ya sabes que pienso que la vida no merece la pena si no puedes adornarla un poco.

Taggart habría deseado estrangular a su amigo, pero trató de tranquilizarse.

–Tienes suerte de que haga mucho tiempo que tu abuela no te ha visto.

–Pero, ¿está tan enferma? Mary me dijo que le habían dado un par de ataques al corazón y que estaba enferma de algo más que no puedo recordar.

–Neumonía. Debido a los dos ataques no puede caminar. Pero parece estar recuperándose muy bien. Yo no soy médico, pero desde luego no me parece que esté a punto de morirse. Personalmente, me alegro mucho porque es una señora encantadora –calló un momento, y después añadió–: Eres un desgraciado por haberla tratado tan mal.

–Ya lo sé –dijo tratando de que su voz denotara arrepentimiento–. Ya estoy intentando compensarla, ¿no te parece?

Taggart se retiró el móvil de la oreja y lo contempló atónito. Le parecía increíble que Bonner tuviera aquel modo de ver las cosas.

–Soy yo el que está tratando de compensarla –dijo enfadado tras colocarse de nuevo el aparato en la oreja–. Tú te limitas a ver la televisión en tu apartamento.

–Vale, vale, estás haciendo mucho por mí, y te lo agradezco de verdad, hermanito –se disculpó–. Recuerda que va a cumplir nada menos que setenta y cinco años. Tiene una salud delicada, y yo me encuentro aquí atado a la fianza. Estás haciendo mucho por mí.

–Pues sí –Taggart estaba cansado y quería volver a dormir, pero no pudo evitar echarle la bronca–. Tienes que empezar a considerar las consecuencias de tus actos antes de llevarlos a cabo.

De repente, oyó bostezar a Bonner.

—Ya. Ya sé lo que quieres decirme. Escucha, ofertan otro artículo. Tiene buena pinta. Creo que tiene que ver con los muslos de las mujeres...

—¡Vete a la cama! Y no me llames en mitad de la noche para que te cuente lo que está pasando. Si no lees mi asesinato en las noticias hazte a la idea de que todo va bien —dijo, y colgó el teléfono.

Taggart estaba totalmente desvelado. La inmadurez de su amigo lo preocupaba, pero no podía concebir la vida sin él. Desde luego, tenía defectos, pero le encantaba su carácter optimista y generoso. A su mente llegaron recuerdos de cuando se conocieron en el internado suizo donde habían llevado a Taggart tras la muerte de sus padres en un accidente de carretera. Su tutor era un anciano arisco, fiscal del estado, que olía a puros y papel viejo. Seguramente, tenía una mente fantástica para los temas legales, pero no sabía cómo tratar a un niño huérfano. A Bonner, por otra parte, lo habían enviado al internado porque su carácter desinhibido y bromista no encajaba con la intolerancia y el mal humor de su padre.

En su soledad, Bonner y Taggart se hicieron muy amigos. Bonner era una de las pocas personas que siempre conseguía hacer reír a Taggart, y cuando todos los demás chicos se iban de vacaciones, el buen carácter de Bonner suponía un gran alivio a su soledad. Por eso, nunca le importó que Bonner se apoyara en él.

El problema era que ya tenían los dos treinta y cinco años, y Bonner seguía pretendiendo que Taggart lo sacara de apuros, ya no solo como amigo, sino también como cliente de su bufete de abogados, y estaba empezando a hartarse. Se daba cuenta de que si seguía sacándolo de todos los problemas en que se metía, jamás maduraría. Sin embargo, Bonner era experto en manipular a Taggart con su buen carácter, y sobre todo recordándole que había sido él quien le había presentado a Annalisa, el amor de su vida.

Al recordar a su adorada esposa, Taggart sintió una punzada de dolor. Había muerto en un incendio declarado en el hospital donde trabajaba como cirujana. De no haber sido por Bonner que, acorde con su naturaleza impulsiva, había quedado con los dos y después los había dejado plantados a la puerta de su apartamento para marcharse a Nueva York donde le había salido un plan mejor, nunca habría conocido a Annalisa, ni vivido aquellos tres maravillosos años con su esposa.

Por eso, porque le debía mucho a Bonner, se encontraba en aquel momento en un pueblo de las Montañas Rocosas, implicado en una farsa durante dos semanas, fingiendo ser alguien que no era.

Taggart sabía que la cuidadora de Miz Witty había estado escribiendo a Bonner pidiéndole que visitara a su abuela, pero por alguna razón había sido la última carta la que le había hecho darse cuenta de lo mal que estaba portándose. Por desgracia, Bonner se encontraba pendiente de juicio por un asunto más grave de lo habitual, un asunto de uso indebido de información privilegiada. Taggart estaba seguro de que Bonner no había querido cometer ningún delito, pero su habitual imprudencia y credulidad le habían metido en un buen lío. El juicio había sido fijado para finales de septiembre, y estaban en julio. Si las cosas iban mal, Bonner se enfrentaba a una condena de cárcel muy seria.

Mary no había dormido bien. El odio que sentía por Bonner Wittering la había tenido dando vueltas en la cama toda la noche. Con solo pensar que aquel gusano inmundo se encontraba bajo su mismo techo se ponía enferma. Solo ella sabía que la única manera en que había conseguido hacer que visitara a su abuela había sido diciéndole que Miz Witty estaba pensando en desheredarlo. Sabía muy bien que había estado escribiendo a su abuela para pedirle dinero. Al parecer, ya se había gastado su propia herencia, y trataba de que Miz Witty se hiciera cargo de su costoso estilo de vida. Así que en cuanto leyó una de aquellas cartas de Bonner pidiendo dinero, Mary supo exactamente lo que tenía qué hacer para conseguir que visitara a la anciana. Estaba claro que a Bonner lo preocupaban más sus finanzas que la salud de su abuela, y por eso lo despreciaba tanto.

Se sentó sobre la cama y bostezó. Su mirada se dirigió enseguida a la foto que tenía sobre la mesita de noche. A pesar de lo mal que se sentía, no pudo evitar esbozar una sonrisa al contemplar el rostro de su hermanastra de cinco años. Como todas las mañanas, le mandó un beso con la punta de los dedos, y pensó cómo le gustaría conseguir la tutela de la niña, que por el momento vivía con su inútil padre.

Pensó que, por desgracia, los milagros ocurrían muy rara vez. Se levantó, se puso la bata y las zapatillas y se encaminó al cuarto de baño. Al pasar delante del espejo del tocador, no pudo evitar mirarse. Tenía el pelo completamente despeinado y estaba ojerosa. Se peinó con los dedos, y no pudo evitar pensar que la culpa del estado deplorable en que se encontraba la tenía Bonner Wittering.

Recordó la primera impresión que le había causado en la habitación de Miz Witty. A pesar de que odiaba a Bonner Wittering, al verlo se había sentido atraída por él. Se preguntó si practicaría delante del espejo para parecer tan seductor y sincero a los ojos de las mujeres.

El día anterior había perdido los nervios, y no estaba orgullosa de sí misma, sino casi tan furiosa consigo como lo estaba con él. Se había pasado la noche analizando por qué la atraía tanto aquel desgraciado; tratando quitárselo de la cabeza. Estaba exhausta, pero había conseguido seguir odiándolo a muerte. Lo único que deseaba era poder evitarlo mientras estuviera en la casa. Sin querer, su mente le hizo recordar aquellos ojos del color de la tierra, adornados por unas pestañas largas y tupidas. Unos ojos que parecían demasiado sinceros para pertenecer a alguien tan miserable.

–Claro, así es como los cerdos miserables se las arreglan para conquistar a las mujeres –murmuró para sí–. Parecen buenas personas, por eso son tan peligrosos.

Llegó al baño y, al abrir la puerta, se quedó atónita al ver al cerdo ambicioso y ligón frente al espejo, llevando puesta solo una toalla alrededor de la cintura.

Tenía espuma de afeitar en una mejilla y en parte de la otra. Al verla paralizada en la puerta, dejó de afeitarse y se quedó mirándola. No parecía atónito, solo un poco sorprendido. Mary no pudo evitar pensar que eso era porque los cerdos ligones estaban acostumbrados a que las mujeres irrumpieran en su cuarto de baño.

Taggart limpió la cuchilla con el agua que tenía en el lavabo, y siguió afeitándose.

–Buenos días, señorita O'Mara –la saludó.

Mary se dio cuenta de que aquella mañana estaba más dormida de lo habitual, o habría recordado que tanto la habitación de Bonner como la suya daban al mismo cuarto de baño.

–Oh, yo... –Mary se sintió incapaz de decir dos palabras seguidas. No podía dejar de mirar aquel torso desnudo tan hermoso–, pensé. No creí... Son las seis... no creía que estuviera ya levantado.

Taggart levantó la barbilla y siguió afeitándose.

–A decir verdad he dormido más de lo debido –aclaró la cuchilla de afeitar y la miró–. En Boston, son ya las ocho.

A Mary la sorprendió aquella respuesta.

–Vaya, yo creía que los mujeriegos dormían hasta el mediodía.

–¿Es usted experta en el comportamiento de los mujeriegos?

–La verdad es que mi experiencia se limita a usted –dijo, a pesar de lo que estaba costándole articular palabra–. Naturalmente, he oído hablar de sus... –calló un momento para tratar de encontrar la palabra que pudiera expresar mejor su comportamiento licencioso– proezas. Ya puede imaginarse que la gente de un pueblo que lleva su nombre cotillea mucho sobre usted.

Mary calló un momento para darle la oportunidad de responder, pero Taggart se limitó a seguir afeitándose.

–La verdad es que ha sido a través de la correspondencia que he mantenido con usted a lo largo de dos años como mi opinión sobre los mujeriegos se ha confirmado.

–¿Así que juzga a todos los mujeriegos según la idea que tiene de mí? –le preguntó Taggart, mirándola.

Mary se encogió de hombros, y dio gracias al Cielo por ser capaz de moverlos. Esperó haberle transmitido con el gesto la más completa indiferencia.

–Digamos que después de conocerlo, los demás mujeriegos ya no tienen nada que hacer conmigo.

–Señorita O'Mara, ¿está usted coqueteando conmigo?

Mary dio un respingo. Enseguida se dio cuenta de que estaba tomándole el pelo.

–¡Antes me cortaría un brazo!

–Entonces, no es que odie a los mujeriegos. Es que me odia a mí –murmuró Taggart.

–Si es un ejemplo de ese comportamiento masculino, digamos que no me gustan ni usted ni los demás de su género. ¿Está claro ya?

–Desde luego. No se preocupe, que enseguida me aparto de su camino.

–Yo... –empezó a decir señalando el lavabo– iba a lavarme los dientes.

Taggart volvió a mirarla. Mary se preguntó qué se le estaría pasando por la cabeza. Retrocedió un poco, y señaló el lavabo con la cuchilla.

–Pues, adelante. Veo bien por encima de su cabeza.

Mary se quedó mirándolo boquiabierta, sin poder creerse que él pensara que iba a colocarse detrás de un hombre que solo llevaba puesta una toalla alrededor de la cintura.

Taggart levantó la barbilla, y siguió afeitándose.

–Adelante, señorita O'Mara –le repitió, mirándola a través del espejo–. Por si está preocupada, le diré que en el manual del mujeriego se prohíbe expresamente atacar a las mujeres que se están lavando los dientes.

Mary lo miró sorprendida, y se preguntó si aquel hombre sería capaz de leer el pensamiento.

–Haga como si no estuviera aquí –le dijo Taggart mientras seguía afeitándose.

Mary se preguntó qué estaría pasando por su mente. Si estaría molesto porque ella hubiera podido pensar que iba a atacarla, o si lo preocupaba no poder conquistarla. Antes de que Mary pudiera encontrar respuesta a sus preguntas, Taggart terminó de afeitarse, y dejó la cuchilla en el vaso que había sobre la estantería delante del espejo. Mary lo vio echarse la loción de después del afeitado, y se quedó como hipnotizada mirando cómo se daba palmaditas en la cara, sin comprender por qué se sentía tan atraída por todos los movimientos de aquel hombre al que consideraba un reptil egoísta.

—Es todo suyo, señorita O'Mara —le dijo tras dejar el frasco de la loción sobre la estantería.

Mary lo vio marchar sin ser capaz de moverse, debatiéndose entre el deseo de sumergirse en aquellos ojos o de arrancárselos de cuajo, y con el perfume de la loción inundando su mente y haciéndola sentirse todavía más confusa.

Después de lo que le pareció una eternidad, consiguió moverse y se apoyó en el marco de la puerta. Se pasó los dedos por el pelo con furia, tratando de desahogarse de la rabia que sentía por haber permitido que la pusieran nerviosa.

—Eso ha sido lo único que ha pasado —murmuró—. Que no esperaba encontrármelo aquí vestido solo con una toalla, y me ha puesto nerviosa.

Respiró profundamente varias veces para encontrar la fuerza de decirse a sí misma lo que sabía muy bien: que aquel hombre era un gusano.

—Te odio, Bonner Wittering —masculló con los dientes apretados—. Te odiaré hasta el final de los tiempos.

CAPÍTULO 3

TAGGART se tomó el desayuno en un tiempo récord para no caer en los brazos de Pauline, y salió a dar un paseo por los alrededores de la casa de Miz Witty. Casi todo el tiempo anduvo cuesta arriba, y con cada esfuerzo se liberaba un poco de la tensión que había acumulado. Dentro del bosque, divisó un puerco espino, un zorro rojo y una cierva con su cervatillo, antes de llegar a un hermoso prado inundado por el sol por donde serpenteaba un riachuelo cristalino. Saltó por encima, y fue a sentarse en una roca. Allí respiró profundamente una bocanada de aire puro, y se sintió inundado de paz. No entendía por qué Bonner llevaba tanto tiempo evitando regresar a un paraíso como aquel. Por primera vez desde que había llegado a Wittering, se sentía tranquilo. Se preguntó cuántas veces en su vida había sentido una serenidad como aquella. Ninguna desde que empezara su vertiginosa carrera como abogado. Estuvo sin moverse durante largo rato, sintiéndose en perfecta comunión con el paisaje que lo rodeaba.

De repente oyó un crujido, y se volvió esperando encontrarse otra cierva con su cría, un zorro o tal vez un alce. Sin embargo, para su sorpresa, se encontró con otro ser mucho más extraordinario, exótico y agradable, a pesar de que, probablemente, no reaccionaría con mucho agrado cuando percibiera su presencia. Iba paseando por la orilla del riachuelo, de espaldas a él, y traía en uno de sus brazos un ramo de flores azules que se balanceaba a cada paso que daba. Cuando se agachó para recoger un ramillete de flores de color rosa, su cabello oscuro se agitó con la brisa, y por un momento tuvo la equívoca sensación de que lo estaba llamando. La vio levantarse con un movimiento tan grácil como el de una bailarina de ballet. Llevaba puestos unos vaqueros, un jersey de cuello vuelto y unas botas de montaña. Se detuvo delante de un arbusto lleno de bayas rojas que contrastaban con el verde de las hojas, sacó unas tijeras de jardín del bolsillo, y cortó unas cuantas ramas que añadió a su ramo. Taggart se dio cuenta de que algunas de las flores que traía eran idénticas a las que tenía en el jarrón de su habitación. No se le había ocurrido nunca pensar que alguien pudiera ir a la montaña y recoger flores silvestres, simplemente para decorar la casa.

De repente, se dio cuenta de la criatura tan urbana en que se había convertido, o a lo mejor se trataba solo de su viudez. Recordó que Annalisa siempre había querido tener flores frescas en casa todo el año, pero por supuesto procedían de una floristería de Boston, y no de las montañas. Aquel era uno de los toques femeninos de los que había carecido su vida desde la muerte de su esposa. Sintió que la nostalgia volvía a apoderarse de él, y trató de no pensar en su esposa. A su muerte se había centrado en su trabajo como abogado para no dejarse abatir por el dolor. No quería olvidarla, pero su recuerdo le hacía todavía mucho daño.

Mary O'Mara parecía tener problemas para sostener el ramo de flores y recortar las ramas al mismo tiempo. Vio cómo se le caían las tijeras, y decidió ofrecerle su ayuda incluso sabiendo cuánto lo odiaba.

Ver a aquella mujer le producía un cosquilleo en el estómago. Antes de aquel viaje, sabía que iban a ser dos semanas difíciles, pero en ningún momento había contado con que Mary le fuera a gustar tanto, de manera que la situación se volviera aún más complicada.

Amaba a Annalisa y siempre la amaría. Por eso la atracción que sentía por Mary le resultaba difícil de entender. Además, al morir su esposa se había dicho a sí mismo que había tenido mucha suerte al encontrar el amor de su vida, y no deseaba sentirse atraído por otra mujer. Entonces, había aparecido Mary en su vida, y no entendía por qué le gustaba tanto cuando ella lo odiaba profundamente.

No podía permitirse aquellos sentimientos. Para empezar, no era Bonner Wittering y, aunque estuviera abierto al amor, nunca podría decirle a Mary la verdad, porque lo odiaría aún más por haber mentido a Miz Witty. Además, si le confesaba a la anciana toda la verdad, le rompería el corazón.

Tenía que acabar con aquellos sentimientos, con aquella atracción que no deseaba sentir por Mary. Se había metido en aquella farsa, y tenía que seguir hasta el final.

Se levantó para dirigirse al arroyo y se recogió las mangas de la camisa. Volvió a meterse en el personaje del despreocupado Bonner Wittering, y gritó:

−¿Necesita ayuda?

Al oír su voz, Mary hizo un movimiento brusco, como si, de repente, le hubiera picado una avispa, y se volvió hacia él.

−¡Usted! −exclamó. Cerró los ojos un momento como para recuperar la compostura−. Me ha dado un susto de muerte. ¿Qué hace merodeando por aquí?

Las botas de Taggart eran a prueba de agua, así que se metió en el arroyo para llegar hasta la otra orilla, que era donde se encontraba Mary.

−Estaba dando una vuelta −dijo, y al recordar que Bonner habría visitado aquellos parajes en su niñez, añadió–: Recordando viejos tiempos... ya sabe. ¿Por qué no le sujeto eso –dijo señalando el ramo que traía en el brazo– mientras corta las ramas?

Mary miró el ramo, y a Taggart no le pasó desapercibido su gesto de desagrado. Tuvo la sensación de que pensaba que si tocaba el ramo lo estropearía hasta el punto de reducirlo a polvo. A pesar de todo, Taggart hizo como si no se hubiera dado cuenta, y le recogió las tijeras del suelo.

–O si quiere, puedo cortar yo las ramas. ¿Qué prefiere?

Mary respiró profundamente, y después le dijo:

–Lo que más desearía en este mundo es que se fuera al infierno.

Taggart rio con cinismo.

–Bueno... a parte de eso.

Mary miró las tijeras que tenía él en la mano, y después el ramo de flores.

–Creo que tengo bastantes –dijo tras una pausa, y después tendió la mano–. Déme las tijeras, tengo que volver a casa.

Taggart se dio cuenta de que no estaba mirándolo a la cara, sino al cuello.

–Muy bien, señorita O'Mara –le dijo, y se metió las tijeras en el bolsillo derecho de los vaqueros–. Yo también voy de vuelta a casa, y ya tiene demasiadas cosas que llevar.

Taggart se dio cuenta, divertido, de la consternación de Mary al verlo guardarse las tijeras en un sitio al que no podía llegar, a no ser que le metiera la mano dentro de los vaqueros. Estaba seguro de que antes que hacer eso preferiría que se la tragara un oso.

–¿Nos vamos? –le dijo Taggart, sujetándola por un brazo.

Mary se soltó bruscamente.

–¿Está bromeando? –le preguntó.

A Taggart no lo sorprendió su rechazo, y trató de hacer como si no le importara.

–Escuche, hasta un nieto descuidado puede ser un caballero –le dijo.

–Bueno, pues vaya a serlo en otro sitio. Recuerde, señor Wittering, que le dije que se mantuviera apartado de mi camino.

–Por si se le ha olvidado, señorita O'Mara, no siempre hago lo que se me dice.

–¡Eso, encima, presuma de ello! –le dijo furiosa, y se dio la vuelta para echar a andar hacia la casa.

Taggart se dio cuenta de que estaba dispuesta a poner distancias entre ellos, pero se dijo a sí mismo que, a no ser que echara a correr, no lo conseguiría. Era más alto que ella, y tenía la zancada más larga. Desde luego el terreno rocoso por el que tenían que pasar para regresar no aconsejaba que Mary echara a correr con los brazos ocupados. Así que enseguida la alcanzó.

–¿Qué perfume se ha puesto? –preguntó Taggart–. Huele como a vainilla.

La verdad era que ya olía de aquella manera antes de que ella apareciera, pero había sido lo único que se le había ocurrido decir para que no se le escapara lo que estaba pensando: cuánto le gustaría besarla.

–Es el olor que desprende un tipo de pino que se llama Ponderosa –masculló Mary con los dientes apretados.

–¿Cómo? –preguntó Taggart, que no estaba seguro de haber entendido bien el nombre.

–Pino Ponderosa. El calor del sol hace que la corteza desprenda ese olor a vainilla.

–¡Oh, qué interesante! –exclamó Taggart mirándole el perfil.

De repente, a Mary se le cayó una de las ramas que llevaba en los brazos, pero no se detuvo a recogerla. Taggart se agachó, y lo hizo por ella.

–¿Son peligrosas estas bayas? –le preguntó.

Mary lo miró un momento, y siguió hacia delante.

–Coma una y lo averiguará.

Taggart no pudo reprimir una mueca.

–Muy bien.

Desprendió una de las bayas y, tras un momento de duda, se la metió en la boca, con la esperanza de que por mucho que lo odiara Mary, no deseara su muerte. Masticó el fruto, y le pareció que sabía a limonada.

–No sabe mal.

Mary no dijo nada.

–¿Cuánto tiempo va a transcurrir hasta que caiga muerto?

–Por desgracia, son inofensivas –le respondió la joven tras volverse un momento hacia él.

–¡Qué lástima! –dijo Taggart, echándose a reír.

Le dejó la rama encima del brazo, y Mary la colocó junto a las otras.

–Supuse que lo sabría –dijo mirándolo–. Habiendo nacido aquí.

Taggart se sobresaltó, pero hizo todo lo posible por ocultarlo.

–Recuerde que me llevaron a un internado cuando tenía nueve años. No es raro que alguien se olvide de esos detalles de la infancia, cuando hace más de un cuarto de siglo que no regresa a su pueblo.

–Claro, como el pequeño detalle de que tiene una abuela.

Taggart la miró un momento, y volvió a dirigir la vista a donde pisaba.

–Por cierto, ¿qué tal se encuentra esta mañana?

–Muy bien –contestó Mary con desgana–. Este ramo de flores es para ella. Ahora está desayunando. Cuando termine la ayudaré a bañarse, y después haremos un poco de ejercicio de rehabilitación para su

pierna –lo miró con desafío–. Estará lista para tener
compañía sobre las once.

–Entonces, dígale que la veré a las once –respondió
Taggart.

Intuyó, más que vio, en el rostro de Mary que su
respuesta la había hecho sentirse aliviada. Lo molestó
darse cuenta de la poca confianza que tenía en él.

–¿Tal vez pensaba que le haría una visita una tarde
y que después no iba a volverme a ocupar de ella?

–Me espero cualquier cosa de usted.

La casa empezó a divisarse, y Taggart recordó otra
cosa que lo preocupaba.

–Por favor, informe a Pauline de que comeré con
Miz Witty.

Mary se quedó mirándolo con desconfianza, pero
Taggart se tranquilizó pensando que no podía estar al
tanto de los coqueteos que estaba dedicándole la cocinera. Disfrutaba mucho de la compañía de Miz Witty y
por eso iba a comer con ella, pero de todos modos habría preferido comer con una manada de lobos ham-
brientos antes que con la cocinera, que no paraba de
guiñarle el ojo.

–Normalmente como con Miz Witty –dijo Mary tras
una pausa.

–Entonces comeré con las dos –respondió Taggart.

Mary puso mala cara, pero no volvió a decir palabra durante todo el camino. Cuando llegaron a la casa,
se dispuso a entrar por la puerta que daba directamente
a la cocina, pero Taggart no estaba dispuesto a encontrarse con Paulina.

–Aquí tiene –le dijo, y le dio las tijeras de jardín–.
Creo que voy a dar un paseo hasta el pueblo.

Mary tomó las tijeras que le tendía, y sin decir palabra se dispuso a entrar en la casa.

–Yo también –dijo Taggart.

Mary se detuvo, y lo miró con desconfianza.

—¿Cómo dice?

—Que yo también he disfrutado con el paseo.

De repente, a Mary se le ruborizaron las mejillas, y los ojos empezaron a echarle chispas.

—Señor Wittering, no hemos dado un paseo juntos, y, como quiera que se llame lo que hemos hecho, no he disfrutado de ello —afirmó Mary, y se metió en la casa.

—La veré a la hora de la comida —le dijo, y notó que Mary se ponía muy rígida al oírlo.

Cuando cerró la puerta, Taggart se preguntó por qué le gustaba tanto tomarle el pelo, si él no era así.

—¿Qué es lo que te pasa, Taggart Lancaster? —murmuró para sí.

Mary temió que de tanto forzar la sonrisa durante la comida se le fuera a quedar congelada para siempre en el rostro. Lo único que la hizo sentirse bien fue ver lo a gusto que se encontraba Miz Witty. Parecía diez años más joven, y nunca la había visto tan feliz. Sintió ganas de darle una patada en la espinilla a Bonner Wittering por haber descuidado a aquella maravillosa mujer durante tanto tiempo.

—Ayudaré a quitar los platos de la mesa.

Mary estaba tan metida en sus pensamientos que no lo oyó.

—¿Mary? —la llamó Taggart poniéndose de pie con una sonrisa en los labios.

—¿Sí? —dijo ella, preguntándose si a él también le dolerían los músculos de la cara de tanto forzar la sonrisa.

—He dicho que me gustaría ayudarte a recoger los platos.

Mary asintió, y tras doblar la servilleta, se puso de pie.

—Qué... amable —dijo, y se acercó a la anciana—.

¿Quieres que te traiga algo más? –le preguntó apretándole la mano con cariño.

Miz Witty le dedicó una sonrisa. Tenía las mejillas sonrosadas y el mejor aspecto que Mary le había visto durante los dos años que llevaban juntas.

–No, querida. Voy a leer hasta la hora del té –dijo, y acarició la mejilla de Mary–. Dile a la cocinera que la comida estaba deliciosa, como siempre.

Bajó las manos hasta la silla de ruedas, y la apartó de la mesa.

–¿Puedo ayudar?

Sobresaltada al oír el ofrecimiento, Mary miró a Bonner y pensó que estaba desempeñando muy bien su papel de caballero. Se dijo que no debía sorprenderla, porque seguramente el miedo a que su abuela pudiera desheredarlo estaba haciendo que se comportara con tanta amabilidad. Mary no tenía la menor duda de que esa era la razón por la que había regresado a Wittering.

Miz Witty sonrió a su nieto.

–Eres muy amable. Si no te importa, me gustaría colocarme al lado de la ventana. Hace un día tan estupendo... Además, tengo el libro encima de la mesita que hay allí.

Mary empezó a recoger los platos de la mesa, feliz de no tener que seguir con la sonrisa en los labios. Cuando había acabado de colocarlo todo en una bandeja, aquel hombre que tanto detestaba se materializó a su lado.

–Yo la llevaré.

Mary volvió a sentir ganas de darle una patada en las espinillas, pero se contuvo. Como Miz Witty no podía verla, no sonrió. Se limitó a apartarse de la mesa y a señalar la bandeja a Taggart.

–Muchas gracias, Bonner –dijo, tratando de que su voz sonara alegre, pero le lanzó una mirada asesina, que a Taggart no le pasó desapercibida.

Bonner tomó la bandeja y se dirigió hacia la puerta. Mary se volvió a Miz Witty, que los miraba sonriente.

–¿Por qué no os vais a dar un largo paseo juntos? Estoy segura de que a Bonner le encantará disfrutar de la compañía de una mujer tan guapa.

Mary sonrió a la anciana, aunque en su fuero interno estuviera furiosa.

–Qué... idea tan maravillosa –dijo, y salió de la habitación, contenta de que Bonner no hubiera oído tan odiosa sugerencia.

Cuando Mary hubo bajado las escaleras, Bonner apareció de repente a su lado y casi se chocaron. Mary se apresuró a dar un paso atrás para poner distancia entre ellos.

–Se ha dado mucha prisa en dejar los platos –le dijo ella.

–¿Acaso se suponía que tenía que fregarlos? –le preguntó Taggart.

Mary dio otro paso atrás, y se encontró a sí misma con la espalda en la pared.

–Claro que no... Pauline se encarga de ello.

Taggart asintió, y se quedó mirándola muy serio. Mary sintió un cosquilleo en el pecho y tragó saliva. Mirar aquellos ojos del color de la tierra, que parecían tan sinceros, la confundía y desorientaba. Trató de apartar la vista, pero no pudo. Los ojos de Taggart tenían efectos hipnóticos sobre ella.

No estaba acostumbrada a que la gente le produjera esa extraña e inquietante dicotomía. Desde luego, menos todavía los hombres, pero aquel la confundía, la frustraba y la ponía muy nerviosa. Estaba segura de detestarlo y, sin embargo, lo que sentía en aquel momento en el pecho no era odio. Tenía un nombre, y a Mary no le gustaba.

–¿Qué está mirando? –le preguntó cuando consiguió articular palabra.

Al verla tan incómoda, Taggart frunció el ceño. Se quedó mirándola unos segundos más, y para inquietud de Mary, colocó las manos sobre la pared, a ambos lados de los hombros de la joven.

—Tus labios —murmuró—. Y, por favor, tutéame.

Mary no lo entendió bien, o ni siquiera tuvo tiempo de decir nada, antes de que los labios de Taggart rozaran los suyos primero, y después le cubrieran la boca, provocándole un sentimiento de vértigo. Una oleada de excitación le recorrió el cuerpo. Para su sorpresa, el beso de Taggart fue cálido y muy suave. Notó cómo unas sensaciones deliciosas la recorrían de la cabeza a los pies, y provocaban que el corazón le latiera precipitadamente.

No era un beso exigente, sino una caricia. No dominaba, sino que encantaba. Mientras bebía la miel de su boca, Mary se sintió como transportada en una nube.

Solo estaba rozándola los labios y, sin embargo, era como si le acariciara todo el cuerpo, y sus miembros se negaran a responderle. Se sentía como drogada. No podía mover los brazos, aunque su mayor deseo era alzarlos hasta el cuello masculino y apretar aquel cuerpo contra el suyo, para sentir los latidos de sus corazones al unísono. Sin embargo, lo único que hizo fue echarse a temblar mientras que oleadas de placer le recorrían el cuerpo.

—Lo siento —dijo Taggart con voz ronca, y una vez más sus labios acariciaron sensualmente los de Mary.

Taggart se apartó de ella que, incapaz de moverse y casi sin respiración, solo pudo quedarse mirándolo fijamente.

—Perdóname... yo —masculló al tiempo que sacudía la cabeza, sin saber cómo continuar.

En el silencio que se hizo tras estas palabras, Mary se quedó mirando aquella mandíbula perfecta, aquellos seductores ojos castaños. La sangre le golpeaba intensamente las sienes, y se sentía incapaz de oír o decir nada. Trató de sentirse indignada, pero no pudo. Nunca había soñado que pudieran besarla de aquella manera.

—Fue error mío —dijo Taggart, al tiempo que se pasaba los dedos por el pelo, consternado—. Supongo que no me creerás si te digo que no había hecho nunca nada así.

Aquello sí lo oyó Mary. Tenía razón, porque no lo creía en absoluto. No pudo evitar pensar que, desde luego, decir una mentira como aquella fingiendo tan bien lo consternado que estaba requería un gran talento, y sobre todo mucha experiencia. O tal vez la estuviera tomando por tonta, por una pobre pueblerina que no era capaz de darse cuenta de que estaban queriéndose reír de ella. Parecía ser que el hecho de que lo despreciara tanto la había convertido en un desafío para él. Aquel beso no había sido más que un juego cruel, mientras que para ella había constituido un intenso viaje al territorio de la perfección sensual, que desearía no haber conocido nunca. Tuvo que hacer un tremendo esfuerzo para contener las lágrimas, porque de ninguna manera iba a permitir que la viera llorar.

Recuperando parte de su rabia y odio hacia Taggart, se apartó de la pared y se dirigió hacia la cocina.

—¿Quién... quién soy yo para dudar de tu honestidad? —le dijo con rabia.

CAPÍTULO 4

TAGGART no podía dar crédito todavía a lo que acababa de hacer. Entendía que Mary no lo hubiera creído al decirle que no había hecho nunca algo así. Después de todo, fingía ser el mujeriego Bonner Wittering, cuya fama era bien conocida por todo el pueblo.

Recordó la conmoción de Mary. Por más que lo intentaba no podía quitarse de la cabeza aquella mirada dolida y hostil. Se preguntó qué tendría para llegar hasta lo más íntimo de su ser de una manera que solo Annalisa había podido llegar.

Recordó a su esposa fallecida, y la comparó con Mary. Eran como la noche y el día. La doctora Annalisa Wayne Lancaster había sido una cirujana especializada en pediatría de buena familia, brillante y sofisticada. Mary O'Mara, sin embargo, era una muchacha de campo sencilla. Se dedicaba a cuidar ancianos; había nacido en las Montañas Rocosas y, seguramente, lo más lejos que había viajado había sido a Denver, que se encontraba a tan solo una hora en coche de su pueblo.

A pesar de todo, la vida que reflejaban sus ojos lo fascinaban e hipnotizaban. Lo impresionaba ver la dedicación con que se ocupaba de Miz Witty. Desde la muerte de Annalisa, había salido con mujeres de la mejor sociedad de Boston o con importantes carreras profesionales. Una de ellas había sido Lee Stanton, abogada de su mismo bufete, con quien había mantenido una relación de seis meses, que después había lamentado, teniendo en cuenta que trabajaban juntos y ella no parecía aceptar que todo hubiera terminado. Sin embargo, ninguna de aquellas mujeres le había hecho sentir lo que sentía en presencia de Mary. Salió a la calle por la puerta principal, diciéndose que sería mejor desaparecer durante un rato, y dejar a Mary su propio espacio.

—Besarla contra su voluntad no es el mejor modo de conquistarla, idiota —murmuró para sí, enfadado consigo mismo.

Solo se había enamorado una vez en su vida, y había sido un flechazo. Nunca volvería a enamorarse de nadie. Los recuerdos de su mujer, Annalisa, eran demasiado preciosos para él.

—Tuviste la suerte de enamorarte una vez, así que no seas avaricioso —murmuró mientras bajaba las escaleras del porche—. La has besado, pero eso no significa nada. Ahora tienes que pensar en otra cosa.

Angustiado por tener que pasar otros diez días en Wittering, echó a andar por el camino que llevaba al pueblo, que se encontraba a menos de un kilómetro de la casa. Ya había estado, pero si las cosas seguían como hasta el momento, pasaría allí muchos ratos para no tener que ver a Mary O'Mara y sus labios tentadores. Trató de concentrarse en el paisaje para olvidarla. Wittering era un pueblo típico de las Montañas Rocosas, rodeado de cumbres nevadas al que se accedía por carreteras que parecían colgadas de precipicios.

La calle principal del pueblo estaba llena de tiendas y restaurantes de comida casera. Wittering invitaba tanto a los residentes como a los visitantes a degustar la sabrosa gastronomía local, y a disfrutar de su ambiente rústico y acogedor.

Taggart iba caminando por la arteria principal, sin prestar mucha atención a las tiendas cuando, de repente, alguien salió de una que tenía delante y no pudo evitar chocarse. Era una mujer y estaba a punto de caerse, así que, instintivamente, la sujetó por los hombros.

–Lo siento –se disculpó–. Debería haber tenido más cuidado...

La mujer se retiró el cabello de los ojos, y fue a decirle que lo ocurrido no tenía importancia pero, al reconocerlo, le dirigió una mirada furiosa. Taggart se apresuró a soltarla, porque parecía querer transmitirle con los ojos que se sentía sucia tan solo con su roce. Tras ese breve contacto ocular, la joven dirigió la mirada a la acera, donde tras el choque se le había caído un paquete que debía llevar en las manos. Taggart se agachó para recogerlo al mismo tiempo que ella, y sus dedos se rozaron.

–Ya lo tengo –dijo Mary, en un tono que expresaba claramente su deseo de que no la tocara.

Taggart se irguió bruscamente.

–Lo siento, Mary. No te había visto.

Taggart se dijo que la joven debía de haber salido de la casa por la puerta de atrás, y seguramente conocía otro camino para llegar al pueblo.

Mary palpó el paquete como para comprobar que no se había roto nada de lo que llevaba dentro.

–¿He roto algo? –preguntó Taggart, deseoso de poder hacer algo por Mary que compensara lo de aquel estúpido beso.

La joven negó con la cabeza con la mirada fija en el paquete.

–Creo que no.

–Mira, espero que me disculpes por todas las tonterías que he hecho hasta ahora, incluido lo... lo otro –dijo Taggart tratando de disculparse por su irracional beso.

Mary se puso muy rígida y apretó el paquete. Parecía haberla pillado por sorpresa que él hubiera sacado el tema.

–¿Cómo puedo compensarte? –preguntó Taggart.

Mary parpadeó como asustada, y se aferró aún más al paquete.

–Olvídalo. Limítate a... olvidarlo.

–¿Puedo invitarte a una taza de café?

Ella sujetó con fuerza el paquete contra su pecho, como a modo de escudo.

–No pareces entenderlo –le dijo muy despacio, como si tratara de dejar las cosas claras de una vez por todas–. Lo único que deseo que hagas por mí es... mantenerte apartado de mi vista.

A pesar de la dureza de sus palabras, Taggart no pudo dejar de mirar los tentadores labios que las habían pronunciado. No pudo evitar pensar que eran los labios más seductores que había visto en su vida, y comprendía por qué no había resistido la tentación de besarlos.

–¿Has oído lo que he dicho? –preguntó Mary, irrumpiendo en su ensoñación. La joven parecía sorprendida de la manera en que Taggart se había quedado mirándola embobado, después de haberle dicho con claridad que se apartara de su camino.

–Sí, lo he oído –respondió Taggart saliendo de su ensoñación. No entendía por qué, a pesar de lo dicho, la joven no se marchaba. Pensó que, tal vez, se debiera a que para ella la felicidad de Miz Witty fuera lo más importante–. Tengo que pedirte un favor.

Mary lo miró, sorprendida de que, lejos de marcharse como le había pedido, le estuviera pidiendo un favor.

–¿Un favor? ¿Quieres que te haga un favor?

–Ya sé que es difícil de creer –le respondió Taggart con la astucia propia del buen abogado que era.

–Es imposible de creer –dijo Mary, que trataba por todos los medios de no mirar a Taggart–, a no ser que me pidas que te dé una bofetada, cosa que haría encantada.

Taggart se limitó a levantar una ceja por toda respuesta.

–Ya me temía yo que no sería así –continuó Mary. Se dio la vuelta y echó a andar–. Adiós.

–Se trata de Miz Witty.

Cuando la vio detenerse, Taggart se dio cuenta de que había hecho blanco en la diana. Por Miz Witty, Mary sería capaz de meter la cabeza en la boca de un león. Se volvió a mirarlo con desconfianza.

–¿Qué ocurre con Miz Witty? –preguntó muy tensa.

–Es martes –respondió Taggart, con la misma expresión de credibilidad y sinceridad que ponía en los juicios cuando estaba pidiendo al jurado el veredicto de «inocente» para el cliente que defendía–. El cumpleaños de Miz Witty es el jueves, y todavía no le he comprado el regalo –le dijo mirándola como si fuera un pobre que necesitara ayuda desesperadamente para ir de compras–. Como tú la conoces tan bien, me preguntaba si querrías ayudarme a elegir el regalo.

Mary no trató siquiera de disimular su confusión. Taggart vio en sus ojos el torbellino de emociones que pasaban por su cabeza. Se movió incómoda, y cambió el paquete de posición para poder colocarse mejor el bolso en el hombro.

–Bueno... bueno, supongo que... por Miz Witty.

Taggart sintió ganas de reír, pero se contuvo. Se limitó a asentir y señaló la calle Center, que se encontraba solo un poco más adelante.

–¿Por allí?

Mary asintió, y trató de evitar su mirada.

–¿Qué crees que podría gustarle? –preguntó él, tratando de ajustar su paso al de Mary.

Ella lo acompañó hasta la calle comercial, apretando con fuerza el paquete contra su pecho. Por la expresión de su rostro se habría dicho que la llevaban al matadero.

–Miz Witty es una mujer que no necesita mucho para ser feliz –respondió Mary tras un largo silencio–. Se conforma con que le presten un poco de atención –le dijo, mirándolo.

–Bueno, pues aquí estoy para darle toda la que necesite –respondió Taggart, sin hacer caso del comentario sarcástico. Sabía que si lo hacía tal vez consiguiera que Mary se enfadara, y no lo acompañara a comprar el regalo–. ¿Qué te parece un reproductor de CDs y algo de música? –sugirió–. Me he dado cuenta de que le gusta tener la radio puesta, y siempre se producen muchas interferencias.

Mary se quedó pensativa un momento antes de responder:

–Sí, creo que le gustará.

–¿Por dónde se va a la tienda de CDs? –preguntó Taggart cuando llegaron a la calle comercial.

–Iré contigo. De todos modos, me dirigía allí también.

Mientras caminaban, el sol los calentaba con sus rayos y corría una suave brisa. Había poco trafico, y la gente paseaba por la calle, charlando y riendo. Muchas personas saludaron a Mary al pasar, y ella les respondió sonriendo. Cuando Taggart la vio sonreír, pensó que habría sido mejor no haberla visto, porque aquella sonrisa tan hermosa hizo que el corazón le palpitara a más velocidad de la normal. Se preguntó si en cierto modo sería masoquista por regodearse en la atracción que sentía en vez de tratar de hacerla desaparecer.

–Mary, te veo en la fiesta de cumpleaños –le dijo un tipo con pinta de leñador despues de saludarla.

–Claro, Jack –le respondió ella con una sonrisa.

–El primer baile es para mí, ¿vale?

Mary se echó a reír y, al oír el tintineo de su risa, a Taggart se le puso la carne de gallina, como si alguien le hubiera acariciado la piel.

–No voy a admitir un no por respuesta.

Taggart se dio cuenta de que el hombre lo miraba con desagrado, y no supo discernir si sería porque pensaba que era Bonner Wittering o porque cualquier hombre que tuviera la suerte de acompañar a Mary O'Mara recibía en aquel pueblo miradas asesinas por parte de otros varones menos afortunados. Taggart saludó al hombre sin sonreír tampoco. Por estúpido que pudiera parecer, se sentía como si Mary en cierto modo le perteneciera.

–¿Habrá baile en la fiesta de Miz Witty? –preguntó Taggart.

–Sí, aunque Miz Witty no pueda bailar, quiere que todos sus invitados se lo pasen bien –le dijo con un tono de voz que había vuelto a ser poco amistoso.

–Ya –respondió Taggart, y pensó que sería más fácil que lo eligieran presidente de Estados Unidos antes de que Mary accediera a bailar con él.

Miró a la gente que pasaba. La mayoría de los hombres llevaban barba y las mujeres, al igual que Mary, apenas iban maquilladas. Taggart pensó que aquellas personas eran sencillas, y llevaban una vida muy distinta a las que vivían en la ciudad, siempre sujetas a un horario estricto y siempre inmersas en el consumismo más feroz.

–Me gusta Wittering –dijo.

–Pues has tenido siempre una manera muy rara de demostrarlo.

Taggart se mordió la lengua, al darse cuenta, de repente, que se suponía que era Bonner, y que había nacido allí. Miró a Mary y trató de esbozar una sonrisa cínica.

–Quiero decir siempre que sea en pequeñas dosis.

–¿Como una vez cada cuarto de siglo?

–Más o menos –mintió, porque la verdad era que le gustaba el pueblo. Estaba seguro de que durante la

temporada de esquí la población aumentaba considera-
blemente. A él le gustaba mucho esquiar, pero no había
vuelto a hacerlo desde que se había marchado del internado suizo–. O cuando mi abuela cumpla setenta y
cinco años.

–¡Qué pena! –dijo Mary, sacudiendo la cabeza–.
¡Hay que ver cómo eres!

Taggart frunció el ceño, desconcertado.

–¿Por qué? –le dijo, casi suplicando una respuesta.

–Estás diciendo que no piensas regresar.

Taggart entendió lo que Mary quería decir. Cuando
se fuera, Miz Witty quedaría otra vez abandonada por
su único pariente. No supo qué decir. Después de todo
no era Bonner, y además, con los problemas judiciales
que tenía el verdadero Bonner, le resultaba difícil pre-
decir cuándo podría regresar a Wittering. Si las cosas
no iban bien, podría pasarse los próximos diez años en
prisión.

–Haré lo que esté en mis manos –se limitó a decir lo
más sinceramente que pudo.

La expresión que vio en el rostro de Mary le mostró
claramente que lo creía capaz de hacer bien poco por
su abuela. Tras pensar en decírselo claramente, Mary
decidió que era una pérdida de tiempo, y se limitó a se-
ñalarle un comercio.

–Aquí están los grandes almacenes.

Cuando, tras dejar a Miz Witty leyendo un libro,
Mary se había dirigido al pueblo para comprarle el regalo, había pensado que así se vería libre de Bonner
Wittering durante un buen rato. Su beso la había con-
mocionado. Había resultado ser demasiado agradable
para sus sentidos. Sobre todo porque se había pasado
los últimos dos años aprendiendo a odiar a aquel hombre.

El destino le había jugado una mala pasada al hacer que se tropezaran en la calle, cuando ella necesitaba tanto poner distancias entre los dos. Había tratado desesperadamente de huir, pero Bonner había sido muy inteligente al pedirle que lo ayudara a comprar el regalo a Miz Witty. Si había alguien a quien no podía negarle nada, esa persona era la anciana a la que cuidaba.

Tenía que reconocer que había habido momentos en que se había sentido atraída por aquel hombre, por más que se lo negara a sí misma. Sus ojos siempre la desarmaban. Había leído en algún sitio que los ojos eran el espejo del alma. De ser cierto, no entendía por qué en vez de ver en ellos hipocresía y egoísmo, lo que veía era sinceridad y arrepentimiento verdadero por haber tratado tan mal a su abuela. Mary se preguntó si, tal vez, fuera tan poco mundana, tan inocente, como para no poder distinguir al lobo bajo la piel de cordero.

Taggart le abrió la puerta para que entrara primero en los grandes almacenes. Mary se encaminó directamente al departamento que le interesaba, y hasta que no llegó a la sección donde se encontraban las muñecas, no se dio cuenta de que Bonner estaba todavía con ella.

—Pensé que ibas a ir a la sección de reproductores de CDs —le dijo, mirándolo confusa.

—Allí pensaba yo que íbamos —le respondió. Tomó una muñeca entre sus manos, y la observó—. La verdad es que esto no tiene mucha pinta de reproductor de CDs.

Al verla esbozar una media sonrisa, Taggart sintió un cosquilleo que le recorrió toda la espalda.

—El cumpleaños de mi hermanastra es en agosto —respondió Mary, apresurándose a apartar la mirada de Taggart—, y sé que le encantaría tener una muñeca vestida como las actrices de Hollywood.

Mary tomó la muñeca que deseaba su hermana, y

miró el precio que figuraba en la etiqueta. Al ver que costaba treinta y cinco dólares volvió a dejarla en la estantería. Las muñecas más bonitas eran demasiado caras para ella. Habría dado cualquier cosa por poder regalar a Becca una vestida de lentejuelas, con corona y todos los accesorios necesarios para satisfacer las fantasías de una niña de su edad.

—¿Tienes una hermana pequeña? —preguntó Taggart.

Mary asintió, pero no quiso mirarlo, a pesar de que estaba deseándolo.

—Becca tiene cinco años —respondió, y miró el precio de una muñeca vestida con un sencillo vestido de flores. Costaba nueve dólares.

—¿Viven vuestros padres en Wittering?

—No... bueno... —balbuceó Mary. Se preguntó por qué no se habría marchado ya. Ya le resultaba lo bastante difícil elegir una muñeca que se ajustara a su presupuesto y alegrara un poco la vida a Becca como para que encima él la distrajera de sus pensamientos con su presencia—. En realidad, mi padre murió cuando yo tenía quince años. Mi madre volvió a casarse hace siete con un hombre llamado Joe Lukins.

Por más esfuerzos que hiciera, Mary no podía evitar que, hasta en la manera de pronunciar su nombre, se le notara cuánto le desagradaba su padrastro.

—Mamá enfermó hace dos años, y falleció antes de las últimas navidades —dijo Mary. Tuvo que tragar saliva para deshacer el nudo que se le hacía cada vez que recordaba a su madre, una buena mujer que nunca había tenido demasiada suerte en la vida—. Becca es mi hermanastra, y vive con su padre en un aparcamiento para remolques, a las afueras de Wittering.

—Vaya, qué mal —dijo él.

Mary lo miró con el ceño fruncido. Se preguntó si aquel hombre tendría la facultad de leer los pensa-

mientos, porque parecía haberse dado cuenta perfectamente de cuánto le desagradaba el hecho de que Becca
viviera con Joe Lukins, un hombre aficionado a la bebida, que llevaba a una novia nueva a vivir con él cada
semana. No podía soportar que Becca estuviera crián-
dose en un ambiente tan poco adecuado para ella.

—¿Qué es lo que te parece tan mal?

Taggart la miró muy serio.

—Que hayas perdido a tus padres.

—Ah... sí, pero tú sabes muy bien lo que es eso,
¿verdad?

Taggart apretó los labios y asintió.

—Sí, desde luego.

Mary tomó una muñeca en cada mano, e hizo ade-
mán de compararlas con tanta seriedad, que al verla
uno habría podido pensar que la paz del mundo depen-
día de su elección.

—Oye... ¿por qué no vas al departamento de equipos
musicales? No quiero entretenerte.

Taggart se quedó callado un momento, y Mary se
dio cuenta de que estaba asimilando el hecho de que
estuviera diciéndole que se marchara.

—Claro. Tienes razón. Debería ir.

Mary no lo vio marchar, pero oyó el sonido que hacían sus botas al alejarse. En cuanto se hubo marchado, respiró profundamente para aliviar la tensión
que había acumulado. Emocionalmente exhausta, se
sentó en el desgastado entarimado de roble, con una
muñeca reina en cada mano, mirando fijamente al
suelo.

TAGGART se sentó solo a la mesa de la cocina. Por suerte para él, Pauline ya había terminado su jornada laboral y se había marchado. Aunque había cenado con Miz Witty, su cena había sido tan frugal como la de la anciana, así que se había quedado con hambre. Taggart sospechaba que Pauline le había puesto tan poca comida para que después tuviera que ir a la cocina a pedir más, y así poder verlo.

Pauline no sabía que por algo decían de él que era uno de los abogados defensores más astutos de Boston. Conocía el funcionamiento de las mentes tortuosas, así que había permanecido apartado de la cocina hasta la hora de salida de la cocinera. Mientras comía, volvió a pensar en lo ocurrido en el centro comercial. Al final, se había unido a él, y lo había ayudado a escoger el regalo de Miz Witty, pero cuando había pagado en efectivo para no tener que usar la tarjeta, Mary se había quedado muy asombrada al verlo sacar tantos billetes.

—Mira cuántos billetes —había dicho con desprecio—. Por un momento había olvidado quién y qué eres.

Tras decir aquello, se había marchado, y no había vuelto a verla hasta la hora de la cena. Junto a Miz Witty habían charlado y hasta reído con las historias de juventud de la anciana, y Mary había sabido disimular a la perfección cuánto lo aborrecía.

Dejó el último hueso de pollo sobre el plato y se limpió las manos con la servilleta. Terminó el brécol y el puré de patatas, y se echó hacia atrás en la silla mientras saboreaba su café. Le dolía la cabeza, y en un principio lo había achacado a la altitud, pero pronto había tenido que admitir que se debía al estrés de tener que estar todo el tiempo reprimiendo la atracción que sentía por una mujer que lo aborrecía con toda su alma. En el fondo sabía que no lo detestaba a él sino a quien creía que era, pero eso no lo consolaba.

–Da lo mismo a quién odie, o a quién crea que odia –murmuró–. Enamorarte no entra en tus planes.

De repente, el sonido de su teléfono móvil lo sacó de sus pensamientos. Lo tomó del bolsillo del pantalón y miró quién lo llamaba. Al ver que era Lee, no pudo evitar una mueca de desagrado. Deseó que la llamada fuera de trabajo, aunque lo dudaba.

–Lan... –fue a contestar, pero enseguida calló al recordar quién fingía ser–. Hola, Lee –respondió, sin disimular su malhumor.

–Bueno, hola. Ya veo cuánto te alegras de hablar conmigo –le dijo ella con sarcasmo.

–Lo siento, Lee. Estoy cansado.

–¿Cansado tú? No sabía que conocieras esa palabra.

Por el tono meloso de su voz y la carcajada, Taggart se dio cuenta de que, tal y como se temía, la llamada no era de trabajo. Lee no se reía de aquella manera en la oficina.

–¿Te has pasado todo el día montando en bicicleta de montaña?

–Precisamente eso es lo que estoy haciendo en este momento. De hecho, estoy colgado de un precipicio, sujetándome solo con una mano.

Lee volvió a echarse a reír.

–Eres tonto, cariño.

–En eso tienes razón –respondió él–. No hace falta que me lo recuerdes –dijo, y no solo se refería a su idiotez, sino al hecho de que, por llamarlo cariño, se daba cuenta perfectamente de que Lee aún creía que había algo entre ellos.

–Bueno, ¿qué tal va el jueguecito?

–Digamos que ser el nieto degenerado de la adorada matriarca de un pueblecito resulta bastante duro –respondió Taggart mientras jugueteaba con la taza.

–Pobre Taggart –dijo Lee melosa–. Tal vez debiera ir a darte un masaje en la espalda... o algo así.

Taggart miró al techo con resignación, y trató de cambiar de tema lo antes posible. Lo último que deseaba en aquel momento era oír las insinuaciones de Lee. Miró a su alrededor para cerciorarse de que nadie lo estaba escuchando, y preguntó:

–Dime, Lee, ¿cuáles son las últimas noticias que tienes sobre el caso Margolis?

A Lee no le hizo ninguna gracia aquel súbito cambio de tema, pero como era una buena abogada, le puso al día enseguida sobre el caso.

–Teniendo en cuenta lo malo que podría haber sido, si solo nos ponen una multa lo consideraré como caso ganado.

De repente, Taggart oyó un ruido y vio entrar a Mary, que se puso a buscar una taza. La vio servirse café mientras Lee volvía otra vez a ofrecerse a darle un masaje en la espalda. No le quedaba más remedio que cortar la conversación.

–Escucha, debo dejarte. Tengo... compañía.

–¿Ah, sí? Bueno... más tarde seguiremos hablando –le dijo Lee dejando la conversación muy a su pesar–. Pasa unas buenas vacaciones, cariño.

–Sí, no veas –dijo con sarcasmo, y antes de que Lee pudiera contestar, colgó el teléfono y se lo volvió a guardar en el bolsillo.

Mary se apartó del mostrador de la cocina, y lo miró con el ceño fruncido y la taza de café entre las manos.

–Buenas tardes –le dijo Taggart, tras un breve silencio, preguntándose por qué no habría vuelto a marcharse corriendo tras servirse el café.

Mary lo miró con desconfianza.

–¿Quién era? ¿Tu abogado?

–¿Qué? –preguntó Taggart. Lo había pillado con la guardia bajada, y no supo muy bien qué contestar. Preocupado, pensó que tal vez hubiera oído más de lo debido.

Mary siguió mirándolo por encima de la taza mientras daba un sorbo a su café.

–Te he oído decir que si solo tienes que pagar una multa lo considerarás un caso ganado.

Taggart trató de asimilar lo que acababa de oír. Considerando quién creía que era, le parecía normal que hubiera interpretado sus últimas palabras de aquella manera: que el abogado de Bonner le estuviera diciendo que tal vez solo tuviera que pagar una multa por algún delito que hubiera cometido.

–Sí, era mi abogado –respondió, contento de no mentir del todo, porque Lee era abogada, y desde luego había sido y aún quería seguir siendo algo... suyo, en el más íntimo nivel.

–¿No se cansa tu abogado de sacarte siempre del atolladero?

Taggart se encogió de hombros.

–Para eso se les paga a los abogados –respondió.

Por segunda vez aquel día, Mary lo miró con desagrado.

–Si hay algo que me desagrada, aparte de ti, Bonner, son los abogados que se ganan la vida sacando a las ratas de los barcos hundidos.

La franqueza con que acababa de hablarle Mary no le hizo ningún bien a su ego. Hasta aquel momento, solo había insultado al hombre que creía que era, pero lo que no sabía ella era que en aquel momento acababa de insultar al hombre que era de verdad. Se quedó mirándola con cara de póquer.

—El millón de chistes que existen sobre los abogados prueban que no eres la única que piensa de esa manera. De cualquier manera, los abogados defensores son una parte imprescindible de nuestro sistema jurídico. Por cierto, ¿qué es lo que te han hecho a ti los abogados? —preguntó con curiosidad.

Mary parpadeó, incómoda con la pregunta. Al ver que tardaba en contestar, Taggart insistió.

—Puede ser un montón de cosas malas, pero no dudes en contármelas. La gente dice que se me da bien escuchar.

Mary respiró profundamente como para darse fuerzas.

—Bueno, aunque no creo que te interese en realidad, voy a contártelo. Mi padre tuvo un accidente de coche. No fue culpa suya, pero resultó gravemente herido, y como el seguro no cubría las facturas del hospital, tuvo que presentar una denuncia. El abogado de papá era un abogado muy normal, pero el tipo rico que causó el accidente de mi padre contrató un abogado muy bueno para que lo defendiera, y aunque mi padre tenía todo el derecho a recibir compensación por sus lesiones, el abogado del tipo podrido de dinero consiguió que su cliente no tuviera que pagar ni un dólar. Mi padre nunca pudo recuperarse por completo —terminó Mary con voz temblorosa.

—Siento lo que le ocurrió a tu padre —dijo Taggart, sintiéndolo de verdad—. ¿Qué puedo decir?

—Nada. No puedes evitar haber nacido rico —dijo Mary—, pero intenta conseguir que se haga justicia contigo alguna vez sin pagar mucho dinero, y ya verás cómo te va.

Taggart no respondió. Hizo un esfuerzo sobrehumano para no tomarla entre sus brazos, y dio un sorbo a su café.

—Bueno, ¿en qué lío te has metido del que te va a sacar tu caro picapleitos con solo pagar una multa?

La palabra picapleitos le resultó ofensiva para denominar a la carrera que había escogido, pero más que ofendido estaba sorprendido de que Mary llevara tanto tiempo hablando con él. Era la conversación más larga que habían tenido desde que llegara a la casa.

—¿A qué viene este examen? —preguntó Taggart con curiosidad—. Creí que habías sido tú quien me había dicho que me mantuviera apartado de tu camino. ¿Acaso piensas escribir mi biografía?

Mary se cruzó de brazos, y apartó la mirada de Taggart. En realidad no sabía por qué estaba todavía allí.

—No tengo el más mínimo interés en ti —le dijo, y volvió a mirarlo con timidez—. Yo... bueno, a mí quien me interesa es Miz Witty, y no quiero que le hagas más daño de lo que ya le has hecho hasta ahora. Eso es todo.

—¿Qué quieres decir? —preguntó Taggart.

—Quiero decir... —Mary se acercó a la mesa, y puso las manos encima—. Quiero decir que no sé en qué lío estarás metido o te vas a meter antes de marcharte —le dijo mirándolo fijamente—, pero si vas a la cárcel la destrozarás. Su salud es muy frágil... No tiene el corazón fuerte. Un golpe como ese y... y...

A Mary se le quebró la voz. Tragó saliva para deshacer el nudo que tenía en la garganta e hizo todo lo posible por no llorar.

—Te lo suplico, Bonner... puedes ser un cerdo avaricioso, si quieres, o un mujeriego. Me da lo mismo, pero por favor, haz todo lo posible para no ir a prisión, porque la matarías.

Sus reproches le dolieron, pero lo ocultó. Taggart pensó que ya tenía bastante presión encima para que además le vinieran con aquello, sobre todo con Bonner acusado de usar información privilegiada para enriquecerse. Conseguir que no fuera a la cárcel iba a costarle echar mano de toda su experiencia legal y casi una varita mágica.

–¿Tiene problemas de corazón? –preguntó él.

–Claro, te lo dije en mis cartas.

Taggart pensó que debía haber pedido a Bonner que le dejara leer todas las cartas.

–No te preocupes –le dijo, sin poder apartar la vista de aquellos ojos que expresaban una profunda preocupación–. Mary, yo... –le empezó a decir, sin saber muy bien cómo continuar.

Le tomó las manos entre las suyas. Quería aliviar su dolor, pero, ¿qué podía decirle? ¿Que le llegaba muy dentro, como ninguna otra mujer aparte de su esposa le había llegado hasta entonces? Se dijo que si pudiera le diría que lo estaba volviendo loco, pero que no quería enamorarse de ella, que nunca había pensado que nadie pudiera volver a importarle tanto. Le contaría la verdad de toda la farsa que estaba representando. Le diría que no era Bonner, sino el picapleitos al que se había referido con tanto desprecio, y que, tal vez, no iba a conseguir librar a Bonner de ir a prisión y que lo lamentaba mucho porque no quería que el corazón de Miz Witty sufriera. Sin embargo, sabía que no podía confesar la verdad, porque ante todo debía fidelidad a su buen amigo.

–¿Qué? Bonner... –susurró Mary, que parecía menos enfadada–. ¿Qué ibas a decir?

Sus rostros estaban tan cerca que Taggart casi podía sentir el calor del aliento de Mary, y le estaba costando un gran esfuerzo resistirse a besar aquellos labios tan tentadores.

No supo qué decir, no supo cómo tranquilizarla.

–¿A qué se debe tanto silencio? –le preguntó Mary, con la mirada fija en sus manos entrelazadas–. ¿Por qué dudas tanto?

Taggart le acarició el rostro con la mirada, contempló sus largos cabellos negros cayéndole sobre los hombros, aspiró la fragancia de su piel. Era tan guapa, tan encantadora, tan leal y se sentía tan desgraciada. Se moría por estrecharla en sus brazos, y poder decirle quién era de verdad. Que solo era un hombre imperfecto como los demás, al que habían colocado en una situación muy delicada por lealtad.

–Mary –dijo con sinceridad, cuando por fin fue capaz de hablar–. No puedo prometerte nada.

Mary levantó los ojos, y lo miró asombrada.

–Estoy sorprendida –afirmó.

–¿Sorprendida?

–Sí, sorprendida de que no hayas tratado de hacerme ninguna promesa. De que hayas sido tan sincero.

Taggart entendió enseguida lo que había querido decir. Bonner era famoso por prometer cualquier cosa con tal de conseguir siempre lo que deseaba. De repente, se dio cuenta de que no podía ser él mismo, que tenía que seguir representando un papel. Así que soltó las manos de Mary, y se echó hacia atrás en su silla.

–Debe de ser la pureza del aire –improvisó, fingiendo ironía–. No te preocupes, no tardaré mucho en volver a ser el mismo cínico de siempre.

Mary se irguió en su silla, y lo miró con frialdad. Taggart volvió a sentir cuánto lo detestaba, y experimentó un sentimiento de pérdida. Se pasó los dedos por el pelo, como para despejar de su cabeza el efecto que la proximidad y el roce de Mary le habían causado, y para afrontar la hostilidad que le volvía a demostrar. Tareas ambas muy arduas, después de haber visto en los ojos femeninos, apenas unos minutos antes, algo nuevo y contrario a toda razón.

Tumbado en la cama, mirando al techo de su habitación, Taggart pensó en lo poco que había dormido desde su llegada a Wittering el lunes anterior. Eran las dos y media de la madrugada del jueves, y podía contar con los dedos de una mano las horas que había dormido de verdad en aquella cama. No podía dormir recordando la conversación que había tenido con Mary aquella tarde, cuando le había implorado que no destrozara el corazón de la pobre Miz Witty. Sin embargo, había algo que no entendía. No sabía lo que había querido decirle con que podía ser un «cerdo avaricioso». Bonner tenía dinero y aunque le gustaban mucho las mujeres nunca les había mentido para sacarles nada, y habían tenido junto a él una vida lujosa mientras había durado la relación. De hecho casi todas sus antiguas novias seguían siendo amigas suyas. Bonner era generoso, espontáneo, divertido y nada tacaño. Era verdad que a veces podía ser muy temperamental, pero en ningún caso tacaño. Tampoco apostaba, así que no entendía por qué Mary O'Mara había hablado de su avaricia.

–¿Y a ti qué más te da lo que piense esa mujer? –murmuró Taggart–. Tienes que quitártela de la cabeza. Cree que Bonner es la encarnación del diablo y su abogado el hermano gemelo del demonio. No puedes hacer nada para evitarlo, así que cállate y duerme.

Cerró los ojos tratando de dormir un poco cuando, de repente, oyó un ruido que lo sobresaltó. Era como si un pájaro carpintero estuviera picoteando en su ventana. Poco después, le pareció oír una voz además de los golpecitos en el cristal, pero no fue capaz de entender lo que decía. Se incorporó en la cama, pensando que podía estar dormido y tratarse de un sueño, cuando le pareció oír el nombre de Bonner. Miró hacia la ventana, y para su sorpresa, vio aparecer la silueta de unos hombros y una cabeza al otro lado del cristal. Como su habitación estaba situada en el segundo piso, no podía dar crédito a sus ojos. Se levantó de un salto, preguntándose quién podría encontrarse al otro lado de la ventana. Al principio pensó que podrían ser ladrones, pero enseguida se dio cuenta de que era la silueta de una mujer.

—¡Pero si es Pauline, la cocinera! —murmuró, sorprendido al mirar por la ventana—. ¿Qué estás haciendo? —le preguntó sin abrir.

—Déjame entrar, Bonner —suplicó Pauline—. Me temo que este emparrado esté a punto de romperse.

Taggart estuvo a punto de decirle que volviera a marcharse por donde había venido, pero aunque la conocía poco, tuvo la completa seguridad de que antes de hacerlo preferiría permanecer allí fuera hasta que se rompiera el emparrado que la sostenía.

En cuanto abrió la ventana, Pauline se echó en sus brazos, y a punto estuvo de hacerlo caer al suelo.

—¡Vaya! —exclamó Taggart sorprendido—. ¿Qué te crees que estás haciendo?

Pauline se echó a reír, sin soltarse de su cuello.

—Bueno, cuando Mahoma no va a la montaña...

Taggart había dormido muy poco, y era consciente de que se le estaba terminando la paciencia.

—¿Entonces la montaña trepa a la ventana de Mahoma? —le dijo, soltándose del abrazo que lo estaba casi estrangulando.

—¿Cómo?

—No importa.

Taggart se preguntó qué iba a hacer con ella. En el internado le habían enseñado a tratar a todas las mujeres como un caballero, por muy vulgares que fueran.

Pauline se puso de puntillas, y le besuqueó la mejilla.

—No podía dormir. Me martirizaba pensar en ti... tan solo. Tenía que trepar hasta aquí para asegurarme de que no echabas de menos un poco de compañía.

Taggart le sujetó las muñecas, obligándola a soltarlo.

—Es... es muy amable por tu parte, Pauline —le dijo

soltándole las muñecas y alejándose de ella–, pero es tarde y...

–¡Espera un momento! –exclamó la cocinera.

Taggart se dio cuenta entonces de cómo iba vestida: llevaba puesto un impermeable claro y zapatillas de deporte. Parecía un superhéroe a punto de revelar su secreto, quién era cuando no luchaba contra la delincuencia. Se abrió el impermeable y Taggart vio que llevaba una camiseta corta que dejaba a la vista parte de su vientre y unas mallas negras cortas y muy ajustadas. Taggart respiró aliviado al ver que no estaba desnuda.

–Pensaba que te gustaría que jugáramos un poco –le dijo Pauline con coquetería.

Aquello le pareció el colmo a Taggart. Estaba muerto de cansancio, y le dolían los ojos cada vez que parpadeaba por falta de sueño. Respiró profundamente para tranquilizarse y cerró el impermeable de Pauline.

–Pauline, eres una mujer muy hermosa y muy agradable –le dijo, mientras le ataba el cinturón–, además de una cocinera de primera –le tomó la mano con firmeza, y la obligó a encaminarse hacia la puerta–. Siento mucho respeto y admiración por ti.

–¿De verdad? –le preguntó, sorprendida de que la estuvieran obligando a salir de una habitación a la que le había costado tanto entrar.

–Sin duda –afirmó Taggart, que ya la había hecho llegar a las escaleras–. Nunca había conocido a ninguna mujer tan diligente e intrépida.

–¿Intrépida? –preguntó la cocinera.

Ya habían llegado a la planta de abajo. Taggart vio que la luz del porche estaba encendida, y pensó que cualquiera podría verla salir, así que optó por encaminarla a la puerta trasera. Le pareció muy difícil que alguien pudiera verla salir por la cocina.

–Intrépida, sí –le dijo, cuando ya la tenía en la cocina–. Estoy verdaderamente sorprendido.

La cocina estaba tan oscura que no se veía nada, así que Taggart dio la luz.

–¿Qué significa ser intrépida? –preguntó Pauline.

–Significa... ser valiente, equilibrada, segura de ti misma.

Ya casi había conseguido que saliera, cuando, de repente, se detuvo en la puerta.

–¡Oh! –exclamó desilusionada–. Pensé que significaba algo así como... atractiva.

–Bueno... Pauline, seré franco contigo, para mí ser valiente, equilibrada y segura de ti misma... –no sabía muy bien cómo continuar, pero estaba convencido de que con un par de cumplidos más conseguiría hacerla salir de la casa– son sinónimos de... atractiva.

–¿De verdad? –le preguntó Pauline con una sonrisa.

–De verdad –afirmó Taggart, agarrándola por los hombros para asegurarse de que la hacía salir.

Cuando ya la veía en la calle, de repente, Pauline se movió rápida como un rayo, se liberó de su brazo, y tras quitarse el impermeable, lo dejó sobre la mesa.

–¡Oh! ¡Qué cosas tan bonitas me dices! –exclamó, y volvió a colgarse del cuello de Taggart, apretándose insinuante contra él–. Estás todavía más guapo sin ropa de lo que pensaba.

Por primera vez en su vida, Taggart deseó haber tenido la costumbre de dormir con pijama en vez de solo con calzoncillos.

–Escucha, Pauline...

–¡Bésame! –le dijo, y le ofreció los labios.

Taggart sintió que estaba perdiendo la paciencia. Empezaba a sentirse acosado. Se preguntó qué tendría que hacer para conseguir librarse de ella y lograr que se marchara. No era a Pauline sino a Mary O'Mara a quien deseaba, a quien quería tener en su corazón, en su hogar, en su cama.

De repente se sintió culpable por aquellos pensamientos. No había querido decir Mary, sino Annalisa. Sintió una punzada en el corazón al recordar a su mujer fallecida, pero trató de recuperarse enseguida. En aquel momento, tenía que solucionar un problema.

–Me parece que no me has comprendido bien cuando te he dicho que la valentía y el equilibrio eran cualidades... atractivas.

Pauline se pasó la lengua por los labios, provocativa.

–Ya hemos hablado bastante –le dijo con voz ronca–. Pasemos a la acción.

Taggart apretó los dientes, tratando de contener las ganas que sentía de darle un empujón y sacarla a la calle.

–Mi guapísimo hombre –susurró Pauline, rozando los labios de Taggart con los suyos.

Taggart sintió que aquello había sido la gota que colmaba el vaso. Ya le daba igual que Pauline saliera por las buenas o por las malas. Sin preocuparse de que le soltara el cuello, la agarró por las piernas, y la levantó en brazos.

–¡Oh! ¡Eres... tan hombre! –le dijo Paulina con una risita.

No tenía ni idea de que lo que pretendía él al tomarla en brazos era sacarla de la casa. Taggart se acercó a la mesa de la cocina, y cuando iba a recoger el impermeable que había dejado allí Pauline, se quedó de piedra al ver a Mary O'Mara mirándolo con incredulidad desde la puerta.

CAPÍTULO **6**

MARY se quedó mirando, sin poder dar crédito a lo que veía, el lascivo espectáculo que se presentaba ante sus ojos. Conocía muy bien la mala reputación de Bonner, pero presenciar cómo se divertía de una manera tan... depravada, sin importarle que pudieran verlo, era demasiado obsceno como para poder creerlo, aunque lo estuviera viendo con sus propios ojos.

Taggart recogió el impermeable de Pauline, y se apresuró a sacarla de la casa. Lo último que vio Mary fue a la cocinera agarrada del cuello de Taggart, riendo con coquetería. Cerró los ojos, pero no pudo borrar la visión de su mente.

Mary perdió la noción del tiempo. No supo si habían pasado unos minutos o unas horas desde la partida de Taggart, pero el hecho de que siguiera como anclada a la puerta de la cocina probaba que su cerebro debía de haber dejado de funcionar. Lo último que deseaba era ponerse a hablar del «incidente» con él.

Cuando Taggart volvió a entrar, sus miradas se encontraron. Mary pensó que parecía tranquilo, como si solo hubiera salido a tomar un poco el aire. Sin decir nada, colocó una silla que se había quedado separada de la mesa, y se apoyó en el respaldo.

—Buenas noches —se limitó a decir.

Mary no podía creerse que Taggart tratara de actuar como si no hubiera pasado nada. Furiosa, entró, y se dirigió a la cocina, haciendo mucho ruido con sus zapatillas de estar en casa.

Llenó un cazo con leche y lo colocó sobre el fuego. Podía sentir los ojos de Taggart sobre ella, pero actuó como si él no estuviera allí. Tras dejar el cartón de leche en la nevera dio tal portazo que se oyeron chocar unas contra otras las botellas que había en su interior.

–¿Qué estás haciendo? –le preguntó Taggart con tranquilidad.

–¿Tú qué crees? –le respondió Mary de espaldas a él–. ¿Te parece que estoy manteniendo relaciones sexuales en la mesa de la cocina? –le preguntó, arrepintiéndose de inmediato de la pregunta.

–Yo no iba a acostarme con Pauline sobre la mesa de la cocina –respondió Taggart con tranquilidad.

–Me da igual lo que fueras a hacer –respondió, avergonzada.

–Tendrás que encender el fuego –le sugirió él–. A no ser que te guste tomarte la leche fría directamente del cazo.

Mary se sobresaltó, al darse cuenta de que él tenía razón. Encendió el fuego, pero no dijo nada.

–Teníamos la ropa puesta.

Mary pensó que ya se había dado cuenta de lo poco que llevaban puesto, pero no dijo nada. No quería parecer celosa.

–Pauline entró en mi habitación por la ventana –le dijo–. Cuando me viste estaba tratando de librarme de ella.

Mary se apretó el cinturón de la bata.

–Me da lo mismo –dijo tratando de contener las lágrimas. Se dijo a sí misma que acabaría con la insensata atracción que sentía por aquel mujeriego o moriría en el intento.

–Pauline no acepta la palabra «no» como respuesta –afirmó Taggart.

–Hacéis muy buena pareja –dijo Mary, tratado de superar la envidia que, en realidad, le daba Pauline–. Está claro que tú no das un «no» como respuesta.

–¿Nos has visto manteniendo relaciones sexuales? –preguntó Taggart, después de un largo silencio.

Mary centró su mirada en el cazo donde se calentaba la leche.

–No te hagas el inocente. Lo que ocurrió fue que os interrumpí en los preliminares.

–¿Los preliminares? –dijo riendo–. Esa mujer no sabe lo que son los preliminares.

Mary apagó el fuego, y llevó el cazo hacia donde estaban las tazas guardadas. Tomó una de la estantería, y se echó un poco de leche caliente.

–¿Me puedes servir a mí también?

Sin decir palabra, Mary le sirvió el resto del contenido del cazo en una taza. Después, llenó el recipiente de agua y lo dejó en el fregadero.

–Aquí tienes –le dijo.

Le dio la taza, y después se sentó a la mesa. Un minuto más tarde, dio un respingo, y apartó la silla de la mesa

–¡Me parece que después de lo que ha estado a punto de suceder en esta mesa, no podré volver a comer aquí!

–Vamos... –le dijo él–. Esta mesa solo ha tenido un impermeable encima.

Taggart se sentó, y puso los brazos sobre la mesa. Mary se fijó en sus anchos hombros y en su pecho musculoso que se movía arriba y abajo con cada respiración. Pensó que no le extrañaba que fuera un mujeriego, porque su cuerpo tenía que resultarle atractivo a muchas mujeres.

Tenía la taza humeante entre las manos y la mirada fija en la leche caliente, pero parecía estar muy lejos de allí, pensando en algo que lo preocupaba seriamente.

A pesar de que parecía exhausto, su presencia imponía, y Mary sintió como si emanara una fuerza que la obligara a sentarse de nuevo a su lado. Debía de poseer poderes mágicos, de otro modo no se explicaba que se hubiera sentado otra vez a una mesa donde, hacía solo un momento, Pauline y él casi...

Su cercanía la excitaba y molestaba a la vez. Mary se obligó a recordar que Bonner Wittering no era más que un egoísta reptil que solo había aceptado visitar a su abuela después de que ella le mintiera en una de sus cartas diciéndole que Miz Witty estaba pensando en desheredarlo.

Lo que no entendía era por qué cuando lo miraba no veía a un hombre interesado y superficial, sino que en el fondo de sus ojos creía ver un carácter noble, a un hombre preocupado por algo. Nunca había imaginado que Bonner fuera una persona que reflexionara sobre nada, ni que pudiera preocuparse por otra cosa que no fuera su próxima diversión.

Mary terminó la leche, y dejó la taza sobre la mesa, pensando que no debía dejarse engañar por él. Seguramente lo que ocurría era que sus ojos no dejaban ver su verdadera personalidad, y solo estaba pensando en la frustración que le había producido ver interrumpida su escena de sexo con Pauline sobre la mesa.

–¡Eh, despierta! –le dijo, y le dio un codazo en el brazo.

Estaba enfadada consigo misma por haber tenido unos pensamientos tan positivos sobre un hombre al que conocía demasiado bien.

Al recibir el codazo, Taggart pareció regresar del trance en que estaba sumido.

–¿Qué pasa? –le dijo, mirándola directamente a los ojos.

–Bébete la leche. Te ayudará a dormir mejor –afirmó Mary.

–No creo en el sueño –dijo con un tremendo cansancio–. Creo que se lo sobrestima.

–Entonces, ¿por qué pediste la leche? –preguntó Mary.

Se arrepintió de haber hecho esa pregunta. Lo que no entendía era qué hacía ella allí todavía si ya había terminado de beberse la leche. Si no se iba a la cama pronto, la leche no le produciría su esperado efecto sedante. Aunque dudaba que consiguiera dormirse, después de haber visto el pecho atlético y los preciosos ojos de Bonner tan de cerca.

–¿Que por qué pedí la leche? –susurró Taggart, como si se lo estuviera preguntando a sí mismo. Miró la taza, y después movió la cabeza–. Supongo que... –empezó a decir, y miró a Mary, inexpresivo, con los ojos oscurecidos como atormentado por algo–. No sé por qué.

Mary se dio cuenta de que mentía, pero no estaba segura de si era a ella o a sí mismo.

Ayudándose con las palmas de las manos sobre la mesa, Taggart se puso de pie.

–Buenas noches, señorita O'Mara –dijo, con la mandíbula apretada.

Antes de marcharse, miró a Mary un momento, y ella tuvo la sensación de que aquel era un hombre que sufría, un hombre atormentado por sus propios demonios.

Minutos después de que Taggart se hubiera marchado de la cocina, Mary todavía no había podido recuperar el aliento.

El cumpleaños de Miz Witty estaba en su mejor momento. La casa se encontraba atiborrada de gente, y todos los invitados reían y charlaban animadamente. A Mary no se le iba de la cabeza el momento en que Miz

Witty había hecho una entrada espectacular, bajando por las escaleras del brazo de Bonner.

En aquel momento estaba sentada en su silla de ruedas, con un elegante vestido de terciopelo azul, charlando animadamente con unos cuantos invitados. Ya había abierto los regalos, y el de Bonner le había encantado.

Dieron las nueve, Mary se puso a mirar a la gente que se dejaba mecer por una sensual melodía, entre ellos Bonner, que estaba bailando con una adolescente que no paraba de reír. El nieto de Miz Witty se había pasado la mayor parte del tiempo en la pista de baile. Mary debía admitir que eran las mujeres de Wittering, de todas las edades, las que no paraban de sacarlo a bailar. Al parecer, todas encontraban en el famoso hijo pródigo del pueblo encantos difíciles de resistir, y la verdad era que él las había tratado a todas con mucha galantería.

Las luces tenues y la suave música incitaban a la alegría y al romanticismo, pero Mary no estaba de humor. Además de lo difícil que le resultaba tener que aparentar que Bonner le caía bien, había recibido un duro golpe, porque su padrastro, Joe Lukins, no había dejado asistir a la fiesta a Becca, después de habérselo prometido, con la excusa de que estaba resfriada. Tras recibir la noticia, Mary había corrido a la cocina para tratar de recuperarse de la tristeza que le había producido, y allí se había encontrado con Pauline. Al verla, no se alegró, porque lo último que deseaba era que la cocinera le pusiera al día de su aventura de la noche anterior, pero para su sorpresa, Pauline estaba sentada a la mesa, mirando fijamente un plato de tarta, que tenía a medio comer. Levantó los ojos cuando sintió entrar a Mary, pero no sonrió. Parecía deprimida, y aquello no era propio de Pauline.

–¿Qué tal va la fiesta? –preguntó Pauline con tristeza.

Mary, que estaba preparándose una manzanilla, se volvió hacia ella. Al verla tan baja de ánimo, trató de olvidarse de sus propios problemas, y se sentó a la mesa con ella.

—La fiesta va de maravilla. La tarta y los entremeses están deliciosos. Te has superado otra vez. ¿No te sientes bien? —le preguntó—. Es la mejor tarta de zanahorias que he tomado —le dijo, señalándole el plato—. Dudo que no te la hayas comido porque no te guste.

—No tengo hambre —le dijo Pauline, quien tenía los codos sobre la mesa, y parecía estar sujetándose la cabeza con las dos manos.

—Normalmente te encantan las fiestas, sobre todo si hay baile —señaló la puerta de la cocina—. ¿Por qué no sales a divertirte un poco? Yo puedo quedarme aquí un rato.

Pauline hizo una mueca.

—No tengo ganas. Además hay unos canapés de pizza en el horno que están casi hechos.

Mary se dio cuenta de que había otra cosa poco habitual en Pauline: llevaba una camisa de franela abotonada hasta arriba. Aquella no era la Pauline que había visto divirtiéndose en la cocina la noche anterior.

—¿Qué te pasa? Tú no sueles estar deprimida.

Pauline suspiró.

—Lo sé. Es por Bonner.

Mary sintió una punzada en el corazón, y pensó que, a lo mejor, no quería seguir escuchando aquello.

—Oh... bueno... si es privado...

Pauline se echó hacia atrás en la silla con las manos colgando.

—Bueno, tú nos viste... aquí. Ya sabes lo que pasó —echó la cabeza hacia atrás, y se puso a mirar al techo—. Ya me viste hacer el ridículo.

Mary se sobresaltó por lo que acababa de oír.

–Eso no es verdad, Pauline –le dijo, sintiendo compasión por la inseguridad de la cocinera–. Yo no vi que Bonner te rechazara.

Pauline miró a Mary, y se mordió el labio antes de responder.

–La verdad es que sí me rechazó. Lo hizo con mucha amabilidad, pero... –se encogió de hombros–, cuando me sacó a la calle, me dijo de manera muy cortés que yo era una muy atractiva, pero que él estaba enamorado de otra mujer, y no podía... –movió la cabeza a los lados, y volvió a mirar al techo–. Supe de inmediato que era una excusa para librarse de mí. ¿Acaso has oído alguna vez hablar de un mujeriego que rechace...? –se quedó callada y cerró los ojos.

Mary trató de pensar en algo que pudiera animarla, pero antes de que se le ocurriera nada, Pauline abrió los ojos.

–Dime la verdad, Mary, ¿acaso soy tan poco atractiva como para que hasta un hombre que es famoso por acostarse con el mayor número de mujeres posible me rechace, poniendo como excusa que ama a otra mujer?

Mary estaba todavía conmocionada por las declaraciones de Pauline. Nunca habría podido pensar que aquel hombre pudiera ser monógamo. No sabía qué decirle a la cocinera para animarla. Recordó el día en que Bonner la había besado a ella. Ahora tenía claro que aquello no había significado nada para él. Lo único que había hecho era pasar un buen rato con la cuidadora de su abuela. De repente, Mary se puso a pensar en la diferencia de clases que había entre ellos: Bonner había nacido entre lujo. Aunque ya se hubiera gastado la herencia de sus padres, se había educado en un internado europeo, y estaba acostumbrado a salir con princesas, actrices y modelos. Ella, sin embargo, había nacido y se había educado en un barrio a las afueras de Wittering, constituido por gente que vivía en caravanas. Se había vestido con ropa comprada en tiendas de segunda mano, y lo más lejos que había viajado había sido a Denver.

Tuviera Bonner o no a otra persona, el hecho de haberla besado no le había supuesto ningún problema moral. Al fin y al cabo, solo era la cuidadora de su abuela. Además, se había disculpado, tal vez por algún ligero remordimiento hacia su supuesta novia.

—Paulina, eres una mujer maravillosa —dijo a la cocinera, que había empezado a comer con desgana la tarta—. Eres apasionada, generosa, abierta y la mejor cocinera que hay en este pueblo —le apretó el brazo con cariño—. Estoy segura de que el señor Wittering te ha dicho la verdad. Podrá ser un mujeriego, pero de todos modos es un ser humano, y los seres humanos pueden enamorarse. Vete a bailar, no dejes que ese hombre te estropee la fiesta. No merece la pena, créeme. Demuéstrale que no estás dolida; si no el ego le crecerá tanto que no cabrá por las puertas.

Paulina sonrió.

—¿De verdad lo crees así? —preguntó, con la ingenuidad de una niña pequeña.

—Lo sé.

La hervidora de agua empezó a pitar, y Mary se levantó.

—Venga, empólvate la nariz un poco, y vete a bailar —dijo a Pauline, tomándola por el brazo.

Pauline se limpió una lágrima, y se levantó.

—Tienes razón —dijo—. Qué más da si estaba mintiendo.

—Apuesto a que estaba diciendo la verdad —insistió Mary, tratando de sonar convincente—. Alguna pobre mujer de Boston debe de haber robado su corazón durante un mes o dos.

La hervidora seguía sonando, así que Mary se apresuró a apartarla del fuego. Después se acercó a Pauline, y le apretó el brazo con cariño.

–¿Sabes? Jed Swenson está ahí fuera –se le ocurrió a Mary, de repente–. ¿Acaso crees que está pidiéndote todo el tiempo vasos de agua porque le gusta tanto el líquido elemental? –le preguntó Mary, que conocía a los admiradores de Pauline, y sabía que si se los recordaba se animaría.

La cocinera se echó el pelo hacia atrás.

–Sí, la verdad es que es muy amable conmigo –dijo, y se irguió–. Bien... creo que podría ir a bailar.

–Vete, yo me ocupo de las tartaletas de pizza.

–Gracias, niña.

Pauline esbozó su primera sonrisa sincera de aquella noche, y Mary se la devolvió. Se dio cuenta de que Pauline había recuperado la confianza en sí misma. La vio sacar la polvera del bolso y retocarse el maquillaje. Poco después se dirigió al salón de baile.

Cuando las tartaletas estuvieron preparadas, Mary las sacó del horno y las llevó al salón. Esbozó la falsa sonrisa, que tanto le costaba mantener, y no dejó que abandonara sus labios hasta que, lo más deprisa que pudo, regresó a la cocina.

Estaba tomándose la manzanilla, cuando, de repente, Bónner apareció. No sonreía. Mary pensó que hacía como ella, solo mantenía la sonrisa cuando sabía que lo estaban mirando. Los dos estaban jugando a lo mismo, pero por diferentes razones.

–¿Sí?

–Alguien llamado Sam ha dicho que este era su baile, y me ha pedido que te localizara.

–¿Es que Sam no es capaz de buscarme él solito?

–¿Quieres que se lo pregunte? –sugirió Bonner, enarcando una ceja.

Mary negó con la cabeza, y suspiró. Ya era hora de que regresara a la fiesta. Trabajaba para Miz Witty, y tenía que ayudarla a ejercer de anfitriona. Deseó que bailar con Sam la ayudara a liberarse un poco del nerviosismo que sentía.

–Ahora mismo voy.

Bonner apretó los labios, asintió y se marchó.

Al quedarse sola, Mary pensó en cuánto la afectaba aquel hombre con tan solo mirarla. Se apoyó con las palmas en la mesa, y se levantó.

–Solo he visto indiferencia en sus ojos –murmuró–, y sin embargo solo con mirarme ya me están temblando las piernas, y me cuesta hasta ponerme de pie.

Se dirigió al salón, y por el camino vio a Jed y Pauline sentados en las escaleras. Estaban muy cerca el uno del otro, y se susurraban algo al oído, indiferentes a la fiesta que tenía lugar cerca de ellos. Al pasar, dio una palmadita a Pauline en la pierna. A ella siempre le había gustado Jed para la cocinera. Era un buen chico; trabajaba como mecánico, vivía también en el barrio de las caravanas, y siempre le había gustado Pauline. A Mary le dio la sensación de que Jed iba a pasárselo muy bien aquella noche.

Ya en el salón, comprobó que Miz Witty se encontraba bien, y se las arregló para tener tiempo de volver a llenarle la copa de ponche antes de que Sam la viera y la sacara a bailar. Sam era un hombre de físico agradable. Hacía tiempo que sabía que se sentía atraído por ella, pero a Mary simplemente le caía bien, lo cual era una lástima porque además de ser buena persona, poseía la única galería de arte que había en Wittering, y era un buen ebanista. Estaba divorciado, tenía dos hijos en California y quería casarse de nuevo. Mary pensó que habría sido un buen marido para una chica de campo, sin más aspiraciones que vivir en las hermosas Montañas Rocosas.

Mientras bailaba con él, Mary trató de mostrarse interesada por su conversación, pero no lo consiguió. Su mente seguía insistiendo en estar pendiente de con quién bailaba Bonner Wittering.

La música cambió, pero Sam no la soltó. De repente, la gente empezó a aplaudir, y Mary vio que Bonner había levantado a Miz Witty de la silla para sacarla a bailar. Mientras abuela y nieto se deslizaban por la pista con un vals, todas las demás parejas se hicieron a un lado para dejarles todo el protagonismo. Mary los observó del brazo de Sam, con un gesto de posesión que no sentía. No sabía si lo había tomado del brazo para demostrar a Bonner que ella también tenía admiradores, o simplemente para que aquello contara como un baile, y no tener así que pasar después mucho más tiempo con Sam aquella noche. Aquel pensamiento la hizo sentirse culpable. Sam le caía bien, pero no entendía por qué no podía dejar de mirar a Bonner mientras bailaba, y deseaba tanto poder ser ella en vez de Miz Witty la que estuviera en sus brazos.

El baile terminó, y la pareja abandonó la pista entre aplausos. Bonner volvió a dejar a su abuela en la silla de ruedas. Miz Witty parecía encontrarse bien, pero Mary decidió ir a comprobarlo. Por desgracia, Bonner permanecía todavía al lado de su abuela cuando ella llegó.

–Oh, Mary, cariño –dijo la anciana con una sonrisa–. Acabo de decirle a Bonny que me encantaría veros bailar juntos.

Mary decidió tomarle el pulso. Lo tenía rápido, pero la joven pensó que cualquier mujer sana lo tendría igual después de haber estado en los brazos de un hombre con un cuerpo tan atlético. Se mordió el interior de la mejilla por pensar en Bonner de aquel modo tan poco apropiado. Tal vez hubiera podido engañar a toda la población de Wittering con su magnífico físico, pero no a ella.

–El un buen bailarín –siguió diciendo Miz Witty con una sonrisa–. Claro que yo me dejo llevar tan bien, que cualquiera puede parecer un buen bailarín a mi lado –terminó con una carcajada.

–Sí, claro. Estaré encantada de bailar con él –mintió–, pero los próximos dos bailes los tengo ya comprometidos –dijo, señalando en la dirección de Sam–. Un poco más tarde, ¿vale? –dijo mirando a Bonner, aunque tratando de evitar sus ojos.

–Estaré deseando bailar contigo –respondió Taggart con ironía.

La propietaria de la inmobiliaria del pueblo apareció, de repente, y tomó a Bonner por la mano. Casi siempre era más alta que los hombres, pero no que Bonner.

–Ahora me toca a mí bailar contigo –le dijo.

Mary se acercó a Sam, deseando con toda su alma que le apeteciera más estar con él.

–¿Bailamos? –le dijo él, alegremente.

–Si quieres –respondió Mary, deseando poderse olvidar de que Bonner también estaba allí bailando.

Sam y ella empezaron a deslizarse por la pista, y en medio de una canción de amor, Mary no pudo resistir más la tentación de mirar hacia Bonner. Sus ojos se encontraron, y el corazón empezó a latirle precipitadamente. Mary se preguntó si estaría pensando lo mismo que ella... que si no tenían cuidado, no les quedaría más remedio que bailar juntos.

Mary deseó con todas sus fuerzas que el corazón no le diera un vuelco solo de pensarlo.

MARY bajó las escaleras, después de comprobar que Miz Witty dormía profundamente. La fiesta había terminado hacía tiempo. Pauline, Jed y Ruby habían recogido la cocina, dejando la colocación de los muebles para el día siguiente.

Pauline y Jed se marcharon sobre la una y media. Un poco más tarde oyó a Ruby dirigirse a su habitación. La envidió por saber que iba a ser capaz de conciliar el sueño enseguida. Como sabía que a ella no le pasaría lo mismo, Mary se sentó en el porche y apoyó la cabeza en el respaldo de la silla. Necesitaba descansar, dormir. Volvió a bostezar. Estaba exhausta, pero su cabeza no dejaba de dar vueltas a las cosas, no podía dejar de pensar en Bonner.

–Soy idiota –murmuró–. Me siento tan atraída por ese mujeriego como han demostrado en la fiesta el resto de las mujeres de Wittering.

Suspiró, y se obligó a sí misma a pensar en otra cosa. Las estrellas brillaban en el cielo, y recordó que cuando era una niña, en noches como aquella, en cuanto sus padres se quedaban dormidos, salía de la caravana donde vivía y se subía al techo con una manta. Se pasaba horas allí contemplando el cielo, y deseando una vida tan limpia y brillante como aquellas estrellas. Una vida lejos de la existencia triste y miserable del barrio de caravanas.

Haber vivido en aquel barrio había dejado su huella en Mary, la había convertido en una persona muy decidida. Como sus padres no habían terminado la educación secundaria, ella había estudiado mucho para conseguirlo. Sin embargo, la prematura muerte de su padre y todas las facturas médicas que habían quedado por pagar le habían impedido asistir a la universidad, obligándola a ponerse a trabajar para ayudar a su madre, que trabajaba como camarera.

Una de aquellas noches en que había contemplado las estrellas desde el techo de la caravana, se había prometido a sí misma que aunque no pudiera licenciarse, al menos se diplomaría en enfermería. Las enfermeras llevaban uniformes blancos y la gente las respetaba mucho, cosa que no le ocurría a los niños que vivían en el barrio de las caravanas. Ser enfermera era la mitad de su sueño; la otra mitad consistía en conseguir la custodia de Becca.

Sabía que si trabajaba duro podría pagarse los estudios de enfermera. Cuando Miz Witty la contrató, le había prometido que, ya que las dos estaban solas, Mary podría vivir siempre en su casa, como si fueran una pequeña familia.

Miz Witty incluso le había dejado cambiar la decoración de la antigua habitación dedicada a los niños, y convertirla así en el dormitorio de Becca cuando iba de visita. La habitación había quedado preciosa pintada de rosa, el único problema era que Joe Lukins nunca aceptaría que la niña viviera allí.

Sería un milagro que algún juez aceptara quitarle la custodia al padre de Becca, y dársela a ella.

—Lo que necesito es un milagro —murmuró.

—He visto algunos.

Mary se sobresaltó. Miró hacia la puerta principal y vio a Bonner. Se preguntó cómo se las habría arreglado para salir de una manera tan silenciosa.

—No sabía que todavía estuvieras levantado.

—Ya te dije que no conseguía dormir.

Mary conocía la razón por la que ella no podía dormir, y se preguntó cuál sería la de Bonner, pero no pensaba preguntárselo.

—Entonces, ¿qué milagro necesitas?

Mary se ruborizó. No creía que nadie la hubiera escuchado hablar sola. Se echó hacia atrás en la silla y, aparentando calma, mintió:

—Que te conviertas en una estatua de sal cuando amanezca.

—¿Ah, sí? —dijo Bonner riendo—. Te sorprendería saber las veces que he oído decir eso mismo.

—Vaya, qué alivio. Vuelvo a creer en la humanidad.

Bonner caminó hasta la barandilla del porche y se apoyó en ella. Se había cruzado de brazos, y Mary pensó que estaba para chuparse los dedos, como habría dicho Pauline.

—Había pensado que podríamos bailar ahora la pieza que no hemos bailado antes.

Mary se sobresaltó, y lo miró, aunque había prometido no hacerlo.

—¿Cómo?

—Se lo prometimos a Miz Witty.

Mary se quedó perpleja por la sugerencia de Bonner.

—¿Y qué?

—Pues que una promesa es una promesa —afirmó.

Bonner le tendió la mano, como esperando que Mary se la tomara para salir a bailar.

La brisa nocturna susurró entre las ramas de los árboles. La fuerte fragancia de los pinos se mezcló con el suave aroma de las rosas que cultivaba Miz Witty, produciendo un efecto embriagador en Mary. Al menos a eso creyó ella que se debía el que le faltara la respiración, porque se negaba a creer que fuera la visión de Bonner, allí de pie iluminado por la luna llena. Hasta sin moverse envolvía a los que estaban a su lado con su carisma. Aquellos ojos penetrantes causaban estragos. Tenía la mano tendida hacia ella, y ese simple gesto la seducía sin necesidad de palabras, empujándola a sus brazos.

–¿Así que una promesa es una promesa? –preguntó Mary, tan enfadada consigo misma por su debilidad como lo estaba con él–. ¿Tan estricto eres cumpliendo las promesas?

–¿Y tú?

–¿Yo qué? –preguntó Mary desconcertada.

–¿Eres estricta cumpliendo las promesas que has hecho a Miz Witty?

–Bueno, yo estaba... simplemente estaba diciéndole lo que deseaba oír. La verdad es que no tenía ninguna intención de bailar contigo.

Taggart apoyó la mano que tenía tendida sobre la barandilla del porche.

–Ya entiendo –dijo, e inclinó la cabeza de modo que la luna iluminó las hermosas facciones de su rostro–. Así que para ti está bien decirle a Miz Witty lo que quiere oír, aunque no sea verdad, pero no te parece bien si lo hago yo.

–Sí, porque... porque yo no la hiero cuando lo hago.

–¿Estás segura? Ella quería que bailáramos juntos.

–Mira, me trae sin cuidado que fueras el capitán del grupo de debate de tu colegio de lujo. El hecho es que no tengo ninguna intención de bailar contigo.

–Solo se trata de un baile, Mary –dijo Taggart–. Lo último que me dijo Miz Witty después de dejarla sobre la cama de su habitación fue que esperaba que no la decepcionara y que bailara esa pieza contigo.

Mary se sintió incómoda, porque sabía que tenía razón. A ella le había dicho lo mismo al ir a darle las buenas noches.

–Le prometí que lo haríamos –insistió Taggart.

Mary pensó en cuánto había deseado toda la noche

bailar con él, y en cómo había luchado consigo misma para no hacerlo. Todavía lo ansiaba tanto que le entraban ganas de llorar con solo pensarlo. Abrió la puerta de la casa, con la intención de escapar, pero al hacerlo oyó una música sensual procedente del interior. Se volvió para mirar a Taggart con el ceño fruncido.

–¿Has puesto tú ese disco? –le preguntó, y al hacerlo se dio cuenta de lo cerca de ella que se encontraba. Se preguntó cómo habría podido desplazarse desde la barandilla con tanto sigilo.

–Es más agradable bailar con música, ¿no te parece? –preguntó Taggart con voz seductora.

Mary no pudo evitar indignarse consigo misma a ver el efecto tan devastador que le causaba aquella voz. Para poder resistirse, insistió en pensar que habría causado el mismo efecto en multitud de mujeres. La canción seguía sonando, lenta y sensual. Ya casi había terminado. Mary seguía empeñada en rechazarlo para dar un buen golpe al ego masculino, pero se encontró a sí misma tan débil que casi le resultaba difícil articular las palabras.

Tomó la decisión de bailar con Taggart, ya que se lo había prometido a Miz Witty, pero decidió que sería un baile corto.

–Bu... bueno, pero solo hasta el final de esta canción.

–De acuerdo –respondió él.

Cuando Taggart la tomó en sus brazos, Mary sintió que un cosquilleo le recorría todo el cuerpo. Le pareció que olía de maravilla, y sintió la calidez de la mano masculina apoyada en su espalda. Se sentía en la gloria.

–Dejemos las cosas claras –dijo Mary para que no se le notara lo turbada que estaba–. Si estoy bailando contigo es porque se lo prometí a Miz Witty.

Mientras hablaba lo miró tratando de expresar con

los ojos todo el desagrado que le producía estar bailando con él.

Los ojos de Taggart brillaron en la oscuridad y se prendieron de los de Mary, mirándola con una mezcla de sensualidad y astucia.

–Estoy tratando de ser todo lo que Miz Witty desea de un nieto –susurró.

Mary notó que el sonido de su voz le hacía sentir un cosquilleo en el cuerpo. El efecto que producía en ella la preocupó; le causaba un tremendo nerviosismo, hasta el punto de hacerla respirar con dificultad.

–Tengo que admitir –consiguió decir Mary muy seria– que esta noche el papel de caballero lo has desempeñado de una manera inmejorable.

Nada más decir eso, Mary se sintió desorientada. En ningún momento había deseado expresar aquellos pensamientos en voz alta.

Taggart sonrió, y al hacerlo le brillaron los dientes. Mary sintió que le temblaban las piernas y le faltaba la respiración.

–No creas que por halagarme voy a dejarte marchar antes –le advirtió en un susurro que Mary sintió como una caricia sobre su mejilla.

Mary intentó hacer caso omiso del carisma de aquel hombre, pero no pudo. En aquel momento era más de lo que cualquier mujer hubiera podido pedir en un hombre. Se enfadó consigo misma por sentirse así. Imaginaba que los mujeriegos serían unos expertos en hacer sentir a todas las mujeres que eran irresistibles.

–Creía que tu hermanita iba a venir –dijo Taggart, de repente, sacándola de su agitada ensoñación.

–Iba a venir –respondió Mary, feliz de poder pensar en otra cosa que no fuera el enorme atractivo que aquel hombre ejercía sobre ella–, pero Joe dijo en el último momento que estaba resfriada, y no la dejó venir.

–¡Qué lástima!

Mary lo miró, y le pareció sincero.

–Lo peor es que Becca no tiene catarro; lo que ocurre es que, una vez más, su padre se ha inventado una excusa para mantenernos separadas –Mary tuvo que tragar saliva para deshacer el nudo que tenía en la garganta–. Ha sido una faena, porque Becca llevaba semanas deseando que llegara el día de la fiesta.

Bonner se quedó pensativo.

–¿Te gustaría que hablara con Joe? –preguntó tras un silencio.

–¿Por qué? ¿Acaso crees que tu apellido va a ejercer algún tipo de poder sobre Joe? –Mary sacudió la cabeza con incredulidad–. Sabía que tenías un ego enorme, pero no hasta el punto de creerte un ser supremo.

–No soy tan egocéntrico. Lo que ocurre es que me han dicho que puedo ser muy persuasivo.

–Sí, tu reputación te precede. Estoy segura de que con tu encanto puedes persuadir a cualquier persona para que haga cualquier cosa, pero conozco a Joe, y estoy segura de que no conseguirías nada más que complicar las cosas. Si se sintiera presionado lo que haría sería poner todavía más empeño en separarnos a Becca y a mí.

–Entiendo –respondió Taggart–. Olvídalo.

Mary notó que la apretaba más contra su cuerpo. Sus muslos se rozaron y el corazón le dio un vuelco. Para evitar excitarse más de lo que ya estaba, se mordió el labio con fuerza.

En una de las vueltas que dieron bailando, el rostro de Taggart quedó iluminado por la luna. Mary no podía apartar la mirada de aquellos rasgos perfectos. Por más que lo miraba, no podía encontrarle ningún defecto.

En su rostro se reflejaba la turbación y la compasión. Mary notó que le llegaba muy adentro, y que le resultaba imposible permanecer inmune a su carisma. Volvió a experimentar unos tremendos deseos de sentir el calor de sus besos, y lo apretó más contra ella. Después, levantó la barbilla y entreabrió los labios, provocativa. Aun consciente de que estaba actuando como una estúpida, no pudo evitar hacerlo. Deseaba imperiosamente que la besara, que le hiciera el amor.

Lo vio dudar un momento, como incapaz de dar crédito a lo que estaba sucediendo, pero enseguida empezó a besarla. Al principio, fue un beso tierno como el primero, que todavía estaba muy presente en la memoria de Mary. El sabor y textura de aquel beso no era de este mundo. No tenía nada que ver con lo que un beso egoísta y sin sentimiento debería de ser. Mary sintió que le temblaba el cuerpo y que sus pies no estaban bien asentados en el suelo. Se sintió como flotando en el aire, pero a la vez invadida por una calidez muy especial.

Taggart se dio cuenta de que se había rendido por completo a él y le recorrió los labios con la lengua. Mary se abandonó por completo a la exploración masculina y, deseando más, mucho más, arqueó el cuerpo contra el de Taggart. Al sentir toda la dureza del deseo masculino, un calor intenso le recorrió el cuerpo, llenándola de una imperiosa necesidad por tener a aquel hombre aún más cerca de ella.

Desolada y aterrorizada de que lo que estaba a punto de hacer pudiera causarle algún daño moral, su parte racional le recordó que si aquel hombre estaba allí era porque ella lo había amenazado con que Miz Witty no le incluyera en su testamento. Aquel hombre que tanto deseaba en aquel momento era la misma serpiente avariciosa que había sido antes de llegar a Wittering.

–Si crees que acostarte conmigo va a ayudarte con

Miz Witty, estás muy equivocado –le dijo Mary, de repente, recuperando el sentido común–. Mi opinión sobre ti no va a cambiar. Pero... –admitió claramente– creo que ya has conseguido lo que viniste a buscar, así que... así que no creo que te haga falta acostarte conmigo.

Mary se daba cuenta de que lo que decía sonaba absurdo, teniendo en cuenta quién había iniciado el beso, pero no podía admitirlo. Era demasiado horrible para pensarlo siquiera.

Se separó bruscamente de Taggart, y retrocedió unos pasos hasta apoyarse en la barandilla del porche de espaldas a él.

–Me siento como si me hubieran dado un latigazo –le dijo Taggart con razón tras la súbita brusquedad de las palabras de Mary–. Tú ¿cómo estás?

–Estoy... bien –respondió Mary, que no hacía más que preguntarse cómo había podido haber propiciado lo ocurrido.

Enfadada consigo misma, trató de que su voz y su pulso recobraran la normalidad.

–¿Sabes? Eres muy bueno. Estoy realmente impresionada –consiguió decir.

Se hizo un largo silencio. Tan largo que Mary pensó que Bonner había entrado en la casa. Si lo había hecho, no había cerrado la puerta, porque todavía se oía la música.

–¡Vaya! Estoy deseando saber que es lo que te ha impresionado tanto –dijo él finalmente.

Mary no se volvió. No se atrevía a volver a mirarlo.

–Eres la perfecta representación del nuevo icono masculino. No me extraña que las mujeres no se te resistan.

–Si no te importa, me lo pensaré un poco antes de darte las gracias por tu halago. ¿Podrías explicarme en que consiste ese nuevo icono masculino?

Mary respiró profundamente, como para hacerse con las fuerzas necesarias para hablar.

—Al igual que el hombre de siempre, tiene dinero, estatus y poder, pero, además, posee sensibilidad. Aunque claro, esa sensibilidad tiene que ser real, y muchas veces cuando te miro a los ojos juraría que...

Mary se echó a reír pensando en lo tonta que era. Por supuesto aquella sensibilidad que le había parecido ver en alguna ocasión era fingida, formaba parte de su actuación teatral.

—Supongo que todos los mujeriegos con éxito poseen el don de parecer sensibles, pero he de reconocer que por un momento conseguiste engañarme —le dijo con los dientes apretados—, y no puedo soportarte.

—Pero, me soportas más que a mi abogado, ¿verdad?

Mary no entendió a qué venía aquello, pero no vio motivo para negarlo.

—Pues, aunque parezca increíble, sí —respondió.

—Gracias —respondió Taggart riendo—. Por cierto, ¿existe algún antídoto para ese dardo envenenado que me acabas de lanzar?, o ¿tengo que esperar aquí de pie hasta que todo se me vuelva negro?

—Puedes hacer lo que te parezca. Me trae sin cuidado —respondió Mary, deseando sonar indiferente.

De repente, las luces de un coche que se acercaba a la casa los deslumbraron.

—Quién demonios... —empezó a decir Mary.

—Tal vez sea alguien que olvidó algo en la casa.

—Tiene que ser muy importante para venir a buscarlo a estas horas —respondió Mary.

—Es una suerte que todavía estemos levantados —murmuró Taggart con sorna.

—Es una manera de ver las cosas —le respondió Mary con la misma ironía mientras trataba de ver quién se acercaba en el coche.

Cuando llegó a la puerta de la casa, el conductor aparcó al lado del vehículo de alquiler de Bonner, y salió.

A pesar de haber sido deslumbrada por los faros del coche, Mary distinguió enseguida el sexo de la recién llegada.

–Vaya, vaya –dijo una voz de mujer–. Nunca habría esperado encontrarme este comité de bienvenida a las dos y media de la mañana.

Cuando la desconocida se acercó más a las escaleras del porche, Mary pudo distinguirla: era una mujer alta y delgada de unos treinta años que llevaba un elegante traje claro. Tenía el pelo rubio y corto. Mientras subía las escaleras, saludó con la mano y sonrió a... Bonner. La luna ya la alumbraba lo suficiente como para que pudiera verse lo guapa que era.

Mary se aferró con fuerza a la barandilla. Desconcertada, no supo si quedarse o marcharse a toda prisa. Lo que no entendía era su deseo de hacer ambas cosas.

–¡Bonner, cariño!

La atractiva mujer tendió los brazos como si estuviera segura de que Bonner la fuera a recibir en los suyos.

–¡Sorpresa! ¡Sorpresa!

CAPÍTULO 8

TAGGART no podía dar crédito a sus ojos al ver aparecer a Lee Stanton, una antigua amante que no parecía dispuesta a pertenecer al pasado. Por lo menos, se había acordado de llamarlo Bonner. Se acercó a él y, tras colgarse de su cuello, le dio un beso apasionado en los labios; beso al que Taggart no correspondió.

–Hola Lee, voy a presentarte a Mary O'Mara –dijo señalando a Mary, que por fin estaba mirándolo–, la cuidadora de Miz Witty. Mary, esta es Lee Stanton, una... amiga de Boston.

Mary miró a la recién llegada.

–¿Qué tal, señorita Stanton? –dijo sin sonreír.

Lee no soltó por completo el cuello de Taggart, pero dejó de apretarlo lo suficiente como para girarse un poco y mirar a Mary.

–Oh... Hola.

Taggart estaba seguro de que Lee encontraba a Mary insignificante. Venía de una familia acomodada y el rasgo de su carácter que él soportaba menos eran los aires de superioridad que se daba cuando se dirigía a alguien a quien consideraba inferior. Incluidos los socios más jóvenes del bufete.

–Perdónanos –dijo Lee con una risa muy sugerente–, pero es que hace ya unos cuantos días que no veo a... Bonner.

Taggart miró a Mary, pero su rostro estaba completamente inexpresivo. La vio pasarse la lengua por el labio inferior y una oleada de calor le recorrió todo el cuerpo. No entendía lo que le pasaba. Lee lo besaba, y no sentía nada. Sin embargo se excitaba con solo ver a Mary humedecerse los labios.

–No os preocupéis por mí –dijo Mary con una sonrisa forzada–. Me estoy acostumbrando a ver a las mujeres colgadas de él como si fueran cadenas de oro.

–¿Ah, sí? –preguntó Lee, mirándola con escepticismo.

A Taggart no lo sorprendía que Lee no diera crédito a sus oídos. Llevaban trabajando en la misma empresa siete años, y Lee sabía perfectamente que él trabajaba doce horas al día, lo que le dejaba muy poco tiempo para conocer mujeres, razón principal por la que había empezado a salir con ella. Taggart no había tardado en darse cuenta de que había sido un error, y ahora estaba pagando por ello.

–Vaya, vaya, Bonner. Te dejo solo unos días, y ya te has ligado a todas las chicas solteras de las Montañas Rocosas.

Bonner dejó de mirar a Mary, y miró a Lee con el ceño fruncido.

–No a todas –respondió.

–Dígame, señor Wittering –preguntó Mary–. ¿Tiene la costumbre de besar a todas las mujeres que conoce?

Taggart sintió una punzada en el estómago, sin saber muy bien la razón. Miró con desconfianza a las dos mujeres. Lo hacían sentirse como un delincuente, condenado por un acto delictivo que no había cometido.

–No, no beso a todas las mujeres a las que conozco –se quedó mirando a Mary, pensando que sabía muy bien que él no había iniciado ninguno de los besos que había dado en aquel porche–. En algunos casos son ellas las que me besan primero.

–Mira, Marsha, sé una buena chica, y ve a buscar

las maletas al coche –dijo Lee sin soltar el cuello de Taggart–. Estoy demasiado cansada para hacerlo yo.

Taggart se soltó de su abrazo.

–Yo iré a buscar las maletas. Lee, Mary es la cuidadora de Miz Witty, no la tuya –la tomó por el hombro, y le hizo bajar las escaleras del porche. Quería cruzar unas palabras con ella–. ¿Por qué no vienes tú también?

Lee se echó a reír. Taggart recordó que aquella risa solía excitarlo y, sin embargo, en aquel momento estaba sacándolo de sus casillas.

–Me encanta oírte decir cosas sucias –le susurró al oído, pero Taggart temió que hubiera podido oírlo Mary.

Cuando llegaron al coche, abrieron la puerta del maletero y quedaron fuera de la vista de Mary.

–¿Qué demonios estás haciendo aquí? –le preguntó Taggart–. ¿Y quién se ha quedado a cargo de la empresa?

–No te preocupes, papi –dijo con ironía–. Ya sé que Baxter y Baker tienen cuatrocientos años entre los dos, pero no están muertos. Se pasan de vez en cuando por el bufete, y cuando no lo hacen, ya se sabe que se los puede localizar en el club de golf. Además los niños también pueden encargarse.

Para Lee, todos los miembros del bufete que no fueran socios eran «los niños», y a veces se lo llamaba incluso a la cara. No era la abogada más querida del bufete, pero era muy buena profesional.

–Maldita sea, Lee, ya me resulta bastante difícil seguir adelante con esta farsa sin necesidad de que vengas tú a complicar más las cosas.

Lee le apretó la cintura.

–No te preocupes... Bonner. He estado practicando todo el camino desde el aeropuerto. Además, tenía que venir para que me firmaras unos documentos.

–Vaya, ¿no sabes que existe el Servicio de Mensajería Urgente?

–Muy gracioso. En realidad, pensé que yo también necesitaba unas vacaciones. Las Montañas Rocosas me parecieron un sitio estupendo.

–Pues estabas equivocada.

Lee señaló las maletas.

–¿No vas a ayudarme con ellas? –preguntó.

–No, porque no vas a quedarte.

La expresión de Lee cambió de la novia sonriente a la abogada letal.

–Claro que voy a quedarme. No seas ridículo.

–¿Soy yo el ridículo? –preguntó Taggart asombrado por su falta de sensibilidad–. Te presentas en medio de la noche, sin avisar en la casa de un completo desconocido, y esperas...

–No es culpa mía –se quejó–. Traté de avisarte, pero ¿dónde tienes el teléfono móvil?

–Guardado en un cajón y apagado. Después de la llamada que me hiciste, llegué a la conclusión de que era muy arriesgado llevarlo conmigo. Además, estoy de vacaciones, ¿recuerdas?

–Bueno, pues estoy aquí, y pienso quedarme –le dijo, golpéandolo provocativamente con la cadera–. No necesito una habitación... solo la mitad de tu cama.

–De eso nada, Lee. Se supone que he venido para ocuparme de mi abuela enferma, no para pasármelo en grande contigo en la cama –dijo enfadado, tratando de no gritar–. Puede que no sea mi abuela, pero la aprecio mucho, y no quiero que esta reunión se estropee por tu culpa. No deseo que piense que su querido Bonny no puede mantener la cremallera cerrada durante las dos semanas que va a pasar en casa de su único pariente vivo. ¿Quién sabe si se volverán a ver Bonner y ella antes de que fallezca en el caso de que, finalmente, encarcelen a Bonner? Quiero que guarde un buen recuerdo de las dos últimas semanas que, posiblemente, vayan a pasar juntos.

Lee le rozó el hombro.

—Por el amor de Dios, Taggart, no sabía que estuvieras tomándote tan a pecho esta broma.

—Para mí nunca fue una broma –susurró–. Al principio estaba enfadado por verme metido en esto, pero ahora... –sacudió la cabeza–. Miz Witty es una buena mujer –aseguró–. No quiero hacerle daño, y tampoco darte a ti la oportunidad de que lo hagas. El que hayas venido va a hacer que la farsa resulte más difícil de llevar. Va a ser más fácil que cualquiera de nosotros meta la pata y le rompamos el corazón a esa pobre anciana solitaria.

Lee lo miró con incredulidad.

—Parece como si te importara de verdad.

—¡Demonios Lee! ¿Qué te he estado diciendo?

Lee movió la cabeza como si no pudiera dar crédito a sus oídos.

—Estás diciendo unas cosas muy raras pero, digas lo que digas o sientas lo que sientas, no pienso marcharme. Mi vuelo de regreso a Denver no sale hasta el miércoles que viene. Lo único que puedo prometerte es que voy a portarme bien... –se quedó mirándolo– en público –le tomó la mano, y sonrió–. La verdad es que acabo de conocer otro aspecto de tu personalidad, o tal vez no se trate más que de la manera en que te afecta la pureza del aire de la montaña, pero nunca te he visto tan preocupado por no hacer daño a alguien. La verdad es que lo encuentro muy excitante –le dijo, acariciándose la cara con los nudillos de Taggart.

Taggart se apresuró a soltarse.

—Sí, ya veo lo bien que vas a comportarte.

—Dije en público –le recordó–. Venga, lleva tú las maletas. Le diré a la cuidadora que me lleve a una habitación. Estoy segura de que tienen que tener alguna libre en una casa tan grande.

—¡Maldita sea, Lee! —le dijo Bonner, al que la condescendencia que mostraba hacia Mary estaba sacándolo tan de quicio como su testarudez—. Vuelve a Boston. El que estés aquí no cambia lo que te dije en marzo. ¿Cuántas veces voy a tener que romper contigo? —le preguntó, con la esperanza de que la dureza con la que le estaba hablando le hiciera darse cuenta de que no por haber ido a verlo iban a volver a estar juntos como pareja.

Lee se cruzó de brazos.

—Muy bien —dijo—. Me voy, pero antes no te sorprendas si cuento la verdad de toda esta farsa —amenazó—. ¿He sido lo bastante clara?

A Taggart no lo sorprendió la reacción de Lee, aunque sí lo decepcionó. Era una abogada despiadada, y se comportaba como tal en todas las situaciones. No le quedaba más remedio que tener en cuenta su amenaza, porque no quería hacer daño a Miz Witty por nada del mundo.

También había otra razón, aunque no quería reconocérsela a sí mismo: si se tenía que marchar, dejaría de ver a Mary, y la mera idea le producía incluso dolor físico. Respiró profundamente, tratando de tener bajo control su temperamento y su testarudo corazón.

—Así que estás haciéndome chantaje —le dijo con frialdad.

Lee le sonrió provocativa.

—No le pongas un nombre tan feo, cariño.

—Es el que tiene.

Lee le puso las manos en los hombros, y le acarició la mejilla.

—Ya lo sé, pero no lo llames así —le dijo, y después señaló el equipaje—. Ahora que ya hemos solucionado esto, llévame las maletas.

–¿No te importa que haya dejado claro que no hay nada entre nosotros?

Lee se echó a reír como si Taggart hubiera hablado con ingenuidad.

–Hombres. Todos sois iguales. No os dais cuenta de las cosas hasta que la mujer adecuada os las dice –le respondió, y después le dio un golpecito en la mejilla–. Anda, sé un buen chico y llévame el equipaje.

Taggart la miró con severidad censurando su comportamiento, pero Lee ni se inmutó. Se limitó a tirarle un beso con los dedos.

–Le diré a Magda que me lleve a mi habitación.

–Se llama Mary, Mary O'Mara. No creo que sea un nombre tan difícil de recordar –le dijo con los dientes apretados al tiempo que recogía una de las maletas.

Lee se encaminó hacia la puerta.

–Mary, Magda. ¿A quién le importa?

–A mí –murmuró mientras tomaba la segunda maleta.

De repente, se sintió como un traidor. Había reconocido lo que sentía por Mary, y él no quería sentir tanto por nadie. Recordó cuánto le había costado contener las ganas que tenía de hacerle el amor tras el beso en el porche.

–¡Maldita sea! –murmuró, apoyado en el maletero.

Sentía el corazón dividido en dos. Los recuerdos de su difunta esposa lo asaltaron. Aquellos recuerdos le habían bastado durante los últimos cinco años, y siempre había pensado que le bastarían toda la vida.

–Lo siento, Annalisa –susurró, sintiéndose culpable–. Dime qué debo hacer.

Mientras bajaba las escaleras desde el segundo piso, Mary pensó, un poco deprimida, que la novia de Bonner era muy hermosa y tenía cuerpo de modelo, pero que parecía dura y egoísta.

Oyó que se abría la puerta principal, y vio entrar a la rubia.

–Ah, aquí estás –le dijo Lee–. Necesito una habitación –añadió levantando una ceja–. Bonner piensa que su abuela podría disgustarse si durmiéramos juntos.

Mary se sorprendió al oír que Bonner había insistido en que durmieran separados, y pensó que quizá, después de todo, tuviera un poco de sensibilidad.

–Preferiría una habitación que diera al sur –dijo Lee.

Mary tuvo que contar hasta diez para no decirle una barbaridad y procuró sonreír amablemente.

–Te mostraré la habitación –murmuró, y pasó a su lado para llevarla a la lujosa habitación con baño que habían habilitado sobre el garaje, antigua casa de carruajes–. Si me sigues –le dijo tras abrir la puerta principal.

–¿Está fuera? –preguntó la rubia con tono crítico.

Mary sintió de nuevo la necesidad de decirle algo que no hubiera sonado muy elegante, pero se contuvo.

–La habitación que está sobre el garaje es muy bonita. Es la mejor que tenemos, y tiene orientación sur. Tan solo está a unos pasos de la casa.

Cuando pasaban por el porche vio a Bonner con una maleta en cada mano, que había hecho una parada al pie de las escaleras.

–¿Se alojará en la habitación que está encima del garaje? –preguntó él.

–Sí, es una habitación muy bonita.

–Estoy seguro de que lo es –respondió Bonner–. Lee se encontrará muy cómoda allí, ¿verdad? –dijo preguntándole a la rubia.

–Claro que sí, cariño –dijo Lee, que bajó las escaleras del porche para encontrarse con Bonner.

–El desayuno se sirve en la cocina, que se encuentra... –empezó a decir Mary.

—No te molestes en contarme las normas de la casa. Bonner tendrá tiempo de ponerme al día —dijo la rubia sin quitar los ojos de su alto y guapo acompañante.

—Sí, bueno... —dijo Mary, aclarándose la garganta, nerviosa por la complicidad que la mujer demostraba con Bonner—. Buenas noches.

Ambos parecían perdidos en los ojos del otro, y ninguno le respondió. Mary entró en la casa, cerró la puerta, y ya estaba subiendo las escaleras cuando se dio cuenta de que todavía estaba sonando la música romántica que habían estado bailando. Se apresuró a apagarla, y corrió a su habitación. Cuando se encontró sola, se dejó caer sobre la cama.

—Déjalos que hagan el amor hasta desfallecer. Qué más da —susurró deprimida—. Por favor, lo único que quiero es dormir, y no soñar con... con su beso.

Mary se quedó dormida, pero no durante mucho rato. Despertó con la idea de darse un baño relajante. Al fin y al cabo, no creía que Bonner fuera a regresar pronto. Seguramente estaría muy ocupado «poniendo al día a su amiga». Se tapó la cara con las manos, ante el pensamiento de Bonner haciendo el amor con otra.

Sacó el camisón del armario, y se fue al cuarto de baño. Notó que la luz la molestaba y decidió bañarse con una vela de aroma a lavanda que tenía reservada para cuando estaba muy estresada, como los días en que Joe Lukins rehusaba mantener las promesas que le hacía a Becca.

Se quitó la ropa, se sujetó el pelo en lo alto de la cabeza, y cuando la bañera estuvo llena, se metió dentro. El baño no tardó en oler a lavanda. Mary aspiró profundamente, y después exhaló el aire, tratando de expulsar con él todo el nerviosismo que había sentido aquel día. Se concentró en la respiración hasta que, poco a poco, fue quedándose dormida. Mientras dormía, Mary tuvo un sueño muy raro: un hombre entraba en el baño, y se quedaba contemplándola un rato. Después lo oía decir una palabra que no era muy agradable, y se preguntaba cómo había podido oír una palabra así en aquel silencioso mundo en el que se encontraba en aquel momento.

Todavía medio dormida oía otro ruido, como el del roce de dos metales, y también algo parecido al frufrú de una tela. Bostezó y se movió inquieta, deseando que cesara aquel sonido tan molesto.

Oyó como una puerta se cerraba cuidadosamente, y entonces parpadeó ya más despierta que dormida. Respiró profundamente, y se estiró. Se preguntó cómo habría podido tener un sueño tan curioso, con aquella extraña combinación de sensaciones. Pensó que lo mejor sería que se fuera a la cama mientras se encontrara tan relajada, porque le sería más fácil quedarse dormida. Fue a salir de la bañera, pero entonces se dio cuenta de que la cortina estaba echada, y ella no la había dejado así.

–¡Dios mío! –murmuró–. ¡No ha sido un sueño! Bonner ha estado aquí, y me ha visto desnuda! ¿Cómo se ha atrevido?

Furiosa por la audacia masculina, y totalmente abochornada, gritó:

–Bonner, la próxima vez, podrías llamar a la puerta, ¿no te parece?

Taggart no respondió.

Mary descorrió la cortina, tomó una toalla y se envolvió en ella.

–Muy bien, vamos a arreglar esto –murmuró, demasiado enfadada como para razonar.

Se acercó a la puerta que comunicaba con la habitación de Taggart, y se puso a dar golpes.

–Bonner, ¿me oyes? –gritó, decidida a enfrentarse con él por haber estado mirándola mientras se bañaba–. ¡Respóndeme! ¡Sé que estás ahí!

Bonner abrió la puerta, y Mary dio un paso atrás. Allí estaba, con el pecho descubierto, mirándola desde su impresionante altura. La única luz que había en su habitación era la que daba la luna. Todavía llevaba puestos los pantalones, pero no llevaba zapatos.

–Lo siento –se limitó a decir, tras aclararse la garganta.

–¡Así que lo sientes! –exclamó Mary, al ver que no añadía nada más.

–No me di cuenta de que estabas... Parecía como si durmieras.

–Eso era lo que yo creía –respondió Mary–. Pero mi sueño resultó ser una pesadilla viviente.

–La luz no estaba encendida –dijo Bonner–. ¿Cómo se suponía que debía saber que estabas dentro?

Mary se dio cuenta de que tenía razón. Estaba oscuro y, seguramente, habría pensado que ella se encontraba en la cama. Lo que no entendía era por qué no estaba con la rubia.

–¿Qué hora es? –preguntó.

Bonner pareció sorprendido por el cambio de conversación.

–Las tres y media –dijo tras mirar el reloj–. ¿Por qué?

–Pensé que era mucho más tarde.

Miró a Bonner con desconfianza. Al parecer, había dormido menos de lo que había pensado, y desde luego, él había pasado poco tiempo con su amante, si de verdad lo era.

–O no eres el amante que tienes fama de ser, o no... –no supo muy bien cómo terminar la frase, así que ni lo intentó siquiera–. Da lo mismo.

De repente, recordó que había ido a echarle la bronca por haber entrado en el baño cuando ella se encontraba en la bañera, así que su rostro volvió a recuperar su expresión indignada.

–Lo que había venido a decirte es que... Bueno, puedo entender que pensaras que estaba en la cama y entraras en el baño, pero lo que no tiene excusa es que te quedaras un rato mirando. Eso no puede quedar así.

Taggart la miró con el ceño fruncido.

–¿Y qué piensas hacer? A lo mejor si me dejas ciego, tu orgullo herido dejará de sufrir.

–¡No te atrevas a burlarte de mí!

–Mira, ya te he dicho que lo siento. Ya sé que no sirve como excusa, pero soy un hombre, y cuando un hombre ve a una mujer desnuda, reacciona de una manera primitiva. ¡Claro que miré!

Parecía enfadado, y Mary se preguntó cómo podía permitirse enfadarse cuando la ofendida tenía que ser ella.

–Fue algo involuntario –continuó Bonner–, como parpadear, pero no te miré con lujuria, al menos no con más de la que genéticamente sería normal que te mirara. Me marché lo antes que pude... físicamente.

–¿Así que tu masculinidad es tu única defensa? ¿La has utilizado alguna vez en un juicio? –le preguntó con sorna.

–Yo, personalmente, no –le dijo.

–Bueno, no te preocupes –le aconsejó, mientras se colocaba mejor la toalla, que estaba a punto de caérsele–. Estoy segura de que tendrás oportunidad de hacerlo en el futuro.

–Mira, ya te he pedido perdón. A partir de ahora, llamaré, vea luz o no. ¿Qué más puedo decirte?

Mary no supo qué contestarle. Se preguntó por qué no cerraba la puerta, por qué continuaba allí mirándolo, y sintiéndose tan desgraciada. Tenía la sensación de que se abría, cada vez más, una enorme brecha entre ellos.

–Si no te importa, deja ya la charla, porque me gustaría darme una ducha.

Mary se dio cuenta de que tenía razón. Ya había podido desahogarse, y además los dos estaban enfadados y exhaustos. Lo mejor que podía hacer era irse a su habitación.

–Dame cinco minutos para lavarme los dientes, y el baño será todo tuyo.

–A propósito –dijo Bonner–. No lo hice.

–¿El qué? –preguntó Mary confusa.

–Nada –respondió–. Buenas noches.

Mientras trataba de romper el hechizo que mantenía prendidos sus ojos al musculoso pecho de Bonner, Mary comprendió lo que había querido decirle. Se refería al comentario que había hecho antes sobre el poco tiempo que se había pasado «poniendo al día» a la rubia.

–Ah, ya lo entiendo –le dijo, y se quedó mirándolo desafiante–. Pero, qué otra cosa vas a decir.

Acto seguido, entró en el baño y cerró la puerta de un portazo.

EL SÁBADO por la mañana, Mary estaba sentada en la cocina desayunando, y pensó que no había visto a Lee Stanton en todo el viernes. Al parecer, se había pasado el día encerrada en su habitación con dolor de cabeza.

–¿Quién se cree que es? –preguntó Pauline, sacando a Mary de sus pensamientos–. ¿La reina de Egipto?

Mary miró a Pauline mientras tomaba una cucharada de sus cereales.

–¿Qué ha hecho ahora?

Paulina puso los brazos en jarras.

–Todavía no la conozco, y ya la detesto. Acaba de llamar por la línea interna de la casa, diciendo que llegará dentro de diez minutos, y quiere que le tengamos preparado un bollo integral bajo en calorías, café y un yogur de vainilla desnatado con fresas frescas. ¿Acaso cree que tengo una varita mágica que puede hacer aparecer esas cosas? ¡Esto no es un hotel!

Mary dio un sorbo a su café.

–¿Por qué no le das café, tostada integral y unos cereales de esos que traen fresas deshidratadas dentro? –sugirió.

–De lo que me dan ganas es de darle un puñetazo. Ya sé que es la novia de Bonner, pero me parece una auténtica bruja –Pauline se inclinó sobre Mary, y habló en voz más baja–. Me parece que el señor Wittering podría haber encontrado algo mejor.

Mary sonrió, y movió la cabeza a ambos lados.

–No, el señor Wittering tiene justo lo que se merece. Ni él ni la señorita Stanton son muy humanos, así que no permitas que te disgusten.

—Por algo me estaban pitando los oídos —se oyó la voz de Bonner.

—¡Vaya! —exclamó la cocinera, que se puso roja como un tomate. Mary sintió pena por ella, que parecía horrorizada por lo que Bonner pudiera haber oído. Muy a su pesar, ella también se sentía cortada.

—Yo pensaba que tu estilo de vida daba lugar a tantos cotilleos que las orejas debían de estar pitándote todo el tiempo.

—Señor, Wittering, señor... —empezó a decir Pauline, avergonzada. Ahora lo trataba de usted y, seguramente por influencia de Jed, tenía todos los botones de la blusa abrochados—. Su... amiga, Lee, quiere cosas para desayunar que no tenemos —dijo con tristeza—. Puedo comprárselo para mañana por la mañana, pero...

—No te preocupes, Pauline —le dijo, y se sentó también a la mesa—. Lee comerá lo que hayas preparado. Y, por favor, llámame Bonner.

—Sí, señor... oh... de acuerdo.

El sonido de unos tacones sobre el entarimado atrajo la atención de Mary, y enseguida supo que había llegado la Reina de Egipto. Se volvió hacia la puerta para sonreír educadamente a la recién llegada, pero solo consiguió esbozar una sonrisa forzada.

—Buenos días, señorita Stanton. ¿Está mejor de su dolor de cabeza?

La mujer se acercó a Bonner, le puso las manos en los hombros, y le mordisqueó el lóbulo de la oreja.

—Buenos días, cariño.

—Buenos días, Lee —le dijo tras apartarse de ella y ponerse en pie—. ¿Te encuentras mejor?

—¡Por fin! —exclamó con exageración teatral.

—Me alegro —le dijo, y le apartó la silla que estaba frente a la de Mary—. ¿Te sientas con nosotros?

Lee le acarició la mejilla, y después se sentó.

–Gracias, Bonner.

Lee sonrió misteriosamente, y Mary no entendió por qué Lee había puesto aquel énfasis en decir el nombre de Bonner. Dedujo que debía tratarse de alguna broma entre ellos.

–De nada –le dijo, y Mary no entendió tampoco por qué había notado cierta dureza al decirlo–. Por cierto, Lee, esto no es un hotel, así que o tomas lo que hay para desayunar, o no desayunas. Tú escoges. Te recomiendo las deliciosas galletas de Pauline.

–No me apetecen galletas –dijo Lee–. Tomaré café solamente. No puedo mantenerme delgada si como cosas que engordan.

–Aquí tiene su café, señora –le dijo Pauline e hizo una mueca que solo Mary pudo ver. La joven tuvo que toser para disimular la risa. Después, puso otra taza de café delante de Bonner–. Y aquí tiene el suyo, señor.

–Gracias, Pauline, y recuerda que quiero que me tutees.

–¿Has dormido bien, cariño? –le preguntó Lee.

De repente, Mary se sintió molesta, y no pudo evitar intervenir.

–Bastante bien, querida –dijo, y miró a Lee con toda la inocencia que pudo expresar en su rostro–. ¿O no estabas hablando conmigo?

Bonner se echó a reír. Lee se limitó a mirar a Mary con desdén, y volvió a dirigirse a Bonner, como si la cuidadora no existiera.

–Me sentí fatal por no haber podido estar contigo ayer –le dijo, poniendo su mano sobre la de Bonner–. No había tenido un dolor de cabeza como ese en toda mi vida.

–Debe de haber sido la altitud –dijo Mary, sin importarle que no existiera para Lee.

–Vaya, eres una fuente inagotable de información –le dijo Lee a Mary con cierta irritación–. Dime,

Marty, ¿a ti te entra dolor de cabeza cuando ya no estás a esta altitud? –preguntó con ironía.

–Mi nombre es Mary –le rectificó. Se daba cuenta de que para aquella mujer era solo una pueblerina ignorante, pero no se amilanó–. No tendrás ningún problema cuando te marches. Si es eso lo que estás preguntando.

–¿Cuándo será? –preguntó Pauline, mientras servía el desayuno a Bonner–. ¿Pronto? Con mucho gusto le prepararé unos bocadillos para el viaje.

–Gracias por el desayuno, Pauline. Está delicioso –dijo Bonner–. Respondiendo a tu pregunta, Pauline, creo que Lee me ha dicho que se queda hasta el miércoles. Hablando de irse, estuve hablando con Miz Witty antes del desayuno, y me sugirió que nos fuéramos de picnic esta tarde.

–¡Fantástico! –dijo Lee al tiempo que apretaba la mano de Bonner–. Tu abuela es muy amable al pensar en mí. Y ni siquiera he tenido el placer todavía de conocerla.

–Quiere conocerte –dijo retirando la mano para tomar el azúcar–. Te la presentaré después del desayuno.

–¿Le has dicho quién soy? –preguntó Lee.

–Le he dicho que somos amigos –le respondió Bonner.

Mary no entendía por qué se sentía tan mal porque los dos amantes se fueran de picnic. Sabía que sería mejor para ella no estar encontrándoselos en la casa continuamente.

–Por cierto –intervino Pauline–. ¿Dónde os conocisteis? –preguntó mientras se servía una taza de café.

–Nos conocimos en el trabajo –respondió Lee. Somos los dos...

–Mi abogado y Lee trabajan en el mismo bufete –intervino Bonner, con un tono de voz cortante poco habitual en él.

–Eso es –dijo Lee, riendo–. Bonner pasa mucho tiempo en el bufete.

–Entonces ella es... –empezó a decir Mary, que se había dado cuenta de que Lee no era modelo, sino abogada.

Bonner la miró, y terminó la frase por ella.

–Abogada.

–¿Abogada? –Mary no salía de su asombro. Aquella mujer no era una modelo descerebrada, sino una brillante abogada, y debía de ganar mucho dinero.

–Intenta disimular un poco el desagrado que te produce la profesión, Mary.

–¿Por qué? –preguntó Lee.

–Mary no tiene muy buen concepto de los abogados defensores.

–No de todos –respondió Mary–, tan solo de los que hacen todo lo posible para demostrar que lo blanco es negro, si les pagan bien.

Lee se echó a reír.

–¡Vaya, si las miradas mataran, ya habría caído fulminada! –dijo, y se inclinó hacia Mary–. ¿Sabes una cosa, bonita? Si un día te ves de verdad en dificultades, no creo que ni siquiera tú dudes en contratar a alguien como yo.

–Ya basta, Lee –le advirtió Bonner.

Lee lo miró, y sonrió con dulzura.

–Claro, cariño. Lo que tú digas –dijo, y después miró a Mary con frialdad.

–No creía que un cliente y su abogado pudieran tener... algo –dijo Pauline–. ¿No hay... no sé... algo así como reglas?

–La profesión de abogado tiene muchas reglas –dijo Bonner.

Lee levantó la taza, y miró a Pauline.

–Ya que solo voy a desayunar café, podrías volverme a llenar la taza, bonita –dijo Lee–. En cuanto a las reglas, te diré que Bonner no es cliente mío. Su abogado es Taggart Lancaster –sonrió a Bonner antes de continuar–. Taggart es el único abogado del bufete, además de mí, que tiene talento.

Mary vio que el comentario que acababa de hacer Lee no había gustado a Bonner, y no comprendió por qué habría de molestarse porque hablaran de su abogado. Estaba a punto de preguntar, cuando Bonner se dirigió a ella.

—Por cierto, Mary. Miz Witty quiere que tú nos acompañes en el picnic. Cree que has estado trabajando mucho últimamente y necesitas un descanso. Naturalmente, he aceptado por ti —dijo cuando ya Mary estaba a punto de rechazar la invitación.

Bonner se levantó de la mesa, y tendió la mano a Lee.

—Vamos, voy a llevarte a conocer a Miz Witty.

Se marcharon antes de que Mary pudiera decir palabra.

—Oh, Pauline —se lamentó cuando se quedaron solas—. ¿Qué podría hacer para no ir al picnic? Ellos no desean que vaya, y yo no quiero estar de carabina.

Pauline se echó a reír, y se sentó al lado de Mary.

—Si quieres, puedo dejar mi mayonesa casera en el alféizar de la ventana cuando esté dando el sol para que estropee. Después me voy corriendo a la tienda a comprar yogurt de vainilla con fresas; le echo un poco de la mayonesa en mal estado, y ya está: nuestra rubia abogada se pondrá enferma. ¿Qué te parece?

Mary no pudo seguir desayunando.

—Gracias por tu ofrecimiento, pero no —dijo con un suspiro—. ¿Qué voy a hacer?

—Vas a ir.

—¡Pero si además de que yo no quiero ir, ellos tampoco quieren que vaya!

—Ya, pero Miz Witty, sí, y la del dolor de cabeza no, así que me parecen suficientes razones para ir.

—Bonner, tampoco quiere.

Pauline bebió un sorbo de café, pensativa.

—A decir verdad, tengo la sensación de que él sí quiere que vayas, ¿No te lo ha parecido a ti?

Mary pensó que, ojalá, Pauline tuviera razón, pero sabía que no podía hacerse ilusiones.

–No... esto es una locura. Pondré... una excusa.

Durante la excursión, Mary avanzaba con soltura por el bosque siempre unos metros por delante de ellos. Lee, sin embargo, andaba con dificultad, agarrada a Taggart. La abogada había tenido que pedir prestadas las botas de senderismo, y había debido ponerse dos pares de calcetines para llenarlas y, tras muchas protestas, unos vaqueros de Mary. Como la cuidadora era más baja que ella, los pantalones le quedaban muy cortos y, según Lee, tan anchos como los de un payaso. Además, llevaba puesto un jersey rojo, la única prenda apropiada para senderismo que había metido en sus dos maletas. Al verla respirar con tanta dificultad, Taggart estaba empezando a dudar que pudiera llegar a la pradera adonde se dirigían.

–¿Falta... falta mucho? –preguntó Lee entre jadeos.

–Unos quinientos metros –le respondió Taggart a quien, en el fondo, lo divertía verla tan cansada.

Se preguntó cómo podía encontrar nada divertido después de ver a Mary tan enfadada por ir con ellos. No sabía qué le habría dicho Miz Witty, pero Mary había accedido a participar en la excursión, aunque de muy mala gana.

También había insistido en llevar el cesto de la merienda, lo cual había beneficiado a Taggart, que ya tenía bastante con cargar con la rubia.

–¡Qui... quinientos... metros, todavía! –se lamentó Lee.

–Creía que estabas encantada de ir de picnic.

–Y lo estaba, cuando... creía que... se trataba de... ir a un parquecito... del pueblo.

–¡Cómo va a ir la gente de picnic a un parque del pueblo en las Montañas Rocosas!

–¡Bueno, lo que no me esperaba de ninguna manera era que viniera una tercera persona!

–¡Lee! –le dijo Bonner, pidiéndole que no elevara la voz.

–Ni... tampoco... que iría vestida como... una pobretona.

–Estás bien –le respondió Bonner, que no quitaba los ojos del contoneo de Mary mientras ascendía.

–Gracias, cariño –le dijo Lee, sujetándose aún más a su brazo–. Siempre sabes lo que tienes que decir en cada momento.

–Gracias –le respondió Bonner, que estaba centrado en Mary, y no había prestado atención a sus palabras.

–¿Por qué no me llevas a caballito? –le preguntó provocativa.

–Porque no quiero morir de un ataque al corazón.

–Pues no peso tanto para mi altura –insistió Lee, tratando de que se compadeciera de ella.

–Ya casi hemos llegado –respondió Bonner–. Además, pensaba que te pasabas todas las mañanas una hora en el gimnasio sobre la bicicleta estática.

–Pero... en Boston... hay aire.

–¡Deja de quejarte, Stanton! –dijo Taggart, e indicó a Mary–. Mira, ella lleva un montón de peso en esa cesta, y no se queja.

Lee miró a Mary con inquina.

–Ojalá no la hubiera conocido –dijo, y entrelazó sus dedos con los de la mano que le sujetaba la cintura–. ¿Por qué... insististe tanto en que viniera?

Bonner miró a Mary y, al ver cómo se contoneaba con naturalidad mientras iba andando, cómo se movían sus cabellos negros, pensó en lo hermosa que era, a la par que amable, vulnerable, fuerte y cariñosa con los demás. Mary era todo lo que pensó que no volvería a encontrar en ninguna mujer tras la muerte de Annalisa.

–Porque... –dijo con una sonrisa melancólica– la amo.

CAPÍTULO 10

TÚ, ¿QUÉ? –preguntó Lee, deteniéndose bruscamente.

Taggart se quedó mirando a Mary, que seguía avanzando. Estaba sorprendido de la facilidad con que había dicho aquellas palabras, como si su amor por Mary formara parte de él tanto como sus propios ojos. Tras la muerte de Annalisa, nunca habría creído poder volver a declarar sus sentimientos amorosos por una mujer.

Olió el perfume a vainilla, y pensó que la pradera debía de estar ya cerca.

–Ya me has oído –dijo, mirando a su antigua amante.

–Vamos, cariño –respondió Lee con una risa sarcástica, que expresaba toda su incredulidad–. ¿Vas a decirme que te has enamorado de ella? ¿De la ignorante cuidadora de tu abuela? Venga, ni siquiera tiene gracia, Tag.

Taggart dejó de sujetarla por la cintura.

–Ya sé que no tiene gracia –dijo Taggart con frialdad–. Para mí es un infierno. Piensa que soy Bonner Wittering, un hombre al que detesta. La única persona a la que aborrece más es a su abogado –dijo con sarcasmo.

Lee se quedó mirándolo con los brazos en jarras.

–¿A su abogado?

–Sí –respondió Taggart, mirando al suelo.

La risa de Lee retumbó por todo el bosque.

–Vamos a ver si me entero –dijo la abogada, toda-

vía riendo–. Tú la amas, pero ella detesta al hombre al
que piensa que tú representas. Y la única persona a la
que odia más es a... «ti». Desde luego, la situación no
puede ser más graciosa.

Taggart frunció el ceño, y la miró con desagrado.

–Eres una bruja sin corazón, Lee –le dijo.

–Mira las cosas con sentido común, Taggart. La
cuidadora y tú no tenéis nada en común. Ella es de
campo, tú de ciudad. Seguramente habrá dejado los estudios muy pronto, tú estás licenciado en Derecho por
Harvard. Solo es gentuza, tú...

–¡Basta! –dijo Taggart–. Cuando una persona está
enamorada, las diferencias no importan. Ni siquiera
me preocuparía que no supiera escribir su nombre. La
amo. Lo malo es que, a causa de esta farsa, sé que
nunca podré hablarle de mis sentimientos.

–Por lo menos en lo que concierne a ese punto estás
hablando con lógica –apuntó Lee, y volvió a agarrarse
a Bonner–. Vamos de picnic, empiezo a estar mucho
mejor.

–Aunque Mary no sienta nada por mí, eso no cambia el hecho de que no te ame, Lee.

–Deja eso ahora –dijo Lee, apretándose a Taggart–.
Cuando lleguemos a Boston, ya tendremos tiempo de
hablar de lo que constituye un buen matrimonio.

Taggart no respondió. No estaba de humor para
discutir con Lee. Además, lo que ella pensara no cam-
biaría nada. Más tarde o más temprano, tendría que
afrontar el hecho de que su relación de pareja había
terminado.

Más allá de los árboles, se veía la pradera y el riachuelo que la atravesaba brillando bajo el sol. Al otro lado
del agua, Mary había extendido la manta sobre un lecho
de hermosas flores violetas que cubrían toda la pradera.

–Bien, ahí está Matilda preparándolo todo para
cuando lleguemos –dijo con una sonrisa de satisfac-

ción–. Tal vez haya sido mejor, después de todo, traer a una sirvienta para que se encargue de traer la comida y poner la mesa.

–¡Stanton! –murmuró Taggart–, si la vuelves a llamar por otro nombre que no sea Mary, te tiro por un precipicio.

Lee se echó a reír.

–Oh, me encantas cuando te pones tan macho, Tag.

–Y, si me vuelves a llamar por otro nombre que no sea Bonner, te...

–¡Para, para! Si me vuelves a dar una sola orden más, no podré contenerme y me abalanzaré sobre ti delante de Dios... Mary, y todos los demás animales salvajes que haya por aquí que no hayan muerto todavía por falta de oxígeno. Ya sabes cómo me excita que te enfades...

Mary trató de no prestar atención al hecho de que la pareja viniera abrazada, pero no pudo evitar sentirse como un pobre lacayo invisible, traído por sus señores para servirles la comida.

Respiró profundamente para tratar de calmarse, y empezó a colocar sobre el mantel toda los alimentos que había preparado Pauline, conocida en el pueblo por sus fantásticas meriendas. A pesar de ello, Mary tenía el estómago tan revuelto que no creía que pudiera probar bocado.

–¡Hola! ¡Hola! –dijo Lee al llegar con una sonrisa.

Mary se preguntó qué le habría pasado por el camino para que su humor hubiera cambiado totalmente. Mary no quiso ponerse a pensar qué podría haber sido. La pareja se había quedado tan atrás, que les había dado tiempo a...

Trató de pensar en otra cosa. De lo contrario sabía que su humor no haría más que empeorar.

–Qué amable eres al tenerlo todo preparado para nosotros –dijo Lee, que se sentó sobre la manta–. No puedo entender cómo los habitantes de estas tierras soportáis un aire tan puro. Debéis de ser todos medio cabras de montaña.

Mary no creyó que lo de cabra fuera un cumplido, pero trató de no darse por aludida.

–Si no os importa, creo que me volveré a casa. Me duele mucho la cabeza –afirmó Mary.

–No seas tonta, y siéntate –le dijo Lee–. No voy a consentir que después de haber cargado todo el camino con la cesta, no vayas a probar esta deliciosa comida.

Mary se quedó muy sorprendida al oír a Lee alabar la comida de Pauline, que no se caracterizaba por ser ligera precisamente. De hecho la cocinera había bromeado diciendo que esperaba que a la rubia no le gustara nada de lo que había preparado, y que tuviera que alimentarse de bayas y beber del riachuelo.

–Por favor, Mary –intervino Bonner–. Quédate.

Mary pensó que aquel hombre tenía la habilidad de fingir muy bien la sinceridad. Pero no debía dejarse engañar. Había acudido a su llamada porque lo había amenazado con que su abuela pensaba cambiar el testamento. Si le estaba pidiendo que se quedara era solo porque sabía lo bien que ella se llevaba con Miz Witty.

Se preguntó por qué la anciana habría insistido tanto en que fuera a aquel picnic. Solo por ella, Mary decidió quedarse.

–De acuerdo, me quedaré un rato –dijo, y al ver la extraña sonrisa de Lee, no pudo evitar sentir aprensión.

–¡Excelente! –exclamó Lee–. Así, nos podremos conocer mejor la una a la otra.

Mary pensó que nada le podría apetecer menos en este mundo, pero no dijo nada.

–Anda, siéntate –le pidió Lee a Bonner–. De lo contrario a Mary y a mí nos dolerá el cuello de tanto mirar hacia arriba.

Mary lo vio sentarse frente a ella, pero se concentró en sacar los cubiertos y los platos de la cesta.

El único que comió bien fue Bonner; Lee y Mary apenas probaron la comida.

Cuando terminaron, Lee y Bonner iniciaron una conversación en la que trataron de hacer intervenir a Mary, pero al ver que solo contestaba con monosílabos, terminaron por no dirigirse a ella, que era, precisamente, lo que deseaba Mary.

–¿Qué estás mirando, Bonner? –preguntó Lee.

–Un alce pastando –dijo mirando primero a Mary y luego a Lee.

Aunque había sido una mirada breve, Mary sintió que se le cortaba la respiración. Se preguntó cuánto tiempo más podría seguir luchando contra esa atracción, antes de caer exhausta.

–¿De verdad hay un alce? –preguntó Lee, mirando en la dirección que había señalado Bonner–. Si quieres ir a verlo de cerca, no te preocupes por nosotras. Estaremos aquí cuando regreses.

Bonner la miró con desconfianza, tratando de adivinar los motivos que la llevaban a incitarlo a marcharse.

–Me da igual, no te preocupes.

–¡Venga! –le dijo, tirándole una de las tazas de plástico–. Ve a espiar la vida salvaje. Estaremos bien.

–Vas a portarte bien, ¿verdad? –advirtió Bonner a Lee.

Lee le pellizcó la mejilla.

–Te lo prometo, cariño.

Mary no entendió lo que había querido decir Bonner con su advertencia. Antes de irse, lo miró con hostilidad.

–Si temes que pueda contarme tus defectos, no te preocupes. La opinión que tengo sobre ti está muy bien cimentada. Nada de lo que me diga ella podrá hacerme pensar todavía peor de ti.

Bonner dejó la taza de plástico junto a las otras, y miró a Mary con preocupación.

—Gracias por tranquilizarme —dijo, sin dejar de mirarla—. Entonces, si me perdonáis...

—Personalmente —dijo Mary—, estoy deseando que te marches.

En cierto modo era verdad. Mary no podía soportar más verlo cerca de la que creía su amante mientras recordaba la dulzura de sus besos.

Bonner echó a andar hasta donde estaba el alce. Por suerte, Mary se encontraba de espaldas al animal, así que no tuvo que seguir mirando al hombre que tanto perturbaba su corazón.

—Bien —dijo Lee, echándose hacia atrás, apoyada en las manos—. Por fin solas.

Mary miró a la rubia, desconcertada por toda la hostilidad que reflejaba su tono de voz. La sonrisa que había lucido durante toda la comida había, abandonado sus labios de repente.

—Te gusta mucho, ¿verdad? —le preguntó Lee.

Mary frunció el ceño, sin dar crédito a sus oídos.

—¿Cómo dices?

—No disimules —insistió Lee—. Estás loca por Bonner Wittering.

Mary se ruborizó, sorprendida por aquella afirmación hecha sin rodeos. Por un momento, sintió que había perdido el habla.

—Pero ¿qué dices? Claro que no —dijo cuando, por fin, consiguió hablar—. Trabajo para su abuela, y no quiero que le haga daño. Mis sentimientos hacia el señor Wittering dependen totalmente de cómo se porte con Miz Witty —afirmó, deseando con todas sus fuerzas que aquella mentira fuera verdad.

Lee la miró con escepticismo.

—Mira, enfermerita, si te tuviera en la tribuna de los acusados, haría pedacitos ese cuento de hadas en treinta segundos.

—¿Qué está tratando de decirme, señorita Stanton? —preguntó Mary, ofendida porque la estuvieran tratando como a una mentirosa, aunque fuera verdad.

Lee miró en dirección de Bonner.

—Nada, solo advertirte de que no tengas unas miras tan altas, pueblerina. Me imagino lo que una persona como tú debe de sentir cuando conoce a un hombre como Bonner. Entiendo que veas en él un modo de mejorar tu vida, pero en lo que respecta a Ta... Bonner Wittering, no vas a conseguir nada. Para que lo sepas, Bonner y yo somos... —calló un momento, y miró a Mary con aires de superioridad—. Digamos que está ya pillado —dijo, y le dio un golpecito a Mary en la rodilla con condescendencia—. Estoy segura de que un día encontrarás a un fornido leñador, y seréis felices en las montañas, criando vuestra prole de futuros leñadores. Espero que no te ofendas, pero simplemente Bonner y tú no pertenecéis a la misma liga.

Mary miró a aquella mujer tan orgullosa de sí misma. Estuvo segura de que ella siempre había sabido en qué liga jugaba. Pero solo porque hubiera nacido en una familia acomodada, y no hubiera tenido que vestir ropas que dejaban otros, como ella, no le daba derecho a ser sarcástica y a tratarla con condescendencia. No tenía derecho a decirle de quién se tenía que enamorar.

—Lo primero, señorita Stanton, quite la mano de mi rodilla —le dijo, y Lee se apresuró a quitarla como si se hubiera quemado—. En segundo lugar, no querría a Bonner Wittering ni aunque me lo regalaran, porque lo encuentro detestable. ¿De donde ha sacado esa idea de que siento algo más por él que desagrado?

—Me lo dijo él, por supuesto. Cuando subíamos por el camino, me dijo lo loca que estabas por él, y lo violento que le resultaba. Le pareces muy graciosa, así que lo único que quería hacer era ayudarte, querida –le dijo, enarcando una ceja–. Ya sabes, de mujer a mujer. No quiero que te hagan daño.

Mary se sintió humillada. No hacía más que preguntarse si tan mal se le daba disimular la atracción que sentía por Bonner, o si tal vez se tratara del estúpido beso que le había dado. Fuera lo que fuera, sabía lo que sentía por él, y había estado riéndose de ella todo el tiempo.

Mary trató de que no se le notara el torbellino de emociones que pasaba por su cabeza, y se puso de pie, aunque sentía que le temblaban las piernas.

–Aprecio tu... preocupación, Lee –dijo con dignidad–, pero... es innecesaria. Detesto al señor Wittering más que a nadie en el mundo –afirmó y echó a andar hacia el riachuelo–. ¡Puedes decírselo a él con estas mismas palabras!

EL MARTES veintinueve de julio, Taggart se enteró en la cocina por Ruby y Pauline que era el Día del Fundador, una fiesta local. No se había enterado hasta entonces, pero no era de extrañar porque, desde el día del picnic, no lo había preocupado nada que no tuviera que ver con Mary.

Cuando había regresado a la pradera, tras haberse pasado quince minutos observando a la familia de alces, se había encontrado a Lee sola y con una sonrisa misteriosa en los labios. Le había jurado que no había dicho nada a Mary sobre su declaración de amor, no la había llamado Mirthy, ni la había insultado de ninguna manera. Lee había insistido en que Mary le había dicho que tenía mucho trabajo, y se había marchado. Sin embargo Taggart sabía que algo había pasado. Lee tenía una mente tortuosa, y solo Dios sabía lo que podía tramar simplemente para divertirse.

La siguiente vez que Taggart vio a Mary, su mirada le hizo darse cuenta de que lo odiaba más que nunca. Le dolía no albergar ninguna esperanza de conseguir su amor, pero no le quedaba más remedio que ocultar su pena. Había hecho una promesa a Bonner, y debía cumplirla. Además apreciaba mucho a Miz Witty y por nada del mundo le rompería el corazón.

Mary tenía el día libre y estaba con Becca, así que Taggart se ofreció a llevar a Miz Witty hasta el pueblo para disfrutar de las celebraciones que estaban llevándose a cabo. Taggart disfrutaba del aprecio que le manifestaba la anciana y, por otra parte, de aquella manera no tendría que soportar solo la agobiante presencia de Lee. La joven abogada era muy agradable con Miz Witty, pero Taggart sabía perfectamente que no soportaba a la anciana. Miz Witty parecía mostrar simpatía por la supuesta novia de su nieto, pero Taggart tenía la sensación de que no le caía demasiado bien. De manera que ninguno de los tres parecía estar expresando por completo sus verdaderos sentimientos.

Taggart estaba sorprendido del cariño que había tomado a Miz Witty, debido, tal vez, a que aparte de su esposa Annalisa nadie le había mostrado nunca tanto afecto. No había conocido a sus abuelos, y había perdido a sus padres siendo muy niño.

Pero él no era el único que apreciaba a Miz Witty en aquel pueblo porque, a medida que iban recorriendo las calles engalanadas para la fiesta, la gente no paraba de saludar a la anciana con cariño.

Taggart oyó una voz conocida, y cuando se volvió vio a Pauline sonriéndole desde la cabina de los besos.

–Venga por aquí, señor Wittering –le dijo, haciéndole una seña con la mano–. Es para una buena causa. Un beso, un dólar. No valen manos ni lenguas. Vamos, ayude a comprar ordenadores nuevos para los niños de la escuela de Wittering.

–Vamos, Bonny –le dijo Miz Witty, y le acarició la mano que reposaba sobre la silla de ruedas–. Después podemos ir a buscar la otra cabina de los besos para Lee y para mí.

–¿Pero hay otra cabina de los besos? –preguntó Taggart con una sonrisa.

–Claro que sí –respondió la anciana–. Ya sé que hace mucho tiempo que no vienes, pero Wittering se ha hecho muy progresista. Desde hace ya cinco años, tenemos también cabinas de los besos para mujeres el día de la fiesta.

—¡Pues sí que se ha hecho progresista este pueblo! —exclamó Taggart riendo. Después sacó un billete de cinco dólares del bolsillo y se acercó a Pauline—. Aquí tienes.

Pauline lo tomó y se echó a reír.

—¡Vaya, esto vale por cinco besos!

Metió el dinero en una caja de metal que había sobre el mostrador y frunció los labios, presentándoselos a Taggart.

Taggart se inclinó sobre el tabique de la cabina, y dio los besos a Pauline en la mejilla. Después se apartó, y sonrió.

—Da cierto reparo besar a una chica delante de su novio —bromeó señalando a Jed, que estaba al lado de Pauline—. Es un hombre bastante fornido.

Jed sonrió tímidamente, pero no dijo nada.

—Tienes razón —intervino Pauline—. De todos modos su novia abogada también parece de cuidado.

Taggart rió divertido. Se lo estaba pasando bien por primera vez desde el picnic. Había estado mirándola de reojo y sabía, sin embargo, que Lee no encontraba divertida la situación.

—No te preocupes, es alta, pero no pesa nada —dijo Taggart—. Me lo ha dicho ella misma.

—Muy gracioso —intervino Lee con los labios apretados—. ¿Dónde está esa otra cabina de los besos? —preguntó a Jed, que se limitó a señalársela con un gesto de la cabeza—. Gracias —dijo Lee con sarcasmo—. Está claro que este chico es de pocas palabras.

Tomó a Taggart por el brazo mientras este avanzaba por el recinto ferial muerto de risa.

—¿No podríamos llevarla ya a casa, y quedarnos solos? —susurró Lee.

—La llevaré a casa cuando ella me lo pida —dijo Taggart con sequedad.

—Oh, por favor... —insistió Lee al oído de Taggart.

–Stanton –murmuró él con impaciencia–. Nadie te pidió que vinieras.

–Mirad –dijo, de repente, Miz Witty–. Ahí están Mary y Becca. ¡Mary! –la llamó–. ¡Mary O'Mara!

Taggart las divisó entre la multitud. Estaban en un banco. Becca estaba sentada en el regazo de Mary, y se abrazaba al cuello de su hermana mayor. Sonreía mientras hablaba, y Mary no paraba de acariciarle el pelo con gesto maternal.

Como había mucho ruido a su alrededor, ninguna de las dos pudo oír la llamada de Miz Witty.

–Será mejor que no las molestemos –dijo Miz Witty a Taggart–. Las pobres pueden pasar tan poco tiempo juntas, y parecen tan felices.

Taggart las miró con envidia. Le hubiera gustado que Mary lo mirara con la misma ternura, que le dedicara las sonrisas que estaba dedicando a Becca.

De repente, un hombre de unos cincuenta años apareció por detrás de ellas, y dijo algo que las sobresaltó a las dos. Llevaba barba de varios días; vestía una camiseta negra con el nombre de una banda de rock duro en rojo y lucía un enorme tatuaje desde la muñeca al codo en el brazo izquierdo. Parecía enfadado, gritó algo y tomó a Becca por la muñeca.

Mary se puso de pie. Llevaba a la niña en brazos, pero el hombre no le soltó la muñeca.

–¿Quién es ese hombre que está con Becca y su hermana? –preguntó Taggart.

–Es Joe Lukins –dijo Miz Witty con tristeza–. El padre de Becca.

El hombre separó a la niña de Mary, y la pequeña se echó a llorar. Mary dijo algo al hombre, y por su forma de hablar lo hizo con rabia, pero él la rechazó con un gesto. Mary intentó agarrarlo por la muñeca, pero Joe se soltó con violencia, y echó a andar con la niña.

–¡Oh, no! Ese bárbaro prometió que dejaría que la

niña se quedara con su hermana toda la tarde, y no son más que las tres –dijo Miz Witty, tras mirar su reloj de pulsera.

–¡Ese bastardo! –dijo Taggart, y soltó la silla de ruedas de la anciana para acudir en ayuda de Mary, que iba detrás del hombre rogándole que le dejara a la niña.

–¡Quieto ahí, valiente! –le dijo Lee–. ¿Dónde te crees que vas?

Taggart la miró con hostilidad.

–Ese bastardo no puede hacer eso.

–Si es el padre de la niña puede hacer lo que le venga en gana –dijo Lee, enarcando una ceja–. Soy abogada, y lo sé muy bien.

Taggart apretó los dientes, deseando que Lee no tuviera razón. Se quedó mirando a Mary, que para entonces ya no perseguía a Joe Lukins, ni tampoco Becca tendía las manos hacia su hermana, sino que se tapaba la cara llorosa.

La escena era muy dura, pero Taggart sabía que Lee tenía razón. De haber intervenido, Joe Lukins podía haber llamado a la policía, y Taggart habría tenido problemas con la ley. Sabía que no podía permitírselo, o corría el riesgo de que se descubriera su verdadera personalidad.

El hombre llegó a una camioneta y, sin hacer caso del llanto de su hija, abrió la puerta del copiloto, y la dejó en brazos de una pelirroja desaliñada.

–¿Quién es esa mujer? –preguntó Taggart.

–Supongo que la última novia de Joe. Pobre Mary y pobre Becca –dijo Miz Witty apretando con rabia los brazos de su silla de ruedas–. Ese hombre no se merece a esa niña.

Joe cerró de golpe la puerta del copiloto, y entró en la camioneta por la del conductor. Un minuto más tarde, el vehículo desaparecía calle abajo.

—Vamos, Bonny —le dijo, acariciándole el brazo—. Ya sé que es una situación muy triste, pero es su padre, y no podemos hacer nada. Me encantaría ir a consolar a Mary, pero sé que prefiere quedarse a solas hasta que se encuentra mejor.

Taggart no podía dejar de mirar a Mary. Estaba de espaldas a ellos, y la brisa movía su melena. Tenía la cabeza baja y una mano puesta en la boca. Aunque se encontraba bastante lejos, a Taggart le dio la sensación de que temblaba.

A Mary la agobiaba la idea de tener que ir al baile del Día del Fundador, después del disgusto que se había llevado por la partida precipitada de Becca. Sin embargo, Miz Witty había insistido tanto que no le había quedado más remedio que asistir. Al fin y al cabo, el Día del Fundador era una fiesta muy importante para la anciana ya que, exceptuando a Bonner, era la única descendiente viva del fundador de Wittering.

Mary nunca había asistido al baile hasta que no había empezado a trabajar para Miz Witty porque, antes de ganar un salario todos los meses, había tenido que conformarse con ropa de segunda mano y no había podido comprarse un vestido de fiesta.

Una vez en el baile, Mary esbozó su mejor sonrisa y bailo con todos los que se lo pidieron, haciendo un tremendo esfuerzo para no buscar con los ojos, la mente o el corazón a Bonner Wittering.

No era tarea fácil, ya que se podía decir que Lee brillaba, y se la veía desde lejos. Llevaba puesta una camisa blanca, en la que todos los botones eran de cristal, lo que unido a unos hermosos pendientes de diamantes que lucía en sus orejas hacía que cada vez que se movía emitiera destellos. La falda negra que llevaba puesta se ajustaba a su cuerpo como un guante.

Era una de esas creaciones que solo las modelos podían ponerse, pero a Lee le sentaba de maravilla. Era tan alta, tan delgada, tan sofisticada, tan educada. Cada vez que Mary, con su vestido rosa, comprado por catálogo, miraba a la abogada, se sentía un poco más anticuada, gorda y aburrida.

Tras uno de los bailes, Mary se acercó a la mesa donde se servía el ponche. Estaba nerviosa, así que se dedicó a enderezar los vasos. Empezó otra melodía romántica. Cuando se aseguró de que su última pareja de baile se había perdido entre la multitud, dio un paso atrás, y chocó con alguien.

—Oh, perdone. Debería haberme fijado... —fue a decir, pero al darse la vuelta, descubrió que era Bonner Wittering, y se le heló la sonrisa en los labios.

—No pasa nada, señorita O'Mara —le dijo con suavidad—. Ya me han pisado muchas veces esta noche —añadió, y le tendió la mano—. Iba a pedirte que bailaras conmigo. Si quieres puedes pisarme las veces que te dé la gana en la pista de baile. Tengo la sensación de que te encantará.

Mary pensó que no se equivocaba, pero no fue capaz de articular palabra. Antes de que pudiera darse cuenta, Bonner ya la había tomado en sus brazos y, muy juntos, ambos se dejaban mecer por la suave melodía.

Mary pensó que Bonner estaba guapísimo, y olía de maravilla. Le hubiera encantado hundir la nariz en su cuello y olvidarse de todo, pero se reprimió.

—Estás muy guapa esta noche —susurró Bonner, sacándola de la nube en que se encontraba.

Bonner no sonreía, sino que se limitaba a dedicarle una de aquellas miradas en apariencia tan sinceras. Mary pensó que tenía que tratar de que no la afectara.

—Preferiría no hablar, si no te importa —le dijo ella.

—Por supuesto —le respondió Bonner, frunciendo el ceño.

Siguieron bailando. Mary se concentró en la camisa masculina para no mirarlo a la cara, pero se dio cuenta de que él si la estaba mirando. Sintió los ojos de Bonner en el pelo, el rostro, el cuello, en sus hombros desnudos. El tiempo parecía haberse detenido, pero ellos seguían bailando. Mary cerró los ojos, y pensó en cuánto le gustaría estar toda la vida en los brazos de aquel hombre, si no fuera un mujeriego y una desconsiderada serpiente. Le hubiera gustado que fuera simplemente uno más de los Wittering, un hombre sincero como la mayoría de ellos.

—Siento lo ocurrido con Becca esta tarde —le dijo.

Mary se sobresaltó tanto al oírlo que se olvidó de que le había pedido que no hablaran.

—¿Cómo sabes lo que ha pasado?

—Te vimos —le dijo mirándola con comprensión—. ¿Has probado a conseguir la custodia en los tribunales?

—¿Yo? —negó con la cabeza—. Yo no, pero Joe, sí.

—¿Cómo?

—Me madre dejó escrito en el testamento que quería que yo tuviera a Becca parte del año, pero como Joe no estaba de acuerdo me llevó a los tribunales. El juez dictaminó que yo tendría a Becca la primera quincena de agosto, para el cumpleaños de la niña, y una Navidad de cada dos —dijo Mary, y trató de contener las lágrimas que acudían a sus ojos—. También quedó dicho que Joe no podría cambiar de domicilio sin comunicármelo primero. El dictamen del juez puso furioso a Joe, y todavía se empeñó más en que no estuviéramos juntas. Cancela nuestros planes en el último momento, o como hoy, se la lleva antes de lo acordado.

Mary se enjugó una lágrima, y se sintió avergonzada de estar llorando.

—Por muy miserable que sea Joe, es el padre de Becca. Los jueces no les quitan la custodia a los padres, a no ser que hagan algo muy grave. El viernes es uno de agosto, y la voy a tener durante dos semanas completas. Gracias a Dios que ese miserable no puede hacer nada para estropearlo.

Bonner se quedó callado el suficiente tiempo como para que Mary volviera a sentir una intensa atracción por él. Lamentó haberle dicho que no quería que hablaran. Por lo menos hablando distraía su mente de lo guapo que estaba, lo bien que olía y la manera tan sensual que tenía de bailar.

–¿Y bien? –preguntó, incómoda por tanto silencio.

Necesitaba hablar de cualquier cosa, aunque fuera de un tema tan desagradable como Joe Lukins. Si no se ponían pronto a hablar, Mary temía que la atracción se hiciera tan imperiosa, que terminara por volverlo a besar.

–¿Y bien, qué? –susurró Bonner, acariciándole la mejilla con su aliento.

Mary sintió que le fallaban las piernas.

–¿No tienes nada qué decirme? –preguntó Mary.

Bonner la miró fijamente con sus increíbles ojos color tierra, pero no dijo nada. Después de un momento, que a Mary le pareció interminable, movió la cabeza de un lado a otro, como si lamentara algo.

–No, Mary –murmuró–. No puedo decirte nada.

CAPÍTULO 12

TAGGART se sentó en el borde de la cama. Nervioso, miró el reloj. Eran casi las ocho, así que Lee debía de estar terminando de desayunar. Dentro de unos minutos tenía que marcharse a Denver para tomar el avión de las doce a Boston. Había pensado bajar a despedirse, pero no estaba dispuesto a pasar con ella ni un minuto más de lo indispensable.

De repente, alguien llamó a la puerta y lo sacó de sus pensamientos.

—¿Sí?

—Soy yo, cariño.

Taggart se sintió molesto al oír la voz de Lee, y miró su reloj. Eran las ocho en punto. Su socia seguía tan puntual como siempre. Se puso de pie, y fue a abrir la puerta.

—Lo siento, no me había dado cuenta de que ya era la hora.

La tomó por los hombros, y la acompañó hasta la escalera. Lo que menos deseaba era quedarse a solas con ella en la habitación.

—Empezaba a pensar que querías evitarme.

—Claro que no.

Por supuesto, estaba mintiendo, y si ella no se había dado cuenta para entonces, es que no era la astuta abogada por la que siempre la había tenido. Bajaron las escaleras, y Taggart la acompañó hasta la puerta principal.

—Iré a buscar tus maletas.

–No hace falta. El tal Jed ya las ha metido en mi maletero –dijo Lee, una vez en el porche–. Por cierto, no me gusta ese tipo –llegaron al coche, y ella se abrazó al cuello de Taggart–. Me gustan los hombres que me dicen cosas –le dijo con una sonrisa maliciosa–. Cuanto más sucias mejor.

–Ya, bueno... –balbuceó Taggart, que detestaba esos momentos en que Lee se ponía cariñosa. Se preguntó si todavía no le habría dejado lo bastante claro que no iba a conseguir lo que quería de él–. Que tengas un buen viaje, Lee –le dijo con una sonrisa cortés.

Lee lo miró con cierta tristeza, pero antes de que Taggart pudiera siquiera darse cuenta, tomó su cara entre las manos y lo besó en la boca. Taggart no le correspondió. Con suavidad y firmeza a la vez, le retiró las manos de la cara y las sujetó entre las suyas.

–Ojalá regresaras conmigo, cariño –susurró ella.

–Estaré de regreso para la reunión del viernes por la noche –dijo, y le soltó las manos–. Será mejor que te vayas. Ya sabes cuánto les gusta juguetear contigo a los guardias de seguridad del aeropuerto.

–Ojalá te gustara a ti hacer lo mismo –dijo Lee con melancolía. Taggart tuvo la sensación de que, finalmente, estaba afrontando la verdad: que Taggart Lancaster no era su amante, y que ya no volvería a serlo.

–Conduce con cuidado –le dijo Taggart.

–De acuerdo –dijo, y levantó los brazos como para volver a besarlo otra vez, pero debió de cambiar de opinión y los dejó caer–. Eres tan tonto –afirmó con voz ronca y tristeza en los ojos.

En realidad, Taggart estaba de acuerdo con ella, así que no dijo nada.

Muy a su pesar, Lee parecía aceptar que Taggart no la amaba. Tragó saliva, y con la voz un poco temblorosa por la emoción le dijo:

–¡Oh, cariño! ¡Lo que vas a perderte! –exclamó, y

dejó de mirarlo a los ojos–. Sé un caballero y ábreme la puerta del coche.

Taggart hizo lo que le pedía.

–Adiós Lee.

–Adiós, cariño.

Lee pareció centrar toda su atención en colocarse la falda y ajustarse el cinturón de seguridad. Taggart se dio cuenta de que estaba luchando por contener las lágrimas y no daba crédito a sus ojos. Lee Stanton, la mujer de hierro, parecía estar a punto de llorar. Sintió compasión por ella, pero no pudo hacer nada más.

El coche de alquiler se puso en marcha. Lee le guiñó un ojo aparentando estar tranquila, pero no lo consiguió.

Pronto la perdió de vista entre una nube de polvo, y experimentó una sensación de alivio, pero al mismo tiempo cierta culpabilidad.

–Maldita sea, no tengo por qué sentirme culpable –murmuró–. Ya le había dicho en Boston que todo había terminado entre nosotros. Si lo ha pasado mal aquí, se lo ha buscado ella solita.

Taggart regresó a la casa y subió a su habitación. Allí permaneció sentado sobre la cama. No supo muy bien cuánto tiempo estuvo sin moverse. Trató de no pensar en nada, pero su mente insistía en traerle el recuerdo de Mary.

Una llamada a la puerta lo sacó de sus pensamientos.

–¿Sí?

–Soy Mary.

Taggart se sorprendió. Durante todo el tiempo que llevaba en la casa, Mary nunca había acudido a su habitación. De repente, mejoró su estado de ánimo.

–Pasa.

Mary entró en la habitación. Venía cargada de regalos. Taggart tuvo claro desde el principio que aquellos paquetes no eran para él. No le importó. El mejor regalo que podría recibir era tenerla allí.

–No deberías haberte molestado –bromeó–. Estoy emocionado –le dijo, y tomó los paquetes que Mary traía en las manos.

Ella se cruzó de brazos y respiró profundamente.

–Sien... siento mucho molestarte... Bonner –se disculpó. Estaba violenta, pero trataba de disimularlo–. Becca viene el viernes por la noche, y tenía todos los regalos guardados en su habitación. Como su cumpleaños no es hasta el sábado, necesito un sitio para ocultarlos. El año pasado los guardé en este armario. Me preguntaba si no te importaría... Si tienes sitio...

No terminó la frase, pero siguió mirándolo fijamente.

–Sí... Claro. No hay problema.

Taggart caminó hacia el armario, y metió allí todos los paquetes.

–¿Alguno más?

–Unos pocos.

–Estaré encantado de ayudarte.

Se apartó del armario y, al volverse hacia ella, se dio cuenta de que se había marchado.

–¿Qué te esperabas, Lancaster? –murmuró con ironía–. Deja que te ayude –dijo, ya en voz alta.

Al ver que no le respondía, Taggart se dirigió a la habitación de Becca. Nunca había estado allí, y se sorprendió al ver lo bonita que la habían decorado para una niña pequeña.

–Le debe de gustar mucho esta habitación –afirmó Taggart con admiración.

Su mirada se encontró con la de Mary cuando esta acababa de sacar del armario otro montón de paquetes.

–Le encanta –dijo con una sonrisa–. Becca escogió el rosa de las paredes, y la pintamos juntas –dijo, y se echó a reír–. Bueno, debería decir mejor que yo la

pinté, aunque Becca y Pauline colaboraron trayén-
dome todo el tiempo galletas de chocolate caseras.

Taggart sintió que la sonrisa de Mary mientras recordaba aquellos momentos felices lo afectaba de la
misma manera que cuando ganaba un caso difícil: lo
dejaba sin aliento. A decir verdad, la sonrisa de Mary
multiplicaba por mil aquella sensación. No pudo evitar
sonreír también. De repente, pensó que, probablemente, llevaría sonriendo desde que Mary había entrado en su habitación.

A Mary empezaron a caérsele los regalos de los
brazos, y Taggart se apresuró a ofrecerle su ayuda.

—Déjame llevarte unos cuantos —dijo.

Al acercarse a ella, Mary se dio cuenta de lo próximos que se encontraban sus rostros, y su sonrisa se
desvaneció.

—¿Qué... qué estás haciendo? —preguntó, asustada.

A Taggart le dolió mucho notar su miedo. Quería a
aquella mujer más que a nada en el mundo, y ella lo temía y lo odiaba. Cualquier confesión de quién era y de
cuánto la amaba caería en oídos sordos.

—No te asustes —le dijo con una sonrisa—. Solo quería ayudarte a llevar algunos paquetes —dijo.

Acto seguido, tomó algunos de los regalos, y se
apresuró a apartarse de ella.

—Ah... claro —respondió Mary, ruborizada. Bajó la
mirada, y Taggart la encontró más hermosa que nunca
con sus mejillas coloradas.

—¿Todos estos regalos son para el cumpleaños de
Becca? —preguntó Taggart, tratando de sobreponerse al
efecto que le causaba la presencia de Mary—. Es una
niña con suerte.

—Confieso que me he pasado un poco.

Taggart no pudo evitar buscarle otra vez los ojos.
Todavía llevaba ese rubor en las mejillas que la hacía
tan hermosa y el recuerdo de Becca la había hecho

sonreír. Estaba claro que a medida que se acercaba la visita de su hermana, el estado de ánimo de Mary mejoraba, hasta en presencia de Bonner Wittering.

—Empecé a comprarle los regalos justo después de su último cumpleaños. Tras apartar el dinero para los cursos de enfermera, cada vez que tenía un poco de dinero compraba a Becca un regalo –dijo. Se encogió de hombros, y se metió las manos en los vaqueros–. Su... supongo que quiero mimarla un poco, después... después... –volvió a encogerse de hombros y apartó la mirada. Taggart se dio cuenta de que le costaba hablar de las circunstancias de Becca.

—Sí, te comprendo –dijo Taggart.

—¿De verdad? –preguntó Mary al tiempo que se enjugaba una lágrima.

A Taggart lo sorprendió la pregunta.

—Claro que sí. ¿Por qué no iba a hacerlo?

Mary frunció el ceño y tragó saliva.

—Joe dice que no le conviene, que el mundo real es duro, y Becca tiene que saberlo lo antes posible.

—Por favor, no me digas que escuchas a ese miserable.

—Tengo que hacerlo. Es el padre de Becca.

—Bueno, y tú eres su hermana –le dijo, tratando por todos los medios de hacerle recuperar la sonrisa–. Si está contigo, se encontrará bien.

Mary sonrió, y Taggart sintió como una conexión entre ellos. Trató de memorizar el rostro de la joven, aquella sonrisa; necesitaba aprendérsela de memoria para poder sobrevivir a los largos y solitarios años que tenía por delante.

Taggart había hecho las maletas y estaba listo para partir. Se había despedido ya de Ruby y Pauline. Después había desayunado con Miz Witty y Mary. Había sido un momento difícil. Desde el baile, las cosas entre Mary y él habían cambiado: seguía evitándolo cuando podía, pero ya no lo trataba con tanta frialdad. Incluso le había sonreído en varias ocasiones.

Mary se había marchado hacía treinta minutos para recoger a su hermana. Pronto regresaría, y no quería estar allí cuando volviera. Le había llegado la hora de marcharse y, además, no quería seguir prolongando la agonía que le suponía verla, a pesar de que la vería más feliz que nunca porque traía a Becca.

No podía quedarse. Le resultaría muy duro no poder tomarla en sus brazos, besar aquellos labios maravillosos, hacerle el amor, susurrarle lo hermosa que estaba por la mañana o por la noche bajo las estrellas.

Le resultaba muy duro tener que dejar Wittering sin declararle su amor. Había hecho una promesa a su amigo, y no podía revelar su verdadera personalidad. Ahora el juego había terminado, y todo había salido bien.

Tomó la maleta y bajó las escaleras, pero al abrir la puerta principal, se quedó sorprendido al ver a Mary echarse en sus brazos, temblorosa y llorando. Al ver que a la joven le fallaban las piernas, dejó la maleta en el suelo y la abrazó.

Mary se retiró el cabello de los ojos, y Taggart se dio cuenta de que llevaba mucho tiempo llorando.

—¿Qué... qué ha sucedido? —preguntó, mientras la llevaba a la sala de estar.

—La... caravana no está. Se... se la han llevado —dijo entre sollozos—. Nadie sabe adónde... han ido. Solo que se marcharon el miércoles por la noche.

—¿Joe se ha marchado? —preguntó Taggart con incredulidad, y se sentó en el sofá.

Mary pareció no darse cuenta de que se sentaba en el regazo de él.

—Sí —dijo entre sollozos—. Y Becca... Y la última novia de Joe —se abrazó al cuello de Taggart—. Seguro que ya han salido de Colorado. ¡Y estamos rodeados por siete estados! Podrían estar en cualquier sitio —dijo llorando—. ¿Cómo ha podido hacer Joe una cosa así? ¡Dos... dos semanas no es mucho pedir! ¡Mamá quería que Becca... Becca y yo estuviéramos juntas! Además el juez había dicho... —un sollozo no la dejó continuar.

Taggart la apretó contra su pecho para tranquilizarla, y le acarició el pelo. Se sentía furioso. ¡Había deseado tanto tenerla entre sus brazos! ¡Pero no de aquella manera, con el corazón roto!

—Se supone que no puede dejar la ciudad sin decirme adónde va —continuó Mary entre sollozos—. No puede llevarse a Becca. ¿Y... y si no vuelvo a verla?

A Taggart le partía el corazón verla así. Se prometió a sí mismo que, en cuanto llegara a Boston, contrataría un detective muy bueno que conocía, y encontraría a Joe Lukins. Miró el reloj que había sobre la repisa de la chimenea, y se dio cuenta de que debía partir. Lo malo no era solo que debía marcharse, sino que tenía que hacerlo como Bonner Wittering, un hombre que no sabía de leyes.

—Llama a la policía, Mary —le dijo, como si de Bonner se tratara. Sabía que no serviría de mucho, ya que la niña se encontraba con su padre, pero haber denunciado que Joe había violado la resolución del juez, llevándose a la niña, les serviría para los pasos que dieran posteriormente contra él.

Taggart apoyó la mano en la nuca de Mary, y acercó el rostro a su cabello. Aspiró y quedó embriagado por el mismo aroma floral de la pradera de alta montaña donde habían estado merendando. Sin poder contenerse le dio un beso en la cabeza.

—Joe se ha metido en un buen lío —dijo con los labios aún en el pelo de Mary—. Denúncialo. Tengo que irme, Mary —susurró con pesar.

Cuando estaba ayudándola a incorporarse, notó que se estremecía, y respiró profundamente antes de que ella lo mirara a los ojos.

–Cla... claro –dijo con voz temblorosa, mientras se secaba las lágrimas–. Lo siento. Yo solo...

Taggart tuvo la sensación de que se sentía violenta por haberse dejado consolar por «la serpiente».

–Tienes razón. Voy a llamar a la policía.

Mary se puso de pie, pero al ver cómo se sostenía en el brazo del sofá, Taggart se dio cuenta de que todavía le fallaban las piernas. Se puso de pie, y la sujetó por el brazo.

–¿Te encuentras bien?

–Sí –respondió Mary. Tratando de no mirarlo, se soltó de su mano–. Perdona por imponerte mis problemas.

–No te preocupes. Yo me...

–Será mejor que te vayas o perderás el avión –lo interrumpió ella. Después se dirigió a la cómoda antigua sobre la que estaba el teléfono.

–Sí, mi avión –murmuró Taggart.

La observó mientras marcaba los números del teléfono, temblorosa. Estaba deseando decirle que haría todo lo posible por devolverle a su hermanastra, pero la promesa que había hecho a Bonner se lo impedía.

–Mary, estoy seguro de que la policía... –empezó a decir para aliviar su angustia.

–¿Policía? Mi nombre es Mary O'Mara.

Taggart no siguió hablando, simplemente decidió marcharse. Tenía que encontrar a Becca como fuera para devolvérsela a la mujer que nunca podría tener.

CAPÍTULO 13

TRAS comunicar a la policía la fuga ilegal de Joe Lukins con Becca, Mary colgó el teléfono. La policía había sido muy amable con ella, pero no demasiado tranquilizadora. Al parecer, la ley y el orden no daba mucha importancia a la fuga de un padre con su hija, aunque el padre fuera un miserable.

Se volvió para darle la mala noticia a Bonner, y vio que no estaba. Salió corriendo a la puerta principal, pero se encontraba cerrada y ya no estaba la maleta. De repente, una inmensa tristeza se apoderó de ella.

Bonner Wittering se había ido.

–Bueno, yo le dije que se marchara –murmuró–. No sé por qué no iba a hacerlo.

Mary se preguntó por qué se sentía tan abandonada, y por qué el hecho de que Bonner se hubiera marchado le producía un dolor tan desgarrador como el de perder a Becca.

Agobiada por la tristeza, se sentó en el suelo. Había perdido la esperanza de que las cosas pudieran salirle bien algún día. Las lágrimas acudieron a sus ojos y, cegada por ellas, se puso a llorar desconsoladamente.

La vida de Mary quedó como envuelta en la penumbra. Siguió llevando a cabo sus tareas diarias, como si no pasara nada, pero la pena la devoraba por dentro. Cuando estaba con Miz Witty hacía todo lo posible por mostrarse animada, pero cada día que pasaba sin noticias de Becca le bajaba más el ánimo.

Veintiocho días después de la desaparición de Becca, pareció hacerse la luz en la tenebrosa vida de Mary. Recibió una llamada de la policía de Utah, en la que le decía que un investigador privado había encontrado a Becca en un hospital. Había ingresado la noche anterior con un brazo roto. El investigador privado había notificado a las autoridades el paradero de la niña, y ellos se habían hecho cargo. Mary no consiguió averiguar quién era exactamente el investigador, ni por qué había estado buscando a Becca. Quiso darle las gracias, pero el hombre desapareció tan rápida y furtivamente como había aparecido.

Horrorizada, Mary descubrió que Joe había tenido un accidente de coche mientras conducía borracho. Había empotrado el coche contra el escaparate de una tienda. Por suerte, allí nadie había resultado herido.

Joe y su novia tenían heridas leves, pero el padre de Becca había sido encarcelado. Alguien había hecho que la policía de Colorado enviara a la de Utah el largo historial delictivo de conducción bajo los efectos del alcohol que poseía Joe, y al parecer se iba a pasar una buena temporada en la cárcel.

Antes de que Mary se diera cuenta de lo que estaba sucediendo, tuvo a Becca consigo, al menos temporalmente. Poco tiempo después, ocurrió otro milagro: se presentó ante ella el mejor abogado de familia de Colorado, y le explicó que podía obtener para ella la custodia permanente de su hermanastra. Sería considerada el único familiar apto para cuidar de la niña, ya que el padre, al tener que pasar una buena temporada en la cárcel, podría ser declarado como inadecuado para hacerse cargo de una niña cuando saliera. Mary se puso muy contenta, pero advirtió al abogado que no tenía bastante dinero para poder pagarlo. El abogado le respondió que ya se habían hecho cargo de los gastos.

A finales de octubre, un juez de familia decretó que en el futuro la custodia de Becca correspondería tan solo a Mary. La joven estaba tan abrumada por la felicidad, que hasta abrazó a su abogado. Intentó que le dijera quién había contratado sus servicios, pero no lo consiguió.

Por supuesto, Mary sospechó enseguida de Miz Witty como ejecutora de los milagros, pero ella insistió en que no había sido. Mary no la creyó, y se sintió en deuda con ella. Lo que no sabía era cómo podía pagar a alguien por haberle dado todo lo que deseaba en el mundo.

—Bueno, todo no —murmuró—. ¿Y Bonner Wittering? —se preguntó desconsolada—. ¡Oh, déjate ya de tonterías! —susurró, enfadada consigo misma.

Mary estaba quitando los platos de la comida de la mesita de Miz Witty. Miró su reloj, y se dio cuenta de que faltaba todavía una hora para que Becca regresara del colegio.

Mientras seguía con sus tareas, la imagen de Bonner Wittering volvió a aparecer con nitidez en su cabeza, y provocó que empezara a latirle el corazón a toda prisa.

—Tienes que quitarte a ese hombre del pensamiento —murmuró—. Por muy metido dentro de ti que esté, conseguirás librarte de él. Seguro que en el futuro se inventa una medicina para el mal de amores, igual que se ha inventado para el colesterol o la tensión arterial alta.

—¿Me has dicho algo, querida? —preguntó Miz Witty.

Mary se sobresaltó. No se había dado cuenta de que estaba hablando sola.

—Oh... no. Estaba hablando conmigo misma.

Miz Witty se echó a reír.

—¿Estabas hablando sola sobre la tensión arterial? ¿Hablabas de la mía o de la tuya? Desde luego a tu edad, yo no pensaba en nada de eso. Ven aquí, mi niña —le dijo, haciéndole señas con la mano.

Mary señaló los platos.

—Iba a llevarlos a la cocina.

—Olvídalos de momento, y ven aquí. Pareces... angustiada.

Mary había intentado por todos los medios que no se le notara delante de Miz Witty la atracción que sentía por Bonner, pero sospechaba que la anciana la conocía demasiado como para no haberse dado cuenta. Temiendo que le inquiriera algo al respecto, decidió ser ella la que preguntara.

—Miz Witty —empezó a decir, tras haberse acercado a la anciana—. Tengo que saber la verdad. Fuiste tú quién contrató al abogado, ¿verdad? Ya te había dicho que no quería que te gastaras el dinero conmigo, que yo lo arreglaría todo a mi manera. Lo que has hecho por mí es demasiado maravilloso como para que lo deje pasar como si nada hubiera ocurrido. Quiero pagarte de alguna manera. Si no quieres dinero, déjame que haga algo por ti. Por favor, yo...

—Siéntate, querida —la interrumpió la anciana con suavidad, indicándole el asiento que había al lado de la ventana—. Quiero hablar contigo.

A Mary la sorprendió la solemnidad con que le hablaba la anciana que, rara vez, dejaba de sonreír.

—¿Sí? —le preguntó, nerviosa—. ¿Qué ocurre?

Miz Witty abrió el libro que estaba leyendo, sacó de él una fotografía, y se la dio a Mary. En ella se veía a Bonner junto a otro hombre. Al mirarlo, el corazón de la joven empezó a latir a toda prisa. Los dos hombres estaban agarrados por los hombros, y sonreían.

–Es Bonner –dijo, mirando a Miz Witty–. No sabía que tuvieras fotos recientes suyas.

Miz Witty sonrió con melancolía.

–Sí, tiene algunos años. Estoy segura de que Bonner ni siquiera recuerda habérmela enviado. Fue un mes antes de que vinieras a trabajar para mí, cuando me dio el primer ataque al corazón y estuve en el hospital. La fotografía se mezcló con las otras cartas que recibí entonces, y la he tenido guardada en mi mesita de noche desde entonces. Es una fotografía muy bonita, ¿verdad?

Mary asintió. Ya le resultaba lo bastante duro olvidar a Bonner, como para encima tener que volver a ver aquellos ojos hipnóticos y aquella sonrisa devastadora. Se apresuró a devolver la fotografía a Miz Witty, temiendo que si seguía mirándola, podría echarse a llorar.

–Sí... es muy bonita.

Miz Witty miró la foto con cariño.

–El otro hombre es Taggart Lancaster. Bonner y él crecieron juntos. Son como hermanos.

–La verdad es que se parecen –murmuró Mary.

–Sí, los dos son muy guapos –dijo Miz Witty con un suspiro–. Quiero mucho a mi nieto. la verdad es que sus padres eran muy egoístas y fueron muy duros con él, porque les impedía gozar de la vida como deseaban. Mi amado esposo murió cuando Bonner tenía siete años, y el tiempo que me pasé llorándolo no fui de gran ayuda al pobre niño, cuando más me necesitaba. Me alegro de que encontrara un amigo como Taggart. ¿Sabes? Ahora es el abogado de Bonner.

Mary recordó haber oído ese nombre. Bonner o Lee debían de haberlo mencionado.

–Taggart Lancaster ha sido un buen amigo para mi nieto –dijo la anciana pasando los dedos por la foto–. Bonner necesitaba estabilidad en su vida –levantó la vista, y sonrió–. Conozco los defectos de mi nieto, pero sé que, a pesar de todo, tiene buen corazón.

Volvió a mirar la fotografía con melancolía. La acarició de nuevo y volvió a guardarla dentro del libro.

Cuando volvió a mirar a Mary, sonreía con ternura.

–Te quiero como si fueras mi propia nieta. Habría estado encantada de pagarte los cursos de enfermera, pero he respetado tus deseos de hacer las cosas por ti misma –dijo la anciana, y puso su mano sobre la de Mary–. Tienes que creerme cuando te digo que no he contratado a ningún abogado, ni investigador privado –afirmó Miz Witty, y apretó la mano de Mary con cariño–. Mi nieto tiene muchos defectos, pero sé que también tiene amigos poderosos.

Mary estaba confusa.

–¿Tratas de decirme que crees que fue Bonner quien hizo todo eso por mí?

Miz Witty retiró su mano de la de Mary.

–No puedo estar segura de nada –dijo–, pero, ¿qué otra explicación podría haber?

–No puedo creerlo –afirmó Mary–. Además, ¿no le estás mandando dinero? Aunque tú no hayas contratado a esos hombres, a fin de cuentas los estarías pagando.

–Lo único que puedo decir –respondió Miz Witty–, es que Bonner lleva sin pedirme dinero desde que Joe se llevó a Becca.

–Bueno –dijo Mary–, sea como sea, necesito saberlo.

–¿Por qué no se lo preguntas a él? –sugirió la anciana.

Mary miró a Miz Witty.

–¿Quieres decir... que llame a Bonner?

Miz Witty sonrió compasiva.

–Hace un momento estabas dispuesta a hacer cualquier cosa por mí si había contratado al detective y al abogado, y ahora te horroriza la idea de hacer una simple llamada de teléfono.

Mary notó que estaba ruborizándose.

—Cla... claro, tienes razón. Me estoy comportando como una idiota. Lla... llamaré ahora mismo.

Mary se levantó y se dirigió al teléfono, repitiéndose a sí misma que podía hacerlo, que podía hablar con Bonner sin perder la compostura. El número de Bonner estaba grabado, así que pulsó el botón correspondiente. El teléfono empezó a sonar, y el corazón de Mary a latir a toda velocidad. Una voz de hombre le respondió en un contestador automático que dejara un mensaje después de la señal. Nerviosa, se pasó la lengua por los labios. No supo qué decir, y colgó el teléfono.

—¿Te has arrepentido?

Mary negó con la cabeza, avergonzada de su cobardía por no haberle dejado un mensaje pidiéndole que la llamara porque tenían que hablar.

—No está —dijo, sin atreverse siquiera a mirar a Miz Witty, y recogió los platos—. Lo in... intentaré más tarde —añadió, y se marchó a la cocina.

Durante los tres días siguientes, Mary lo había vuelto a intentar, pero siempre le había respondido el contestador automático, y nunca había sido capaz de dejar un mensaje.

Desesperada, decidió llamar al abogado de Bonner. Su secretaria le dijo que el señor Lancaster estaba en un juicio. Cuando Mary le preguntó si Bonner se encontraba en la ciudad, la secretaria había dudado un momento, y después le había respondido que no estaba autorizada a dar información sobre los clientes. Notar a la secretaria dubitativa hizo sospechar a Mary que sabía donde estaba Bonner Wittering, pero que las noticias no eran buenas.

Mary se preguntó si tendría algún problema, y decidió que debía ir a verlo y enterarse. De ese modo, le daría las gracias en persona. Lo que había hecho por ella era demasiado importante como para agradecérselo por teléfono. Debía dejar a un lado sus sentimientos, y aunque le doliera tanto volverlo a ver, tenía que viajar a Boston. Así, si se encontraba en apuros, como sospechaba, podría darle por lo menos apoyo moral. Podría ser un mujeriego y un hombre sin principios, pero si era quien le había devuelto a su hermana, le debía eso y mucho más.

Mary decidió ir a comunicarle su decisión a Miz Witty.

—¿Puedo pasar? —dijo, tras llamar a la puerta.

—Adelante.

Una vez en la habitación, Mary fue a hablar con la anciana, que estaba sentada frente a su escritorio antiguo.

—Miz Witty, he decidido ir a Boston para hablar con Bonner en persona.

A Miz Witty parecieron brillarle los ojos.

—Me parece una idea estupenda, querida.

—Tras pensar en lo que me dijiste, creo que Bonner es el responsable del regreso de mi hermana. No creo que baste agradecérselo por teléfono. Lo que hizo es demasiado importante, demasiado maravilloso para...

—Espero que no te importe, Mary —la interrumpió Miz Witty, y sacó un sobre del cajón superior de su escritorio—. Me tomé la libertad de comprarte un billete de avión para Boston —se lo dio—. Toma, esto es para ti.

CAPÍTULO 14

UN FRÍO viernes por la tarde, Mary tomó un taxi desde el aeropuerto de Boston hasta el bloque de apartamentos donde vivía Bonner. El guarda de seguridad fue más amable que la secretaria de Taggart Lancaster. Mary tuvo la impresión de que hasta se alegraba de poder decirle a la gente que Bonner Wittering había sido procesado por uso indebido de información privilegiada, que le habían anulado la libertad condicional por riesgo de fuga, y que había estado en la cárcel. Continuó diciéndole que Bonner se encontraba en el juzgado en aquel momento escuchando la sentencia condenatoria.

A Mary la horrorizó la noticia. No entendía muy bien de qué lo acusaban, ni qué tipo de condena podría recibir. Tras convencer al empleado de seguridad que le guardara la maleta, tomó un taxi hasta los juzgados. No sabía qué podría hacer cuando llegara, pero tenía que hablar con Bonner.

No entendía cómo un hombre que había sido tan bueno con Miz Witty y con ella, devolviéndole a Becca, podía ser un delincuente.

Cuando llegó al impresionante edificio que albergaba los juzgados, Mary se informó en recepción de dónde estaba teniendo lugar el juicio de Bonner Wittering. Asustada, sin saber muy bien por qué, se apresuró a subir por las escaleras de granito con los ojos llenos de lágrimas.

—¿Por qué tengo que estar enamorada de un hombre

al que en este momento deben de estar sentenciando a prisión? –murmuró para sí, sorprendida de haber admitido, por fin, el amor que sentía por Bonner–. Y ahora que lo sé, ¿qué voy a hacer?

Cuando llegó a la sala donde Bonner estaba oyendo su condena, vio a un hombre delante del juez, hablando apasionadamente.

Mary lo miró: era alto, y llevaba un caro traje de color azul. Estaba de espaldas a ella pero, al escuchar su voz, sintió una punzada en el estómago. No se enteraba muy bien de lo que estaba diciendo, pero conocía aquella voz.

–Es la voz de Bonner –murmuró para sí.

–Señoría, mi cliente, Bonner Wittering, ha tardado mucho tiempo en darse cuenta de la gravedad de los hechos en los que inconscientemente se ha visto implicado...

Mary vio cómo Bonner se volvía hacia un hombre que estaba sentado, y lo señalaba. Siguió hablando con mucha convicción, pero Mary no pudo comprender sus palabras. Estaba perpleja porque el hombre que ella conocía como Bonner Wittering estaba hablando sobre Bonner Wittering, y parecía estar identificando a otra persona como Bonner Wittering.

Un hombre vestido de manera informal, que se encontraba a su lado, parecía escuchar con mucha atención lo que se estaba diciendo.

Mary se acercó a él, y le susurró:

–¿Quién es esa... esa persona que está hablando?

–Taggart Lancaster –le respondió el hombre, y volvió a mirar a quien estaba hablando.

Mary se quedó mirando a la persona que estaba a su lado, atónita.

–Quiere... quiere decir Bonner Wittering, ¿verdad?

–Wittering es el acusado, señorita –susurró el hombre, sorprendido–. Por favor, manténgase en silencio.

Estoy estudiando para ser abogado defensor, y Lancaster es el mejor.

Mary no daba crédito a sus oídos. Miró a su alrededor, y vio que todos, incluida la juez, estaban escuchando con atención y en completo silencio las palabras de Taggart Lancaster.

Mientras hablaba, avanzó unos pasos hacia la juez. Después de un momento se volvió hacia el público presente en el juicio mientras señalaba de nuevo a su cliente. Antes de volver al lugar designado para la defensa, miró hacia el público, y cuando sus ojos se encontraron, Mary sintió que le daba un vuelco el corazón. Supo que la había visto, porque se detuvo en medio de una frase. Mary lo sintió más que lo vio, porque apenas unos segundos después continuó hablando, recogió unos documentos de la mesa de la defensa, y volvió a mirar hacia la juez continuando con su exhortación.

En aquel momento, Mary se dio cuenta de todo: no había sido Bonner quien había visitado Wittering, sino su abogado, alguien que se dedicaba a sacar de aprietos a clientes ricos, aunque fueran culpables de los delitos que se les imputaban. Además, Taggart Lancaster había engañado a Miz Witty. De repente, Mary recordó la fotografía que le había enseñado la anciana, y dudó que hubiera sido así. Tal vez ella lo había sabido todo desde el primer momento.

Mary no supo qué pensar. Se preguntó si el hecho de que Taggart Lancaster no hubiera podido engañar a Miz Witty lo hacía menos culpable de lo que había hecho. Estaba tan desconcertada y disgustada que no sabía con quién estar enfadada, ni cuánto. Se sintió sofocada, como si hiciera de repente mucho calor en la sala y tuviera dificultades para respirar. Incluso empezaba a ver doble.

Angustiada, se apresuró abandonar la sala. Corrió

por los pasillos, y antes de que pudiera darse cuenta, estaba en la calle.

Estaba haciéndose de noche, y había empezado a soplar un viento muy frío. Mary se abrochó la chaqueta del traje de lana que llevaba puesto, y echó a andar sin rumbo. No supo a ciencia cierta durante cuánto tiempo vagó hasta que se encontró a sí misma delante de un café.

Temblorosa por las emociones vividas y el frío de la noche, entró. Tenía que pensar, que aclarar sus pensamientos. Había ido a Boston para agradecer a Bonner todo lo que había hecho por Becca, y en aquel momento no sabía a quién debía darle las gracias... y a quién estrangular.

A Taggart le fue difícil concentrarse en la defensa de Bonner. En cuanto vio a Mary, su cerebro quedó reducido a cenizas. Estaba allí en Boston, en la misma sala que él, y no podía estrecharla en sus brazos del modo en que había soñado durante los últimos tres meses, que tan eternos se le habían hecho. Lo que más había deseado era que llegara la noche, único momento en que se sentía esperanzado o alegre.

Una voz dentro de él lo instó a centrarse en la defensa de su amigo. Al fin y al cabo aquella sería la última vez que trabajaría como abogado suyo. No podía abandonarlo a su suerte. Debía ayudarlo por última vez.

Taggart había pensado mucho desde que se había marchado de Wittering, Colorado. Había decidido trasladarse al oeste y abrir un pequeño bufete en las Montañas Rocosas. Quería que la vida sencilla del campo limpiara de su alma la suciedad de la ciudad. Deseaba ayudar a los campesinos con sus problemas legales. Necesitaba sentirse realizado, limpio.

La vista de aquel día sería la última. Terminaba su lucrativa y prestigiosa carrera como abogado en Boston, así como su trabajo como abogado de Bonner, y tal vez su amistad con él. Todavía quería a Bonner como a un hermano, pero sabía que no podía seguir llevándolo de la mano. No era bueno para ninguno de los dos. Taggart necesitaba empezar una nueva vida, y Bonner debía aprender a resolver sus propios problemas y hacerse responsable de sus actos.

La última hora se le había hecho interminable. Cuando Taggart había vuelto a buscar a Mary con la mirada, ya no estaba en la sala. ¿Dónde podría haber ido? Necesitaba encontrarla, aunque fuera solo para estar cerca de ella una vez más. Deseaba volver a oler en su piel la fragancia de las praderas de alta montaña; volver a perderse en sus hermosos ojos grises que lo perseguían noche y día. Sabía que debía de estar furiosa después de haber descubierto la mentira, pero estaba acostumbrado a que lo odiara, y no por eso dejaba de quererla. Debía de estar loco.

Por lo menos la vista había terminado y el juez ya había tomado su decisión. Taggart dio instrucciones a su asistente para que recogiera toda la documentación, y se marchó del juzgado lo antes que pudo con la determinación de encontrar a Mary. Rezó para que no hubiera corrido al aeropuerto a tomar el primer vuelo que saliera para Massachusetts.

Nada más salir del juzgado, casi se tropezó con ella. Tenía las mejillas enrojecidas y el cabello despeinado por el aire. Debía de haber ido a algún sitio y después haber decidido regresar. Taggart estaba contento de que lo hubiera hecho, aunque solo hubiera vuelto para abofetearlo.

–Mary –dijo, incapaz de dejar de sonreír–. Estaba buscándote...

–¿Quién eres tú exactamente? –le preguntó Mary con la cabeza muy alta.

Por un momento, Taggart había olvidado que Mary había descubierto la farsa que había estado representando, preocupado tan solo de que hubiera podido marcharse.

–Ah... sí –la sonrisa abandonó sus labios y asintió–. Respecto a eso...

–¡Ya no importa! ¡La verdad es que no sé siquiera por qué te he preguntado, porque no quiero volver a hablar contigo! Pero... pero antes de marcharme, quisiera saber quién contrató al detective privado y al abogado que consiguieron devolverme a Becca. ¿Fue Bonner?

Taggart sintió remordimientos. Se dio cuenta de que Mary todavía lo encontraba detestable, y se sintió invadido por una profunda tristeza. Se preguntó para qué iba a decirle que había sido él quien había contratado al detective y que había pedido algunos favores para conseguir contratar al mejor abogado de familia de Colorado. Lo último que deseaba era que Mary se sintiera en deuda con él.

–Soy el abogado de Bonner, no su padre –dijo con solemnidad–. No estoy al tanto de todos sus actos.

Mary lo miró con el ceño fruncido.

–Tengo la sensación de que sabes más lo que hace Bonner de lo que Bonner mismo sabe.

Taggart oyó un ruido a sus espaldas, y se dio cuenta de que la puerta del juzgado se había abierto. Un segundo más tarde, sintió una mano sobre su hombro.

–Todavía no puedo creerme que esta vez hayas conseguido sacarme del aprieto, chico. Todo lo que dijiste sobre mí fue brillante. Por poco haces llorar al fiscal. He quedado casi como si fuera un santo.

–Yo no diría tanto –dijo Taggart, mirando a su amigo–. Además, recuerda que tienes cinco años de libertad provisional, y el fallo de la juez Brancoft hace gala de una gran imaginación.

—Bueno, pero no iré a la cárcel —dijo Bonner. De repente, vio a Mary y su mirada pasó de burlona a lasciva—. ¡Vaya! ¿Quién es ella?

Taggart miró a Mary, que observaba a Bonner con curiosidad. Tuvo la sensación de que se había dado cuenta de que, por fin, estaba mirando al verdadero nieto de Miz Witty.

—Mary O'Mara, te presento al infame Bonner Wittering.

Bonner se echó a reír. Después dio una palmadita en el hombro a Taggart, sin dejar de mirar a Mary.

—Ha querido decir «interesante». Al pobre nunca se le ha dado muy bien hablar —tendió la mano a Mary—. Es un placer conocerte, Mary.

A Taggart no lo sorprendió que Bonner no recordara a Mary. Vivía al día, y como el problema estaba resuelto, ya había olvidado que aquella era la mujer que le mandaba las cartas en las que lo amenazaba con que su abuela lo dejara sin herencia.

En aquel momento, Mary se dio también cuenta de que Bonner no la recordaba, por lo tanto no podía ser él quien las había ayudado a Becca y a ella. Haciendo gala de su buena educación, aceptó la mano que le tendía Bonner.

—Señor Wittering, el placer es todo «suyo».

Mary retiró la mano y miró a Taggart.

—Entonces, es a ti a quien tengo que agradecer lo de Becca —le dijo. Parecía lamentar que fuera así. Se daba cuenta de lo poco que deseaba estar en deuda con un sórdido abogado.

—¿Qué es lo que pasa? —preguntó Bonner. Soltó el hombro de su amigo, y lo miró de frente—. ¿Qué le has hecho a esta señorita tan encantadora para que esté tan enfadada con nosotros?

Taggart soltó una risita sarcástica y sacudió la cabeza.

—Es Mary. Trabaja para tu abuela. Es quien te escribió las cartas, ¿te acuerdas?

Bonner pareció sorprendido, y la miró con incredulidad.

—¿Ella? —preguntó—. ¿Esta es la viejecita a la que fuiste a convencer para que fuera buena conmigo?

—A eso querías tú que fuera, pero yo no fui a eso —dijo Taggart—. Y me temo que esta vez ni siquiera tu encanto te servirá. Nos odia, y tiene muy buenas razones para ello —tendió la mano a su amigo—. Buena suerte, Bonner. Si quieres puedes cambiar tu vida.

Bonner aceptó la mano de Taggart, pero frunció el ceño.

—¿No hablarás en serio cuando dices que ya no vas a ser mi abogado? ¿Qué voy a hacer yo sin ti?

Se estrecharon las manos, y después Taggart se soltó.

—Madurarás.

Bonner miró a Mary con el ceño fruncido.

—Cariño, tengo la sensación de que tú eres la razón de que Taggart esté haciéndome esta faena.

—¿Cómo? —preguntó Mary, confusa.

—Demonios, Taggart va a abandonar su bufete de Boston, donde puedo asegurarte que gana mucho dinero, para irse a la aventura, a ejercer entre palurdos en las Montañas Rocosas. Lo más absurdo es que dice que quiere ejercer gratis para defender los derechos de los niños, y me deja aquí para que me las arregle yo solo —le dio un golpe a Taggart—. Voy a pasarme los cinco años de libertad condicional trabajando como entrenador de atletismo en un club recreativo de la ciudad. ¡Con todos esos mugrientos muchachos! No sé, chico. Ahora que lo pienso, tal vez estuviera mejor en la cárcel.

Taggart sintió una oleada de compasión por su amigo y sonrió.

–Claro que no. Serás un entrenador estupendo. Te encantan los deportes, y les caes muy bien a los chicos. Eres un hombre simpático... un buen hombre, Bonner. Tengo fe en ti.

Se volvió hacia Mary, y al verla tan envarada se dio cuenta de que todo estaba dicho entre ellos. Se sintió en carne viva al volverla a ver y saber que no debía albergar ninguna esperanza de que lo amara. Había vuelto a abrir la herida que tenía dentro, y no paraba de sangrar. Se moría por estrecharla en sus brazos, pero resistió la tentación y se metió las manos en los bolsillos.

–Adiós, señorita O'Mara –murmuró.

CAPÍTULO 15

A MARY le resultó difícil asimilar todo lo que había dicho Bonner, pero cuando vio marcharse a Taggart su primera reacción fue correr tras él.

—¿Qué quiso decir Bonner con que piensas dejar el bufete y mudarte al oeste? ¿Es verdad que vas a ejercer en Colorado?

—Así es —respondió Taggart. Caminaba tan deprisa que Mary tuvo que correr para seguirle el paso.

El corazón le palpitaba tan solo por tener tan cerca a Bonner... mejor dicho Taggart Lancaster, pero no podía olvidar que había tomado el pelo a Miz Witty, fingiendo ser Bonner, incluso si la anciana había sabido todo el tiempo que no era su verdadero nieto.

—¿Cómo pudiste tratar de engañar a Miz Witty, tal y como te había pedido Bonner solo por la herencia?

—¿Que cómo pude...? —Taggart se detuvo y miró a la joven—. ¿Por qué te crees que le dije a Bonner que ya no podía seguir siendo su abogado? Yo creía que de lo único que se trataba era de hacer más felices los últimos días de vida de una anciana. Cuando me enteré de que me había enviado allí para asegurarse de que su abuela lo incluyera en la herencia, le dije que aquello era la gota que colmaba el vaso. Renuncié a seguir siendo su abogado. Le dije que lo ayudaría a salir del lío del uso indebido de información privilegiada, pero que sería la última vez que ejercía para él.

Al mirarlo a los ojos, Mary vio que decía la verdad. Se dio cuenta de que cuando había creído leer sinceridad en ellos, había estado en lo cierto. En lo único que la había engañado era en el falso nombre que había utilizado. Por lo demás, había sido sincero en todo lo que había dicho o hecho.

–Llamé a Miz Witty, y le dije la verdad –siguió diciendo–. Me confesó que había sabido todo el tiempo que yo no era Bonner, pero había decidido seguirme el juego.

–¿Por qué? –preguntó Mary, atónita.

Taggart llamó un taxi, y Mary se subió con él.

–¿Adónde vas? –preguntó Taggart, tan asombrado de verla allí como ella de permanecer a su lado.

–No lo sé... todavía –le dijo confusa y un poco mareada–. ¿Te dijo Miz Witty por qué te siguió la corriente?

Taggart frunció el ceño, miró hacia otro lado un instante, y después volvió a mirarla a ella fijamente.

–Dijo algo así como que le parecía que tú y yo haríamos una buena pareja.

Mary no se atrevió mirarlo a los ojos. La avergonzaba pensar que Miz Witty hubiera captado sus sentimientos. Desde que había conocido a Taggart Lancaster había querido odiarlo, pero había fracasado estrepitosamente. Mary parpadeó, y trató de reunir todo el coraje que pudo.

Taggart estaba cerca. Notar su calor la hacía sentirse bien. Estaba feliz tan solo por encontrarse cerca de él, y no le importaba la locura que esa felicidad pudiera suponer.

–¿Y Lee? –preguntó Mary, sin atreverse todavía a mirarlo.

–¿Qué pasa con ella? –preguntó Taggart.

–¿Está dispuesta a trasladarse también a Colorado?

–Espero que no –respondió él, como si no hubiera dicho nada que fuera más verdad en su vida.

Mary lo miró asombrada.

–Pero si ella me dijo que ibas a casarte.

–Pero no con ella.

–¿No con ella? –repitió Mary.

–No –susurró Taggart, sin dejar de mirarla a los ojos con ternura–. Lee dice muchas tonterías.

Mary recordó, de repente, que Lee le había dicho que Taggart se había reído de la atracción que ella había sentido por él en Wittering.

–¿Fue una de esas tonterías que pensaras que tú me gustabas y te hiciera gracia?

Taggart pareció atónito.

–¿Cómo?

Mary se sintió, de repente, esperanzada. La emoción la embargó.

–Entonces, ¿no estabas riéndote de mí?

Taggart negó con la cabeza.

–No. Nunca –murmuró–. Le dije a Lee que tú me odiabas, y que me odiarías igual siendo Bonner, el mujeriego, que Taggart Lancaster, el caro abogado estafador –se detuvo un momento para tomar aliento, y después continuó–. Nunca me reí de ti, Mary. Tienes que creerme si te digo que cada día me odiaba más... y detestaba más tener que seguir con aquella mentira –dijo con emoción y verdadero pesar.

De repente, Mary se dio cuenta de que ya no dudaba de él, y que ya no había nada de aquel hombre que le desagradara.

–Lee estaba llena de rabia y rencor –la estaba mirando con tanta intensidad cuando hablaba, que Mary tuvo dificultades para respirar–. Le dije que no la amaba, y le confesé de quién estaba enamorado.

Mary se inclinó hacia él, impulsada por un loco anhelo.

–¿De verdad? –sentía la garganta seca, y le costaba hablar.

–Sí –susurró–. Le dije que... te amaba.

Mary sintió que el corazón le latía a toda prisa. Creyó haber oído mal.

—¿A quién? —le costaba articular las palabras.

Taggart la miró muy serio, con ojos penetrantes.

—A ti, Mary. Te quiero a ti. Desde el primer momento en que te vi me sentí perdido —afirmó.

Mary pensó que su cercanía y el brillo de sus ojos eran la respuesta a sus oraciones.

Taggart le tomó una mano, se la llevó a la boca y le besó los nudillos. Mary empezó a temblar de deseo.

—Nunca creí que pudiera enamorarme de nuevo —murmuró.

—¿De nuevo? —preguntó Mary, sorprendida.

Taggart asintió.

—Estuve casado... tres años. Tres años perfectos. Cuando Annalisa murió... ni siquiera soñé que... —Mary se dio cuenta de que la emoción hacía que le costara hablar—. De repente, ahí estabas tú, y mi corazón te pertenecía—. Su mirada era tan suave como una caricia, pero en sus ojos se reflejaba la tristeza—. Sé que me odias, pero tal vez algún día puedas perdonarme. Y si me fuera a Wittering para ejercer mi profesión... ayudando a niños y a gente como tu padre para que se haga justicia con ellos... nosotros podríamos...

Mary se quedó mirándolo. Estaba demasiado aturdida para asimilar todo lo que acababa de decirle.

—¿Tú... tú me amas? —preguntó sin poder dar crédito aún a las palabras de Taggart. Dudaba de si lo había dicho de verdad, o si había creído oírlo porque se había vuelto loca.

—Más que a mi propia vida —dijo, y le tomó la mano. El acto fue tan dulce, tan puro, que Mary sintió ganas de llorar.

—¿Me amas? —volvió a preguntar Mary con la voz trémula por la emoción. Le encantaba oírselo decir, pero le costaba creérselo.

Taggart sonrió y la miró con melancolía. Mary pensó que estaba encantador.

–No estés tan atónita. No tiene que ser por fuerza... contagioso.

A Mary le pareció que se encontraba en el paraíso. La belleza de su sencilla declaración de amor le llenaba el corazón y daba paz a su alma.

–¡Pero... pero lo es! Quiero decir... que yo también te amo. No quería, pero... pero no he podido evitarlo.

Taggart se quedó mirándola con tanta intensidad que Mary sintió un cosquilleo que le recorría el cuerpo. Después, como hace el sol cuando atraviesa una nube de tormenta, sonrió, y creyó oír el coro de ángeles, cantando desde el Cielo.

–Bueno, entonces... –empezó a decir, y tomó el rostro de Mary entre sus manos grandes y cálidas–. Tengo que hacerte una pregunta.

Mary cubrió las manos de Taggart con las suyas. Se sentía invadida por una paz infinita.

–Adelante.

–Estaba preguntándome... si una estudiante de enfermería con mucho carácter querría casarse conmigo –dijo, y se puso, de repente, muy serio–. Si desearía compartir su vida con un estafador reformado, cansado de salvar a ratas de barcos hundidos.

Mary lo miró, y se le llenaron los ojos de lágrimas de alegría.

–Creo que puedo hablar por ella... –le echó los brazos al cuello y lo atrajo hacia su cuerpo– cuando digo... sí, cariño, sí. Es lo que más deseo en el mundo.

–Te quiero, Mary O'Mara –dijo tomándola en sus brazos–. Te querré hasta el fin de mis días...

Su promesa de pasión eterna le supo a Mary cálida y dulce mientras la besaba... un delicioso preludio del paraíso.

JAZMÍN™

SUSAN LUTE

UNA VIDA
PERFECTA

HARLEQUIN™

ELEANOR Silks Rose, sentada en el banco de la iglesia, hubiera deseado más que nada en el mundo ser ella la que se iba a convertir en la esposa de Dillon Stone. No era justo que Joan Butler, la niña bonita del instituto, con su belleza morena y su serena personalidad, hubiera conseguido que el hombre más perfecto del mundo la llevara al altar.

Incómoda en sus medias por la falta de costumbre, Eleanor busco el asiento más retirado desde el que poder ver el pasillo central de la iglesia, dónde la pareja iba a pronunciar sus votos. Ajena a la suave música, a la serenidad de las velas encendidas y al murmullo que esperaba expectante, solo oyó las palabras del sacerdote uniendo para siempre en matrimonio a Joan con el hombre que ella había amado en secreto desde el momento que lo conoció, como el amigo de su hermano adoptivo.

Eleanor tenía entonces solo catorce años, y aun así, habría dado cualquier cosa por llevar puestos aquellos blanquísimos zapatos de piel. Y eso que normalmente prefería unas cómodas zapatillas de deporte a cualquier cosa con tacones. La verdad era que no era culpa de Joan que Dillon nunca se hubiera fijado en ella, una marimacho, que prefería siempre ir a caminar por las montañas o ir con los chicos a pescar a hacer cosas de chica, como ponerse guapa delante del espejo, limpiar la casa o cocinar. Si alguien la hubiera obligado a hacer algo más complicado que meter comida congelada en el microondas, se hubiera muerto de hambre.

Joan, por supuesto era una perfecta ama de casa.

Eleanor se colocó un mechón de pelo que insistía en escaparse de la sofisticada trenza que le habían hecho por primera vez para la ocasión y bajó la mirada para no tener que ver a Dillon besando entusiasmado a la novia.

Cuando empezó la alegre música que anunciaba que dos personas habían puesto sello a su compromiso, levantó la vista para ver cómo la feliz pareja salía radiante caminando por el pasillo, entre las felicitaciones de todos los invitados.

Sus padres adoptivos insistían en que tenía toda la vida por delante, pero Eleanor no lo veía así.

Se negó a llorar.

Su corazón no estaba roto.

Otra mujer se había llevado al único hombre en el mundo con el que ella hubiera considerado vivir toda la vida. El rey Arturo de Camelot y Superman, todo en uno. Dillon siempre sería el único amor de su vida.

CAPÍTULO 1

JAKE Edward Solomon. Tú no eres mi padre.

–No, Ely, pero soy tu hermano mayor, ¿me vas a hacer ese pequeño favor, o no? –dijo Jake en tono humorístico.

Eleanor hablaba sujetando el teléfono entre la cabeza y el hombro. Estaba sentada tras su escritorio. Le dio la vuelta a su silla giratoria para mirar, sin ver, el parque al que daba la ventana de la oficina.

Jake sabía que se saldría con la suya. Eleanor deseó poder resistirse, al menos esa vez, a las locas ideas de su hermano adoptivo. Detestaba que la chantajearan emocionalmente, especialmente si lo hacía la única persona en el mundo a la que podía considerar familia.

–No estoy diciendo que lo vaya a hacer, pero ¿podrías repetirme qué es lo que quieres que haga?

Eleanor ya se había resignado a ayudarlo en ese apuro, como siempre. Pero esta vez, estaba decidida a hacerlo luchar por esa victoria.

–El cuerpo de elite de la policía está organizando una cena de beneficencia, y por el precio del cubierto vamos a celebrar un espectáculo-concurso de cita a ciegas, y habrá una boda simulada al final...

–No puedes hablar en serio... –Eleanor era consciente de que había subido mucho el volumen de su voz al darse cuenta de las intenciones de su hermano, pero no le importó.

–Sí que hablo en serio, Ely. Lo tenemos todo preparado para el sábado por la noche y resulta que ahora, una de las chicas se ha echado atrás.

Eleanor ignoró el tono suplicante con el que Jake intentaba convencerla. Era un tono que ya conocía de innumerables ocasiones. Jake lo usaba siempre que quería salirse con la suya.

–Supongo que no estarás insinuando, que reemplace yo a esa chica en esta payasada tuya. Sabes que no me gustan las citas, ni ciegas, ni de beneficencia, ni de ningún otro tipo –aseveró con firmeza, con la esperanza de hacerlo desistir.

Esperanza inútil.

–Venga, Ely. Ya te dije que estoy en un lío con este asunto. Te necesito. Esto es muy importante para muchas personas... y también para mí.

Eleanor detestaba que Jake usara esa voz suave que parecía decirle «nadie te quiere como yo», y que venía usando desde sus años de adolescencia. Chantaje emocional. Eso es lo que era. Y aunque la sacaba de sus casillas, siempre terminaba cediendo.

–Está bien, Jake. Lo haré por ti. Esas otras personas no me interesan, no significan nada para mí.

–Claro que no. Gracias, Ely. Eres la mejor y una ...

–Sí, ya, claro –interrumpió Eleanor, que no quería aceptar su victoria de niño consentido.

–Mira –dijo Jake–, nos vemos mañana por la tarde en Harbor Room para hablar de los detalles. He quedado con una amigo a las cinco, pero para las seis habré terminado. Te quiero, hermanita.

Y todo lo que quedó de Jake y su disparatado plan fue el tono del teléfono en el oído de Eleanor.

* * *

Dillon Stone observó a su amigo con suspicacia en la tenue luz de Harbor Room. Era imposible que Jake conociera sus planes de encontrar esposa.

Su hermana se había casado hacía un mes, y desde entonces andaba a la búsqueda de una mujer. Ver a Ryan adaptándose a su nueva casa cerca de la universidad lo afianzó en su decisión.

Dillon recordaba la muerte de su madre cuando apenas era un adolescente, lo perdido y solo que se había sentido. La echaba mucho de menos. No quería que Ryan creciera con el mismo sentimiento de pérdida.

Inmerso en sus recuerdos, Dillon, secaba con el pulgar la humedad de su jarra de cerveza. No buscaba amor. Había sido muy afortunado. Había conocido el amor una vez. Eso no era algo que ocurriera dos veces en la vida. A lo más que aspiraba era a conocer a alguien a quien pudiera respetar, y con quien pudiera vivir a gusto. Era algo factible. Muchas personas se casaban por mucho menos.

Dillon se acordó de las dos listas que ocultaba en el despacho de su casa. En una, había escrito todas las cualidades que buscaba en una esposa. En la otra, todas la mujeres solteras que conocía que podían cumplir esos requisitos. Esta última no era muy larga, pero era un comienzo.

—... así que, como puedes ver, estoy en un aprieto

—¿Qué aprieto? —Dillon se llevó la cerveza a los labios, lamentando tener que admitir que se había perdido una buena parte de la conversación de su amigo.

—Necesito que me hagas un favor. Necesito un hombre para el sábado por la noche —Jake hablaba despacio, como si hablara con un niño pequeño, y dejó la jarra de cerveza en la mesa.

–Lo siento, pero tengo muchas cosas en la cabeza. Hay un caso muy complicado que estoy revisando –no era del todo mentira.

–Ya no trabajas en los tribunales, eres profesor de Derecho en la universidad. ¿Qué caso es ese?

Dillon no tenía ninguna intención de hablar de su último proyecto con Jake. Cuando se le metía una idea en la cabeza, era como un perro con un hueso. Recordando todas las citas ciegas en las que su amigo lo había embarcado en el instituto, antes de empezar a salir con Joan el último año, le dio un escalofrío de imaginarse con qué tipo de mujer estaría intentando liarlo.

–¿Cómo está tu hermana? –preguntó Dillon con la intención de distraer a Jake.

–¿Ely? Está bien. Oye, tienes que hacerlo por mí...

Por una décima de segundo sintió una punzada en el estómago. No era posible que Jake quisiera que saliera con su hermana. La recordaba como una tímida chiquilla que los seguía a todas partes. Si la memoria no le fallaba, poco después de su boda con Joan, ella se había ido a la Costa Este para ir a la universidad.

–¿Hacer qué por ti? –preguntó con cautela.

–El departamento esta preparando una cena de beneficencia para el Refugio para Mujeres de East Side. Habrá una subasta y un poco de baile, pero la mayor parte del programa va a consistir en un concurso de cita a ciegas, y el tipo del departamento que iba a concursar se ha echado atrás en el último minuto.

Dillon dio un trago largo de su cerveza con alivio. Su mejor amigo no estaba intentando emparejarlo con su hermana pequeña. El mismo Jake le había contado que se había convertido en una adicta al trabajo.

—¿Qué le pasó a ese tipo?

—Se casó, y ahora su esposa no quiere que participe.

—¿Y no hay otros?

—Están todos de servicio, y yo, como seré el maestro de ceremonias, voy a estar demasiado ocupado para concursar, así que ni preguntes.

Como miembro de un cuerpo de elite de la policía, Jake se tomaba sus misiones muy en serio, incluida esta.

—¿Y cuándo tiene lugar este importante «acontecimiento»? —preguntó Dillon, incómodo por el retraso que sufrirían sus propios planes. Pero tenía que encontrar un hueco para hacerlo. Le debía demasiado a Jake. Sin su fiel amigo, no sabía cómo podría haber superado la muerte de Joan.

—Este sábado. Siento avisarte con tan poco tiempo, pero estoy desesperado. Y, a lo mejor, después del espectáculo, tú y la afortunada dama podréis pasar algún tiempo juntos... —Jake, que era un romántico incurable, ya le había insistido hasta la saciedad en que era hora de que empezara a salir de nuevo y a conocer mujeres.

—No creo que sea muy probable, si tenemos en cuenta el tipo de mujeres que sueles conseguir para estos líos tuyos —durante unos instantes, Dillon se preguntó si estaba loco por dejarse embaucar en algo así.

«Es por una buena obra, Stone», se dijo.

—Está bien, lo haré. De todas formas, no tenía nada que hacer esa noche.

—Genial —dijo Jake levantando su cerveza en el aire—, por el triunfo, y porque encuentres la mujer perfecta.

Dillon tenía ciertos recelos; pero era imposible que Jake supiera que él estaba buscando esposa. Aquello no era más que otro de los planes chiflados aunque bienintencionados de su amigo.

Mientras terminaba su cerveza, echó un vistazo a su alrededor y su mirada se detuvo en una mujer que acababa de entrar. La mujer permaneció inmóvil con el rostro tapado por una sombra durante un instante, como una delicada figura de porcelana.

Sin poder evitarlo, se despertó en Dillon su instinto de macho depredador. ¿De dónde había salido esa mujer? La curiosidad lo dominaba, no podía evitar recrearse en aquella visión que iba eclipsando al resto de las personas del bar.

El cabello rubio le caía por debajo de los hombros como una pálida cascada. Un fino flequillo mantenía el pelo alejado de los ojos, enmarcados en gafas de alambre. La mujer tenía los labios apretados, como en forma de corazón, mientras escudriñaba el lugar a conciencia, mesa por mesa.

«Está buscando a alguien», fue lo primero que pensó Dillon, mientras observaba con toda su atención la silueta grácil de la mujer. Su mirada fue bajando por el cuello, largo y esbelto, pasando por unos hombros desafiantes, para terminar centrándose en su figura inolvidable, que lo cautivó con sus curvas, que el serio traje de chaqueta que llevaba no ocultaba en absoluto.

La mujer dio entonces un paso hacia delante.

Todos los sentidos de Dillon se estremecieron al vislumbrar sus piernas larguísimas y delgadas, realzadas a la perfección por unos zapatos prácticos y poco convencionales. Al levantar la vista después de un examen tan exhaustivo, se dio cuenta de que ella lo estaba mirando a él. Sintió una punzada en el estómago. Por un breve momento, ella permaneció quieta, como sorprendida, pero enseguida volvió la mirada hacia su amigo.

Dillon no estaba acostumbrado a que lo ignoraran como a un periódico viejo, y , por alguna razón, no le gustó nada. La mujer avanzó, con un gesto de suspicacia cada vez más evidente, hacia la mesa de ellos.

«Se avecinan problemas» fue la segunda cosa que pensó Dillon, acomodándose en la silla. La mujer se acercaba con un gesto de rabia apenas contenida en el rostro.

«Esta mujer no es ninguna amita de casa perfecta» fue la tercera cosa que pensó de ella.

–Jake –el tono de voz de Eleanor, frío y calmado, no conseguía ocultar su ira. Sabía que Jake se traía algo entre manos. Y allí estaba la prueba.

Sabía que Jake terminaría trayéndola algún día ante ese hombre por el que una vez habría removido cielos y tierra. Aquel enamoramiento infantil se había terminado el día en que Dillon se casó con Joan. Habían pasado nueve años y le parecía algo lejano. La verdad es que ella había seguido adelante con su vida y le había ido muy bien.

Ahora, en una décima de segundo, lo observó hasta el último detalle. Sus vaqueros desteñidos le quedaban muy bien. Y también la trenca de tweed marrón. Llevaba el pelo tan despeinado, que daban ganas de pasarle los dedos por la cabeza para peinárselo. Y además, tenía una mirada tan penetrante que le daba la impresión de que podía ver hasta sus secretos más íntimos.

Eleanor sintió un vuelco en el corazón al recordar el interés impúdico con el que la había mirado al entrar en el bar.

¡Cuántas veces había luchado por no quedarse mirando la foto de boda que Jake le había dado! Se sentía fascinada por el amor con que el joven Dillon miraba a la otra mujer, su esposa, una criatura de cabello oscuro, bella y delicada, a la que rodeaba con su brazo protector.

Aunque sabía que era imposible, durante un tiempo había buscado un amor así para ella. Finalmente, convencida de que no iba a tener tanta suerte, enterró la foto en el fondo de su caja de recuerdos, y con ella el sueño de encontrar el amor verdadero. Comenzó entonces una vida independiente y llena de éxitos en la que no había lugar para esa emoción impredecible llamada «amor».

—Hola, Ely —saludó Jake poniéndose de pie y abrazándola cariñosamente. Su metro ochenta apenas rebasaba el metro setenta y cinco de ella.

Con el rabillo del ojo, Eleanor vio cómo Dillon también se levantaba. Era bastante más alto que Jake, y sus ojos, del color de un espeso bosque, la miraban cautelosos. Después, sus duras facciones se tornaron inexpresivas y la tensión que recorría su cuerpo desapareció.

—¡Suéltame, Jake! —exclamó empujándolo.

—De acuerdo —Jake agarró la silla que tenía más cerca, invitándola a sentarse. Sus ojos brillaban con malicia—. Recuerdas a Dillon, ¿verdad?

Eleanor le lanzó a Jake una mirada asesina y tendió la mano al hombre que había esperado no volver a ver en su vida.

—Claro que sí —dijo tratando de mostrar desinterés.

Sin embargo, al contacto de su mano creyó que algo se derretía en el centro mismo de su alma.

Rápidamente, Eleanor retiró la mano y se la puso detrás de la espalda, donde él no pudiera volver a tocarla. Él la observó de nuevo con sus penetrantes ojos verdes y enseguida la reconoció.

—¡Hola, Eleanor! ¡Cuánto tiempo sin verte!

A juzgar por su expresión, Eleanor dedujo que no le agradaba demasiado ese reencuentro. No le importaba. Eleanor se sentó en la silla que Jake le ofrecía. Las piernas no la sostenían. Desde la última vez que vio a Dillon, se había enfrentado a muchos peces gordos en salas de reuniones y había salido victoriosa. Podía enfrentarse perfectamente a ese hombre, que no significaba ya nada para ella, sin que nada alterara la ordenada vida que se había construido.

—Jake, tengo que irme. Tengo que volver a casa con Ryan. Eleanor, me alegro de volver a verte.

Eleanor vio a Dillon alejarse intranquila.

Se sentía profundamente decepcionada. Era evidente que ella le resultaba tan poco atractiva ahora como hacía años, cuando lo seguía a todas partes con el corazón en la mano.

—Creo que esta vez te voy a matar de verdad —advirtió a su hermano adoptivo. Se dio cuenta de que las manos se le habían quedado blancas de tanto apretar los puños.

CAPÍTULO 2

DILLON se acercó al espejo intentando concentrarse en el nudo de su pajarita. No entendía por qué, pero desde que se había ido, o mejor dicho, huido de aquel encuentro con Eleanor Rose, no podía concentrarse ni en sus clases, ni en sus listas ni en nada.

Por centésima vez, pensó en ella con curiosidad. Se había dado cuenta de su intento de mantener las distancias, de su estudiada indiferencia cuando se vio obligada a saludarlo.

Aquella mujer que había visto en el Harbor Room, se parecía poco a la adolescente que él recordaba. Había cambiado. Y mucho. Aquel chicazo de mal genio al que Jake siempre estaba protegiendo se había transformado en una consumada mujer de negocios. Para su gusto, era demasiado distante e independiente, no reunía los requisitos para entrar en su lista de esposas potenciales. Entonces, ¿cuál era el problema?

No entraba en sus planes sentirse atraído por una ejecutiva agresiva. Pero no podía apartar de su cabeza aquellos ojos del color del whisky, ni aquella esbelta figura de piernas largas y tentadoras, que él imaginaba rodeando su cintura, ni la fantasía de pasar sus dedos por aquella cascada de cabello dorado. ¿Qué había sido del chicazo que recordaba?

Un escalofrío le recorrió el cuerpo al sorprenderse aferrado a estas imágenes que atentaban contra su sentido común.

–Papá, no puedo atarme esto.

Dillon vio el reflejo de su hijito de seis años en el espejo. Ryan le recordaba mucho a Joan. Le traía recuerdos de su esposa, que ya no eran dolorosos, pero que lo hacían sentirse solo y vacío por dentro. Aunque hacía ya cuatro años de su muerte, echaba de menos su risa y la alegría de volver a casa cada día y encontrarse con el amor y la seguridad que ella le daba.

Apartó de su mente el alud de recuerdos que tanto había luchado por aceptar y se puso en cuclillas junto a Ryan para hacerle el nudo de la pajarita.

–Estás muy elegante, campeón.

Se puso de pie y miró de nuevo al espejo. El niño parecía una versión pequeña de su padre. Los dos llevaban traje negro, camisas blancas y tenían los mismos ojos verdes. Uno era más joven e inseguro, el otro más triste y sabio.

–¿Vamos a encontrar una mamá esta noche? –la vocecita de su hijo interrumpió sus fantasías sobre rubias distantes con ojos del color del whisky.

–No. Recuerda que te dije que va a ser de mentirijillas. Es para recaudar fondos para...

–Una buena obra. Pero pensé que ya que ibas a elegir una mujer imaginaria...

–Imaginaria, tú lo has dicho –dijo Dillon con firmeza. Se preguntaba si no habría sido un error invitar a su hijo a la velada.

–Ya lo sé –dijo Ryan con un apenado suspiro infantil; pero enseguida se animó–. A lo mejor puede ser también mi mamá imaginaria.

A Dillon casi se le rompió el corazón al ver esa esperanza en la cara del chiquillo. No le gustaba que Ryan no recordara a su madre. Se parecía a ella en tantas cosas: tenía su pelo oscuro, su sonrisa, el sentido del humor. Estaba claro que Ryan quería una mamá, igual que la tenían sus amiguitos.

—Todo va a salir bien, campeón. Oye, ¿quieres ayudarme a elegir mi esposa imaginaria? Dillon lo dijo sin pensar, pero por nada del mundo hubiera retirado la pregunta después de ver la emoción de Ryan.

—¿De verdad?

—De verdad —esperaba que a Jake no le importara un pequeño cambio en el programa del juego.

—¿Crees que podremos encontrar una a la que le gustemos?

Dillon se miró junto a su hijo en el espejo por última vez.

—Claro que le gustaremos. ¿Qué dama podría resistirse a dos tipos estilo James Bond, tan guapos como nosotros? —preguntó Dillon contento de haber hecho sonreír al pequeño con su respuesta.

—James Bond —repitió el niño.

Ryan se puso firme, echando los hombros para atrás, mientras su padre le ajustaba la pajarita, y dijo imitando la voz de James Bond:

—Estoy preparado.

«Muy bien, porque yo no sé si lo estoy», pensó mientras se dirigía hacia su camioneta.

—Es una gran idea. Una pareja de padre e hijo solteros.

Jake condujo a Dillon a las cabinas del concurso.

—Desde aquí no podrás ver a las concursantes femeninas. Siéntate aquí. Empezaremos cuando la cena esté servida.

–Parece que has conseguido llenar esto –observó Dillon. Si tenía que participar en las tonterías de Jake, al menos lo alegraba que fuera por algo importante.

–Sí, esto está abarrotado. Vamos a sacar un montón de dinero para el refugio esta noche. Tengo que ir a sentar a las damas en sus cabinas. Ryan, siéntate aquí con tu papá. Si quieres, hasta puedes hacer alguna pregunta.

–¡Vaya! –exclamó el niño encaramándose a su asiento.

Dillon se sentía aliviado de que a Jake no le hubiera parecido un problema que llevara al crío.

Jake despeinó cariñosamente al niño mientras le colocaba el micrófono. Después miró sonriente a Dillon.

–Mucha suerte. Apuesto a que esta noche vas a encontrar a la mujer perfecta.

Jake lanzó una carcajada y desapareció detrás del panel que los separaba de los demás concursantes, dejando a Dillon lleno de recelos.

Acababa de abandonar Seattle para instalarse en Portland, una ciudad más pequeña y cómoda. Y lo había hecho en parte debido a Jake, que insistió en que necesitaban un cambio, Ahora, tenía la sensación de que su amigo se traía algo entre manos. Era muy propio de él.

Desde su cabina, Dillon veía a los elegantes invitados llegar a las mesas que quedaban dentro de su campo de visión.

–Muy bien, damas y caballeros, ha llegado el momento de comenzar –anunció la voz de Jake– Déjenme empezar dándole las gracias a todos por venir aquí esta noche para apoyar una buena causa. Recuerden que, en la parte de atrás, tendrá lugar una subasta y todo el dinero que se recaude esta noche irá directamente al Refugio para Mujeres del East Side...

Quizá su amigo tenía razón. Al otro lado del panel había tres mujeres perfectamente válidas. Una de ellas podría ser lo que el estaba buscando... para añadir a su lista.

—Como elemento sorpresa, no vamos a tener un solo soltero, sino dos, padre e hijo, que elegirán a una afortunada dama...

Eleanor se quedó paralizada en su cabina. Su sospecha adoptó primero la forma de un pánico frío, para rápidamente convertirse en ira.

No sería capaz. La única persona en el mundo en la que confiaba no sería capaz de hacerle eso. ¿O sí? Una voz le decía que sí, que era capaz. Eleanor lanzó todo tipo de maldiciones silenciosas contra su hermano. No podía ponerle la mano encima, pues el cubículo en el que estaba solo estaba abierto por el lado del público, que en ese momento empezaba a cenar y que esperaba con expectación el comienzo del juego.

—Soltero padre, ¿por qué no empieza con su primera pregunta? Tenemos a tres encantadoras damas para que elija. ¿Para quién es su primera pregunta? ¿Para la número uno? ¿Para la número dos? ¿O para la número tres?

—Para la número tres. ¿Cuáles son tus aficiones?

A Eleanor casi se le escapó un bufido cuando oyó aquella voz familiar formular su pregunta en medio del entusiasmo y los silbidos del público. No estaba preparada para el impacto de su voz, que encendió algo en su interior igual a los fuegos artificiales del Día de la Independencia.

—¿Número tres? —la profunda voz de Dillon la sumió en una ola de sensaciones contradictorias.

Carraspeó. Sentía un nudo en la garganta

—No tengo ninguna afición —dijo finalmente sin pensar.

—Ya veo. ¿Y tú, número dos?

«¿Qué es lo que veía?», se preguntó enojada, sintiéndose como una tonta.

El tono acaramelado que usaban las otras candidatas en sus respuestas la enfermaban. De ninguna manera iba ella a venderse así, edulcorando sus respuestas para él.

—Para la número tres. ¿Cuál es tu plato favorito?

Esta vez, Eleanor estaba preparada. Impostó la voz con cuidado y respondió.

—Soy vegetariana —era verdad.

—¿Y...?

—Y me gustan las verduras.

Dillon miró a Ryan con ojos interrogantes. Había algo familiar en aquella voz, a pesar del micrófono y la brusquedad de las respuestas.

De repente, unos ojos del color del whisky le vinieron a la mente y lo entendió todo. Eso era lo que tramaba Jake. Sin embargo, tenía tres mujeres entre las que elegir y desde luego no pensaba elegir a Eleanor solo porque fuera su hermana. Jake siempre había tenido ocurrencias absurdas, pero esa vez se había pasado.

Eleanor miraba fijamente al público. Los camareros, vestidos elegantemente con camisas blanquísimas y corbatas y pantalones negros, servían la cena. Las mesas estaban cubiertas con hermosos manteles dorados, y todas las mujeres de la sala sin excepción tenían su mirada en la parte izquierda del escenario, dónde sin duda estaba Dillon con su hijito.

Acalorada por la rabia, se desabrochó el botón de la blusa que parecía querer asfixiarla y reforzó su intención de no rebajarse a competir por la atención de ese hombre. Respondió todas las preguntas en el tono más aburrido que pudo, mostrando adrede un total desinterés por todo, para quitarle así de la cabeza cualquier intención que pudiera haber tenido de elegirla a ella. Mientras, las otras mujeres hacían todo lo posible por echarse en sus brazos. Sus respuestas melifluas y aduladoras le revolvían el estomago.

Jake terminó apareciendo en su campo de visión, mirándola muy serio. Eleanor sintió un punto de malvada satisfacción. Levantó las cejas, le sonrió con dulzura y deseó verlo ahogado en el fondo del mar. Jake se puso aún más serio y eso hizo su venganza más dulce.

«Como lo agarre, me las pagará», se prometió a sí misma. Estaba sentada en el mismo borde de la silla, casi saliéndose de su cubículo y por tanto de su parte del escenario.

Colocándose las gafas, miró por un instante por encima del panel. Los otros tres cubículos eran exactamente iguales al suyo y estaban colocados en el escenario haciendo una media luna; los dos del medio estaban algo más alejados del público. De repente, Eleanor se sorprendió a sí misma preguntándose como sería ser elegida por Dillon Stone. ¿Cómo sería ser la mujer con la que él quería pasar el resto de su vida?

Todavía le latía el corazón con ese pensamiento cuando una cara se asomó por el cubículo del concursante masculino. Unos ojos muy serios la observaban. Con el traje, parecía un adulto en el cuerpo de un niño. Y entonces sonrió.

Era Ryan.

Al ver aquellos ojos expectantes, Eleanor sintió el deseo, poco familiar para ella, de tomarlo en sus brazos y darle un abrazo. Le devolvió la sonrisa tímidamente.

–¿Número tres? –la voz irritada de Dillon interrumpió la frágil conexión que había establecido con el niño.

–Lo siento, no he oído la pregunta –dijo quitándose las gafas y guiñándole un ojo a Ryan, que seguía mirándola con curiosidad.

–¿Cuál es tu lugar favorito para ir de vacaciones? –repitió Dillon pacientemente, intentando dominar su enojo.

–Yo no voy de vacaciones –contestó Eleanor con sinceridad, incorporándose en su asiento. Su mente seguía pensando en la conmovedora sonrisa del chiquillo.

–Muy bien...

Eleanor se dio cuenta de que la voz sonaba cada vez más frustrada. Por primera vez desde que empezó aquella pesadilla, se relajó. Por un instante creyó oír a aquel hombre rechinando los dientes. Sonrió.

–Ryan, ven y siéntate –susurró Dillon. Estaba sorprendido de lo difícil que le estaba resultando ocultar su frustración por las respuestas de Eleanor. No le importaba lo que dijera, y, desde luego, no tenía pensado elegirla como esposa «imaginaria», pero podría al menos mostrar algún interés por el juego; al menos por el público.

Trató de no pensar en esos ojos, y en ese cuerpo que prometía compenetrarse perfectamente con el suyo en el ritual del amor. Tuvo que hacer un esfuerzo por borrar esa tentadora imagen de su mente. Ayudó a Ryan a volver a su silla. El amor no le interesaba.

—Muy bien, soltero hijo, ha llegado tu turno de hacer una pregunta —la alegre voz de Jake interrumpió el enfado de Dillon.

—Como James Bond —le recordó Dillon a su hijo.

—Para la número tres. ¿Te gustan los niños? —la voz le temblaba y Dillon lo rodeó por los hombros con sus brazos.

Eleanor se dio cuenta de la soledad que había en aquella voz y lo comprendió todo. Su seriedad de adulta se desvaneció ante la curiosidad de un niño de hermosa sonrisa. Sin pensarlo más, contestó con total sinceridad. De corazón. Era incapaz de hacer daño a aquel niño que esperaba su respuesta.

—Creo que los niños son guays... especialmente los chicos —dijo indecisa pero con sencillez.

Dillon se quedó sorprendido por la repentina dulzura de su voz y vio cómo una enorme sonrisa se dibujaba en la cara de su hijo. Apenas escuchó las respuestas de la número uno y la número dos, y eso que esta, que era muy parlanchina, hasta propuso que fueran los tres a una hamburguesería.

¿Cómo la misma mujer que con él había sido tan evasiva y desagradable podía contestar a Ryan con tanta dulzura?

Acarició el forro de su chaqueta con los dedos conteniendo su rabia. Aunque él se consideraba un tipo normal, no estaba acostumbrado a que las mujeres lo ningunearan, y tuvo que reconocer que no le gustaba. Que él no pensara elegirla no tenía nada que ver, al menos podía ser amable.

–Muy bien, damas y caballeros. Ha llegado la hora. Nuestro soltero deberá ahora elegir una dama –la voz de Jake reverberaba en los altavoces. Dillon pensó con alivio que aquella tontería estaba a punto de acabar.

–Muy bien, Ryan. ¿Con cuál nos quedamos? –susurró Dillon como si estuvieran eligiendo entre dos sabores de helado que ni siquiera eran sus favoritos–. ¿Con la número uno o con la número dos?

–Con la número tres –contestó Ryan con entusiasmo. Semejante respuesta disparó una alarma en la cabeza de Dillon.

–No, Ryan. Tiene que ser la uno o la dos.

No tenía ninguna intención de elegir a Eleanor Rose después de la evidente falta de interés que ella había mostrado a lo largo del juego. Solo era una gala de beneficencia y ella ni siquiera se había molestado en fingir ganas de participar.

–Pero a mí me gusta la número tres –su voz había pasado del susurro a la exigencia y apretaba los puños con fuerza.

–Ryan –insistió Dillon, estrechando al niño contra su pecho.

–Pero yo quiero que ella sea mi nueva mamá –su voz temblorosa y las lágrimas que empezaban a brotar de sus ojos eran más de lo que él podía resistir, pero lo intentó.

–Es todo de mentirijillas, hijo. Solo es por esta noche. ¿Lo entiendes?

–Sí. Pero yo prefiero a la número tres.

Jake se asomó al cubículo y pilló el final de la conversación. Dillon refunfuñó al darse cuenta de lo divertido que a él le resultaba su problema.

–Parece ser que hay disparidad de criterio entre nuestros solteros –anunció Jake al público, tratando de crear la mayor expectación posible.

Un murmullo estalló en la sala, obligando a Dillon a tomar una decisión. Resignado, se puso en pie con Ryan en brazos, apoyando el peso del chiquillo en la cadera. Sus palabras, pronunciadas casi sin aliento acallaron el murmullo expectante.

–Nos quedamos con la número... tres –dijo a regañadientes.

Gracias a Dios era todo ficticio, y solo para una noche. Era un adulto, podría soportar a Eleanor Rose una sola noche. La enorme sonrisa de su hijo y sus manitas aplaudiendo llenas de gozo en mitad del ruido estruendoso de la ovación del público le confirmaban que había tomado la decisión adecuada... para su hijo.

Dillon dio las gracias a la número uno y a la número dos. Al ver a esta última abandonar el escenario, pensó en que hubiera sido una mejor elección. Se llamaba Mary Towers y por su aspecto, parecía ser la perfecta ama de casa que él andaba buscando. Quizá la añadiría a su lista de candidatas potenciales.

«Es justo lo que buscaba, sería una madre fantástica para Ryan», pensó. En ese momento su mirada se cruzó con unos ojos enfurecidos, del color del whisky.

Sólo estaban ellos cuatro en el escenario: Ryan, con su alegre sonrisa y los ojos radiantes de entusiasmo; Jake, orgulloso, sonriendo con satisfacción; Eleanor, muy pálida, con los labios apretados en un gesto de dolor y los ojos ahogados en una emoción que no sabía describir; y él mismo.

A Dillon no le gustaban nada las risas que acompañaban al discurso de Jake.

–Damas y caballeros, déjenme que les presente a la pareja más explosiva de Portland: Dillon Stone y Eleanor Rose.

Dillon miró su hijo desbordante de alegría; a Jake triunfante; y a Eleanor, que seguía quieta con un gesto de incredulidad. No podía evitar la sensación opresiva de que las emociones de esa noche no habían hecho más que empezar.

CAPÍTULO 3

DAMAS y caballeros, vamos a hacer una breve pausa para montar el escenario para la boda. No olviden visitar nuestra subasta.

Eleanor quería gritar con todas sus fuerzas. Alejó apresuradamente a Jake a empujones de los otros.

—Jake, no pienso casarme con ese... hombre —susurró con fiereza, dándole la espalda a la tentadora promesa que representaba Dillon.

—Claro que te vas a casar. No corres ningún riesgo. Todo es ficticio, por una buena causa, ¿recuerdas?

Eleanor apartó violentamente los brazos de Jake, que intentaban darle un abrazo.

—¿Por qué no eligió a una de las otras? —Eleanor sentía que perdía la paciencia.

—¿Porque eres dulce y maravillosa y no pudo resistirse? —Jake la miraba humorísticamente, aumentando con ello la indignación de Eleanor.

—Eres hombre muerto.

—Gracias, Ely, yo también te quiero. Mira, aquí viene el atrezzo para la boda.

Eleanor lanzó una mirada asesina a Jake y se apartó del escenario para dejar trabajar a los tramoyistas, que estaban sustituyendo los cubículos por un elaborado jardín.

—Esto no va a salir bien, ¿sabes? —le dijo Dillon a su amigo, que le colocaba las solapas de su chaqueta de boda. Miró discretamente en dirección de Eleanor. Una mujer la estaba ayudando a colocarse un largo velo de encaje sobre su sedosa melena rubia.

¡Qué hermosa era! Desde luego ya no era aquella tímida marimacho. Aquella chiquilla había dado paso a una mujer guapísima, a la que sin embargo, le seguían faltando virtudes típicamente femeninas.

–Claro que sí saldrá bien. A la gente le encanta estas cosas –dijo señalando un arco nupcial que estaban colocando en una esquina del escenario.

–No es eso, me refiero a Eleanor y a mí –a Dillon no le parecía nada creíble Eleanor como novia. Por un instante sintió que ella lo miraba con tristeza y se le hizo un nudo en el estómago. Pero la mirada pronto se torno indiferente.

Maldición. ¿Por qué pensaba estas cosas? Él quería tener más hijos, incluso muchos, y sabía por experiencia que las mujeres con éxito profesional no querían hijos, al menos a corto plazo. Y cualquiera podía darse cuenta de que Eleanor Rose era una mujer dedicada a su trabajo.

Incluso para una velada como aquella, se había puesto un traje de chaqueta gris de rayas; parecía que iba a regresar a su despacho en cualquier momento. Sin embargo, llevaba un par de botones de la blusa abiertos y eso rompía un poco el efecto de ejecutiva. Aun así, Dillon reconocía ese tipo de mujer.

–¿Qué problema hay contigo y Eleanor? –preguntó Jake con una inocencia tan fingida que Dillon se puso en situación de alerta.

–No tenemos absolutamente nada en común. Lo más probable es que después de esta noche, nunca volvamos a vernos –ese pensamiento le hizo sentir un vuelco en el corazón, pero no le dio importancia.

Dillon miró con desconfianza la expresión inaltera-
ble de Jake.

—No importa. Aunque tampoco tendría nada de
malo que Eleanor y tu terminarais juntos después
de esto.

¿Juntos? ¿Él con aquella ejecutiva agresiva? De
ninguna manera.

—Eso no va a ocurrir, Jake —dijo Dillon con firmeza.

—Yo solo digo que ...

—Papá, ¿por qué ella se ha quedado allí lejos? —tirando de su mano insistentemente, Ryan había conseguido llamar la atención de su padre.

—Porque los novios no deben verse antes de la ceremonia, amiguito —contestó Jake arrodillándose para
arreglar los botones de las solapas de Ryan.

—Todo está listo. ¿Por qué no llevamos a tu papá y
a Eleanor a sus puestos?

Eleanor miró a aquel hombre que tanto le había
costado olvidar. Sintió que no podía continuar con
aquello. No iba a fingir una boda con el único hombre que había tenido la fuerza de convulsionar su
alma...

—Ely, ven para acá.

Con los dientes apretados, Eleanor consiguió mover las piernas, que sentía rígidas, y avanzó hacia el
lugar que Jake le indicaba.

¿Por qué estaba haciendo esto? Solo porque era
ficticio... y por una buena causa. Eleanor echó los
hombros para atrás. Se sentía realizada en su profesión y le gustaba vivir sola. No sentía lástima de sí
misma por haber deseado estar unida a ese hombre
para siempre, cuando era una chiquilla.

Sintió que una manita se colaba en la suya. Eleanor miró hacia abajo y vio unos radiantes ojos verdes y la sonrisa más grande que jamás hubiera visto en la cara de un niño.

–Vas a ser mi nueva mamá –dijo Ryan. A Eleanor se le cayó el alma a los pies. Aquello le hacía perder su fortaleza.

–Recuerda, hijo, que es de mentirijillas.

Y con esas palabras, Eleanor volvió a recuperarla.

–¿Dónde está el juez de paz? ¿Hay algún juez de paz en la sala? –preguntó Jake alegremente al público.

El público empezó a corear al unísono

–¡Juez de paz!... ¡Juez de paz!... ¡Juez de paz!...

«Mantén el sentido del humor, no sufras por algo así», se decía Eleanor al oír las risas en la sala. Se ajustó las gafas con nerviosismo. Inspiró profundamente para calmar los nervios. Se produjo un alboroto en la sala. ¿Qué pasaba ahora?

Un hombre ya anciano, vestido como en las películas del Oeste, con levita negra y sombrero de ala ancha, avanzó hacia el escenario, tocándose los bolsillos, como si hubiera perdido algo. Por fin, de uno de ellos sacó unas gafas de montura metálica y se las puso en su enorme nariz.

–Siento llegar tarde –dijo el hombre, casi sin aliento, colocándose frente a Dillon.

Eleanor no se lo podía creer. Ni a propósito hubiera podido encontrar Jake a un juez de paz con peor catadura.

–¿Estáis preparados, amigos? Soy Jed Banta. Esta es mi tercera boda hoy, y me gustaría empezar ya –murmuró a Jake, que le estaba colocando el micrófono–. Muy bien, joven, ¿cómo se llama?

Dillon no pudo evitar una sonrisa. ¿De dónde habría sacado Jake a semejante caballero tan anticuado? Era perfecto para hacer el papel de juez en una película de vaqueros, con ese cabello blanco y descuidado que se escapaba de su enorme sombrero de fieltro, y ese tupido bigote blanco que le tapaba los labios por completo.

—Eh... Soy Dillon Stone —contestó este, ahogando una carcajada al ver que el hombre escribía el nombre con un lápiz pequeño y carcomido en una hoja de papel que había sacado de un bolsillo interior de su abrigo.

Aquel hombre actuaba estupendamente, pensó Dillon.

—Y usted, señorita, ¿cómo se llama?

Por un momento, Dillon pensó que Eleanor no iba a contestar. Estaba blanca como la nieve y parecía que iba a desmayarse. ¿De qué tenía miedo? Porque eso es lo que parecía.

En su época de abogado criminalista, había visto esa misma expresión en el rostro de los acusados cuando llegaba el momento de oír el veredicto. Lentamente, entrelazó sus dedos con los de ella, y sintió, aturdido, como si una corriente eléctrica corriera entre ellos.

¿Lo habría sentido ella también?

Eleanor se ruborizó. Levantó la vista y sintió la mirada de él. Todavía sentía el calor del contacto de sus dedos.

—Me llamo... —dijo apartando por fin la mirada de él. Dillon se quedó con la impresión de que se estaba perdiendo algo.

—Eleanor Rose Silks. Me llamo Eleanor Silks Rose.

Aquel breve momento de vulnerabilidad despertó en Dillon un instinto de protección. Sintió que el corazón se le aceleraba. Aquella mujer estaba llena de contradicciones. Ella apartó su mano de la de él. Dillon intentó impedirlo.

—Muy bien, empecemos —dijo el anciano—. Estamos aquí hoy reunidos...

Eleanor estaba aún intentando recuperar el aliento por lo que había pasado con sus manos. Se sentía paralizada de pensar que iban a fingir algo por lo que ella hubiera dado la vida cuando tenía diecinueve años.

Pero, en ese momento, casarse con Dillon era lo último que deseaba. Se había construido una vida perfecta. Ya se había resignado a que su caballero andante perteneciera a otra y a que no tuviera un hermano gemelo. Sin embargo, cuando él entrelazó sus dedos con los de ella, se dio cuenta de la soledad en la que había vivido durante tanto tiempo.

Aún en ascuas, Eleanor miró a su hermano adoptivo, que le sonreía amablemente. Antes de que pudiera agarrar una rabieta o sacarle la lengua, la miró con ojos maliciosos, como retándola a ver si era capaz de seguir con la farsa.

Eleanor tragó saliva para apaciguar sus temores. Volvió a mirar la cara emocionada de Ryan. Sintió que algo se despertaba en su dolido corazón, algo que había mantenido enterrado durante mucho tiempo. ¿Cómo podía proteger sus sentimientos, cuando un niño tan dulce la miraba de esa manera, lleno de esperanzas? Con unos ojos, además, tan parecidos a los del padre.

—Dillon Stone, ¿quieres a Eleanor Rose como esposa, para amarla y respetarla hasta que la muerte os separe?

—Sí, quiero.

Eleanor sintió que un escalofrío le recorría la espalda. Se miraron. ¿Qué estaría pensando él? Luchó desesperadamente por apaciguar un estado de histeria incipiente.

–Eleanor Rosé, ¿quieres a Dillon Stone como esposo, para amarlo y respetarlo hasta que la muerte os separe?

En algún lugar del corazón, Eleanor deseó poder amar y respetar a Dillon Stone y que él la amara y respetara a ella hasta después de que la muerte los separase.

–Sss... –Eleanor tosió. «Es por una buena obra», se dijo a sí misma; lo volvió a intentar–. Sí, quiero.

–Yo os declaro marido y mujer. Joven, puede usted besar a la novia –Eleanor oyó estás palabras con una total sensación de irrealidad.

–No –objetó ella con un susurró ahogado. Dillon la miró severamente y se calló. No le gustaba esa seguridad apabullante en sus ojos.

Viendo su intención, Eleanor movió la cabeza en el último momento, con lo que Dillon solo alcanzó a besarla en la comisura de los labios. No fue un beso rápido, sino un beso arrebatador que se prolongó más de lo esperado.

Aturdida por el contacto de aquella boca en su piel, Eleanor se acercó a su duro pecho. Tuvo que luchar con los nervios concentrados en su estómago. Sintió que hacía mucho calor. Dio un paso atrás, resistiéndose a ir más allá. Él mantenía los brazos alrededor de su cintura, impidiéndole escapar.

–Ya está. Jóvenes, en cuanto firmen estos papeles, habremos acabado.

En medio de los vítores del público, Dillon firmó aquella licencia de matrimonio falsa y Eleanor añadió su enrevesada firma justo debajo.

–Les pido un gran aplauso para nuestros ganadores –dijo Jake tomando de nuevo el micrófono–. Veamos si podemos conseguir que nuestra nueva pareja abra el baile. Tendremos que animarlos.

Dillon vio con sorpresa cómo el pánico se apoderaba de las bellas facciones de Eleanor a medida que los aplausos rítmicos del público aumentaban su intensidad. Con la reciente emoción de haber besado y estrechado la cintura de aquella mujer, se preguntó qué sería lo que se le pasaba por la cabeza.

Pensó en lo vulnerable que resultaba el adorable rostro de Eleanor, en la soledad que trataba de ocultar, en sus movimientos tan inequívocamente sensuales. Dillon trataba de ignorar las chispas que saltaban entre ellos cada vez que se rozaban. Como ahora.

Vio cómo Eleanor se esforzaba por mantener su calma habitual. Se preguntaba por qué razón no podía seguir el juego. Decidió que tenía que hablar con su amigo. Jake no debería haber puesto a su hermana en una situación tan incómoda. Sospechó que su amigo debía tener sus razones para haber tramado... juntarlos de esa manera. Y no estaba bien.

–Bailemos. Es la única forma de que nos dejen tranquilos.

Eleanor respondió con una mirada llena de rabia que oscurecía sus ojos hasta hacerlos castaños oscuros.

–Venga, ¡que no muerdo! –insistió en tono conciliador.

Pero la tensión seguía ahí. Él no había movido la mano de la espalda de ella. Eleanor se inclinó un momento sobre su hombro y Dillon sintió cómo su espalda se curvaba bajo su mano. Después, ella se incorporó de nuevo. Sus delicadas facciones se mostraban ahora inexpresivas.

Eleanor había blindado su corazón. Al fin y al cabo, un baile no podía durar demasiado. Cuando Dillon la estrechó contra su pecho, sintió que, contra su voluntad, el cuerpo le temblaba por la excitación, Solo le quedaba una cosa por hacer. Tenía que agarrar al toro por los cuernos, y pronto.

—¿Por qué me has elegido a mí? Seguro que las otras dos mujeres eran más tu tipo.

—Es verdad. Yo no te elegí, fue Ryan —Dillon se mordió la lengua tarde; había sido muy grosero. Estaba molesto por que aquella mujer lo hubiera obligado a comportarse de una forma tan infantil. En cuanto el baile terminara, Ryan y él se largarían de allí lo antes posible.

—¿Siempre dejas que tu hijo elija las mujeres con las que sales?

Dillon se dio cuenta del enojo que nublaba la cara de porcelana de Eleanor. También se dio cuenta de que su propio cuerpo respondía a la esbelta figura que estrechaba ahora, y si no tenía cuidado, ella se iba a dar cuenta de que provocaba algo más que su impaciencia.

—Esto no es como salir juntos, así que pensé que no importaba.

Eleanor se movía al compás de la música y Dillon podía oler la fragancia de vainilla, la misma que había sentido antes al besar a aquella mujer tan estirada.

Se propuso resistir el deseo que sentía de volver a oler aquella melena y se apartó un poco de ella para escapar a la trampa que parecía cernirse sobre él. Afortunadamente, Eleanor no se dio cuenta de ese pequeño distanciamiento. Estaba demasiado ocupada ignorándolo... y mirando a Ryan, que estaba comiendo un helado con Jake y el falso juez de paz. Su expresión se suavizó. Dillon se dio cuenta y se preguntó cómo era posible que Eleanor pasara de ser tan arisca a ser tan dulce en solo un minuto.

–¿Qué es lo que se está imaginando? –preguntó Eleanor.

–¿Quién? –pero se lo imagino al ver a Jake hablando con uno de sus colegas del cuerpo. Jake asentía; su cara ya no tenía el gesto travieso de antes, ahora estaba serio y circunspecto, como correspondía a un policía de elite.

–Parece que esto se ha acabado –dijo Dillon con alegría. Los dos se dirigieron a la mesa donde estaba Jake–. ¿Qué pasa? –preguntó, sacando una silla para que Eleanor se sentara junto a Ryan.

–Acabo de recibir las instrucciones que estaba esperando acerca de un caso que me asignaron la semana pasada. Solo me queda tiempo para hacer la maleta y darle las llaves de mi apartamento a un amigo que me lo va a subarrendar.

–¿Vas a subarrendar tu casa? ¿A quién? –Dillon observaba a Ryan, que se había bajado de la silla y se había acercado a Eleanor para estudiarla detenidamente. Lo asustaba pensar lo que se le estaba ocurriendo a su espabilado hijito.

–¿Te acuerdas de mi amigo, el que se acaba de casar? Todavía no les han entregado la casa que han comprado y su contrato de alquiler vence ahora, así que se va instalar allí con su mujer hasta que firmen la compra.

–¿Adónde te envían? –Dillon sabía que no iba a decírselo.

Jake se encogió de hombros y sonrió misteriosamente.

–Eres mi nueva mamá, ¿verdad?

Dillon miró indignado al niño. Cuando se le metía algo en la cabeza, era dificilísimo sacárselo.

–Recuerda, hijo, todo es de mentirijillas. Eleanor y yo no nos hemos casado.

De repente, escupiendo en su servilleta, el falso juez de paz se puso de pie de un salto.

–¿Qué quieres decir con que no os habéis casado? Claro que estáis casados. Acabo de casaros ante Dios y con testigos.

–Está usted bromeando. Evidentemente –dijo Dillon riendo.

Confuso, Dillon miró a su hijo, que estaba entusiasmado. Y pronto se dio cuenta de la expresión horrorizada de Eleanor.

–No. No puede ser verdad –susurró, llevándose la mano a la garganta. Sintió que su pulso se aceleraba.

Sin poder creer lo que oía, Dillon miró a Jake. Lo asaltó una sospecha al ver que su amigo parecía sonreír con satisfacción.

–Sí, señora. Los he casado –continuó el anciano–, con mi autoridad de juez de paz autorizado por el estado de Oregón. Llevo cuarenta años casando gente. No veo por qué esta vez no iba a ser legal. Ustedes, jóvenes, firmaron la licencia, como Dios manda. Había testigos y yo también firmé. Así es como se hace siempre –mientras hablaba, se había quitado las gafas y las limpiaba con un pañuelo blanquísimo que sacó de otro bolsillo. Los miraba bizqueando y se reía con prudencia.

«¿Casado legalmente con Eleanor Rose? Pero si ni siquiera estaba en mi lista... Ella no es lo que ando buscando». Fue lo primero que se le ocurrió a Dillon. Pero enseguida reaccionó y miró enfurecido a Jake.

Eleanor apenas podía contener las ganas que sentía de darle un puñetazo, como cuando eran niños y la metía en líos.

—Has sido tú —espetó, furiosa.

—No, de verdad que no, lo juro. Ojalá —Jake dio un paso atrás con los brazos en alto en actitud de rendirse. En su voz también había sorpresa—. Admito que quería emparejaros, pero nunca hubiera tenido el valor de planearos una boda secreta.

—Pero entonces... ¿Cómo ha ocurrido esto? —repuso Eleanor cada vez más furiosa. Se dio cuenta con horror de que tenía lágrimas en los ojos. Entonces, la idea de asesinar a Jake la reconfortó.

—A lo mejor ha sido Cupido —sugirió Jake, retrocediendo aún más con las manos todavía levantadas.

«¿Cupido? ¿Es que a ese malcriado no le quedaba ninguna neurona en el cerebro?».

—Jake Solomon, no te atrevas a irte ahora. Tienes que arreglar esto. No puede ser que esté casada con él —Eleanor vio cómo su hermano adoptivo volvía a sonreír maliciosamente, y se le cayó el mundo encima.

—No puedo quedarme. Tengo una misión. Tengo que irme. Lo siento. No puedo hacer nada. Dillon tendrá que encargarse de eso. Pero, si queréis que os dé mi opinión, creo que esto es lo mejor que podría haber pasado. Ojalá hubiera sido idea mía para poder así atribuirme el mérito y recordároslo toda la vida —con un breve saludo con la mano y una alegre sonrisa, se despidió—. Dillon, cuida de Ely por mí. Es muy especial.

Ahora que Jake se había ido, Eleanor se sentía burlada, y más sola que nunca. Su cerebro buscaba a toda velocidad una salida del atolladero en el que se había metido. Dillon y Ryan esperaban tras ella. Dillon, preocupado. Ryan, encantado.

–¿Dónde está ese juez? Tenemos que hablar con él, decirle que deshaga esta boda, o algo así –el pánico no la dejaba hablar con claridad.

–Se ha ido –dijo Dillon–, no pude detenerlo. Dijo que tenía que celebrar otra boda –se sentía como si le hubieran tomado el pelo, con la licencia de matrimonio en una mano y Ryan en la otra–. Y, viendo este papel, a menos que pueda encontrar algún escapatoria legal, se diría que estamos realmente casados.

LA TENSIÓN que los rodeaba cuando él, Ryan y Eleanor subieron a su camioneta era asfixiante. Desde que había oído que la boda era válida, Ryan no había soltado la mano de Eleanor y no parecía tener intención de hacerlo.

Ya dentro del coche, Ryan se seguía inclinando desde el asiento de atrás para poner la mano encima del hombro a Eleanor. Ella ladeó la cabeza sobre su hombro y la movió suavemente acariciando la manita así atrapada, como queriendo protegerlo de la gran decepción que se le avecinaba.

Dillon sintió arder en deseo al notar un gesto tan inesperado. A Eleanor parecían importarle los sentimientos de su hijo. Ella no sabía lo atractiva que eso la hacía a sus ojos.

—Ryan, siéntate bien y abróchate el cinturón —dijo Dillon mientras giraba la llave para arrancar. Seguía pensando en la mujer fría y distante que llevaba en el asiento de al lado. Sus facciones perfectas eran inexpresivas. Eleanor desvió la mirada hacia la tranquilidad de la noche, que se veía por la ventana.

—No me puedo creer que Jake se fuera sin llevarme a casa —refunfuñó.

—¿Qué quieres hacer ahora? —preguntó él con torpeza, queriendo por alguna razón romper con el retraimiento de ella.

—Quiero irme a casa.

—Vas a venir a casa con nosotros. Eres mi nueva mamá.

La vocecita entusiasta de Ryan lo llenó de rabia y dolor. Ryan se merecía tener una mamá. Una madre de verdad, no esta madre por accidente, distante y silenciosa que seguía acariciando con la mejilla la mano del niño hasta que este, a regañadientes, se echó para atrás y se abrochó el cinturón.

—Ryan, la señorita Eleanor y yo no estamos casados de verdad —le recordó cariñosamente a su hijo, mientras se preguntaba lo que había detrás de esa mirada inexpresiva. Se había quitado las gafas para bailar, pero ahora las llevaba puestas, como si fueran un escudo para ocultarse—. Fue un error. Ella no quiere venir con nosotros a casa.

Eleanor la miró furiosa. Al volverse, su sedoso cabello rubio se agitó con fuerza sobre los hombros. Dillon se dio cuenta de que no había elegido las palabras adecuadas, y se sintió por ello aún más indignado. No era culpa de él que ella no quisiera estar casada con él. Él tampoco quería estar casado con ella. Sin embargo, por un instante, se sintió decepcionado.

—Ese señor dijo que os había casado. Eso significa que ella es mi mamá.

El brillo de aquellos ojos del color del whisky pasó de la inexpresividad a la aprensión y la incredulidad.

—No es posible que estemos casados. Ni siquiera nos hicimos los análisis de sangre. ¿Cómo se había dejado embaucar de esta manera? Siempre había sido muy cuidadosa. Cuando uno controla su propia vida y no permite que nadie se le acerque, no pueden hacerle daño.

¿En qué se había equivocado entonces? Sin permiso, el maravilloso y guapísimo Dillon se había colado en su vida igual que el lobo en el cuento de Caperucita Roja.

Iba a matar a Jake. Tendría que ir a la cárcel, pero merecería la pena. Pensando en la consumación de su venganza, sintió un momento de alivio.

–Los análisis de sangre no son necesarios en Oregón.

Aquella voz grave interrumpió sus planes de venganza. Lo miró atentamente por primera vez desde que se enteró de que estaba realmente casada con él, haciendo realidad una de sus más secretas fantasías.

–¿Estás seguro?

–Sí.

A Eleanor no le gustaba ver aquellos ojos pensativos que parecían ver más de lo que ella hubiera querido. Aunque estaba mayor de lo que recordaba, estaba más guapo, más interesante, más... sexy ahora que cuando ella lo seguía a todas partes como un cachorrillo en busca de cariño.

–Quiero irme a casa. A la mía.

–Quiero que vengas a casa con nosotros –Ryan lo dijo ahogado por las lágrimas.

A Eleanor se le partió el corazón. El niño le había llegado al alma, había derrumbado sus defensas. Se le hacía imposible sobreponerse mirando a Ryan a los ojos, pero debía hacerlo.

–No puedo ir a casa con vosotros esta noche –dijo con dulzura.

–Pero...

–Ryan... –intervino Dillon para interrumpir la súplica de su hijo.

–¿Qué te parece si os voy a ver mañana? –Eleanor

contuvo la respiración; ojalá el niño se contentara con una breve visita.

—Está bien —dijo con la mirada hacia abajo y la voz temblorosa.

Aterrada, se daba cuenta de que aquello no podía salir bien. Era imposible convertirse en esposa y madre solo por haber dicho «sí quiero» en una farsa.

Dillon estaba sentado a la mesa de su despacho, con las hojas de papel que contenían sus dos listas. El destino le estaba jugando una mala pasada. Eleanor Rose no tenía ni uno solo de los requisitos que él buscaba. ¿Qué había fallado?

Dillon se frotó los ojos. Apenas había dormido aquella noche. Cada vez que se despertaba, era soñando con una piel suave como de porcelana, con unas piernas largas y provocativas, con ojos de ensueño del color del whisky y labios sensuales en forma de corazón que parecían suplicar un beso suyo.

Pero esa mujer no era su tipo. ¿Por qué soñaba y se obsesionaba con ella como un adolescente descontrolado? Su hermana Beth diría que esos sueños tenían un significado, pero él no estaba de acuerdo.

«Podría querer decir que te sientes atraído indiscutiblemente por tu nueva esposa».

Pensaba en estas cosas cuando se dio cuenta de que Ryan estaba en el umbral de la puerta, mirándolo fijamente con expresión solemne.

Apartó esos pensamientos culpables de la mente, confiando en que no volvieran.

—Ven a sentarte aquí conmigo, hijo.

Sentó a Ryan en sus rodillas, y este lo miró con sus enormes ojos verdes.

–¿Estás cansado?

–Sí, un poco. No dormí bien anoche –dijo Dillon abrazándolo. Su hijo era lo más importante de su vida. Nada podría cambiar eso.

–Yo tampoco.

La vida gasta bromas a veces. Había oído eso de que el padre se comporta como un niño, y el niño como un padre pero nunca lo había creído, hasta ese momento.

–¿No te gusta la señorita Eleanor? Sería una esposa muy buena –afirmó el niño con un tono de sorprendente madurez.

«Ya es mi esposa».

–Quizá, pero para que un matrimonio salga bien hacen falta muchas cosas –contestó apartando al niño de su pecho para verle mejor la cara. Fruncía el ceño pensativo.

–¿No puede gustarte simplemente como es? Eso es lo que me dices a mí que haga con la gente.

–Bueno, no es tan sencillo. Para estar casado, hace falta tener cosas en común. Cosas importantes, como, por ejemplo, querer tener hijos, o ir al zoo juntos o que les gusten las mismas comidas –explicó acariciándole el ceño, como intentando quitarle la pequeña arruga que se le había formado.

–A la señorita Eleanor le gustan los niños, me lo dijo ella. Le gustan las verduras, y nosotros comemos verduras todo el tiempo. No sé si le gusta el zoo, pero se lo puedo preguntar. Creo que deberíamos quedarnos con ella.

–No creo que quiera que nos quedemos con ella, hijo.

Dillon pensó en las listas que había ocultado entre unos libros. Era consciente de que era una idea anticuada, de que se le podía tachar de machista, pero él buscaba una esposa que se quedara en casa. Una perfecta ama de casa. Tenía que pensar en Ryan.

Pero ¿cómo podía explicarle eso a un niño de seis años? No era el tipo de conversación que un adulto tenía con su hijo. El timbre de la puerta hizo saltar a Ryan de sus rodillas, librándolo por los pelos de continuar con esa charla.

—¡Ha venido! —gritaba mientras corría a abrir la puerta.

Dillon lo siguió más despacio. Se sentía incómodo por no poder controlar los pensamientos que le rondaban por la cabeza. Era imposible, eran demasiado opuestos. Entonces recordó su bondad, lo vulnerable que era aunque intentaba ocultarlo, y empezó a preguntarse...

Cuando llegó a la puerta, Ryan estaba hablando a toda velocidad, y llevaba a Eleanor, divertida, de la mano.

—Me alegro de que que hayas venido. Quiero enseñarte mi cuarto y mis juguetes. ¿Te gusta la pizza e ir al zoo? A mí es lo que más me gusta. ¿Quieres hacer galletas conmigo? Sabes hacer galletas, ¿verdad? Si no sabes, yo te enseñaré.

—Alto ahí, jovencito. Vas a asustar a la señorita. Vamos a llevarla al salón y a dejarla respirar —lo interrumpió su padre, temiéndose que no cesara de hacer preguntas.

A pesar del cariño con el que miraba a Ryan, Eleanor parecía sentirse tan incómoda como si se estuviera adentrando en la guarida de un león. Y a lo mejor era así, admitió Dillon.

Eleanor se dejó llevar a un amplio salón. Estaba tan absorta con su dilema, que apenas escuchaba las mil preguntas de Ryan.

No había dormido mucho esa noche. Cuando por fin llegó a casa, se encontró con un mensaje en el contestador informándola de que habían vendido la casa en la que vivía de alquiler desde hacía seis meses. Si no se iba antes del viernes, su casera perdería esa venta.

Sabía que la casa estaba a la venta, pero no había encontrado todavía otro sitio. Tenía sus derechos como inquilina, y por ley, no estaba obligada a irse tan pronto, pero también sabía que Marla, su casera, tenía cáncer y su seguro médico no cubría todos sus gastos. Necesitaba de verdad el dinero de esa casa para hacer frente a los costes del tratamiento médico.

Así que tenía que irse. Pero ¿cómo iba a encontrar en cinco días una casa que le resultara cómoda y estuviera cerca del trabajo?

Y luego estaba el tema del supuesto «matrimonio» con Dillon Stone. Tratando de conciliar el sueño aquella noche, no había podido quitarse de la cabeza aquellos ojos verdes y serios que la observaban inquisitivos buscándole defectos. Él no la quería como esposa. Ella lo sabía. Aquella boda había sido un tremendo error.

Entonces... ¿Por qué el débil recuerdo de su aftershave aparecía en sus sueños? ¿Por qué seguía pensando en aquel hombre de aspecto tan masculino, con sus grandes manos y labios seductores como si realmente fuera su marido?

–¿Quieres beber algo? –ofreció Dillon amablemente.

Eleanor recordó entonces dónde estaba, sentada en un sofá color caqui demasiado rígido, en un salón luminoso de techos muy altos, en la casa de su supuesto marido. Era la última hora de la mañana y el sol entraba suavemente a través de las persianas verdes que colgaban de las ventanas.

–Sí, un poco de agua por favor –cualquier cosa con tal de alejar de ella aquel magnetismo que Dillon destilaba. Eleanor le miró el trasero y pensó que nunca había visto nada tan sexy.

–¿Sabes hacer galletas de chocolate?

Eleanor miró a Ryan, que se había sentado junto a ella en el sofá. Estaba inclinado sobre ella como la Torre de Pisa, los ojos le brillaban llenos de curiosidad y entusiasmo.

Galletas de chocolate. ¡Qué vida tan sencilla! Cuando ella era niña, su vida no fue tan fácil. Nunca había estado con una familia el tiempo suficiente para que las cosas fueran sencillas. La única cosa buena, aparte de Jake, que había conseguido en la última casa de acogida fue aprender a hacer galletas de chocolate.

–Sí, sí que sé.

–¿Me ayudarás un día a hacerlas? –Ryan la miraba con mucha seriedad. Quería de verdad que ella lo ayudara. Se conmovió de contar así con su aprobación. No podía acostumbrarse a que aquel chiquillo la necesitara.

Lo abrazó con dulzura, aferrándose a esa dulce sensación de tener a Ryan en sus brazos como si de un bote salvavidas se tratara.

–Me encantaría hacer galletas contigo, pero no puedo quedarme mucho tiempo.

–¿Por qué?

–Porque tengo que buscar casa –odiaba tener que decepcionar así a Ryan. ¡Ella había sentido muchas veces lo que era la decepción cuando era pequeña!

–¿Por qué?

–Porque tengo menos de una semana para encontrar un lugar donde vivir, y eso es muy poco tiempo.

Dillon regresaba en ese momento con un vaso de agua y dos limonadas. Se detuvo en el umbral de la puerta, conmovido por la imagen de Eleanor y Ryan juntos, como si fueran madre e hijo. Ajena a su presencia, su rostro reflejaba dolor y tristeza, en lugar de la indiferencia habitual. Había muchas cosas sobre Eleanor que no sabía y que ella parecía ocultar. Quizá no era esa mujer distante que él había creído.

Viéndola con su hijo, Dillon se preguntó qué sucesos de su vida habían convertido a Eleanor Rose, o mejor dicho, Stone, en la mujer que ahora se esforzaba por parecer tan fría a los ojos del mundo.

—¿Por qué? —insistió Ryan.

Dillon entró en el salón dispuesto a salvarla del interrogatorio. Cuando Ryan empezaba con sus porqués, era capaz de acabar con la paciencia de un adulto.

—Aquí están las bebidas. ¿Qué decías de mudarte? —preguntó Dillon poniendo la bandeja en la mesa de café.

Dillon no estaba preparado para la mirada desprevenida de aquellos ojos castaños, volvió a verla con el mismo deseo que había sentido en el Harbor Room. Dillon tuvo que meterse las manos en los bolsillos para contener un impulso de agarrar a Eleanor, que lo miraba a él a su vez, como si fuera el último trozo de chocolate del planeta.

Dillon se daba cuenta. Se alejó un poco y se situó junto a la chimenea. La reacción de su cuerpo a aquella mirada le hizo preguntarse qué demonios iba a hacer.

Entonces Eleanor parpadeó y sus largas y pobladas pestañas borraron aquella pasión tumultuosa de sus ojos, como si nunca hubiera existido. Dillon se asombró de lo bien que se le daba ocultar sus emociones.

En efecto, Eleanor intentaba distanciarse de aquel hombre que provocaba semejante conmoción en ella. Dio gracias al Cielo por estar sentada, porque aquel olor tan especial a hombre con un leve poso de aftershave le hacía temblar las rodillas. Durante un instante, sus miradas se habían compenetrado como el símbolo del yin y el yang, Había sentido como si la estuviera besando, gozando de ella, reclamándola para él. Y lo peor era que una parte de ella quería ser suya.

–¿Tienes que mudarte, Eleanor? –su profunda voz de barítono la envolvió en... ¿qué? ¿era deseo? ¿era necesidad?

–Sí. Mi casera me dejó anoche un mensaje en el contestador. Quiere vender la casa y ha encontrado un comprador. Tengo que dejarla antes de que se acabe la semana o perderá la venta.

–Pero tu tienes tus derechos, no puede echarte así. Tiene que avisarte con antelación, lo que quiere hacer no es legal.

A Eleanor la conmovió esa repentina indignación de Dillon. No recordaba la última vez que alguien, aparte de Jake, había salido en su defensa.

–No es que me eche, no es eso. No me importa.

–Pues debería importante. Como inquilino, hay leyes específicas que defienden tus intereses. ¿Por qué lo dejas como si nada? No pareces del tipo de mujeres que se deja avasallar así.

¿Qué tipo de mujer se pensaba que era?

–Mi casera necesita el dinero, tiene un grave problema médico –dijo Eleanor, sentada en el borde del sofá, no quería hablar de la vida privada de Marla, ni siquiera para que mejorara el concepto que aquel hombre tenía de ella–. El caso es que tengo que salir en busca de casa hoy mismo.

–Pero ¡si vas a vivir con nosotros! –dijo Ryan como suplicando. Eleanor se dio entonces cuenta de lo absurdo de la situación.

Toda su vida había deseado ser parte de una familia que la quisiera sin reservas. A los diecinueve años, había pensado que Dillon Stone era el marido y padre perfecto para la familia de sus sueños. Y ahora, por un extraño juego del destino, tenía esa familia, con un marido sexy y un precioso niño, y todo era falso.

–Ryan, tu papá y yo no estamos realmente... –el estridente sonido del teléfono la interrumpió.

Suspiró resignada mientras Dillon iba a contestar aquel estúpido aparato. Un mechón de cabello con destellos rojizos le caía a Dillon por la frente. Llevaba el pelo muy corto por detrás; apenas le llegaba al cuello de la camisa.

Estudió ansiosa su duras facciones. A sus treinta y cuatro años, su rostro había madurado como un buen vino. Las líneas de expresión se le marcaban alrededor de los labios y los ojos. Ahora escuchaba con atención lo que le decían, con una mano en el teléfono y otra en el bolsillo.

Había algo imponente en Dillon Stone y el amor por su hijo y... por Joan. Algo que le hacía pensar a Eleanor que ella no había sabido fabricarse una vida tan perfecta para sí misma. Ella nunca había tenido eso. Se preguntó si no se estaría perdiendo algo de vital importancia.

Pero no. Su vida iba muy bien, sin los quebraderos de cabeza y el dolor que acompañan al amor. Como le pasó a Dillon cuando murió su mujer, tan de repente. Ella misma se quedó horrorizada cuando Jake le contó que Joan había muerto en un accidente de tráfico. Nadie podía creérselo, y Dillon menos que nadie.

Eleanor escuchó sin disimulo lo que hablaban en el teléfono. Dillon tenía el ceño fruncido y se pellizcaba el puente de la nariz.

—Está bien, señora Holloway, espero que se mejore pronto.

Contra su voluntad, Eleanor sintió que aquellas palabras de preocupación la conmovían, y sintió un escalofrío.

«Tienes que dejar de hacer esto», se advirtió a sí misma enfadada, tratando de romper el encantamiento que parecía estar tejiéndose alrededor de su corazón. Pero era una misión imposible; todo lo que alcanzaba a ver eran unos hombros anchos demasiado grandes para la camisa de cuadros que llevaba, unos ceñidos vaqueros desteñidos, que acentuaban unos glúteos bien torneados, unas piernas largas y musculosas y unos pies descalzos.

Se preguntó por qué encontraba tan provocativos aquellos pies descalzos. Quizá no eran solo los pies. La fuerza con la que amaba a su hijo también disparaba su ritmo cardíaco. Y también cómo había saltado para defenderla al enterarse de que tenía que mudarse. No tenía intención de averiguar por qué le ocurría esto. No eran más sus hormonas, alteradas como la de una adolescente. Sería fácil dominarlas.

Desafortunadamente, esas sensaciones no desaparecieron cuando Dillon colgó el teléfono y la miró profundamente a los ojos, como tratando de encontrar algo en el fondo de su alma.

—¿Qué pasa? —preguntó Eleanor con agitación, dándose cuenta de que estaba agarrando la mano de Ryan con demasiada fuerza.

Dillon sintió que se le erizaba la piel al ver el interés de Eleanor. Al mirar aquellos dulces ojos marrones, se imaginó que la tomaba en sus brazos y que ella reaccionaba con uñas y dientes, como una gata, para defenderse de las libertades que él se tomaba con ese cuerpo tentador. Era la primera vez que Eleanor no estaba a la defensiva. Esa mujer era un mar de contradicciones. No sabía qué pensar. Lo que sí sabía era que no era la esposa que él buscaba.

Sin embargo, era muy dulce con su hijo. No todo el mundo sabía cómo tratar a un niño de seis años.

—¿Malas noticias? —al sentir la voz grave de ella y el olor a vainilla sintió que los vaqueros le iban quedando más apretados... y eso lo indignó.

—Sí, la señora Holloway tiene gripe. Iba a cuidar de Ryan hoy mientras iba a una reunión con el decano de la universidad esta tarde —al hablar, consiguió regresar de las apasionadas fantasías en las que estaba inmerso.

«Déjalo ya. A pesar de las circunstancias, esta no es mujer para ti».

—Es un problema, no sé con quién dejar a Ryan. Es una reunión importante. Es la primera que voy a ver al resto del personal de la universidad.

Dillon se concentró en ese nuevo problema para dejar de pensar en Eleanor. Era abogado, no podía perder la calma con esa facilidad.

—¡La señorita Eleanor se puede quedar conmigo! —exclamó Ryan saltando de su asiento con entusiasmo.

Dillon miró el rostro contenido de Eleanor al observar la explosión de alegría del niño. Parecía un animalillo asustado sorprendido por las luces de un coche. Movió los labios pero de ellos solo salió un gemido ahogado. Y después, empezó a hablar a toda velocidad.

–No creo que sea una buena idea. Casi no me conoces. Y, de verdad, tengo que buscar casa hoy mismo.

–¡Por favor! –suplicó Ryan.

Dillon sabía que debía comportarse como un caballero y rescatar a Eleanor de esa situación, pero no pensaba hacerlo. Se sentía demasiado intrigado con sus reacciones. Además, no conocía a nadie de confianza para dejar a Ryan. Aunque la verdad era que tampoco sabía por qué esa mujer le parecía de confianza.

–¡Papá!

Dillon sonrió a su hijo.

–Mi reunión es a las seis. Podemos ir a buscar casas hasta esa hora. Tenemos el periódico del domingo. Si quieres, podemos empezar ahora mismo.

Se sintió enfadado consigo mismo ante semejante impulso. No debería dejarse influir así por los ojos suplicantes de su hijo, ni por la oculta vulnerabilidad de Eleanor.

¿Qué otra persona, aparte de su hermana Beth, dejaría su casa de un día para otro porque el casero necesitara el dinero? Que Eleanor fuera capaz de hacer algo así era algo a su favor difícil ignorar. Algo que ella trataba de ocultar desesperadamente.

Eleanor tenía un buen corazón. Eso significaba que podía aprovecharse de él para convencerla de quedarse con Ryan esa tarde. Solo era una noche. Sabía que debía avergonzarse por utilizar esa bondad en su contra, pero lo cierto era que no le importaba. Por culpa de ella, no podía dedicarse tranquilamente a su búsqueda de la mujer idónea.

–Bueno, no sé...

¿Por qué estaba considerando ni por un segundo entrar en la vida de Dillon y Ryan?, ¿por qué no se levantaba y se iba? Tenía que irse antes de que hiciera algo realmente estúpido, como creerse que por encantamiento iba a convertirse en esposa y madre. Ella, Eleanor Rose.

–¡Por favor, señorita Eleanor! –Ryan se negaba tenazmente a darse por vencido.

Eleanor miró desesperada a Dillon, pero este no intervino en su ayuda. ¿Qué podía hacer?

–Está bien, de acuerdo. Cuidaré de ti esta noche. Pero usted, jovencito... –añadió pinchándole la barriga con el dedo índice–, tendrá que ayudarme a encontrar un lugar donde vivir esta tarde. ¿Trato hecho?

Ryan solo tenía seis años. Él no podía saber en realidad si quería o no que ella viviera con ellos.

«Tu vida es tranquila y sin sobresaltos. No te metas en esto Eleanor... Stone».

–Trato hecho –aceptó el niño, dando patadas a la alfombra con los pies, con aire descontento.

–Vamos a buscar el periódico para empezar.

Eleanor lo miró frustrada. Se preguntaba cómo iba a poder pasar toda una tarde con aquel hombre que la atormentaba. Era ridículo intentarlo.

Siempre asustada de los sentimientos que la acechaban, Eleanor sentía ahora como si saliera de un cuarto oscuro y entrara en una sala llena de luz. Todos los sentimientos que ella creía tener bajo control iban afloraban cada momento que pasaba con Dillon y Ryan Stone.

No quería enamorarse de Dillon Stone.

No sabía cómo ser la nueva mamá de Ryan.

CAPÍTULO 5

CINCO horas después, Eleanor estaba sentada en la cocina, con los brazos hundidos en una fuente, muy ocupada con un niño de lo más laborioso, que tenía la nariz blanca de harina y los pelos de punta por habérselo apartado de los ojos con las manos llenas de masa. Eleanor tuvo que esforzarse para no reír.

Lo había pasado muy bien buscando casa con ellos. Por primera vez en su vida, se había sentido incapaz de mantener sus defensas en alto. Se imaginaba cómo sería estar realmente casada con Dillon y ser la madre de Ryan.

Dillon le abría las puertas, Ryan la tomaba de la mano cada vez que salían de la camioneta. Lo había pasado muy bien, pero no había encontrado una casa.

Se mordía los labios, pensando en qué iba a hacer. Sus caballeros andantes no habían dado el visto bueno a ninguna de las casas que habían visitado. O el lugar era demasiado pequeño, o había ratas en el sótano. ¿En qué momento se habían convertido en caballeros de brillante armadura?

Y aún no le había pedido a Dillon la anulación. No había tenido oportunidad, pues Ryan no se había despegado de su lado.

—¡Vaya! Parece que lo estáis pasando muy bien —dijo Dillon entrando en la cocina.

Llevaba unos vaqueros azules, cazadora y botas de vaquero. Eleanor se quedó sin aliento al verlo.

—Sí, la verdad es que Ryan estaba deseando empezar.

—Mira, papá, estoy haciendo galletas de chocolate.

Dillon se acercó a su hijo con un trapo de cocina en la mano.

—Ya lo veo —dijo, con semblante serio pero mirada alegre, mientras limpiaba de harina el pelo de su hijo.

—Lo... vamos a limpiar cuando terminemos —tartamudeó Eleanor, colocándose las gafas en su sitio, incapaz de apartar la mirada del conjunto vaquero de Dillon. Si era un caballero de radiante armadura, debía protegerla, no tentarla de esa manera.

—No sé cuánto durará la reunión. A lo mejor vuelvo a casa tarde.

—No importa, yo acostaré a Ryan.

No era la madre del niño, solo la canguro. ¿Por qué se dejaba llevar por la fantasía de ser parte de esa familia?

—Ryan, obedece a la señorita Eleanor y vete a la cama cuando ella te lo diga.

Dillon le dio unas palmaditas en la cabeza. Ryan levantó la vista de la montaña de masa que estaba formando.

—Sí, papá.

Dillon se acercó con naturalidad a la encimera donde Eleanor estaba trabajando la masa.

—Gracias, no sabes cuánto te agradezco esto.

Incapaz de reaccionar, mirando los sensuales labios del hombre, a Eleanor solo le quedaron reflejos para una respuesta escueta.

—No se merecen.

Entonces, sin darse mucha cuenta de lo que hacía,

Dillon le colocó un mechón de pelo detrás de la oreja. A Eleanor se le cortó la respiración. Al contacto de sus dedos, sintió que la casa se desmoronaba a su alrededor. Una corriente eléctrica le recorrió el cuerpo.

Cuando se recuperó de la impresión, Dillon se había desvanecido, como el humo, dejando atrás un pequeño rescoldo que se resistía a extinguirse.

Como en una nube, Eleanor ayudó a Ryan a terminar las galletas. Se aseguró de que terminaba la cena, lo bañó, lo convenció de que debía irse a la cama y le leyó el cuento que el chiquillo le pedía. Cuando terminó, estaba exhausta, no solo por cuidar del niño, sino también por su esfuerzo de olvidar la curiosa dulzura que había notado en el gesto de Dillon.

Por norma general, ella evitaba todo lo que tuviera que ver con los rituales de seducción. No se le daban bien las relaciones. Se le daba mucho mejor su trabajo de documentalista en una gran compañía, Smithtowers Inc., encargada de proporcionar información y del manejo de datos. Sin embargo, no estaba cualificada para este tipo de caricias que la hacían sentirse vulnerable.

Era imposible, tenía que tratarse simplemente de un caso de tórrida lujuria; su enamoramiento por Dillon lo había superado hacía ya mucho tiempo.

Con Ryan ya arropado en la cama, Eleanor se dirigió a la cocina, pasando de largo un dormitorio que estaba a oscuras y que no podía ser otro que el de Dillon. Tuvo que luchar de nuevo con su fantasía, pues se imaginó a sí misma en una cama grande... junto a él.

Cuando terminó de ordenar la cocina, regresó a la sala de estar. Le gustaba el cálido aire masculino de esa estancia. No había ningún toque femenino.

Incapaz de reprimir su curiosidad, Eleanor observó las fotos que había por allí, tocándolas con las yemas de los dedos, como tratando de absorber esa energía para poder transmitir un poco de esa calidez a su propia vida. Hasta ese momento, no se había dado cuenta de que le faltaba algo.

Vio una foto reciente de Dillon y Ryan, otra de Dillon con un hombre mayor y una mujer, ambos con un sorprendente parecido a Dillon; sin duda eran su padre y su hermana. Eleanor se dio cuenta entonces de lo sola que estaba en realidad y trató de luchar con el sentimiento de desamparo que la asaltó.

Tomó la foto de Dillon y Ryan y se sentó a estudiarlas en el sofá. Pasó el dedo meñique por las facciones del hombre, observando el gran parecido entre padre e hijo.

Estaba muy cansada.

Abrazada a la foto, suspiró y se recostó en aquel cómodo sofá. Era como pedir la luna, un imposible. Nada iba a cambiar. Dillon no tardaría mucho tiempo en arreglar el lío en el que se había metido. Pero, por una vez, Eleanor deseó tener la luna en lugar de la anulación. Por una vez...

Dillon llegó a casa más tarde de lo que pensaba. Eleanor iba a pensar que se estaba aprovechando de ella, obligándola de esa manera a hacer de canguro. Eleanor parecía haberlo pasado bien en la cocina; resultaba tan inocente, con harina por todas partes y las gafas cayéndole desmañadamente por la nariz... ¿Por qué la había tocado de esa manera? Quizá porque parecía entusiasmada de hacer galletas como Ryan.

Silenciosamente, entró en la casa a oscuras. Se dio cuenta de que aún había luz en el salón. La llamó en voz baja. Al no obtener respuesta, entró de puntillas y la encontró como a Ricitos de Oro, durmiendo en su sofá, con una foto contra su pecho.

Durmiendo, sus facciones eran de una gran serenidad, como si no conociera las preocupaciones. Su resplandeciente cabello rubio caía por los brazos del sofá como un arroyo de luz. Dillon sintió una punzada en el estómago.

Tenía los botones superiores de la blusa abiertos, dejando al descubierto una piel suave de un color como la crema que atrajo irremediablemente su atención. Una vez más, su cuerpo reaccionó a aquella visión cautivadora.

Se puso en cuclillas junto a ella, tomó un mechón de aquel pelo dorado, suave como sus corbatas de seda, y se lo apartó de los ojos. Lo deslizó entre sus dedos, fascinado de verlo caer como una cascada.

Era muy diferente de Joan. Pero estaban casados. Curiosamente, no habían hablado de eso. Tenían que tomar una decisión, y no iba a ser fácil porque afectaba a los sentimientos de Ryan.

Dillon se puso en pie con cuidado. Era demasiado tarde para despertarla. ¡Dormía tan profundamente! En un acto de valentía, le levantó la pierna, que pendía al lado del sofá, para ponerla junto a la otra. Ella se movió buscando una nueva postura más cómoda. Dillon mantuvo el aliento. Eleanor terminó de espaldas, como burlándose de él. Se alegró de que estuviera dormida para que no notara la respuesta de cierta parte de su anatomía al peso de su pierna y a su movimiento en el sofá.

¿Qué demonios le pasaba?

Tomó una manta del sillón y cubrió concienzudamente aquellas curvas voluptuosas. Le quitó la foto que aún sostenía entre las manos. Era una foto tomada en la boda de Beth. Recordó las palabras que su hermana antes de irse de luna de miel: «Ahora te toca a ti encontrar el amor, hermano. Suerte. Te la mereces».

Amor. No buscaba amor. Y la suerte nada tenía que ver con encontrar esposa. Cansado, Dillon decidió que hablaría con la Bella Durmiente a la mañana siguiente sobre su matrimonio.

Cuando se despertó a la mañana siguiente, el último pensamiento que recordó tener antes de quedarse dormido había sido sobre Eleanor y las sorprendentes facetas de su personalidad que estaba descubriendo. A la Eleanor que él conocía no la habría convencido nadie de quedarse a cuidar de un chiquillo.

Dillon miró el despertador y se levantó apresuradamente. Se había quedado dormido y era el primer día de escuela de Ryan. Con las prisas, bajó corriendo a la cocina sin darse cuenta de que iba en calzoncillos. Era así como dormía, pero normalmente no había allí ninguna mujer. Y no cualquier mujer.

Eleanor Rose... Stone. Tenían que discutir lo de su estado civil y era mejor hacerlo vestidos del todo. Volvió corriendo a la habitación y se puso unos pantalones de chándal grises, mientras pensaba en lo que iba a decirle.

No podía decirle que era la última mujer en la Tierra con la que se casaría. Era tarde, ya estaban casados. ¡Y era tan hermosa y resultaba tan sexy cuando mostraba esa falsa fortaleza...!

–¡Eh! ¿Qué haces aquí tú solo, hijo? –preguntó muy serio.

Ryan estaba sentado a la mesa, comiendo cereales, y la leche le caía por la barbilla. Dillon agarró un trapo de cocina para limpiar aquel cerco blanco. Normalmente, el niño lo despertaba siempre antes de bajar las escaleras.

—La señorita Eleanor me ayudó a preparar los cereales —explicó Ryan, llevándose otra cucharada a la boca.

—¿Dónde está? —dijo Dillon, esperando en tensión una respuesta.

—Se fue cuando la aguja pequeña estaba en las siete. Me dijo que te diera esta nota —Ryan le entregó una nota manchada de leche.

Dillon tomó el trozo de papel silenciosamente. Sin querer reconocerlo se sentía decepcionado.

—¿Adónde se fue?

—Al trabajo.

¡Vaya por Dios! Para una vez que necesitaba la locuacidad de su hijo, este se cerraba sin dar detalles. Leyó la nota.

Dillon:
Entérate hoy de lo de la anulación. Estaré en el trabajo. El número es 555-1344.
Eleanor

Quería la anulación. Su decepción se tornó en ira. Eleanor no quería estar casada con él. Eso lo entendía. Él tampoco lo quería. Cuanto antes se librara de ella, antes podría volver a sus planes y a sus listas. Debía encontrar una esposa usando la lógica y la razón, no dejándose llevar por una pasión pasajera.

Hizo una bola con la nota y la encestó en el pila de la cocina. Iba a darle a esa maldita mujer lo que quería.

Eleanor esperaba nerviosa a Dillon en el Harbor Room. Se contuvo para no morderse la uñas recién arregladas. No entendía la razón de tanta ansiedad. No era culpa de ella que los hubieran casado. Y no era culpa suya que a ella no le apeteciera estar casada... con nadie.

Dillon parecía enfadado cuando la llamó para concertar la cita, y se preguntaba por qué.

Evidentemente, él tampoco quería ese matrimonio. ¿Por qué se sentía entonces como si tuviera que disculparse?

Eleanor eligió una mesa orientada hacia la puerta, para poder verlo llegar. Cuando por fin la puerta se abrió y vislumbró a su... marido, el corazón casi se paró. Colocó cuidadosamente su vaso de vino en la mesa.

¿A quién quería engañar? Tenía pensamientos lujuriosos solo de verlo. Pero sabía que el deseo no lo era todo en una relación. Su novio de la universidad, John Tremain, nunca había estado interesado en una verdadera relación, a pesar de sus revolucionadas hormonas juveniles. Y Dillon tampoco lo estaría, después de haber estado casado con Joan, que según Jake era la esposa y madre perfecta.

—Hola.

Dillon se detuvo justo delante de ella, mirándola pensativamente, como si quisiera leerle la mente. Bien, pronto iba a saber lo que pensaba.

—Hola. ¿Qué has averiguado? No había por qué quedar aquí. Podría haber ido a tu casa.

—No quería hablar delante de Ryan —dijo Dillon sentándose.

—Lo entiendo.

Eleanor reconoció con tristeza la familiar sensación de abandono. Se irguió en la silla y se recordó a sí misma que eso era lo que quería, era lo que tenía que pasar.

–Estamos casados legalmente. He examinado las credenciales del juez Banta y tiene en efecto capacidad de casar.

A Dillon no lo sorprendió la mirada de incredulidad de Eleanor. Él tampoco podía creérselo. Había que decidir cuál era el paso siguiente. Dillon apartó de la cabeza la idea persistente de que a lo mejor podían hacer que aquel matrimonio funcionara. Por Ryan.

–¿Cuánto se tarda en conseguir una anulación?

–Lo he estado mirando. Hay que hacer una petición al tribunal y tiene que aprobarla un juez. Unos treinta días.

Dillon disimuló su rabia para que ella no pensara que lo molestaban sus prisas por escapar de aquel matrimonio.

–Treinta días. Supongo que será el matrimonio más corto de la historia.

Lo sorprendió notar cierta pesadumbre en la grave voz de Eleanor. Dillon estaba confuso. ¿Quería ella o no acabar con aquella locura de matrimonio?

–¿Cuánto tardarás en presentar la petición? –preguntó Eleanor esforzándose por ocultar sus emociones contradictorias.

–Ahora mismo vuelvo –dijo Dillon sintiendo que necesitaba beber algo–. ¿Quieres otra copa?

–¿Eh? ¡Ah, sí! Un vino blanco, por favor.

Él estaba seguro de querer anular ese matrimonio. Aunque la verdad, se empezaba a sentir responsable de ella. Eleanor iba a perder su casa al final de la semana. Era más vulnerable de lo que quería aparentar. Era como una damisela en apuros y no quería que nadie lo supiera. Pero ¿qué le importaba eso a él?

Él no era el Príncipe Azul ni ella la Bella Durmiente. Le gustaban las mujeres morenas, no rubias.

Le gustaban las mujeres que sonreían todo el tiempo, no las que se esforzaban por ser reservadas. Quería una mujer maternal que se quedara en casa, no una adicta al trabajo.

Volvió a la mesa con las bebidas. Eleanor se estaba mordiendo las uñas.

—¿Por qué no te vienes a vivir conmigo?

Eleanor se quedó paralizada, pero no más que Dillon, que lamentaba cómo se había expresado.

A la sorpresa la siguió una mezcla de escepticismo y temor, pero Dillon sabía que era demasiado tarde para retractarse de su ofrecimiento. No sabía por qué lo había dicho de esa manera; ahora, era él el animalillo asustado por las luces de un coche.

—No sé... —empezó a decir Eleanor dándole una oportunidad de echarse atrás.

—Tú tienes que irte de tu casa antes del fin de semana. Yo tardaré un mes en conseguir esa anulación. Mientras tanto, en mi casa hay mucho espacio. A Ryan le encantará que te quedes con nosotros.

Mencionar a su hijo había sido una estupidez. Ahora ella no podría decir que no.

Eleanor no podía creer lo que estaba oyendo. El hombre de sus sueños le estaba pidiendo que se fuera a vivir con ella. Que fuera temporal era lo de menos. Por algún tiempo sería como una madre para Ryan. Sería como ser realmente la mujer de Dillon Stone.

No podía hacerlo. Despertaría demasiadas esperanzas en Ryan.

—No creo que sea una buena idea —dijo por fin, intentando resistirse a tan tentadora proposición.

—¿Por qué no? Necesitas un lugar donde vivir y, como tu marido, es mi obligación cuidar de ti.

Eleanor sintió cómo la humillación le calentaba

las mejillas. Sabía que él no la amaba, pero hablar de obligación...

—Siempre he sabido cuidarme yo sola. No tengo intención de convertirme en la obligación de nadie —dijo indignada.

—No te pongas así; ya sabes lo quiero decir, no tienes adónde ir y yo puedo ayudarte.

La ira de Eleanor se apaciguó. Observó la expresión obstinada de Dillon.

—¿Qué le vas a decir a Ryan? —preguntó.

Lo último que querría era hacerle daño al chiquillo.

—La verdad, que es algo temporal.

—Está bien, pero solo hasta que la anulación sea efectiva.

En un lugar de su corazón que ella evitaba escuchar, quería seguir siendo la señora de Dillon Stone para siempre. La idea le dio demasiado miedo para pararse a analizarla.

Dillon levantó la última caja que quedaba en el suelo del salón de Eleanor para llevarlo a su camioneta.

La había ayudado a encontrar un lugar para almacenar sus cosas y había vaciado una habitación al otro lado del pasillo para ella. Con el cuarto de Ryan entre ellos, no habría nada que temer.

Le había explicado a Ryan abiertamente la situación. Eleanor no era su esposa. Era solo un arreglo temporal.

Eleanor había dejado claro que solo se mudaba hasta que llegara la anulación, o hasta que encontrara una casa propia. De hecho, desde su encuentro en el Harbor Room no volvió a saber de ella hasta que llamó para decirle que había terminado de hacer las maletas.

Estupendo. Cuanto menos interfiriera en su vida, mejor. Cuando aquella situación lamentable estuviera olvidada, podría volver en serio a la búsqueda de una esposa.

—Bien, eso era lo último —dijo Eleanor volviendo de la parte de atrás de la casa con una bolsa deportiva y su ordenador portátil.

Llevaba unos vaqueros y una camiseta de tirantes que se ajustaban a su cuerpo como un guante. Llevaba el pelo recogido en una cola de caballo, y por un momento se pareció más al chicazo que recordaba que a la mujer de negocios de veintiocho años en la que se había convertido. Su libido se disparaba cada vez que la miraba. Tomó aire y ocultó con la caja la reacción de su cuerpo a la fantasía recurrente de tener esas piernas rodeándolo.

—Entonces... vamos a casa —dijo bruscamente.

«A casa». ¿De verdad creía Dillon que era también su casa? Excepto por el breve tiempo que había vivido en aquel chalet, nunca había tenido un verdadero hogar.

Eleanor siguió a Dillon hasta la camioneta. Puso lo que quedaba de sus pertenencias en la parte de atrás, se montó y se abrochó el cinturón. Se daba cuenta de que irse a casa de Dillon era el más dulce de los sueños y a la vez la peor de las pesadillas.

—¿Qué quieres que hagamos para la cena?

Manteniendo firme su decisión de guardar las distancias, se calló lo que realmente hubiera querido para la cena...

—¿Pasamos por algún restaurante para llevarnos algo?

–¿Te gusta la pizza? –preguntó Dillon distraído, con su atención puesta en el tráfico.

–Claro.

«Entre otras cosas», pensó.

–Pues pizza entonces.

«Genial», pensó Eleanor intentando sin éxito no ser sarcástica.

Una hora después, Dillon estaba en la cocina comiendo una pizza de champiñones. Un hilo de queso colgaba entre su boca y la porción que tenía en la mano.

El sol de poniente entraba por la ventana y la suave luz otoñal la calmaba. Ya había colocado sus cosas y estaba sentada a la mesa frente a Dillon y Ryan, que charlaba y se movía incesantemente. Por primera vez en mucho tiempo, sintió la tentación de bajar sus defensas y dejarles ser su familia.

–¿En qué piensas, señorita Eleanor? –preguntó Ryan.

–¿Qué pienso de qué? –contestó ella mirándolo lanzarse sobre otra porción de pizza.

–¿Podemos ir al zoo mañana? –preguntó dándole un bocado.

–¿Qué si podemos...? Verás, yo pensaba terminar de instalarme y trabajar un poco.

–¡Por favor! Quiero enseñarte los osos polares.

Dillon se apostó consigo mismo la camioneta a que no iría con ellos al zoo.

Eleanor se rio al ver el rostro suplicante del niño, y esa risa, profunda y grave, provocó en Dillon un escalofrío por la espalda. Pero que se llevara trabajo a casa no hacía más que demostrarle que era una mujer dedicada en exclusiva a su carrera.

–Nunca he estado en un zoo.

Dillon no se lo podía creer. Todo el mundo había estado de niño en el zoo, al menos una vez.

–Entonces deberías venir con nosotros –dijo suavemente mirando embelesado sus ojos castaños.

–¿Estás seguro? ¿No seré como una intrusa?

–No, claro que no.

–¿Cómo es que no has estado nunca en un zoo? –preguntó Ryan, acercándose a ella y tocándole el brazo con una ternura, de la que solo un niño es capaz.

Eleanor no sabía por qué nunca había ido a un zoo.

–Nunca tuve a nadie que me llevara.

Eleanor ahogó una lágrima. Dillon se conmovió. Sabía que Eleanor se había criado en casas de acogida, pero no podía creer que nadie, en ninguna de ellas, hubieran llevado a una niña solitaria a una salida tan típica. Sintió rabia y dolor ante tamaño abandono.

–Deberías venir con nosotros –susurró su hijo, repitiendo la invitación del padre.

–Me encantaría ir –contestó Eleanor susurrando también con voz temblorosa. Desvió la mirada hacia el padre, como esperando que este se retractara de su invitación.

Eleanor sonrió tímidamente mientras Ryan la rodeaba con sus bracitos. Poco a poco, ella devolvió vacilante el abrazo y estrechó al niño con fuerza en sus brazos.

Eleanor era una persona más compleja de lo que él había imaginado. Quizá había llegado el momento de saber algo más sobre la mujer que, sin comerlo ni beberlo, se había convertido legalmente en su esposa.

CAPÍTULO 6

CUANDO Eleanor se despertó a la mañana siguiente, Ryan estaba junto a su cama observándola.

—¿Qué haces aquí, jovencito? —dijo desperezándose, mirándolo somnolienta.

—Estoy esperando que te despiertes. Papá dijo...

—Ryan, ¿dónde estás? —se oyó susurrar a Dillon. Y su hermoso rostro se asomó a la puerta en el mismo momento en que acababa de desperezarse.

La colcha se había deslizado de la cama y sintió que sus ojos la examinaban de arriba abajo. Gracias a Dios, se había puesto un camisón. Aunque viejo y desgastado, le permitía ocultar la reacción de su piel a esa ávida mirada y a ese torso desnudo.

Para que no se notara lo incómoda que le resultaba la situación, agarró la colcha y se tapó hasta la barbilla.

—¿Siempre despertáis así a las chicas? —dijo mirando a Dillon a los ojos.

—No siempre, pero hoy es un día especial. No todos los días llevan los Stone a una bella dama al zoo por primera vez.

A Eleanor se le puso la piel de gallina al oír ese tono de flirteo desenfadado. No era posible que estuviera flirteando. Agarró apresuradamente las gafas de la mesilla de noche y se las puso con firmeza.

«Cuidado, Eleanor Rose, estás perdiendo la cabeza».

–Cuanto antes salgáis de aquí, antes podré vestirme –lamentaba tener que ser un poco brusca, pero la situación era demasiado violenta.

Sonriendo, Dillon siguió mirándola con interés mientras abandonaba la habitación empujando a su hijito con él.

Cuando Eleanor perdió de vista su sexy trasero, se abanicó con fuerza para bajar la temperatura de su cuerpo. Tenía que dejar de ver a aquel hombre como un ser responsable, amable, encantador y... sexy como para morirse.

«Ya estás casada con este bombón», le decía una malvada vocecita en su cabeza.

Se recordó a sí misma, una vez más, los peligros de desobedecer las normas que se había creado y creer que el amor era posible. Tenía que protegerse, fuera como fuera. Decidió que tenía que borrar de su mente la imagen de Dillon.

Dillon observaba a la mujer que cada vez ocupaba más sus pensamientos. Estaba viendo los reptiles con su hijo. Habían llegado al zoo de Washington Park alrededor de las once y ahora, cuatro horas más tarde, ya habían explorado cada milímetro del recinto y todas las exhibiciones. Habían dejado lo mejor para el final: los osos polares.

A Dillon le gustaban los cambios que veía en su hijo. Y aún más los cambios que veía en Eleanor. Llevaba vaqueros y una camiseta con unos lobos juguetones, y, lo que era más intrigante, no llevaba gafas.

Desgraciadamente, seguía imaginándola entre sus brazos, besándole las yemas de los dedos y continuando por un recorrido que acababa en aquellos labios carnosos y sonrientes. Se imaginaba a sí mismo encendiendo la pasión de aquellos ojos llameantes hasta provocar un fuego.

Hacía mucho tiempo que no tenía tantos problemas para controlar sus hormonas, y en aquel momento intentó recordar por qué no era la mujer que necesitaba.

—¡Mira papá!, ¡un caimán!

Eleanor y Ryan se acercaron todo lo que pudieron. Ella apoyaba su mano protectora en el hombro de él. Dillon lamentó las cosas que Ryan se había perdido por no crecer con una madre.

—¡Cuidado! Estáis dejando las huellas de vuestra nariz en el cristal —intervino riéndose de su entusiasmo.

Eleanor a un lado y él al otro, con Ryan entre los dos... ¡Dios mío! ¿Cómo había podido invitar a esa mujer a entrar así en sus vidas?

—¡Cómo mola! —dijo Ryan, con la cara aún pegada al cristal que los separaba de los reptiles.

Un grupo de niños de preescolar, unidos de la mano, se apiñó en torno a ellos y estalló en exclamaciones al ver al perezoso caimán.

—Sí que mola, pero tenemos que quitarnos ya, para que lo puedan ver otros niños.

Eleanor se disponía también a apartarse cuando tropezó, dio un grito, e intentó desesperadamente mantener el equilibrio. Sin que Dillon pudiera evitarlo, Eleanor cayó sobre el duro cemento, con un gesto de dolor.

Como en un dominó, Ryan, que iba agarrado de su

mano, perdió el equilibrio y cayó sobre el pecho de Eleanor. En un instante, Dillon oyó gritar a uno de los chiquillos.

—¡Es un monstruo!

Se desató el caos. Dillon sentía pellizcos y empujones de manitas que intentaban abrirse camino entre sus piernas. Sin poder reaccionar, Dillon perdió también el equilibrio y se precipitó sobre Eleanor y Ryan con un gemido.

—¡Papá, me estás aplastando! —chilló Ryan.

Eleanor intentaba a duras penas tomar aire. El dolor y la presión de la rodilla de Dillon en el muslo le impedían respirar. Entonces Dillon se movió y puso la rodilla entre sus piernas, demasiado cerca de... no, no era posible que a él se le ocurrieran esas cosas en un momento así. Sentía que le faltaba el oxígeno y una oleada de calor le subió hasta el pecho. Después de hacer caer a Dillon y a Ryan al suelo de aquella forma ridícula, todo lo que se le ocurría a ella era una fantasía erótica con un hombre que solo intentaba ponerse de pie.

—Eleanor, ¿estás bien? Ryan, apártate... Ely, mírame. ¡Respira!

La sincera preocupación de Dillon sorprendió a Eleanor, que no podía menos que notar el tono de súplica en sus órdenes. Haciendo un esfuerzo, consiguió por fin que le llegara más aire a los pulmones.

—¡Dios! Ely, contéstame —insistió Dillon.

«Me ha llamado Ely. Solo Jake me llama así». Al sentir su temor hizo un esfuerzo para sobreponerse y responder.

—Estoy bien, creo. Avergonzada. Mi tobillo... —alguien chocó contra su pie, haciéndole rechinar los dientes de dolor.

–Apartaos, niños. Dejadnos espacio.

Al verlo hacerse con el control de la situación, Eleanor se imaginó la figura de Dillon en el tribunal. Intentó ayudarla a levantarse, pasándole un brazo por la espalda, pero Eleanor lo apartó amablemente.

–Creo que puedo yo sola –dijo con voz débil. No quería a nadie, y menos a Dillon en una posición tan íntima y personal–. ¿Dónde está Ryan? ¿Está bien?

El niño salió de detrás de su padre con un gesto de preocupación tan grande que se le partió el corazón. Le extendió el brazo sonriendo con cautela y consiguió arrancarle una sonrisa.

–Ryan, ¿me ayudas a levantarme? Me he tropezado con algo, no se con qué.

–Con esto –dijo Dillon recogiendo un biberón del suelo.

A pesar del daño que sentía, Eleanor se puso en pie. Sintió un dolor agudo en el tobillo.

–¡Ay!

Se sostuvo con una sola pierna y se apoyó agradecida sobre Dillon, que se había acercado al instante para ayudarla.

–¿Qué te pasa?

–Mi tobillo, creo que me lo he torcido –dijo cerrando los ojos con fuerza.

Nunca lloraba. No había llorado al enterarse de que había sido abandonada en el hospital nada más nacer. No había llorado al tener que abandonar una casa de acogida tras otra, aun sabiendo que era porque nadie la quería lo bastante para adoptarla. Y tampoco había llorado cuando el hombre de sus sueños se casó con otra. Así que tampoco iba a hacerlo ahora.

Sin decir una palabra, Dillon la levantó en sus fuertes brazos y la alejó de la multitud. Débil y temblorosa, Eleanor apoyó la cabeza en su hombro, se permitió refugiarse en la seguridad que transmitían esos brazos. Intentaba ignorar su tobillo, que le latía con la fuerza de un tambor.

–¡Qué alguien llame a los de primeros auxilios! –pidió Dillon a un grupo de gente joven que se acercaba.

Dillon sentó a Eleanor en un banco. Para ser una mujer tan alta, era ligera como una pluma. Estaba muy pálida. Tocó con cuidado el tobillo lastimado. Al oír que su respiración se entrecortaba, levantó los ojos y vio que apretaba los dientes.

–Perdona. ¿No puedes moverlo nada?

En ese momento, una joven con pantalones negros y bata blanca se acercó abriéndose paso entre la multitud.

–¡Déjenme pasar, por favor! –llevaba un estetoscopio y un maletín de primeros auxilios.

–Hola, soy Julie. Soy enfermera. Dígame qué ha pasado.

Eleanor suspiró aliviada cuando Dillon apartó sus grandes manos de su pierna. Aunque había sido muy dulce, no podía dejar de imaginarse esas manos explorando y palpando otras partes de su cuerpo.

–Me tropecé con un biberón.

«Porque se me caía la baba con mi maridito», pensó. Nunca iba a poder superar aquello

– Me duele el tobillo cuando intento levantarme.

–Bien, déjeme ver qué se ha hecho.

Llena de rabia por haber hecho el ridículo delante del único hombre que podía cambiar su vida, la enfermera Julie se le antojó demasiado alegre.

–No creo que esté roto, pero convendría que lo mirara el médico de urgencias. ¿Puede apoyarlo?

Antes de que pudiera contestar, Dillon se había colocado a su lado para ayudarla. Titubeó un momento antes de apoyarse en él para impulsarse y levantarse.

–No creo que necesite un médi... ¡Dios mío! No puedo –gimió mordiéndose un labio y dejándose caer en el banco otra vez.

Ryan se apoyó en su hombro mientras la enfermera sacaba una venda de su maletín.

–Vamos a vendar eso antes de ir a urgencias. Probablemente, tendrán que hacerle una radiografía.

–¿Vas a morir? –preguntó Ryan asustado, con los ojos muy redondos.

Conmovida, y olvidándose por un momento del tobillo, acercó al niño a sus brazos.

–Claro que no, cariño, no voy a morir –le susurró al oído.

–¿Me lo prometes?

–Te lo prometo.

Eleanor advirtió que Dillon parpadeaba en un valiente intento de borrar de su ojos la emoción que le habían causado las palabras de su hijo. Todavía amaba a Joan, pensó Eleanor, y ese dolor se impuso al de su tobillo. No podía competir con ese amor, aunque quisiera.

–Que no apoye el tobillo hasta que la vea el médico de urgencias. Voy a por una silla de ruedas.

–No hace falta, yo me ocupo de ella. Ryan, ¿puedes llevar tú el bolso de la señorita Eleanor?

Eleanor se debatía entre romper a reír histérica o llorar como un bebé. Su tobillo lastimado no era nada comparado con la pérdida de Joan, la mujer a la que

Dillon había amado. No tenía ningún derecho a sentir que su corazón se rompía en mil pedazos.

Esa noche, Eleanor descansaba en el cómodo sofá de Dillon, con el pie estirado sobre la mesa de café. Sabía ya que solo tenía una torcedura y los analgésicos habían mitigado el dolor.

Tenía las muletas apoyadas junto a ella en el sofá. Se las habían dado en el hospital, lo que estaba muy bien, pues no quería acostumbrarse a que Dillon la llevara de un sitio a otro. Que Dillon la levantara en sus brazos como si no pesara más que una chiquilla la dejaba sin aliento. Que ella recordara, nadie la había llevado nunca en brazos. Le gustaba sentirse tan cerca de su pecho, sentir los latidos de su corazón y sentirse embriagada por el aroma de su aftershave.

—Por fin se ha dormido —dijo el objeto de sus fantasías, apareciendo en el salón con la camisa por fuera y en calcetines—. ¿Quieres beber algo? ¿O quieres irte directamente a la cama? Ha sido un día muy largo para ti.

—Me apetece un poco de agua —la somnolencia había desaparecido nada más oír la grave voz de Dillon.

—Aquí tienes —dijo él sentándose junto a ella y dándole un vaso de agua fría.

—Gracias.

—Siento que tu primera visita al zoo acabara tan mal —dijo Dillon, que se sentía muy convulsionado por el incidente.

—La verdad es que ha sido antológico. ¿Qué puede ser más embarazoso que tropezarse con un biberón?

—Una vez, iba con mi hermana montando en bicicleta y pasamos al lado de una mujer que llevaba una minifalda muy ajustada. Me caí de cuerpo entero por delante del manillar y aterricé justo debajo de la mujer. Beth aún me lo recuerda.

Eleanor se recostó en el sofá con ojos divertidos.

–¿Se está usted riendo, señorita Rose? – preguntó Dillon, sorprendido por el cambio experimentado en Eleanor al reírse–. Muy bien, muy bien, desahógate...

–Yo nunca me reiría de usted, señor Stone.

–Bueno, y aparte del tropezón, ¿cómo fue la experiencia de tu primera visita al zoo?

–Lo pasé genial, gracias.

Eleanor hablaba tan bajito y con tanto sueño, que Dillon tuvo que inclinarse un poco sobre ella. Era increíble lo independiente que era. No había querido su ayuda en ningún momento. Le recordaba a su hermana Beth.

–Háblame de tu hermana.

Resultaba insólito que le preguntara acerca de lo que estaba pensando. Sintió un deseo irrefrenable de abrazarla.

–¿Sabías que solo nos llevamos diez meses? –comentó Dillon, separándose un poco de ella. Sería lo mejor.

No podía apartar la vista de los labios de Eleanor, húmedos ahora por el agua que estaba bebiendo poco a poco. Dillon tosió y desvió la mirada hacia sus delicadas manos.

–Yo soy el mayor. Beth es profesora de Historia. Se casó hace poco más de un mes.

–Supongo que estaréis muy unidos.

Eleanor cerró los ojos con aire de inocencia. Dillon, intrigado por aquella mujer tan peculiar, se acercó a ella unos centímetros más.

–Sí. ¿Y tú? Sé que Jake es tu hermano de acogida,

pero ¿y el resto de tu familia? –sabía por Jake que él era su único pariente.

Eleanor perdió en un instante ese aire de inocencia y volvió a su actitud de tensa indiferencia. Dillon se dio cuenta de que había tocado un punto demasiado delicado y lamentó haber dicho nada.

–No tengo más familia. Mi madre me abandonó en el hospital nada más rellenar mi certificado de nacimiento, y no sé quien es mi padre.

–Lo siento mucho, Ely –dijo Dillon compasivo. Oírla explicar cómo había sido abandonada con tanta frialdad lo llenó de admiración por ella. Tocó su hombro con delicadeza y sus dedos se enredaron en aquella cascada de sedoso cabello.

–Fue hace mucho tiempo –replicó Eleanor, volviendo rápidamente la cabeza–. No hay nada que sentir. Además, tampoco fue tan malo. A Jake lo conocí en mi última casa de acogida. Yo tenía trece años y él diecisiete. Me trató como si yo de verdad fuera su hermana. Unos años después, me emancipé legalmente y empecé a trabajar. Nadie quería a una cría impertinente, así que me fui en cuanto pude. No tiene importancia.

Dillon deslizó suavemente los dedos por los mechones de pelo con los que estaba jugueteando. Recordaba perfectamente a aquella chiquilla que seguía al hermano a todas partes.

Dillon se sentía furioso. Por su experiencia como abogado en los tribunales sabía que había muchos niños como Eleanor que acababan mal. No podía entender entonces cómo unos padres podían abandonar a sus hijos, y ahora lo entendía aún menos.

–Jake quería que me quedara con él –continuó Eleanor–, y lo hice una temporada, pero al final me independicé. Tenía un plan.

–Te creo. Apuesto que tú siempre tienes un plan –dijo con admiración.

–¿De verdad? –dijo sonriendo con sus claros ojos castaños–. Mi plan era acabar mis estudios y conseguir un trabajo bien remunerado que me permitiera ser totalmente independiente. No quería sentirme obligada con nadie.

Dillon sospechaba que había algo detrás de esa búsqueda de independencia y estabilidad.

Dillon se acercó un poco más, y acarició con los dedos un mechón de cabello que caía sobre el tejido de seda que cubría su pecho. Como si tuvieran vida propia, sus nudillos acariciaron la suave piel de Eleanor hasta el lugar donde empezaba la camiseta.

–Tuviste que sentirte muy sola. ¿Nunca has pensado en compartir tu vida con alguien? Un novio, o un marido... Uno de verdad –se apresuró a corregir–, uno que elijas tú.

–No, he estado demasiado ocupada para buscar un marido. Estoy cansada, me voy a la cama.

Así que no había novios, ni maridos potenciales a la vista. Dillon se acordó de sus listas. Eleanor estiró el brazo para agarrar sus muletas y Dillon se apresuró a alejarlas de su alcance.

–Yo te subo.

Dillon sentía la necesidad de proteger a aquella chiquilla de la que nadie se había preocupado y que no quería ahora darle a nadie la satisfacción de acercarse a ella.

–Puedo subir sola.

–Ya lo sé –repuso Dillon admirando su determinación–. Mañana podrás subir y bajar todas las escaleras que quieras, pero esta noche déjame llevarte.

Dillon usó su voz de abogado, firme en su deseo

de que, por una vez, se dejara ayudar por él. Se sostuvieron la mirada. Era una guerra de voluntades.

Eleanor fue la primera en claudicar, y Dillon no le dio oportunidad de arrepentirse. Simplemente, la levantó del sofá, disfrutando de aquella mirada indignada y de su propio papel de héroe conquistador.

—No me des las gracias —dijo satisfecho por su pequeña victoria. Aflojó un poco los brazos para que ella pudiera hacer lo que él más deseaba: rodearle el cuello con los suyos. Sentía que se habían despertado sus instintos depredadores.

—Eso no ha estado bien —dijo Eleanor pegada a su cuello.

Sintió el calor de su aliento en la piel, y un escalofrío le recorrió la espalda.

—Lo sé.

—Bájame —dijo con su voz profunda.

¿Estaría tan excitada como él por aquella proximidad entre sus cuerpos?

Dillon entró así en el dormitorio de ella. La fue dejando poco a poco en el suelo junto a la cama, hasta que los dedos de ella tocaron la alfombra. Tenía la estatura perfecta. Se sentía ajeno a todo lo que no fuera esa mujer inmóvil, de pie y aún en sus brazos.

—Ya puedes soltarme —susurró ella.

—¿Y si ahora no quiero? —dijo Dillon sin saber muy bien lo que quería de ella.

Lo único que importaba era que estrechaba aquel esbelto y hermoso cuerpo contra el suyo y que sus labios se juntaron. La lengua de ella humedeció nerviosa los labios de él. Dillon reaccionó inmediatamente apretando los labios contra ella. La sangre lo quemaba. Eso no podía estar pasando. No estaba usando su sentido común de abogado.

Ver que Eleanor no ofrecía resistencia aumentó su excitación. Espoleado por el vacilante consentimiento de ella, sin estar muy seguro de lo que hacía, se dejó llevar por la indescriptible atracción que sentía por ella y enterró las manos en la exuberante melena de Eleanor. Ella no sabía lo que su aparente inocencia provocaba en él, como hombre.

Atento a las reacciones de ella, Dillon comenzó a moverse seductoramente, animando a Eleanor a hacer lo mismo. Ella no lo decepcionó y él ardió en deseo. Poco a poco, los labios de él se deslizaron hacia el cuello de ella. Podía sentir el pulso de su garganta en los labios. Los brazos de Dillon se movían por la espalda de Eleanor y apretaban los firmes pechos de ella contra su torso.

La reacción apasionada de Eleanor eliminó cualquier pensamiento racional, como cuando se pulsa «borrar» en el ordenador. Buscó el final de su camiseta y metió los brazos debajo del suave algodón, deleitándose en el tacto sedoso de su piel. Siguió con las manos la tira del sostén. Solo podía pensar en una cosa: tenía que sostener esos frutos redondos en sus manos, tenía que verlos, tenía que saborearlos.

Dillon le dio tiempo a Eleanor para protestar, y al no encontrar resistencia, le quitó la camiseta por la cabeza y la tiró sobre la cama. Pudo ver el deseo en los ojos de ella, así que descartó cualquier idea de ir más despacio. No quería darle tiempo de cambiar de opinión. Estaba seguro de que ella quería lo mismo que él. Unirse como hombre y mujer.

—Eres tan hermosa... ¿Qué fue de aquel chicazo que conocía yo? —preguntó pasando un dedo debajo del sostén, por la copa de encaje, y deteniéndose entre sus pechos.

EL CUERPO de Eleanor respondía tembloroso a las caricias de Dillon. Lo miraba encendida por el deseo, por lo que Dillon no pudo reprimirse y siguió el mismo camino que habían hecho sus dedos con los labios. Lamiendo. Mordisqueando. Culminó su recorrido con un beso profundo en el valle que separaba aquellos gloriosos pechos, que aceptaron su homenaje entre temblores húmedos.

Palpando sus glúteos, embutidos aún en los vaqueros, Dillon atrajo a Eleanor a la zona de su deseo El cuerpo de ella parecía amoldarse al suyo. Pensó que aún no estaban lo bastante juntos y la besó con una fuerza perturbadora, mientras intentaba torpemente desabrocharle los pantalones.

Eleanor dio un respingo al sentir los nudillos de Dillon junto a su ombligo, y eso dejó a Dillon el espacio necesario para desabrocharse el botón y bajarse la cremallera de los vaqueros. Pero de pronto, en el silencio, Dillon se dio cuenta de que Eleanor le agarraba las manos impidiéndoselo. Estaba jadeante y se dejo caer en la cama desviando la mirada de él.

—El chicazo que conocías ha crecido. No es posible que quieras que pase esto.

—¿No? —tragó saliva. Aquella voz distante cayó como un jarro de agua fría sobre su pasión.

—Claro que no. Si hacemos... esto, no conseguiremos la anulación –dijo Eleanor, apartándose distraídamente el pelo de la cara.

–La anulación –detestaba quedar como un idiota, especialmente ante esos ojos de chiquilla asustada.

«¡Mantén los pies en el suelo!».

–Tienes razón –dijo Dillon intentando, sin éxito, ocultar su frustración. Tenía que irse de allí. Rápidamente. No podía seguir mirando el rostro de Eleanor si no podía estrecharla entre sus brazos–. No te preocupes por eso, Ely. La culpa es de las hormonas. No sé tú, pero yo hace mucho tiempo que no estoy con nadie.

Maldición. Debería haber intentado al menos comportarse como un caballero en lugar de hacer ese comentario tan estúpido. Salió de la habitación deprisa y fue directamente a la ducha, mientras seguía maldiciendo para sus adentros. No podía decirle a Eleanor que, aunque no estaba interesado en ella para una relación duradera, la encontraba, totalmente a su pesar, muy sexy. Y para complicar las cosas, ahora ni siquiera podía dejar de pensar en ella... ni de querer tocarla.

Eleanor vio alejarse a Dillon con el cuerpo tenso de frustración. Tuvo que hacer un esfuerzo por contener las lágrimas.

No podía culparlo por estar enfadado, debía haberlo detenido en el mismo momento en que la había tomado en sus brazos para subirla a la habitación. Ella había deseado esos besos, esas caricias en lugares que a los que nunca había permitido llegar a otro hombre. El roce de esos labios en su piel, el contacto de esas manos explorando su cuerpo, nublaban su razón. Eleanor se preguntaba cómo había podido dejarse llevar por unos sentimientos que ella creía tener controlados desde hacía tanto tiempo.

Era ridículo, una virgen de veintiocho años echándose en los brazos del primer hombre por el que había sentido algo, algo que ella creía extinguido desde hacía nueve años... Nunca después había conocido otro hombre que estuviera a la altura del fantasma de Dillon.

La esperaba una larga noche. Eleanor suspiró. Intentó apartar de su mente imágenes de Dillon haciendo el papel de padre perfecto con Ryan... de Dillon ayudándola a mudarse de su casa... de su sorpresa al enterarse de que ella nunca había ido al zoo... de él cuidándola cuando se dañó el pie... y de la pasión impetuosa que oscurecía su mirada unos momentos antes.

Estaba claro que no iba a poder dormir. Oyó interrumpirse la ducha en ese momento. Recogió su camiseta del suelo y la lanzó a una esquina, apartando resueltamente de su cabeza el recuerdo reciente de Dillon quitándosela.

Se puso el pantalón de franela del pijama y una camiseta vieja de dormir y encendió su ordenador portátil. Necesitaba poner en orden sus pensamientos. El orden era lo que hacía que su vida hubiera sido hasta ese momento tranquila y sin sobresaltos. Necesitaba el orden más que nunca.

Sentada en la cama con la espalda en el cabecero, Eleanor reanudó metódicamente la búsqueda que llevaba realizando desde hacía un tiempo: en las necrológicas publicadas en un radio de noventa kilómetros de Portland, comenzando por la fecha de su nacimiento. Delilah Marie Silks. Ese era el nombre de su madre, tal y como aparecía en su certificado de nacimiento. No sabía bien por qué había empezado por las necrológicas. Quizá si su madre estaba muerta, quedaría justificado su abandono.

Pero ella no creía realmente que su madre hubiera muerto. Se trataba simplemente de empezar por algún sitio. La habían abandonado en el hospital, simplemente porque no la quería. Silks era un apellido poco corriente. Quizá si pudiera localizar a un tío o una tía, encontraría respuestas acerca de su madre y el resto de su familia, si es que la tenía.

Eleanor se puso manos a la obra como siempre lo hacía: aplicando todos sus recursos mentales a la búsqueda de detalles. Era eso lo que la hacía tan buena en su trabajo. Era capaz de encontrar una aguja en un pajar. Además, la actividad le permitía olvidar los sentimientos prohibidos que Dillon había despertado en ella.

«Delilah Marie Silks, ¿dónde estás? ¿Quién eres? ¿Por qué abandonaste a tu bebé y permitiste que creciera entre desconocidos? ¿Fue por algo que hice? ¿O es que no te importaba, porque solo era una niña no deseada?».

Ahora que había visto a Dillon y Ryan juntos y que sabía que Dillon sería capaz de caminar sobre el fuego por su hijo, Eleanor comprendió que necesitaba saber quién era la mujer que constaba como su madre en su certificado de nacimiento, y dónde había estado los últimos veintiocho años.

A la mañana siguiente, Dillon esperaba impaciente que Eleanor bajara de su habitación. No había podido conciliar el sueño y sospechaba que a su nueva compañera también le habría costado. Había estado oyendo el irritante ruidito de las teclas del ordenador hasta bien entrada la madrugada.

Se sentó a su escritorio. Desde allí podía ver la escalera y por tanto a Eleanor en cuanto bajara. Se puso a leer los papeles que allí había. Echó un vistazo a los papeles de la anulación, los tenía preparados para que ella los firmara. Aunque él nunca habría elegido voluntariamente a esa mujer, por alguna razón sentía cierto rechazo por esos papeles. Pensaba en Joan, recordaba cómo ella necesitaba su fuerza y su protección. Eleanor ni lo necesitaba ni lo quería a él.

Dillon guardó los documentos legales en su escritorio y se acercó a la estantería que había junto a su ordenador. Sacó un libro sobre las ciudades mineras del antiguo Oeste que le había enviado Beth y sacó cuidadosamente de entre sus páginas amarillentas las listas.

Generosa.
Dulce.
Que le guste cocinar.
Que le guste cuidar el jardín.
Que le encanten los niños y los animales.
Que se quede en casa de buena gana.
Que sea una buena madre para Ryan.
Que sea una compañía agradable.

Eso era lo que buscaba. Esas cosas eran las que había admirado de Joan. La echaba de menos, pero ya habían pasado cuatro años. Había llegado el momento de rehacer su vida. No solo la suya, también la de Ryan.

Jane Pladget
Theresa Wilde
Trudy Kruiz
Connie Blain
Mary Towers, la dama número dos del concurso

Por mucho que mirara la lista fijamente, el nombre de Eleanor Rose no estaba allí.

Al recordar la inesperada reacción de aquella mujer a sus besos, sintió un escalofrío. No buscaba aprovecharse de ella, pero después de tenerla en sus brazos y sentir su fragilidad, no había podido reprimirse de acariciar su piel y saborear sus labios.

No podía ser, Eleanor no era su mujer ideal. No se parecía en nada a... Joan.

De repente, Dillon se dio cuenta de lo que le pasaba. Se pasó bruscamente la mano por el pelo y se incorporó violentamente en la silla. ¿Cómo podía haber sido tan estúpido? Estaba buscando una «compañía agradable» para reemplazar a Joan. Había amado a Joan con todo su corazón, y lo que él estaba intentando hacer no era seguir adelante con su vida, sino recuperar algo perdido que echaba de menos desesperadamente.

Ahora estaba casado con Eleanor, alguien que nunca habría considerado para compartir su vida, una mujer por la que se sentía impetuosamente atraído. Aunque todo resultaba muy confuso, había algo de lo que estaba seguro: por su reacción de la noche anterior, Eleanor sentía esa atracción con tanta fuerza como él. Por mucho que siguiera clamando por la anulación.

«Si hacemos esto, no conseguiremos la anulación», había dicho ella.

Tenía razón, no iba a funcionar. Él quería una mujer cuya prioridad fuera quedarse en casa y formar una familia con él. Eleanor era una profesional. Él buscaba a alguien que deseara compartir su cariño y atenciones con él. Ella no.

Eleanor era tremendamente independiente, y estaba decidida a seguir siéndolo. No podía culparla por ello, ahora que sabía lo sola que se había sentido de niña. Dillon recordó con frustración algunos de los breves instantes en los que había podido atisbar una faceta más dulce de ella el día anterior.

Dillon colocó sus listas y los documentos de la anulación en una carpeta. Sin darse cuenta, escribió el nombre de Eleanor en ella. Oyó unos pasos en la escalera y guardó precipitadamente el archivo en el cajón de su escritorio.

–Hola –dijo Eleanor suavemente desde el pasillo. Dillon cerró con fuerza el cajón y casi se pilló la yema de los dedos. Se mordió el labio para reprimir una maldición.

–Hola, ¿qué tal tu tobillo? –preguntó Dillon sin poder apartar los ojos de Eleanor. Llevaba el cabello suelto, despeinado, los ojos aún entreabiertos, y la piel sonrosada del calor de la cama. No era buena señal sentirse tan fascinado por una imagen tan descuidada.

–Mejor –contestó ella mirándose el pie–. Anoche no pude dormirme hasta muy tarde.

Dillon casi se echó a reír al ver la cara que ponía Eleanor al despertarse del todo y darse cuenta de pronto de que estaba en el despacho de él, en pijama, hablando con él como si fuera algo que hicieran todas las mañanas. Sintió una poderosa fuerza en sus pantalones al sentir esa alegría en su rostro. Pero al espabilarse, su gesto despreocupado cambió por completo.

Se sintió irracionalmente enojado por ello, y no sabía por qué. Al ver cómo ella echaba los hombros para atrás y cómo aquellos espléndidos ojos se distanciaban, se preguntó por qué le importaba tanto que ella se mostrara tan distante como la princesa que tenía que besar al sapo para que se volviera príncipe.

—Siento lo de anoche, no tenía que haber...

—No pasa nada —replicó Eleanor, fascinada por el tono de frustración y timidez en la poderosas mejillas de Dillon.

—Fui un estúpido.

—Puede ser —dijo ella.

Eleanor observó detenidamente a aquel hombre que tenía ahora el rostro sonrojado y daba golpecitos con los dedos en el escritorio. Aunque trató de apartarlas, las imágenes de la noche anterior, esos ojos verdes nublados por la pasión, el contacto de esas manos, de esos labios en su pie la soliviantaban irremediablemente. Frunció el ceño tratando de no pensar en cuánto había disfrutado... y deseado lo ocurrido. Con la verdad en la mano, tenía que reconocer que no todo había sido culpa del profesor de Derecho.

—No tiene importancia —continuó—. Éramos dos los que estábamos allí.

Deseaba cortar cualquier vínculo entre ellos. Eleanor le extendió la mano a Dillon ante la atónita mirada de este.

—De verdad. No pasa nada. ¿Seguimos siendo amigos? —concluyó.

—De acuerdo —accedió Dillon y se aproximó a Eleanor para estrechar su mano. Sin embargo, sus ojos parecían estar en contradicción con su gesto.

—¿Quieres desayunar?

—Claro que sí.

—¿Te apetecen huevos revueltos?

—¿Quién los va a preparar?

Eleanor tuvo que contener la risa al ver la cara de Dillon. A lo mejor aquella situación no era tan patética... Mientras Dillon mantuviera los pies en el suelo, ella se salvaría de salir herida por el espejismo del amor que la asaltaba por todas partes.

—Sabes cocinar... ¿verdad? —preguntó Dillon incrédulamente.

A Eleanor le hizo gracia su tono de incredulidad.

—La verdad es que no. Para eso se inventaron los restaurantes de comida rápida.

—Supongo que sí. Bien, si yo cocino, tú lavas los platos.

Eleanor se dirigió a la cocina dando un suspiro de resignación. Eso la ayudó a vencer las tontas ideas románticas de amor y familia que la asaltaban constantemente. Si quería salir indemne de aquel matrimonio tenía que dominar sus pensamientos.

El domingo por la noche, Eleanor regresó a casa del trabajo más cansada que nunca. Incapaz de concentrarse en su trabajo, que normalmente le encantaba, se le había hecho tedioso esa semana.

Aquella noche, al ayudar a preparar las cosas de Ryan, que iba a dormir a casa de su nuevo amigo Billie, Eleanor se dio cuenta de que se preocupaba enormemente por el chiquillo. Le parecía demasiado pequeño para pasar una noche lejos de casa. No entendía por qué a Dillon le parecía una buena idea dejar a Ryan en casa de su amiguito de camino a un claustro de profesores.

Se dijo a sí misma que no debía exagerar, que Dillon llevaba mucho más tiempo siendo padre que ella y que sabía mejor lo que le convenía a Ryan.

Abrió el congelador, surtido de una amplia selección de platos congelados, y lamentó no estar más contenta de estar sola en casa. La semana se le había hecho muy larga. Apenas había visto a Dillon. Eleanor había hecho muchas horas en el trabajo para no tener que admitir que lo echaba de menos.

La incredulidad de Dillon al enterarse de que no sabía cocinar la había enfurecido. Deseó poder preparar una comida de gourmet en unos minutos para demostrarle que se había equivocado. ¡Ni que ella no pudiera ser la mujer perfecta solo porque prefería comer sapos antes que cocinar!

Además, sabía hacer galletas de chocolate. Para Ryan y, desde luego, para ella también era suficiente.

Eleanor recordó con una sonrisa la cómica expresión de Dillon cuando la vio llegar del supermercado cargada de bolsas repletas de platos precocinados.

Terminó su lasaña preparada en el microondas y se preparó una ensalada. Luego, tomó una ducha relajante y se puso el pijama nuevo que había comprado el mismo día que salió a comprar comida.

No tenía intención de que la sorprendieran otra vez con su vieja y desgastada ropa de dormir. No sabía cuándo volvería Dillon. Se retiró a su habitación, encendió el ordenador y reanudó su búsqueda donde la había dejado.

«¿Dónde estás, Delilah Marie Silks?».

La había buscado toda la semana sin obtener resultados. Debería dejarlo, igual que Delilah la había dejado a ella. Pero ya no podía.

Nada más ver las fotos de familia de Dillon y el amor que se sentía en ellas, había despertado en ella un tenaz deseo de tener su propia familia... de saber quién era su madre. Quería respuestas que solo Delilah Marie Silks podía darle.

De pequeña solía quedarse mirando su certificado

de nacimiento intentando imaginar quién sería Delilah e inventándose excusas que explicaran por qué no iba a buscarla, preguntándose qué había hecho mal para que su madre la abandonara así.

Ahora, cuanto más lo pensaba, más decidida estaba a encontrar a la mujer que le había dado la vida. ¿Por qué habría hecho algo así? Querer a alguien lo suficiente como para tener un hijo con él, para luego abandonar a ese hijo nada más nacer.

En unos instantes, Eleanor estaba inmersa por completo en su laboriosa tarea de búsqueda en Internet, y enseguida perdió la noción del tiempo.

—¡Hola! Todavía estás levantada.

La voz de Dillon acabó en el acto con la concentración de Eleanor, que apagó la pantalla precipitadamente.

—Eh... sí. No estaba cansada.

—¿En qué trabajas?

—No es nada más que un proyecto de mi trabajo.

Eleanor no quería que nadie supiera que estaba buscando a su madre, y menos aún aquel hombre.

Dillon llevaba el cabello revuelto. Le caía sobre la frente descuidado. Sus ojos verdes brillaban por alguna emoción que Eleanor no estaba segura de querer descubrir. Llevaba, como de costumbre, pantalones vaqueros y una trenca. Se había aflojado la corbata, como si lo estuviera ahogando. El olor de su aftershave embargó a Eleanor. Su silencio empezaba a ponerla nerviosa.

—¿Es qué no haces nada aparte de trabajar? ¿Nunca haces nada por diversión?

Dillon se sentía molesto, pues había tratado de hablar con ella muchas veces esa semana y ella siempre le había puesto la misma excusa.

–Para mí el trabajo es diversión.

Eleanor dio entonces la espalda al ordenador y lo miró con desconfianza.

–¿Sabes jugar al ajedrez?

Dillon se preguntó cuánto tiempo seguiría ella rehuyéndolo. Al fin y al cabo, solo había sido un estúpido beso. No pensaba disculparse por ello. Además, a ella no la había dejado del todo indiferente, a juzgar por su reacción.

–Juego en el ordenador.

–Entonces juegas para ganar. Me darías una paliza. ¿Has jugado alguna vez al póquer?

Dillon estaba disfrutando del desconcierto que provocaban sus preguntas. Eleanor había arqueado su hermosas cejas, pensativa. Sus jugosos labios se entreabrieron despertando en Dillon el deseo de tomarla de nuevo en sus brazos para algo más que besarla.

–¿Al póquer?

–Es un juego de cartas. ¿Has jugado al póquer alguna vez en el ordenador?

–No, he oído hablar de él, pero nunca he jugado. No soy muy buena con las cartas.

Una verdadera curiosidad sucedió a su desconcierto inicial.

–¿Qué te parece si jugamos una partida?

Dillon sabía que no iba a dormir esa noche. Iba a ser imposible con Ryan durmiendo fuera y la bellísima Eleanor Stone tecleando al otro lado del pasillo. Lo mejor sería intentar conocerla mejor... tratar de entender un poco más qué había detrás de aquella mujer que se había convertido accidentalmente en su esposa. Y nada mejor para eso que enseñarle a jugar un sencillo juego de cartas.

–Me parece bien –aceptó finalmente con un brillo de malicia en sus labios.

–Estupendo, te veo en mi despacho en cinco minutos. Por cierto, me gusta tu pijama nuevo.

Le gustaba provocar a aquella mujer que tanto lo provocaba a él. La observó de pies a cabeza, sin poder pasar por alto la forma sutil en la que el pijama sugería la forma de sus pechos sin ocultar tampoco las curvas de sus caderas. Incluso así vestida, Eleanor resultaba muy sexy. Dillon reparó en el incipiente rubor que teñía ahora sus refinadas mejillas. Se fue a su habitación para ponerse una ropa más apropiada para jugar a las cartas.

–¡Eh! ¡Dillon! –llamó Eleanor con su voz profunda–. Deberías saber que siempre que juego es para ganar.

El reto de aquella mujer fascinante hizo temblar a Dillon. Se sobrepuso rápidamente para no parecer un estúpido. La noche prometía más de lo que él había esperado.

Se puso un viejo chándal y fue por una cerveza para él y un vaso de vino para su compañera... Apartó de su mente la evocadora imagen que esa palabra conllevaba. Cuando llegó a su despacho, Eleanor ya lo estaba esperando.

–¿Qué tal está tu tobillo? –preguntó poniendo las bebidas en una mesa junto a la ventana.

–Bien, está casi bien del todo.

Eleanor se puso cómoda en una silla, mientras Dillon iba por la baraja a su escritorio.

–¿Te has tenido que tomar las pastillas hoy?

–Ninguna.

–Eso está bien. Así podrás tomarte un vaso de vino mientras te explico las reglas del juego.

Dillon nunca había visto tanta emoción en el rostro de Eleanor. Algo en su interior le decía que iba a disfrutar mucho de aquel juego.

–Bien, para empezar, el póquer es un juego de apuestas. Podemos jugar al strip póquer.

–¿Strip póquer?

Dillon tuvo que contener una sonrisa al ver la cara de susto de Eleanor. Poner a prueba a aquella mujer despertaba su instinto depredador.

–Sí, el que pierde una mano tiene que quitarse una prenda de ropa.

Estaba seguro de que no aceptaría el juego. Eleanor era demasiado estirada para ese tipo de juego.

–¿Qué opciones hay?

–Podemos jugar por dinero.

Eleanor no podía creerse lo embaucador que podía ser el hombre que tenía sentado frente a ella. Era como un felino al acecho: observándola, estrechando el círculo, tanteando sus defensas.

Nunca se había enfrentado a un desafío semejante. Sabía que no debía aceptar su reto, pero la verdad era que la hacía sentirse más viva, más interesante, más deseada que nunca. Era como si él la estuviera sacando de las tinieblas y arrastrándola hacia la luz. Y ella estaba interesada. La hacía sentirse lo bastante fuerte para abandonar el nido y volar.

–Strip póquer –contestó por fin Eleanor.

E inmediatamente quiso morderse la lengua. ¡Qué estúpida!

ELEANOR escuchó atentamente las reglas del juego. No sabía adónde estaba dispuesto a llegar Dillon con aquel juego, pero desde luego ella no tenía ninguna intención de quedarse desnuda ante él. Aunque, por otra parte, si tenía suerte, a lo mejor tenía la oportunidad de verle a su flamante maridito algo más que los pies...

Llevarse un buen recuerdo de Dillon, desnudo de pies a cabeza, la animó a jugar. Porque estaba claro que se terminaría marchando de allí. Él no la quería. Ella no lo quería a él, al menos, no en esas circunstancias. Cuando llegara el momento de separarse, quería hacerlo con el corazón intacto. Y mientras tanto no tendría nada de malo crear algunas situaciones memorables que poder evocar cuando ya no estuviera allí.

–¿Estás lista? Esta puede ser una mano de prueba, si quieres.

Dillon repartió las cartas. Eleanor recogió las suyas de la mesa. As de corazones, dos de diamantes, dos de corazones, ocho de picas y diez de picas.

Miró furtivamente a Dillon y se dio cuenta de que ya no sonreía. Su rostro era inexpresivo como el de una máscara. Únicamente levantó una ceja con aire inquisidor al mirarla.

–¿Cuántas cartas quieres?

—Dame dos —dijo descartándose del ocho y del diez.

—Yo una... Muy bien, ¿qué tienes?

—Pareja de doses —dijo Eleanor poniendo sus cartas sobre la mesa, decepcionada.

—Mala suerte. Yo tengo dos parejas. De reinas la más alta. Eso quiere decir que te tienes que quitar una prenda.

El corazón de Eleanor latió con fuerza al ver la mirada expectante de Dillon.

—Dijiste que esta mano era solo de prueba.

—Tienes razón. Repartes tú ahora.

Esa vez, Eleanor cambió dos cartas y Dillon tres. Y Dillon volvió a ganar. ¿De dónde habían salido aquellas tres sotas? Gracias a Dios llevaba calcetines. Se quitó lentamente el izquierdo.

—Bonito esmalte de uñas, Ely. Me toca repartir.

Eleanor se fijó bien esa vez en la destreza con la que Dillon barajaba y repartía las cartas. Se prometió a sí misma que no iba a permitirle ganar. Nunca se perdonaría si le ganaba en su propio juego. De momento, ya sabía que cocinaba mejor que ella y que era mejor padre de lo que ella sería nunca. No iba a quedar también como el mejor jugador de póquer.

Eleanor tuvo que ocultar su decepción al ver las cartas que le habían tocado. No tenía nada, ni siquiera una pareja o dos cartas seguidas. Decidió quedarse con el tres de tréboles, porque el tres era su número de la suerte, y lanzó las otras cuatro cartas sobre la mesa, tratando de ignorar la sonrisa triunfal en el rostro de Dillon.

—Dame cuatro cartas.

—Yo tomo dos... Pareja de ases —exclamó Dillon.

—¡Qué lástima! Yo tengo un trío de treses.

Eleanor puso sus cartas boca arriba desbordante de satisfacción. Encantada de ver cómo su número de la suerte no le había fallado, señaló sus cartas maliciosamente y reclamó la prenda perdida con una mano, mientras con la otra daba un sorbo de su copa de vino.

Dillon se quitó un calcetín.

—Es la suerte del principiante, Ely.

—Eso te gustaría, Stone. Me toca repartir.

Se sentía mucho más competitiva con aquel juego infantil de lo que se había sentido nunca como investigadora documentalista, Eleanor estaba lista para jugar en serio.

Cinco manos después, Dillon solo conservaba los pantalones del chándal y los calzoncillos. Por su parte, Eleanor aún tenía la parte de arriba de su pijama, el sostén, que Dillon podía entrever cada vez que ella recogía sus cartas de la mesa, y las braguitas. Los dos se habían bebido sus copas. Una de las veces, Dillon había aceptado el pasador que le sujetaba el pelo como una prenda de vestir para poder ver aquellos cabellos sueltos, cayéndole como una cascada pálida sobre los hombros.

Joan era muy dulce y de carácter fácil. La tigresa que estaba sentada frente a él era agresiva y competitiva. No le gustaba perder. Había una gran rivalidad entre ellos. Se preguntó si sería igual haciendo el amor.

—Muy bien, señora Stone, Veamos lo que tiene.

Y no estaba pensando solo en las cartas.

Emocionada y con los ojos muy abiertos, Eleanor puso sus cartas sobre la mesa. Escalera: dos-tres-cuatro-cinco-seis. Él no podría superar eso.

Dillon dejó sus cartas sobre la mesa. Se puso de

pie y se quitó lentamente los pantalones del chándal. Se sintió excitado, más por la curiosidad de la mirada de Eleanor que por mostrarse casi desnudo ante ella. Él se quedó quieto unos instante mientras ella lo examinaba desde el pecho hasta...

–¿Bóxers de cuadros, señor Stone?

Eleanor no pudo evitar darse cuenta de la reacción de Dillon a una inspección tan íntima. Cuando la vio ruborizarse, él deseó haber podido ocultar lo ocurrido. Deseó también poder ver mejor las curvas del cuerpo de ella.

–Repartes tú –dijo Eleanor, apartando por fin su mirada del exaltado cuerpo de él y pasándole la baraja.

Con él corazón latiéndole aún a toda velocidad, Dillon se preguntó qué haría Eleanor si ganaba la siguiente mano. Cierta maldad iba ganando terreno a su honestidad habitual. No debía hacer lo que se le estaba ocurriendo. Ni siquiera podía creer que lo estuviera considerando. Hacía mucho que la mirada anhelante de una mujer no lo afectaba tan profundamente. Era como si su sentido común lo hubiera abandonado.

Una de las cosas que más lo excitaba de Eleanor era su inocencia. No parecía darse cuenta del efecto que su mirada tenía sobre él.

Sabía que tenía que oponer más resistencia, pero no tenía fuerzas. Había olvidado sus listas, lo único en lo que podía pensar ahora era en las consecuencias de tanta excitación. Al fin y al cabo, eran dos adultos responsables, y Ryan no estaba en casa. Además estaban casados. Por tanto no tenía nada de malo sentirse atraído por ella. Dillon se volvió a sentar y tomó la baraja para repartir las cartas.

–Dame cuatro cartas –dijo Eleanor descorazonada.

Dillon se sonrió.

–Una para mí.

–¿Qué tienes, Stone?

El intento de Eleanor por mostrar desinterés en sus cartas le resultaba de lo más excitante. Los golpecitos que daba con las uñas en la mesa la traicionaban.

–Nada –Dillon mostró sus cartas que eran de todos los palos y números.

–Yo solo tengo una pareja de cuatros –dijo Eleanor con la voz entrecortada.

–Entonces ganas tú.

Dillon nunca había hecho un striptease delante de una mujer. Ahora que había llegado el momento de quitarse la última prenda, solo el evidente interés, mal disimulado, de Eleanor lo animaba a seguir con su plan.

–¡Oye! ¡Espera! –dijo Eleanor dando un salto.

Dillon ya tenía los pulgares dentro de los shorts, dilucidando qué hacer a continuación, cuando Eleanor lo detuvo.

–No tienes que continuar –acertó a decir–. Digamos simplemente que he ganado yo. Recogeré mis cosas y me iré a mi cuarto. No pasa nada. Fue una partida genial. A lo mejor podemos volver a jugar en otra ocasión.

Ante la sorpresa de Dillon, Eleanor se colocó las gafas, se volvió a hacer la cola de caballo y se estiró la parte de arriba de su pijama, que en ese momento dejaba al descubierto una porción de seda azul de su ropa interior. Azorada, recogió toda su ropa del suelo y trató de ponerse un calcetín de pie, saltando alrededor de la mesa.

—¿Estás segura? Una apuesta es una apuesta.

Dillon no pudo resistir la tentación de burlarse un poco de aquella mujer que huía desesperadamente de él. Vio desaparecer sus largas y gráciles piernas por la puerta y la oyó subir las escaleras corriendo como si la persiguiera una jauría de perros. Uno de sus calcetines se quedó tirado en la alfombra junto a sus pies. Lo recogió mientras pensaba en lo irónico de la situación.

Se había propuesto encontrar una madre para Ryan y una esposa que no le causara problemas y, en vez de eso, había terminado llevándose a casa a Eleanor Rose. Ahora se sentía irremediablemente atraído por una esposa que no era lo que él buscaba y ni siquiera conseguía retenerla junto a él en la misma habitación más que para momentos de intenso flirteo. Él mismo parecía reconocerla como esposa al llamarla señora Stone.

Debería ingresar en un hospital mental. Así no tendría que pensar más en las razones por las que no debían llevar su atracción a sus últimas consecuencias. ¡Qué demonios! Si se acostaran una sola vez, tampoco tendría tanta importancia. ¿O sí?

Una voz interior le recordó que eso supondría complicarlo todo a la hora de conseguir la anulación. Tal vez él no quería concederle la anulación. ¿Pero qué estaba pensando? Claro que quería la anulación. Dillon cerró los ojos lleno de frustración. De lo único que estaba seguro en esos momento era de que necesitaba otra ducha fría. La sexta de esa semana.

La había llamado «señora Stone». Eleanor se apoyó en la puerta. Tenía muy presente la mirada impetuosa de Dillon cuando se disponía a bajarse los shorts. En la última mano se había dejado distraer tanto por el vello oscuro y rizado de su torso que casi perdió. Sin embargo había terminado ganando la partida y Dillon había estado más que dispuesto a pagar la apuesta.

¿Cómo era capaz de hacerle algo así? ¿Es que el quería hacer un striptease para ella? El corazón le latía con tanta fuerza que apenas podía respirar.

«Cálmate. Que te haya besado no quiere decir que quiera desnudarse para ti. Solo quiere ser...».

Eleanor no entendía lo que él quería ser. Pero «amable» no la palabra apropiada. Era responsable, tremendamente sexy, pero no «amable».

Eleanor se desplomó en la cama y se quedó mirando el techo. Ganar la última mano había sido cosa de suerte. El póquer era un juego puramente de suerte. Ni en sus más ardientes fantasías había imaginado que el cuerpo de Dillon fuera tan... masculino. Tenía que ponerle fin a esa atracción o no saldría indemne de esa casa.

Dillon Stone no la amaba. Buscaba una ama de casa como Joan, y Eleanor se había esforzado mucho en la vida para no convertirse en ese tipo de mujer.

Esa idea la deprimía y no la dejaba dormir, así que decidió volver a su búsqueda de Delilah. Por alguna razón, en esos momentos sintió una incomprensible necesidad de encontrar a su madre.

A la mañana siguiente, después de dormir muy pocas horas, Eleanor bajó las escaleras. La casa estaba muy silenciosa sin Ryan. Aunque parecía imposible, el chiquillo se había abierto un hueco en su corazón y estaba ahora junto a su padre en un lugar secreto de sus sentimientos al que nunca había dejado acceder a nadie.

Muy de mañana, en un estado de vigilia, recordó las imágenes del día anterior, los ojos burlones de Dillon, su pecho desnudo, fuerte y masculino, las fantasías sobre lo que ocultaban aquellos bóxers... y decidió que lo mejor sería irse de aquella casa. Arriesgaba demasiado viviendo allí.

Ojalá no fuera demasiado tarde. No debía haberse mudado allí. Había sido un impulso insensato, una concesión a un enamoramiento adolescente que ella había creído acabado. Pero ahora la proximidad a su fantasma había resucitado esos sentimientos.

Al llegar al piso de abajo, Eleanor oyó un ruido. Se frotó las palmas de la mano contra los pantalones, miró dentro del salón y se encontró al hombre que ocupaba todos sus pensamientos estirado en el sofá. Tenía un brazo cruzado sobre el pecho desnudo mientras que el otro colgaba del sofá; las yemas de sus dedos descansaban sobre un libro encuadernado en piel que estaba en el suelo.

¡Dormía tan plácidamente! Tenía el fuerte y rizado cabello muy despeinado, como si hubiera estado mucho tiempo pasándose la mano por él.

Sus facciones, normalmente duras, se veían ahora suavizadas, dándole el aire juvenil que ella tan bien recordaba. Dormía con los labios ligeramente entreabiertos... incitantes.

Se le escapó un ronquido, y hasta su ronquido le resultó seductor.

Eleanor se agachó para recoger el libro, tratando de no mirar el torso de Dillon o la cintura de los vaqueros. El botón superior estaba abierto, y dejaba al descubierto parte de unos bóxers azules.

Con cuidado de no molestarlo, Eleanor le quitó el libro de entre los dedos. Sentía curiosidad por ver qué tipo de libro lo había mantenido tan interesado.

Olía a jabón mezclado con colonia de hombre. Eleanor recordó vagamente haber oído la ducha después de irse a su cuarto la noche anterior. Recordaba haber leído alguna vez que había mujeres que elegían sus parejas por el olor y tuvo sobreponerse para no ser una de ellas.

Abrió el libro y se sentó en una silla para leer lo que parecía ser un diario. Las páginas estaban muy desgastadas pero la caligrafía era muy cuidada y se podía leer con facilidad.

Este es el diario de Savannah Marie Silks, que se empezó a escribir a fecha de hoy, 10 de septiembre de 1896...

—¡Dios mío! No me lo puedo creer —susurró Eleanor.

El teléfono sonó en ese momento. Eleanor miró a Dillon que empezaba a despertarse en el sofá frente a ella.

—Residencia de los Stone —contestó sin saber muy bien lo que hacía.

—¿Ely? ¿Eres tú? —era la voz de Jake.

—¿Jake? No se te oye nada bien. ¿Dónde estás?

Era la primera vez que hablaban desde la dichosa boda. Nunca antes había contactado con ella cuando estaba en una misión, y eso la preocupaba.

—¿Estás bien? ¿No estás herido ni nada de eso?

—Espera un segundo. Estoy en una ce... da... uno. ¿me oyes mejor ahora? —las últimas palabras se oyeron con total claridad, como si estuviera hablando desde la habitación contigua.

–Sí, mejor.

–Escucha, Ely. No tengo mucho tiempo. No estoy herido, solo quería saber qué tal os lleváis Dillon y tú...

En ese momento Eleanor se dio cuenta de que Dillon la estaba mirando, con el rostro completamente despabilado de repente.

–Te desconectaron el teléfono y me preocupé, así que llamaba a Dillon para ver si por casualidad estabas ahí. ¿Significa eso que aún estáis casados?

A Eleanor la irritó el tono divertido y chismoso de Jake. Al fin y al cabo, él la había metido en el atolladero en el que se encontraba.

Se encogió de hombros y bajó la voz en un vano intento de mantener alguna privacidad en la conversación. Dillon la miraba con curiosidad.

–No exactamente.

Unos dedos fuertes le agarraron la rodilla para llamar su atención.

–Voy a hacer el desayuno –susurró Dillon.

Eleanor asintió con la cabeza, conmocionada una vez más por la visión de aquel hermoso torso desnudo y, cuando se dio la vuelta, siguió mirando aquellas caderas perfectas...

–Ely, ¿estás ahí?

–Sí.

–Bueno, cuéntamelo todo.

Eleanor tuvo que esforzarse para centrar su atención en la conversación con Jake. A regañadientes, le explicó las circunstancias que la habían llevado a vivir en casa de Dillon. Le contó su accidente en el zoo. Le ardían las mejillas. No le contó nada de la partida de strip póquer. Cuando terminó, Jake se mantuvo en silencio al otro lado de la línea.

—Parece que te gusta, Ely.

—Por supuesto que me gusta. ¿Cómo no me va a gustar? Es un padre excelente...

—Es algo más que eso, Ely. Algo está pasando por allí. A mí me parece que podríais...

—Jake, tu como yo sabes que ese amor cursi de «para siempre jamás» no existe en el mundo real. La gente no se queda a tu lado cuando más la necesitas.

—Yo te quiero, Ely —la voz de Jake sonaba suave y sincera.

—Yo también te quiero, bobo, pero eso no tiene nada que ver y lo sabes.

—Ely, no fue mi intención obligarte a casarte con Dillon, pero ahora que ya está hecho, es toda una oportunidad de olvidar el pasado. No dejes que nada te asuste. Ya va siendo hora de que empieces una nueva vida y de que el verdadero amor sea parte de ella.

—¿Qué sabes tú de empezar una nueva vida? —preguntó, recelosa, sin creer una palabra de lo que Jake le decía. Su hermano adoptivo nunca había estado con ninguna mujer durante más de un mes, ¿qué podía saber él de ese tema?

—Una vez amé a una chica y cometí el error de dejarla escapar y hoy todavía lo lamento. La próxima vez no seré tan estúpido. No tengas miedo, Ely, hay que amar para poder ser amado.

—Das muchos consejos equivocados hoy, Jake. Dillon y yo vamos a pedir la anulación. Es imposible que... bueno, él no me quiere y yo no lo quiero. Además, él todavía quiere a Joan —Eleanor pronunció estas palabras intentando con todas sus fuerzas aceptar lo que había de verdad en ellas.

—Tengo que irme, y no voy a poder llamar más veces, pero prométeme que no vas a renunciar a él sin luchar. Prométeme que le darás una oportunidad a lo que hay entre vosotros.

—No hay nada entre nosotros y no pienso hacerte promesas que no puedo cumplir. Me estás pidiendo que crea en algo imposible.

Eleanor no quería dejarse mangonear por Jake. Estaba acostumbrada a sus intentos de organizarle la vida, pero esa vez no se lo iba a permitir.

—No te pido que creas en algo imposible. Solo te pido que creas en ti misma. Prométemelo, Ely. Me lo debes.

—¿Que te lo debo? —replicó indignada.

Reconoció un suspiro resignado de Jake al otro lado del teléfono.

—Te quiero hermanita. Cuídate en mi ausencia.

A la cariñosa despedida de Jake le sucedió el tono del teléfono. Justo en ese momento, Dillon apareció por la puerta.

—El desayuno está listo.

No debería haber escuchado aquella conversación.

«Dillon y yo vamos a pedir la anulación». Eso era también lo que él quería. ¿No? Dillon colocó los dos platos de huevos revueltos en la mesa junto a los dos zumos de naranja que él mismo había preparado. La verdad era que ya no estaba seguro de lo que quería.

«Él no me quiere y yo no lo quiero». En eso tenía razón, pero la última parte... Eleanor creía que él aún amaba a Joan. Era verdad que siempre sentiría algo especial por su amor universitario y madre de su hijo, pero eso no significaba que no pudiera encontrar una nueva compañera. No era necesario volver a enamorarse, necesitaba tan solo alguien con quien vivir tranquilamente y que pudiera ser una buena madre para Ryan. Volver a enamorarse no entraba en sus planes.

—Era Jake —dijo Eleanor sentándose a la mesa.

Parecía preocupada. Dillon se preguntó si tendría algo que ver con la llamada de Jake o si se debería a la partida de strip póquer... Recordó entonces esas largas piernas y su ropa interior azul...

—¿Cómo está Jake?

—Está bien.

—¿Qué quería? —insistió Dillon con curiosidad ante la reserva de Eleanor.

—Quería saber qué tal nos estamos llevando.

—¿Le dijiste que nos llevamos bien? —preguntó Dillon sentándose también a la mesa frente a ella—. ¿Ely? —insistió.

—Le dije que estábamos preparando los papeles de la anulación.

A Dillon se le quitó el apetito al ver cómo Eleanor sustituía una mirada cargada de tristeza por un gesto de estudiada indiferencia.

—¿Es eso lo que quieres? —preguntó él groseramente, evitando mirarla a la cara.

—Sí, por supuesto que sí —contestó ella levantando la barbilla, desafiante.

Dillon se preguntó cómo podía sentirse tan atraído por esa mujer y al mismo tiempo estar tan enojado con ella. Dillon apartó el plato del desayuno sin haberlo tocado. En ese momento el teléfono interrumpió el mortal silencio que reinaba entre ellos. Al tercer tono, Dillon contestó.

—¿Diga?

—Hola, hijo.

—Papá... —Dillon tomó aire con fuerza, tratando así de ahogar sus emociones. Era peligroso para su tranquilidad implicarse tanto con Eleanor.

—Estaba pensando en tomar un vuelo e ir a visitaros la próxima semana —dijo su padre sin rodeos.

Su voz consiguió distraer sus pensamientos de aquella mujer tan irritante que estaba sentada al otro lado de la mesa, jugando con la comida en el plato. Las largas pestañas le ocultaban los ojos.

—La próxima semana no me viene muy bien, papá.

—¿Por qué? ¿Algo va mal? ¿Ryan está bien?

Hacía mucho tiempo que Dillon se había resignado a no guardar secretos con su padre. Tenía una habilidad extraordinaria para darse cuenta de cuándo su hijo o su nieto tenían un problema.

—No, estamos bien los dos. Es que Ryan acaba de empezar en un colegio nuevo y yo tengo que preparar mis clases.

—Todavía no entiendo por qué abandonaste tu trabajo como abogado criminalista —refunfuñó su padre.

—Ya te lo he explicado, papá. Ir a los tribunales me quitaba mucho tiempo para estar con Ryan. Trabajando en la universidad tengo casi el mismo horario que él. Ha perdido a su madre, lo menos que puedo hacer es asegurarme de que su padre pasa tiempo con él.

—Tienes razón, hijo —contestó el padre después de una breve pausa—. Lo que pasa es que os echo de menos. No os molestaré. Solo quiero comprobar por mí mismo que mi nieto se va adaptando a su nuevo hogar. Intentaré avisaros antes de llegar —y antes de que Dillon tuviera tiempo de replicar nada, su padre colgó.

Al colgar el teléfono, Dillon se dio cuenta de que Eleanor se había marchado inadvertidamente de la habitación. Que Eleanor y su padre, que era un sentimental, se conocieran era lo último que necesitaba... y que se enterara además de que estaban casados, aunque fuera solo algo temporal... Aún recordaba lo que le había dicho poco después de la muerte de su madre, cuando él era aún un adolescente: «El amor y la pareja perfecta son lujos muy difíciles de encontrar».

—¿Dónde has encontrado este libro? —preguntó Eleanor irrumpiendo en la cocina como un torbellino con el viejo diario en las manos.

Era la primera pista que Eleanor encontraba sobre Delilah Marie Silks. Su corazón albergó una frágil esperanza. Seguir pistas hasta encontrar lo que buscaba era su especialidad. No podía creer que hubiera encontrado aquella curiosa referencia a su apellido en aquel libro, justo ahora que quería desesperadamente irse de esa casa.

Dillon la miró sin comprender.

—Este diario —explicó levantando el libro para que Dillon supiera de lo que estaba hablando—. ¿De dónde lo has sacado?

—Silks es un apellido muy poco corriente. Ayer, después del claustro, me pasé por la biblioteca de la universidad a ver qué encontraba. El bibliotecario jefe colecciona biografías.

Eleanor le entregó el libro a Dillon cuidadosamente. ¿Cómo iba a irse ahora? Ahora que tenía una pista, aunque fuera solo una remota posibilidad, que podía conducirla hasta su madre...

Este es el diario de Savannah Marie Silks...

Dillon pasó la mano suavemente por la amarillenta página del libro y Eleanor no pudo evitar pensar en lo mucho que le había gustado a ella sentir esas mismas manos protectoras en su cuerpo. Desechó esa idea. Era una persona cabal y responsable, ya era hora de dejarse de sensiblerías.

—Mi nombre completo es Eleanor... Silks... Rose.

—Lo sé.

CAPÍTULO 9

EL NOMBRE de mi madre es Delilah Marie Silks.

–Cuando encontré este libro, pensé que a lo mejor había alguna relación.

–¿Por qué te preocupa a ti eso?

Dillon comprendía un poco por lo que Eleanor había pasado. Él era un adolescente cuando murió su madre y se había sentido furioso por lo que le parecía un abandono. A menudo se preguntaba que había hecho él mal para que Dios decidiera arrebatársela.

–¿Es esta la primera vez que intentas buscar a tu madre? Tienes que saber que no es culpa tuya que te abandonara en el hospital –dijo, consciente de que se preocupaba por ella. Y mucho.

Eleanor estaba erguida, muy quieta, mirando fijamente el diario como si tuviera en su poder el tesoro más preciado. Mantenía la barbilla levantada como si de esa manera pudiera disimular lo mucho que aquel hallazgo la había afectado.

Dillon se había acostumbrado a esas barreras que ella levantaba a su alrededor constantemente. Se preguntó si esas mismas barreras terminarían por derrumbarse...

–Nunca lo había intentado hasta... hace muy poco –estaba claro que no quería hablar de su madre.

Dillon sentía su olor a vainilla tan característico y

no podía apartar de ella su mirada. Confuso por sus emociones, dio un paso hacia delante; no iba a permitirle huir otra vez.

—¿Por eso estás tecleando en el ordenador hasta la madrugada? No es nada del trabajo, ¿verdad? Es porque estás buscando a tu madre.

Dillon atesoraba los recuerdos que conservaba de su madre. Deseaba ayudar a esa mujer a encontrar a la suya. Intentó detenerla pero ella lo rechazó empujándolo lejos con los brazos.

—Ely...

Dillon trató de acercar su rostro al de Ely pero ella ya no estaba; se alejaba por el pasillo, con la mano levantada, como para protegerse de él.

—No quiero tu lástima, no la necesito, Dillon Stone —espetó, como una gata asustada y acorralada, corriendo hacia las escaleras.

Desgraciadamente, la lástima no tenía nada que ver con lo que él sentía. Ojalá solo fuera eso. Esa vez, por el bien de ella, no la iba a dejar escapar tan fácilmente. Dominando su frustración, la siguió escaleras arriba.

—Ely, yo puedo ayudarte —dijo gritando para que ella se detuviera a escucharlo.

—No quiero tu ayuda —replicó Eleanor sin volver la cabeza.

Dillon admiraba aquel espíritu indómito e independiente, pero estaba llevando su autosuficiencia demasiado lejos.

—Podría haber algo en ese diario que te ayudara a encontrar a tu madre.

Eleanor había llegado al rellano de la escalera y se volvió repentinamente. Se quedó mirando el diario que Dillon balanceaba ante ella con la esperanza de atraer su atención.

Mereció la pena. Su aire desafiante se convirtió en curiosidad. Eleanor se acercó a él, vacilante, atraída por el libro.

—El diario podría ser un punto de partida —dijo tratando de engatusarla.

Ella se fue acercando hasta agarrar el diario que Dillon le tendía como si fuera un salvavidas. Eleanor pensó que lo más apropiado hubiera sido hacer sus maletas y marcharse.

—Savannah podría ser una antepasada lejana tuya.

La seductora voz de Dillon la envolvía. Ese hombre que estaba allí de pie frente a ella en el pasillo con las manos en las caderas parecía desafiarla a aceptar lo que él tenía que ofrecer: su hijo, un hogar, y la oportunidad de no estar sola nunca más.

—No sé por qué he iniciado esta búsqueda. A ella nunca la ha preocupado lo que a mí me pudiera pasar.

Mientras susurraba ese secreto temor, la distancia entre ellos se acortó y él la rodeó dulcemente con sus brazos.

—Me parece natural que quiera saber quiénes son tus padres, independientemente de cómo se hayan portado contigo. A lo mejor tu madre tenía una razón justificada para abandonarte en el hospital.

Al contacto físico con Dillon sintió un escalofrío que nada tenía que ver con la conversación que los ocupaba.

—Quizá, pero ninguna madre abandonaría a su propio hijo por nada del mundo —dijo, amargamente, con la voz entrecortada.

—Puede que simplemente no pudiera hacerse cargo de ti —dijo Dillon.

Eleanor se separó un poco de él. Quería creerlo con todas sus fuerzas.

–Es mucho más probable que desde el principio no quisiera tener ningún bebé y que no supiera que hacer conmigo cuando nací.

–Eso no lo puedes saber –dijo Dillon. Le partía el corazón ver reflejada en su rostro la terrible soledad en la que había vivido.

–Ninguna situación, por horrible que fuera, me haría abandonar a un hijo mío para que lo tuvieran que cuidar unos desconocidos –dijo Eleanor con vehemencia.

Conmovido, Dillon le secó con el pulgar una lágrima que le caía por la pálida mejilla. Un cúmulo de circunstancias habían convertido a Eleanor en una mujer formidable.

Con mucho cuidado para que no se sobresaltara, Dillon la atrajo hacia él, le rodeó la cara con sus manos y le acarició las mejillas con los pulgares. Se acercó peligrosamente a esos ojos del color del whisky y pensó... que quizá él podría ofrecerle algo que ella nunca había tenido.

–Sé que tú nunca abandonarías a tu bebé –dijo Dillon con un nudo en la garganta de imaginarse el vientre de Eleanor con un hijo de ambos–. Déjame que te ayude a encontrar a tu madre. Entre los dos, lo conseguiremos –añadió suspirando ante la idea de pasar tiempo con ella, trabajando en la intimidad.

Dillon bajó las manos hasta los hombros de Eleanor, la atrajo hacia él y le dio un beso ilícito. Era todo lo que más deseaba en esos momentos. Se le ocurrió que si conseguía que Eleanor pasara tiempo junto a él buscando a su madre, quizá olvidaría lo de la maldita anulación.

Deslizó suavemente su boca por la de ella, hasta que consiguió que Eleanor entreabriera los labios invitándolo a entrar. Eleanor rodeó entonces con su brazos la cintura desnuda de él y Dillon sintió que caía al vacío.

Aquello podía ser peligroso emocionalmente para él. Separó sus labios de los de ella antes de que su excitación venciera sus buenas intenciones. Las delicadas facciones de Eleanor habían adoptado un gesto soñador.

—Vuelve conmigo a la cocina y léeme en voz alta mientras lavo los platos del desayuno —sugirió con suavidad; si conseguía centrar su atención en algo tan trivial como los platos del desayuno, a lo mejor tendría suerte y conseguiría alejarse del borde de aquel precipicio que tanto lo atraía.

—Ryan quiere que lo arropes —dijo Dillon desde el umbral de la puerta del dormitorio de Eleanor, interrumpiendo su lectura del diario de Savannah.

No la había vuelto a ver desde que saliera de casa para recoger a su hijo. Eleanor había estado tan enfrascada con la lectura del diario que ni siquiera se había dado cuenta de que él había salido. Tenía gracia, pero a Dillon lo enojaban esas faltas de atención.

Incluso ahora, Eleanor tenía la mirada como perdida, como si no entendiera lo que le decían.

—Ely...

—Está bien, ya voy —puso el libro debajo de la almohada y un hermoso tono rosado tiñó sus mejillas.

Eleanor salió de su cuarto sin mirar a Dillon y se dirigió al cuarto de Ryan. Las suaves cadencias de su voz tenían un efecto sedante sobre él y estaba seguro de que también tenían ese efecto sobre su hijo.

Ryan adoraba a Eleanor. Era algo evidente. ¿Qué

le iba a decir al niño cuando la mujer que él quería que se convirtiera en su nueva mamá los abandonara?

Sufría al considerar tal posibilidad. ¿Cómo iba a permitir que se fuera de su lado aquella mujer tan contradictoria e imprevisible? Y si se iba, ¿qué iba a hacer para proteger a Ryan del inevitable dolor que sentiría? ¿Por qué seguía sin ocuparse de esos papeles?

Desesperado, empezó a trabajar mentalmente en una lista nueva: Eleanor era testaruda, no sabía cocinar, era desordenada y no limpiaba lo que ensuciaba. Siempre dejaba el abrigo tirado en el sofá, y nunca sacaba la ropa limpia de la secadora. Desde luego estaba muy lejos de ser la perfecta ama de casa.

Dillon había notado que se ocultaba del mundo detrás de sus gafas, subiéndoselas con fuerza por el puente de la nariz cuando se ponía nerviosa.

–Buenas noches, Ryan.

Los ojos de Eleanor se inundaron de lágrimas al abandonar el cuarto del niño. Dillon la observaba. Ella se subió las gafas en un gesto puramente defensivo, como para ocultar esas emociones de él. Sin poder reprimirse, Dillon le arrancó las gafas de la cara.

–Te escondes detrás de estos chismes, ¿por qué?

–No me escondo detrás de nada, las necesito para leer. Devuélvemelas –contestó ella tratando de recuperarlas. Pero Dillon levantó el brazo y se lo impidió.

Eleanor se dio cuenta de que solo podía recuperarlas si se pegaba completamente al cuerpo de él y apretaba su pecho contra el suyo. Dio un paso atrás con la mano extendida.

–Esto es una tontería. Devuélvemelas.

La verdad era que tenía razón, aquello era completamente infantil.

—Te las devuelvo si te vienes al salón conmigo a comer palomitas de maíz.

Dillon se sentía como el chico malo del patio del colegio. No quería que Eleanor se le escapara.

—El chantaje es un delito, Dillon Stone.

—Ya lo sé. Nos vemos en el salón. Y tráete el diario de Savannah.

Y tras poner sus condiciones, se fue con sus gafas dejándola boquiabierta como a una adolescente. Intentó comprender lo que acababa de ocurrir.

¡Dillon Stone le había robado las gafas! ¡Decir que se ocultaba tras ellas! ¡Vaya una acusación más estúpida! Las necesitaba para leer. Eleanor echó de menos los tiempos en los que su vida discurría sin complicaciones, sin sentirse alterada a cada momento por culpa de un insolente profesor de Derecho.

No iba a permitir que se saliera con la suya. Hasta ese momento, el diario de Savannah no le había revelado nada importante. Lo mejor habría sido devolvérselo ya, pero no quería. Dillon Stone no iba conseguir nada dando órdenes y chantajeando.

Por lo que había leído, Savannah Silks era un personaje admirable, fuera o no antepasada suya. Era una mujer que se había abierto camino por sí misma en los tiempos de la frontera del Oeste, cuando la vida era especialmente dura. Había mostrado una fortaleza y una entereza que Eleanor no podía dejar de envidiar. Ella no era así.

La asaltó a traición la imagen de su cuerpo pegado al de Dillon. El recuerdo de aquellos besos en su cuarto le quemaba aún las entrañas.

¿Qué hubiera hecho Savannah en una situación así? Sin duda se habría hecho con el control de la situación. Con el diario en la mano, Eleanor descendió las escaleras dispuesta a decirle algo a Dillon al más puro estilo «Silks»: pensaba hacer las maletas y marcharse.

Mientras metía la bolsa con las palomitas en el microondas, Dillon se preguntaba por qué se había comportado así ¿Se habría vuelto loco? Era evidente que a Eleanor no le gustaban ese tipo de intrusiones, pero sus constantes contradicciones le habían hecho olvidar que era un hombre sensato y razonable.

Cada vez sentía con más fuerza la necesidad de estar junto a ella, de hacerla suya, y eso lo preocupaba. Él no era ningún troglodita sin modales con las damas, pero por alguna razón, Eleanor despertaba ese lado primitivo en él. Había veces que lo único que quería era levantarla del suelo, cargarla a los hombros y llevársela a su guarida. Se sentía ridículo dando rienda suelta a esas fantasías. Al fin y al cabo era abogado y siempre se había gobernado por los hechos y por la razón.

Sonó el timbre del microondas y Dillon sacó las palomitas ya listas con cuidado de no quemarse.

A pesar de que era todo lo contrario de lo que había descrito en sus listas, algo dentro de él quería que se quedara con él... ¿como su esposa? Era demasiado infantil, no se podía quedar con Eleanor como si se tratara de una moto nueva que se le había antojado.

Dillon no podía olvidar cómo se había sentido al rodear con su cuerpo el tierno cuerpo de ella, y cómo ella había respondido a sus besos cuando por fin dejó de defenderse. Casi se rio en voz alta al recordar lo avergonzada que estaba Eleanor cuando él casi se quedó desnudo después de la aciaga partida de póquer.

Se había marchado de la habitación a toda velocidad para no tener que ver lo más masculino de su cuerpo.

Siempre había tomado las grandes decisiones de su vida serenamente, no le gustaba la confusión. Cuando se casó con Joan todo resultó tan natural como respirar. Pero casarse con Eleanor había sido un error lamentable.

Y sin embargo, se sentía fascinado por ella. Sentía algo primitivo, volcánico, quizá obsesivo por ella. Deseaba ser el Príncipe Azul de Eleanor, que ella se convirtiera en su Bella Durmiente. Su existencia se había quedado reducida a un infantil cuento de hadas. Asegurándose de que llevaba las gafas en el bolsillo, agarró una bandeja cargada de aperitivos y se dirigió al salón. Para su sorpresa, Eleanor ya estaba allí, esperándolo, sentada en el sofá.

A juzgar por su actitud, parecía avecinarse una tarde difícil. Su expresión clamaba venganza. Dillon casi tropezó del acaloramiento. Sin apartar los ojos de ella, puso la bandeja en la mesa de café y se sentó en el sofá tan lejos de ella como le era posible.

Muy bien, estaba claro dónde iba a estar el frente de aquella batalla.

—¿Has encontrado algo útil en el diario? —preguntó Dillon alegremente, dándole un gran trago a su cerveza para calmar la sed.

—Mis gafas...

Dillon llenó de palomitas un vaso de papel. Se lo pasó a Eleanor junto con las gafas. Sus dedos se rozaron. Ella puso un gesto victorioso y desafiante.

—No he encontrado nada, pero el diario me ha sugerido un par de ideas —dijo Eleanor respirando profundamente para dominar el nerviosismo que le oprimía la garganta.

Era ella la que debía estar al mando de la situación, no esos nervios cada vez más desquiciados de los que hacía gala cada vez que estaba con aquel hombre.

–Cuando Savannah escribió su diario, era dueña y directora de una casa de huéspedes en Shaniko, Oregón. No tenía hijos. Tenía un hermano llamado Beauregard Williams Silks y este tuvo un hijo, William Richard, en 1910. Después de eso ya no hay nada.

–Al menos, es un comienzo. A lo mejor puedes encontrar a tu madre siguiendo la pista de los descendientes de William –dijo Dillon agarrando una palomita.

A Eleanor no le gustaba el gesto de Dillon; sus ojos se habían tornado oscuros y miraba sus labios de forma insinuante. Eleanor sintió que los labios se le secaban por la expectación.

Dillon acercó una palomita a los labios de Eleanor.

–Dillon Stone, ni te atrevas a darme de comer como a una niña –saltó ella alarmada.

–¿Por qué? –preguntó él con gesto inocente.

–Porque no necesito que me pongan la comida en la boca. Si quiero comer palomitas, me las sirvo yo sola –repuso con firmeza.

–¿Estás segura?

–Por supuesto que estoy segura, no soy ninguna niña –a pesar de su actitud, Eleanor sintió escalofríos por todo su cuerpo.

–Es una lástima, te estás perdiendo una de las mejores cosas de la vida.

Eleanor se quedó como hipnotizada por la promesa que encerraban esas palabras. Olvidándose de las palomitas y de su rechazo inicial, sintió cómo la golosina rozaba sus labios. Era ya tarde para defenderse. Eleanor abrió la boca como un pajarillo que acepta el alimento de su madre.

Lo único que podía hacer ya era masticar y saborear aquel manjar que habían tocado los dedos de Dillon. Al notar la mirada divertida de Dillon, quiso huir antes de perder las pocas defensas que le quedaban. Ya había empezado a olvidar por qué tenía que marcharse.

Pero era demasiado tarde. Como si se hubiera dado cuenta de su plan de huida, Dillon acortó la distancia entre ellos, la agarró dulcemente de la muñeca y la mantuvo así junto a él como si pudiera encadenarla de esa manera como el más fuerte de los aceros.

—¿Qué te pasa? ¿Tienes miedo?

—Yo no tengo miedo de nada, Dillon Stone.

—Pues demuéstramelo, Eleanor Rose Stone —replicó él desafiante—. Siéntate conmigo y compartamos estas palomitas. Háblame de tu madre, déjame que te ayude a encontrarla.

¿Le permitiría inmiscuirse en su vida? Dillon miraba atentamente aquellos ojos brillantes y recelosos. Estrechó su muñeca con suavidad, para hacerle saber que podía contar con él, y al hacerlo, sintió su pulso.

Quería y necesitaba que Eleanor le permitiera ayudarla.

Eleanor se relajó un poco, se reclinó en el sofá y Dillon hizo lo mismo. Lo miró con los ojos muy abiertos, tratando de estudiarlo fríamente.

—No hay nada que contar de mi madre que no sepas. Me abandonó en el hospital nada más nacer yo. Solo sé su nombre. Hasta ahora no he tenido suerte en mi búsqueda. No es una historia tan especial, ni tan espantosa. No me voy a morir por no encontrarla. He vivido sin ella toda mi vida.

Por primera vez desde que estaban juntos por culpa de aquella boda equivocada, Eleanor habló con total sinceridad de algo íntimo para ella. Nunca había hablado tanto rato sobre sí misma. Dillon se dio cuenta de que necesitaba a alguien que la cuidara y se preguntó si no sería él el más apropiado para ello.

¿Era amor lo que sentía? Las emociones contradictorias que sentía lo desconcertaban. Él no aspiraba a volver a encontrar el amor. Lo que sentía por Eleanor era desconcertante y a la vez increíblemente fuerte. Pero no podía ser amor.

—Quiero ayudar —repitió— siendo dos, seguro que averiguamos algo.

—No necesito ayuda, Dillon.

—Sí que la necesitas —dijo Dillon, que no estaba dispuesto a rendirse tan fácilmente.

—He dicho que no.

—Eres como una chiquilla testaruda.

—Ni soy testaruda, ni soy una chiquilla.

—En eso último tienes razón, no eres ninguna chiquilla.

Dillon se rio y aprovechó la sorpresa de Eleanor para ponerle otra palomita de maíz en la boca. Se reclinó sobre ella y le dio un largo y dulce beso en el cuello. Tuvo que contener su deseo de ir más lejos.

—Y no soy testaruda —continuó Eleanor con tono insolente.

—¿No?

—No.

—Entonces déjame ser tu ayudante en la investigación.

¿Aceptaría su ofrecimiento?

—Eres muy insistente —musitó Eleanor ruborizándose.

–Así es.

Lo único que Dillon deseaba en esos momentos era besarla hasta hacerla temblar pero, en lugar de eso, le dio un casto beso en la frente como para cerrar el trato. Deslizó entonces los labios hasta sus sienes y sintió con excitación el pulso de ella en su boca.

–Todo el mundo necesita a alguien alguna vez –añadió.

Apartándole los sedosos cabellos, la besó en el apetecible lóbulo de la oreja y se sintió desbordado de deseo. Eleanor inclinó tímidamente la cabeza y eso le brindó a Dillon una mejor vista de lo que en ese momento era su objeto de deseo.

–No tienes por qué... –su voz sonó profunda, ensimismada.

Era verdad, él no tenía por qué.

Confuso por tanta emoción contradictoria, Dillon se puso en pie apresuradamente, dejando a Eleanor en el sofá como una leona herida lista para defender sus llagas. Tenía que detenerse a pensar. Idear un nuevo plan. Urgentemente, antes de que perdiera el juicio por completo.

–Tengo trabajo que hacer, gracias por comer palomitas conmigo –espetó Dillon atropelladamente. Quedaba como un tonto diciendo eso, pero no pudo remediarlo.

La situación con Eleanor estaba fuera de su control. ¿Cómo era posible que siguiera considerando continuar casado con ella?

–¿Qué pasa entonces con el diario? –preguntó Eleanor perpleja.

–Nos reuniremos para hablar de eso mañana.

Dillon estaba seguro de que Eleanor pensaría que estaba loco: besándola e insistiendo en que tenía que

aceptar su ayuda para después irse corriendo y dejándola sola. Aquello era una locura.

Tenía que intentar dilucidar qué significaba lo que
sentía, y no lo iba a conseguir mientras estuviera tan
próximo a esa mujer. Cuando estaba con ella, lo
único que quería era tocarla... explorar sus lugares
secretos. Al contacto físico con ella estaba perdido.
Se dirigió con decisión a su despacho, cerró la puerta
tras él para que aquella belleza de ojos del color del
whisky no pudiera perturbarlo.

HORAS más tarde, Dillon seguía sentado a su escritorio meditando. Releía atento la lista que había confeccionado meticulosamente.

Mujer de negocios.
Adicta al trabajo.
No es hogareña.
No sabe preparar comida de verdad.
Está a la defensiva, evita cualquier intimidad.
Quiere a Ryan.
Le gusta el zoo.
Prepara una galletas de chocolate deliciosas.
Tiene el pelo largo y sedoso.
Cuando está excitada sus ojos adoptan el color de un whisky añejo.
Tiene un hondo concepto de familia.
Sería una madre fantástica.
Me hace reconsiderar mi soltería.
Quiere la anulación.

Dillon sabía que había sobradas razones para pedir la anulación No se habían casado por voluntad propia, sino por un cómico y desafortunado error. Entonces...

¿Qué le estaba haciendo a él reconsiderar las cosas?

Cuando más lo pensaba, más se convencía de que esos sentimientos no tenían nada que ver con el amor. Y eso le hacía sentir cierto alivio. La atracción física era algo muy diferente del amor que unía en cuerpo y alma a un hombre y una mujer.

Dillon dibujaba figuras geométricas entrelazadas en su papel cuando llamaron a la puerta de la calle. Miró el reloj que tenía en su escritorio, y se metió la nueva lista en el bolsillo antes de ir a ver quién llamaba a su puerta a las once de la noche.

—¿Qué haces aquí, papá?

—¡Qué alegría de verte, hijo! Déjame entrar y cuéntale a tu viejo lo que te pasa.

Dillon se preguntó que más podía pasarle para complicar su existencia.

No le había dicho a su padre nada acerca de Eleanor y tenía buenas razones para no hacerlo. No era que le diera vergüenza, pero ¿iba a creerse él su historia del matrimonio por accidente? Lo ocurrido iba a salir a la luz y su padre se iba a morir de la risa.

A la mañana siguiente, unas risas sofocadas despertaron a Eleanor. Se sentía agotada, como si hubiera dormido sobre un guisante, como la princesa del cuento.

La noche anterior, cuando Dillon abandonó el salón de forma tan precipitada, la dejó en un estado de total excitación del que solo se recuperó al oír el portazo en su despacho. Había estado tan ocupada huyendo de Dillon que no se había parado a pensar en lo que él quería.

No estaba preparada para enfrentarse a él de nuevo, así que se duchó con calma. Se puso unos vaqueros y una camiseta amarilla tranquilamente, e incluso se cambió el color del esmalte de uñas del color rosa pálido que llevaba a un rojo intenso. Se dio cuenta entonces de lo cobarde que estaba siendo.

¿Acaso tenía miedo de aquel profesor de Derecho, alto y bien parecido? Claro que no. Ella nunca había dejado que ningún temor tomara sus decisiones y no pensaba empezar ahora. No había razón alguna para quedarse escondida en su cuarto. Además, tenía hambre, y si era amable con él, podría conseguir que le preparara sus fantásticos huevos revueltos.

Eleanor bajó las escalera con decisión y se dirigió sin titubeos a la cocina. Se detuvo de pronto, desconcertada al ver a un extraño sentado a la mesa con Ryan.

—Esta es mi nueva mamá, abuelo —dijo Ryan escurriéndose de los brazos de su abuelo y abrazando a Eleanor con fuerza por la cintura.

Eleanor devolvió el abrazo. No estaba acostumbrada a tener sentimientos maternales. Miró al anciano al que Ryan llamaba «abuelo», y vio que Dillon estaba justo detrás junto al horno, mirándola con las cejas levantadas.

—¿Tu nueva mamá?

El abuelo era un caballero de facciones duras, cabellos canosos, cejas pobladas y un bigote exquisitamente cuidado. Con casi setenta años, era aún un hombre atractivo. Tenía las líneas de expresión muy marcadas alrededor de los ojos, iguales a las de Ryan y Dillon. No cabía duda de que era el padre de Dillon.

El abuelo sonrió a Eleanor al ver cómo su nieto la abrazaba.

—Papá, esta es Eleanor Rose... Stone.

–¿La esposa que te has buscado accidentalmente?

A Eleanor le hubiera gustado darle una patada en la espinilla a su... marido. ¿Qué le habría contado Dillon?

Previendo la respuesta de Dillon, Eleanor tomó en brazos a Ryan para darse valor y se sentó en una silla con él en su regazo.

–No se enfade demasiado. No fue culpa nuestra, señor Stone. Jake, mi hermano adoptivo, organizó un concurso de cita a ciegas para un hogar de mujeres y resulta que el juez de paz nos casó de verdad porque se equivocó de boda... –cuando terminó, estaba sin aliento.

Nunca antes había tenido que darle explicaciones de sus actos a un padre de carne y hueso, y en cierto modo, era como si el padre de Dillon también fuera el suyo. Esa idea la hizo sentirse extraña y al mismo tiempo satisfecha.

–No estoy enfadada, chiquilla. Dillon ya me contó vuestra aventurilla. Pero ya que ahora vas a ser mi nuera, puedes llamarme Mike... o papá, si lo prefieres.

A Eleanor se le hizo un nudo en la garganta. ¿Papá?

–No, usted no lo entiende. Esto es algo solo temporal. Le parecerá raro, porque estoy viviendo aquí y todo, pero es que tuve que abandonar mi apartamento y Dillon insistió en que me quedara con él. Bueno, ya me entiende, no con él, sino aquí, hasta que encuentre otra cosa, aunque hasta el momento no he tenido tiempo de buscar. Y además, Dillon ya ha hecho la solicitud de anulación para que todo este lío quede aclarado de una vez.

Cuanto más trataba de aclarar la situación más nerviosa se ponía. Mike arqueaba sus pobladas cejas, igual que su hijo.

Según los miraba, a Eleanor se le encogió el estomago. Estaba acostumbrada a dar seminarios y a hablar ante el consejo directivo de su empresa sin inmutarse, y, sin embargo, allí estaba, dándole explicaciones a aquel señor y sintiéndose como una colegiala que ha hecho algo malo.

Mike le guiñó un ojo.

—Estoy seguro de que sabréis arreglar esto. Ya tengo una hija, pero no me importaría tener otra. Lo estaba esperando desde hace mucho tiempo.

Dillon estaba tan sorprendido como ella, aunque por diferentes razones. No podía creer la reacción de su padre ante la noticia de un matrimonio tan extraño. Su padre tenía una visión de la vida completamente diferente a la suya. Parecía confiar en el universo y en lo que este le deparaba. Había tratado de inculcar a Dillon desde muy joven que lo inesperado también era parte de la vida. Pero la verdad era que él no estaba preparado para algo tan inesperado como tener de repente a alguien como Eleanor en su vida.

Su padre sabía que todavía no había solicitado la anulación y, después de conocer a Eleanor, parecía mostrarse de acuerdo con esa decisión.

—Tengo que llevar a papá al aeropuerto más tarde, tiene que ir a Chicago por negocios. ¿Te gustaría acompañarnos? Así me ayudas con Ryan. Le encanta ver despegar los aviones.

Sabía que a Eleanor le gustaba estar con su hijo y lo utilizó a su favor. Ryan se bajó del regazo de Eleanor y se puso a saltar con entusiasmo. Dillon se mantuvo al margen, dejando a Ryan hacer el trabajo.

—Por favor, señorita Eleanor, ¿podemos ir? Quiero ver como vuela el avión del abuelo, ¿podemos ir?

—No hace falta que yo...

—Sí que haces falta. Quiero conocer un poco más a

mi nueva nuera. No voy a aceptar un «no» por respuesta, niña.

El poder de persuasión del padre era incluso más efectivo que el de Ryan. La gentil petición del hombre le hizo fruncir el ceño. No podía negarse a ir.

Dillon observó cómo Eleanor se tomaba la orden de su padre y sintió que algo se derretía dentro de su pecho. Empezaba a conocerla bien. Aunque estaba llena de sorpresas, sabía muy bien que no le gustaba que la manipularan. Sin embargo, por alguna razón, parecía no poder resistirse a los Stone.

–Venga, Ely. ¿Tienes miedo de ir al aeropuerto con nosotros? Te prometo que no nos vamos a unir contra ti.

Ella no lo decepcionó.

–Está bien, granujilla –aceptó Eleanor mirando a Ryan e ignorando por completo a Dillon y a su padre –iré con vosotros, pero solo porque lo pides tan amablemente.

Eleanor se echó a reír al ver los saltos de alegría de Ryan, y Dillon volvió a sentir ese deseo persistente de abrazar y de proteger a aquella mujer tan testadura, de besarla hasta perder el sentido, de hacer el amor con ella hasta que el mundo dejara de dar vueltas en su órbita.

Dillon estaba empezando a querer a esa mujer que en nada se parecía a su idea original de la mujer perfecta. Aquella mujer profesional, testaruda y contestataria estaba poniendo su vida patas arriba y estaba resultando ser exactamente lo que su sediento corazón anhelaba.

De camino al aeropuerto, Eleanor observó con suspicacia la manera en que Dillon y Ryan hablaban con el abuelo. Estaba segura de que aquel hombre planeaba algo. La mirada que le había lanzado en la cocina cuando ella anunció que iría con ellos estaba llena de intenciones.

Fueron en el coche de Eleanor, pues les pareció más práctico que la camioneta de Dillon para ir con la familia al aeropuerto. Familia. Dillon tenía una hermana, un padre... y a Ryan. Eleanor sintió un enorme peso en su pecho al pensar en las cosas que se había perdido al crecer sin madre.

El viaje al aeropuerto apenas duró media hora. No había mucho tráfico y Eleanor seguía las bromas de Mike, Dillon y Ryan durante el trayecto.

Eleanor agradeció a Mike que la incluyera en la conversación y terminó contándole al padre de Dillon cosas sobre ella. A su pesar, sentía una gran simpatía por aquel hombre extraordinario... y sintió miedo. Ella nunca había tenido una familia que la quisiera como Mike quería a su hijo y a su nieto.

«Sí que tienes una familia», le decía una voz traicionera dentro de su cabeza, «durante algún tiempo seguirás casada legalmente con Dillon. Eso te convierte en su esposa, en la madre de Ryan y en la hija política de Mike».

Estacionó en el aparcamiento del aeropuerto, desesperada por entretenerse con algo y evitar así analizar los sentimientos que se escapaban de la caja de Pandora que acababa de abrir.

—¿Ely? ¿Te encuentras bien? —preguntó Dillon.

—Claro que me encuentro bien —contestó ella, hecha un manojo de nervios.

—Estás pálida.

Sentirse tan observada por Dillon la incomodó. Tembló al notar la mirada de él en su boca. Notó cómo sus ojos verdes se oscurecían por el deseo

–Estoy bien, en serio. Si no nos damos prisa, tu padre perderá el avión –dijo dirigiéndose a los ascensores que conducían al edificio principal del aeropuerto.

Ella no tenía que estar allí. Cada minuto que pasaba, iba cayendo más y más bajo el hechizo de Dillon. Lo único que tenía que hacer era quedarse en un segundo plano mientras Dillon se despedía de su padre. Luego, solo tendría que llevar a los Stone a su casa y escapar, estar sola y, con un poco de suerte encontrar una salida al lío en el que se hallaba.

Sabía qué el amor no podía funcionar para ella. Preocupada con su plan de salvación, la pilló desprevenida que Mike, ya en la puerta de embarque, se acercara y le diera un cariñoso abrazo.

–Eleanor, me alegro mucho de que seas parte de nuestra familia. Sé que tú y mi chico resolveréis vuestras diferencias. Evidentemente estáis enamorados. Eso es lo único que importa –dijo Mike sin rodeos, poniéndose un poco rojo. No debía de estar acostumbrado a dar ese tipo de consejos.

Eleanor no se habría quedado más anonadada si le hubiera dado un millón de dólares. Inmóvil como una estatua, vio a Mike despedirse de su nieto.

–Adiós, campeón. Nos vemos pronto –dijo Mike despeinando los cabellos de Ryan y levantándolo en sus poderosos brazos.

–Adiós, abuelo.

Eleanor contuvo las lágrimas ante aquella imagen. Ella nunca había tenido algo así.

Miró a Dillon con la esperanza de que no se hubiera dado cuenta de su sentimentalismo. Él tenía lo que ella quería. Alguien que la quisiera tanto como para echarla de menos si tomaba una avión dejándolo allí.

«Evidentemente estáis enamorados».

Sí que amaba a Dillon. Más que a su propia vida. Se había tratado de engañar a sí misma, pero Mike se había dado cuenta de la verdad. Solo en una cosa se había equivocado: su marido no la correspondía.

Dillon no podía estarse quieto en su asiento. Miraba constantemente a Ryan, que se había quedado dormido nada más volver al coche. Y miraba a Eleanor. Estaba tan callada... tan pensativa. Tenía el ceño ligeramente fruncido mientras conducía por la autopista entre el tráfico de la tarde de regreso a casa.

A su padre, que era muy bueno juzgando a las personas, le había gustado Eleanor. ¿Qué le habría dicho cuando la abrazaba para despedirse? Él estaba muy lejos para oírlo, pero había notado la sorpresa de Eleanor. Y ella no había dicho ni una palabra desde entonces.

Cuando llegaron a casa, Dillon llevó a su hijo a la cama sin despertarlo. Lo tapó dulcemente con una manta. Le apartó un mechón de cabello rebelde de la frente y pensó en lo mucho que el niño quería a Eleanor. Y estaba seguro de que era mutuo.

Ese era uno de los argumentos que podía esgrimir a su favor para convencerla de que se quedara. No sabía si lo que sentía era amor, pero estaba claro que se sentía intensamente atraído por ella. Tenía cierto sentido olvidar la anulación y permanecer casados.

Bajó las escaleras y se le ocurrió hablar con Eleanor y presentarle el caso, de la misma manera que él hubiera presentado las conclusiones finales ante un jurado: serena y ordenadamente. La encontró de pie en medio del salón, de espaldas a él, con una foto de él con su familia en las manos.

Dillon puso las manos en sus delicados hombros. El cuerpo de ella se inclinó dócilmente y su cuerpo quedó perfectamente unido al de él. Dillon miró por encima del hombro de Eleanor para ver la foto que ella tocaba con su meñique.

—¿Qué te ha dicho mi padre? —preguntó Dillon concentrándose en un mechón rubio y sedoso que le hacía cosquillas en la barbilla y en el sutil aroma a vainilla que había aprendido a asociar con Eleanor. Dillon se acordó de la nueva lista que había confeccionado esa misma mañana y que mantenía perfectamente doblada en su bolsillo.

Ella se encogió de hombros y suspiró.

—Dijo que se alegraba de que yo fuera parte de la familia.

Dillon le quitó la foto y la volvió a colocar en la repisa de la chimenea. Ella se dio la vuelta, lo miró con aire de incredulidad y el corazón de Dillon se aceleró. Dulcemente, borró con sus dedos el frunce de su ceño, de la misma manera que solía hacerlo con Ryan.

—Yo también me alegro.

Dillon no quiso desaprovechar la excelente oportunidad que esta nueva y serena Eleanor le brindaba de llevar a cabo su plan. Acercó sus labios a los de ella, dulce e inexorablemente, tratando de hacerle ver que la atracción que sentían podía beneficiarlos a los dos. Eleanor no lo rechazó sino que, por el contrario, se acercó aún más a él, con los labios entreabiertos, y se fundió con él en beso. Solo el apasionamiento de ese beso impidió que un gemido de triunfo escapara de la garganta de Dillon.

En cuestión de segundos, lo único que le importaba era tener a Eleanor en sus brazos pegada a su cuerpo. Quería más, así que se separó de sus labios y deslizó su boca por el cuello de la mujer, deteniéndose en cada centímetro de piel para disfrutar de su pulso. Eleanor respondió con total desinhibición a esos avances, lo que hizo que Dillon se dejara arrastrar por la pasión. Sus manos se deslizaron por la espalda de Eleanor hasta llegar a las nalgas, las rodeó con las manos y las atrajo con fuerza hacia sí.

—Papá...

La frágil voz de Ryan truncó su pasión brutalmente.

—Papá...

Volvió a la realidad como si cayera a la Tierra de un planeta muy lejano. Miró a Eleanor y vio con regocijo que no era el único con dificultades para recobrar el aliento.

—Será mejor que vaya a ver qué quiere. Se acabó la siesta.

—Sí. ¡Uf!

Dillon dejó que Eleanor se separara de él, y observó cómo se sentaba graciosamente en la silla que había detrás de ella. Tenía los ojos llenos de curiosidad, clavados en su...

—¿Papá?

Dillon se dirigió a la puerta a regañadientes.

—Quizá podamos pasar la tarde juntos buscando información sobre tu madre. Podemos pedir una pizza —sugirió mientras arrastraba los pies en dirección a la insistente voz de Ryan. No quería alejarse de aquella Eleanor tan receptiva a sus avances.

—Me parece bien —dijo ella.

Dillon sintió que volvía a arder en deseo al ver que una sonrisa curvaba los labios de Eleanor.

—Pa-pá...

–Más tarde, cuando Ryan se vaya a la cama –continuó Ryan volviendo la cabeza hacia donde venía la voz del niño, que cada vez sonaba más insistente– a lo mejor podemos...

En ese momento eran los ojos de Eleanor los que se oscurecieron por el deseo. Dillon sintió cómo se endurecía cierta parte de su anatomía.

–Quizá podamos... –repitió ella, dándole voz un tono malicioso que dejo paralizado a Dillon.

–¡Paaa-paaá!

Dillon tomó aire.

–Está bien, ya voy. ¿Por qué no vas encendiendo tu ordenador portátil en mi oficina? Trabajaremos allí. Hay una clavija auxiliar y una línea de teléfono junto a mi escritorio. Revuelve un poco por allí hasta que encuentres lo que necesitas.

Consciente de que no tenía tiempo para terminar lo que había empezado, Dillon se fue a ver qué quería Ryan. «Más tarde», se dijo a sí mismo. La prometedora sonrisa de Eleanor le hacía olvidar la cómoda relación que buscaba.

Eleanor fue a por su ordenador y a por sus notas a su habitación como en una nube. Oyó las voces sonrientes de Dillon y de Ryan procedentes del cuarto del niño. ¿Era posible que le estuviera ocurriendo a ella algo así? ¿Era posible que su marido se hubiera enamorado realmente de ella?

Él no le había dicho tal cosa con palabras y no tenía la suficiente experiencia con los hombres para leer las señales, pero la forma de mirarla y el deseo que veía en sus ojos eran inconfundibles. Cuando la abrazaba, sus brazos eran firmes y posesivos. Eso tenía que ser amor.

Eleanor se azoró recordando los besos de Dillon. Eran como siempre los había soñado. Después, cuando él le agarró las nalgas, había sentido un escalofrío que la recorrió como una corriente eléctrica desde el estómago hasta la yema de los dedos.

¿Tendría Mike razón? ¿Sentía Dillon algo por ella? ¿Un amor «para siempre jamás»?

Eleanor no había creído nunca en el amor, no confiaba en que un sentimiento así fuera posible. Desgraciadamente, ahora que había nacido en ella la esperanza, no había forma de contenerla.

De camino al despacho de Dillon con el portátil, Eleanor oyó a sus chicos en la cocina. Que se encargara Dillon de preparar algo de cena. La idea de que un profesor universitario cuidara de ella le resultaba nueva y la hacía sonreír de satisfacción. Trató de recordar qué comía antes de vivir en aquella casa. Comida rápida, esa había sido su idea de una vida fácil.

Despejó el escritorio de Dillon para hacer sitio a su ordenador. Lo enchufó a la red eléctrica, lo conectó a la línea telefónica y lo encendió.

Quizá fuera verdad, cuatro ojos veían más que dos. Quizá Dillon, con su metódica mente de abogado, podría ayudarla en la búsqueda de su madre.

Abrió un poco el cajón del escritorio para buscar lápiz y papel para tomar notas. No se abría del todo, tenía algo atascado. Se inclinó para ver lo que era. Era una carpeta. Cerró un poco el cajón e introdujo la mano dentro para agarrarla. La sacudió suavemente hasta que logró desatramparla y por fin el cajón se abrió con facilidad. La carpeta tenía una etiqueta con su nombre. Se sintió muy incómoda. ¿Por qué tenía Dillon un archivo con su nombre?

Abrió la carpeta lentamente y encontró tres hojas

de papel. Eleanor distinguió la letra inconfundible de Dillon. Un escalofrío le recorrió la espalda. Intentó concentrarse para comprender qué eran esos papeles.

Características de mi mujer ideal.

Su desconcierto se convirtió en rabia al seguir leyendo. Eleanor pasó a leer la siguiente hoja.

Candidatas más idóneas.

Leyó cada uno de esos nombres con las mandíbulas apretadas. Sintió un nudo en la garganta. Cuando leyó todos los nombres hasta el final sin encontrar el suyo, su incipiente felicidad se disipó por completo. Tendría que habérselo imaginado.

Pasó a examinar la tercera hoja: la solicitud de anulación del matrimonio. Eleanor trató de no sacar conclusiones precipitadas. Aquello podría tener una explicación.

Volvió a la lista de las características de su mujer ideal. Eleanor sintió que una pena negra anegaba su alma al darse cuenta de que el hombre al que finalmente había entregado a ciegas su corazón quería por esposa a una mujer que fuese exactamente opuesta en todo a ella.

Quería una perfecta ama de casa. Eleanor conocía ese tipo de mujer que Dillon describía en su lista. No quería la esposa que, por accidente, le había tocado soportar. Quería a Joan. O a una mujer que se pareciera a Joan lo más posible.

Eleanor se apoyó apocadamente en el escritorio, le retumbaban los oídos. Se dio cuenta de que había malinterpretado todas las señales. No había olvidado a su esposa fallecida. Aquella lista infame era prueba de ello.

Lágrimas de dolor le nublaban la vista mientras leía el último requisito de la lista.

Que sea una compañía agradable.

«¡Dios mío!», pensó. Eso era lo último que quería ser ella, una compañía cómoda. Ella quería ocupar todas las facetas disponibles de la vida y del corazón de Dillon, igual que él ocupaba las de ella.

A pesar de todos sus esfuerzos por que no ocurriera, se había enamorado locamente de Dillon Stone. Hasta las tuétanos. Y al hacerlo, se había quedado expuesta al peor de todos desaires: no podía convertirse en la mujer que él buscaba.

De repente, comprendió que no podía continuar viviendo en esa casa. Tenía que irse, antes de que perdiera definitivamente el control de sus emociones.

Pero, como en una pesadilla, Dillon eligió ese momento para pararse en el umbral de la puerta con una bandeja de comida en las manos y una sonrisa arrebatadora en los labios.

Eleanor cerró los ojos para no ver la mentira que esa figura representaba. Solo había una salida de aquel infierno en el que había quedado sumida: disimular todo lo que pudiera. Echó los hombros hacia atrás y se juró a sí misma que no permitiría que Dillon se enterara de cuán brutalmente había conseguido destruir sus sueños y esperanzas.

CAPÍTULO 11

LAS ÚLTIMAS horas con su hijo habían sido muy duras. Al recordar la mirada ávida, y no de alimento, de Eleanor lo único que deseaba era volver con su mujer lo antes posible.

Dejó a Ryan en la cocina dando vueltas a una jarra de limonada y se encaminó a su despacho con una bandeja. Se detuvo en seco y su sonrisa se desvaneció al ver la expresión de Eleanor. Había tardado demasiado en preparar esos aperitivos.

En lugar de gesto de recibimiento que esperaba, se encontró con que Eleanor se había vuelto a cerrar en banda. Aunque trataba de disimularlo, tenía un gesto de dolor.

Lo miraba llena de rabia con una carpeta en la mano. Dillon deseó, por su propia felicidad, que no fuera lo que él sospechaba.

−¿Ely? −la llamó poniendo la bandeja en la mesa−. ¿Ely?

−¿Qué es esto? −preguntó en un tono tan frío que podría haber helado un océano.

−Parece una carpeta.

«Muy bien, Stone», pensó Dillon lamentándose de su cobardía.

−Tiene mi nombre.

Al sentir la furia en la voz de Eleanor, su esperanza de pasar una tarde maravillosa con ella se desvaneció. Maldición. ¿Cómo podía haber sido tan estúpido?

—Sí... bueno...

—¿Qué son estas listas? ¿Es una broma tuya?

Cuanto más fría y enojada sonaba su voz, más a la defensiva se ponía Dillon.

—No, a veces hago listas cuando estoy pensando en algo. Vamos, Eleanor, ¿no garabateas tú en hojas de papel cuando tienes que resolver un problema? Yo hago listas, no tiene ninguna importancia.

Le estaba resultando muy difícil mantener la calma. Tenía treinta y cuatro años, no tenía por qué darle explicaciones a nadie.

—Está claro lo que estabas pensando. Buscabas la esposa perfecta. Hasta esa concursante empalagosa reunía más condiciones.

Dillon se dio cuenta de lo que Eleanor estaba pensando e hizo un esfuerzo más por controlar su rabia.

—No es lo que tú piensas.

—¿No? Tú no sabes lo que pienso. Pienso que querías casarte otra vez, pero en vez de encontrar a alguien como Joan, te has tenido que conformar conmigo. Deberías haber elegido a esa... Mary. Seguro que habría sido la sustituta perfecta de tu primera esposa. ¡Oh! Se me olvidaba. Fue Ryan quien me eligió, no tú.

Su voz estaba cargada de sarcasmo y de dolor, sus pestañas luchaban por detener las lágrimas.

Dillon tragó saliva y se metió las manos en los bolsillos. Tocó con los dedos el trozo de papel con la última lista que había escrito sobre Eleanor y entendió por qué lo que antes le habían parecido defectos de Eleanor ya no tenían importancia para él; por qué ya no le importaba que dejara las cosas tiradas; por qué no lo molestaba que solo supiera hacer galletas de chocolate; por qué aumentaba su presión sanguínea solo de pensar en ella; y por qué la echaba tanto de menos cuando no estaba a su lado. Simplemente porque la amaba. Amaba a esa esposa que había ganado en un concurso de cita a ciegas.

¿Por qué no habría quemado esas estúpidas listas en lugar de guardarlas en un lugar tan accesible?

El dolor de Eleanor lo hacía sentirse como un estúpido. De repente recordó que la lista que llevaba en el bolsillo podía probarle a Eleanor que hacerle daño era lo último que él quería.

Eleanor le daba ahora la espalda. Lanzó con furia la carpeta sobre la mesa.

—Mi abogado llamará al tuyo. Quiero la anulación. O el divorcio, lo que sea más rápido.

—Ely, no seas tan testaruda, deja que te explique.

—No hay nada que explicar. Me voy.

En ese momento, Ryan apareció llorando amargamente en el despacho.

—No. No puedes irte —gritó. Acto seguido se fue en dirección a la cocina. Se oyó el portazo de la puerta trasera.

—Espera al menos a que hablemos de esto.

—¿Para qué? Es evidente que yo no soy el tipo de mujer que quieres, y nunca lo seré.

Dillon miró en dirección al lugar por el que su hijo acababa de huir disgustado. Luego, miró a Eleanor y le puso el trozo de papel con la nueva lista en la mano.

—Al menos lee esto antes de que te vayas.

Solo le quedaba esperar que ella lo leyera, y que entendiera que él había entrado en razón, que se había dado cuenta de que ella era exactamente lo que quería. ¿Qué más podía hacer para convencerla de que perderla sería un terrible golpe para él? No podía vivir sin ella.

—Espérame.

Preocupado, Dillon fue a ver qué hacía Ryan. Le costó encontrarlo. El niño estaba oculto detrás de una enorme hortensia, apoyado en cuclillas contra la valla. Rodeaba las rodillas con los brazos y ocultaba su cara en ellos.

—Hola, colega. ¿Qué haces aquí?

Dillon se puso en cuclillas junto a él lentamente. Ryan levantó la cara, y como Dillon imaginaba, estaba llena de lágrimas. Él también se sentía muy mal.

—No quiero que se vaya.

—Yo tampoco —dijo Dillon rodeándolo con sus brazos.

—¿Hemos hecho algo mal? ¿Por eso está enfadada y se quiere ir?

—No, campeón. No hemos hecho nada malo.

«Al menos tú», pensó Dillon acordándose de las infames listas.

—A lo mejor no sabe que la queremos.

«Los niños dicen las verdades».

—A lo mejor.

—Deberíamos decírselo. No quiero que se vaya —a Ryan le temblaba la barbilla.

—¡Qué inteligente eres! —dijo Dillon despeinándole el pelo con los nudillos.

Pero cuando volvieron a la casa, Dillon fue al cuarto de ella, pero era demasiado tarde.

Eleanor se había ido, dejando atrás solo sus listas y el sutil aroma de su perfume. Dillon se dio cuenta de que lo había estropeado todo. Eleanor iba más allá de su estrecha visión de lo que era una esposa conveniente. Se había equivocado completamente con ella.

Y había comprendido demasiado tarde que amaba a aquella mujer imposible con todo su corazón. Como Romeo a Julieta. Y, como el de los personajes de Shakespeare, su amor parecía destinado a fracasar.

Dillon suspiró. Eleanor era una luchadora nata. Se las arreglaría muy bien sin él. Sintió un doloroso sentimiento de pérdida y se dio cuenta de que la verdadera cuestión era si él podría sobrevivir sin ella. Oyó un «no» alto y claro dentro de su cabeza y sintió un terrible peso en el corazón. Descubrió la lista que ella habría dejado allí sin leer. No. No podía ni imaginar vivir sin ella.

Ella era su vida, la necesitaba como el aire que respiraba. Y se lo pensaba decir. En cuanto la encontrara, tendría que escucharlo.

Cegada por las lágrimas, Eleanor ni siquiera se había molestado en leer la lista que Dillon le había dado. La tiró sobre la cama y en menos de cinco minutos había metido sus cosas en una maleta y se había marchado con su ordenador y su bolso. Caminó hacia su coche a toda velocidad y cerró la puertas con toda su fuerza, como en un intento de dejar atrás a Dillon y los recuerdos de aquellas semanas.

Las lágrimas se convirtieron en una risa desgarrada. Había intentado llevarse buenos recuerdos de aquella casa, y ahora no los quería.

Sacó el coche marcha atrás decidida a poner rápidamente tierra por medio. No esperaba que él fuera a detenerla. Él no la quería. Las listas dejaban eso muy claro.

Con la visión nublada y el corazón destrozado, Eleanor comenzó a conducir sin importarle la dirección.

Solo quería salir de la ciudad lo más rápidamente posible. Se sentía derrotada: era incapaz de competir con el recuerdo de la mujer que Dillon aún amaba.

Por unos instantes, consideró la idea de intentar convertirse en la mujer que él buscaba, pero lo descartó inmediatamente. Ella podía tener sus defectos pero fingir ser otra persona no era uno de ellos.

Se secó las lágrimas que aún le caían por las mejillas con la mano. Conducía por la autopista a toda velocidad. Dillon la había llamado testaruda. Pues bien, ahora iba a quedar demostrado que en eso tenía razón.

Eleanor se propuso dejar de autocompadecerse y se concentró cuanto pudo en buscar una conexión entre Shaniko, una vieja casa de huéspedes, y su madre. La vida era muy dura y olvidar a Dillon Stone iba a ser una misión imposible. Una misión que le llevaría toda la vida. Pero estaba acostumbrada a sufrir. Su vida iba a continuar. Como siempre.

Dillon sintió que el estómago se le revolvía al ver desierta la habitación de Eleanor. Una sensación de pánico lo invadió.

Había conseguido acostar a Ryan hacía una hora y Eleanor no había llamado ni había vuelto a casa. ¿Adónde habría ido?

Dillon examinó el caos de prendas y objetos personales caídos de los cajones y del armario. Era obvio que se había ido precipitadamente. Dio un puñetazo al marco de la puerta. No sabía por dónde empezar a buscarla. No conocía a sus amigos. Ni siquiera sabía si tenía amigos íntimos.

Cuando ya se disponía a abandonar el cuarto sin encontrar ningún indicio, recordó el papel con la lista. Seguramente no la había leído. Iba a recogerlo cuando reparó en el diario y en un marcador que había entre las páginas amarillentas.

El corazón le dio un vuelco. Lo tomó en sus manos en busca de alguna pista. Dillon iba pasando las páginas con cuidado cuando se le ocurrió una idea descabellada.

Recordó que Eleanor le había dicho que Savannah Silks tenía una casa de huéspedes a principios de siglo, en Shaniko, una pequeña cuidad en medio del desierto en el este de Oregón. Había oído hablar de esa ciudad. En la actualidad era casi una ciudad fantasma, aunque se estaba empezando a recuperar por su interés turístico.

Eleanor buscaba a su madre. Era posible que pensara que podía encontrar el rastro de sus padres en aquella remota ciudad del desierto. ¿Se dirigiría ella en esos momentos hacia allí... sin él?

Lo primero que haría, a primera hora de la mañana sería buscarla en la empresa para la que trabajaba. Si no la encontraba allí, Shaniko sería su siguiente opción. Deseaba con todas sus ganas encontrarla allí. Tenía que encontrarla y hacerle comprender cuánto la amaba.

A pesar de sus agitadas emociones, Dillon durmió profundamente esa noche. Se despertó soñando con ojos de color del whisky y sedosos cabellos rubios.

Nada más despertar, fue a ver el cuarto de Eleanor, pero no había regresado. Todo estaba como él lo había dejado la noche anterior.

Dejó todo arreglado para que la señora Holloway fuera a buscar a Ryan del colegio y lo cuidara hasta su regreso y fue a despertar al chiquillo. Sabía cuál iba a ser la primera pregunta.

–¿Está aquí?

–No, no está en casa.

Dillon odiaba tener que decirle algo que lo hacía llorar.

–¿Ha muerto como mi otra mamá?

–No, Ryan. No. Es que se ha tenido que ir de viaje.

Dillon cruzó los dedos sin que Ryan lo viera. Ojalá fuese verdad.

–La señora Holloway te irá a buscar a la escuela mientras yo intento encontrarla –continuó.

–¿Me prometes que la traerás a casa?

Dillon deseó poder hacer esa promesa y mantenerla.

–Te prometo que lo intentaré, pero volver a casa es una decisión de la señorita Eleanor.

«Casa». Ya no volvería a serlo sin ella. Tenía que conseguir que Eleanor entendiera lo importante que era... para él. Ella misma, no una réplica de Joan a la que él se había aferrado como un tonto.

Dillon dejó a Ryan en la escuela de camino al trabajo de Eleanor. Gracias a Dios, él no había empezado aún las clases. No estaba allí, se había tomado un día de permiso. Así que obedeció su instinto y decidió ir a Shaniko. Al fin y al cabo, tampoco tenía otras opciones. Llamó por si acaso a la pareja que había subarrendado la casa de Jake, pero tampoco sabían nada de ella. El viaje hasta Shaniko era de tres horas y media. Cuanto antes saliera, antes llegaría... y antes encontraría a la mujer que le había robado el corazón. No quería pensar en lo que haría si no la encontraba allí. Lo pensaría cuando llegara.

Eleanor se despertó perezosamente. Las cálidas colchas que la cubrían eran como un refugio que no

quería abandonar. Había llegado muy tarde a Shaniko, pero tuvo suerte de encontrar una habitación en
el Dessert Motel.

Consciente de que no podía posponer para siempre el momento de salir de la cama, Se destapó de todas las colchas y se vistió. En lugar de mitigarse, el
dolor por lo ocurrido con Dillon se había hecho más
intenso. Trató de apartarlo de su cabeza.

Había perdido su oportunidad de vivir feliz «para
siempre jamás». Pero no pensaba pasarse el día lamentándose por la pérdida de un hombre que no la quería.

Tranquilamente, Eleanor desayunó huevos y tostadas en el coqueto restaurante del motel. No podía
evitar pensar que los desayunos que Dillon le preparaba sabían mucho mejor, porque los preparaba para
ella. ¿Por qué había permitido que su vida se compli-
cara de esa manera?

–¿Ha oído usted hablar de la casa de huéspedes de
Savannah Silks? –preguntó Eleanor a la camarera
que le rellenaba la taza de café–. Creo que aún estaba
abierta entre 1905 y 1910.

–Claro que sí. Eso es ahora Tessa's Place. Es una
pensión, está al final de la calle.

Eleanor notó la curiosidad con que la miraba la
camarera. Betsy, pues ese era el nombre que llevaba
prendido en la blusa, tenía el pelo gris, recogido en
un moño alto sujeto con un lápiz, y sus ojos azules
centelleaban. Sonrió y su sonrisa calmó los nervios
desbordados de Eleanor.

–¿Desea algo más?

–No, gracias.

Eleanor observó a Betsy dar vueltas por el restaurante. No quería ni pensar qué iba a hacer si no averi-
guaba nada en aquel pueblo.

Salió a pasear por las antiguas aceras de madera de la calle principal. Se puso las gafas de sol. Las llevaba siempre con ella, pero no se las había vuelto a poner desde que Dillon le había dicho que se ocultaba tras ellas. Parecía increíble que solo hubieran pasado dos días desde entonces.

Decidida, se dirigió con naturalidad al lugar que Betsy le había indicado. No fue difícil de encontrar la pensión, estaba en un edificio muy bonito y bien cuidado. Afuera, un cartel ponía *Tessa´s Place. Propietaria Tessa Silks*.

¿Silks?

Intentando controlar un repentino temor, Eleanor se obligó a sí misma a entrar por la puerta principal, que estaba abierta. La recepción era muy bonita, con una decoración rústica que le recordaba a un colorido jardín de flores. Detrás del mostrador había una puerta abierta. Desde aquel despacho se oía la suave voz de una mujer.

Eleanor tocó la campanilla del mostrador llena de agitación. Contra su voluntad, pensó que le hubiera gustado que Dillon estuviera con ella.

—Un minuto. Ahora mismo voy —se oyó decir a una voz armoniosa.

Eleanor esperó con impaciencia que la mujer que ella esperaba que fuera Tessa Silks apareciera. Después de unos momentos que se le antojaron interminables, se encontró cara a cara con unos ojos que eran apenas un poco más claros que los suyos. Eran los ojos de una mujer sonriente y diminuta, mucho más baja que ella, con un cabello rubio y rizado que le caía por los hombros.

La sonrisa de bienvenida de la mujer se desvaneció al verla. Abrió los ojos con incredulidad.

–¡Oh! –exclamó llevándose las delicadas manos a la boca. Unas lágrimas se asomaron a sus expresivos ojos.

–¿Tessa Silks? –preguntó Eleanor temblorosa, al ver la reacción de la mujer.

–Sí, lo siento. Se parece usted a alguien que yo conocía –explicó Tessa Silks agitadamente. Avanzó hacia Eleanor y extendió la mano.

Eleanor se sentía como si estuviera en una montaña rusa fuera de control. Apenas podía hablar.

–Me llamo Eleanor Silks Rose. ¿Conoce usted a Delilah Marie Silks?

–Era mi hermana. Nuestra madre se llamaba Eleanor.

Aturdida, Eleanor caminaba lentamente por la calle principal intentando poner en orden los últimos acontecimientos. Su encuentro con su tía Tessa le había ocupado la mayor parte del día.

Su tía Tessa.

¿No era increíble? Apenas podía creerlo. Tenía una familia. Y a juzgar por su tía, una familia que la quería... y que la había buscado durante mucho tiempo.

Su madre había dejado una nota cuando se escapó de casa embarazada a los dieciséis años. Pero su tía no lo supo hasta mucho después de la muerte de su hermana en un accidente de coche, poco después de nacer Eleanor. Su tía pensaba que sus padres habían intentado encontrar a su nieto, pero heridos en su orgullo por lo que consideraban una vergüenza para la familia, nunca se lo habían contado a su otra hija. Después de la muerte de sus padres el año anterior por causas naturales, Tessa encontró la nota de su hermana e inmediatamente se había puesto a buscarla. Aunque era como buscar una aguja en un pajar. Sin embargo Tessa no se había dado por vencida.

Al llegar a esa parte de la historia, su tía tomó sus manos y ambas lloraron.

Eleanor no podía creérselo. ¡Su vida podía haber sido tan distinta! Eleanor Silks Rose podía haber crecido en una familia de verdad, la suya. Una familia que la quería. No dejaba de lamentarse por no haber podido conocer a su madre, porque había muerto hacía mucho tiempo, sola. Tan sola como había vivido su hija. Miró la foto de la joven Delilah que su tía le había dado. Tessa estaba convencida de que su hermana no tenía pensado abandonar a su hija para siempre. Eleanor no sabía por qué tenía que creerlo, pero deseaba hacerlo.

–Eleanor.

Eleanor levantó la vista al oír esa familiar voz varonil y así evitó tropezar con un poderoso torso masculino. Su fortaleza se desmoronó al ver a Dillon, que la miraba a través de unas oscuras gafas de sol. Tenía tras él el sol de poniente, por lo que la sombra oscurecía sus facciones y ocultaba su expresión.

–¿Qué haces aquí, Dillon? ¿Cómo me has encontrado?

Distraída por el encuentro con su tía, Eleanor no pudo evitar la inquietante alegría que sintió al ver a su marido ante ella... en Shaniko. Estaba ante ellas con unas botas de vaquero y no parecía ir a apartarse de su camino.

¡Dios mío, qué guapo estaba! Eleanor se lamió los labios, que se le habían quedado secos de repente.

–Te he buscado por todas partes. Cuando encontré

el diario en tu cuarto, tuve una corazonada y me vine para acá.

Mientras hablaba, Dillon se cruzó de brazos sobre su fornido pecho y... esperó.

—Me has encontrado, ¿y qué?

El dolor había vuelto. Encontraba inmensamente difícil conciliar su ira con el amor que la desbordaba. Bajó la mirada en un intento de ocultar sus sentimientos, pues sabía que él podría leérselo en la cara. Lanzó una mirada a la foto de su madre que llevaba en la mano.

Eleanor sintió el deseo de compartir aquel momento tan especial con el hombre al que amaba, aunque este no la correspondiera. Le mostró a Dillon su tesoro.

—He encontrado a mi madre. Murió nada más nacer yo. Mi tía me ha dado esta foto.

—¡Oh, Ely! Lo siento mucho.

Sin que a Eleanor le diera tiempo de darse cuenta de lo que pasaba, Dillon la rodeó con sus brazos y la abrazó con tanta fuerza que daba la impresión de que no pensaba soltarla nunca más. Para su sorpresa, Eleanor sintió que se derretía al calor de aquellos brazos. Iba a ser solo un momento, se decía a sí misma, cerrando los ojos para ahogar las lágrimas que amenazaban con aparecer.

—¿Por qué me buscabas? —preguntó tratando inútilmente de apartarse de él. Su voz se vio ahogada por la camisa vaquera en la que se apoyaba su rostro—. Ya dijimos todo lo que había que decir. No hay por qué alargarlo más.

—De ninguna manera, jovencita. No leíste el papel que te di, ¿verdad? Yo todavía tengo muchas cosas que decir sobre nosotros y sobre nuestro matrimonio, y tú vas a oírlas.

Eleanor empujó con más fuerza y consiguió zafarse de los brazos de Dillon.

—No hace falta. Todo está clarísimo. Buscas un tipo de mujer que...

Eleanor se interrumpió al ver el gesto obstinado de Dillon. No merecía la pena discutir. Al final, él mismo se daría cuenta de que ella no era lo que él buscaba. Y cuando entendiera eso, se iría voluntariamente. Además, no tenía intención de quedarse allí en mitad de la calle discutiendo sobre su matrimonio.

—Está bien... Tienes dos minutos.

—Quizá sería mejor ir a tu habitación —dijo Dillon con voz grave.

A Eleanor la asaltaron todo tipo de fantasías de las que debía evitar si quería que su orgullo... y su corazón salieran intactos de ese encuentro.

—No.

—De acuerdo, lo haremos a tu manera. Esas listas las escribí antes de que Jake me llamara para participar en ese concurso. Hace ya mucho tiempo que Joan me dejó y quería encontrar una madre para Ryan. Me convencí a mí mismo de que estaba preparado para tener una nueva esposa en mi vida, siempre que no hiciera algo tan estúpido como enamorarme —Dillon pasó sus dedos suavemente por el rostro de ella, desde la sien a la barbilla y continuó—. Ha sido muy difícil hacer de padre y madre para Ryan. Era consciente de que no lo estaba haciendo muy bien, así que decidí encontrar a alguien que me cayera bien, alguien con quien estuviera a gusto.

El hielo se derretía del corazón de Eleanor. Aquella torpe explicación la llenaba de ternura. ¿Quién podía ser tan tonto como para pensar en casarse sin amor? ¿A quién se le podía ocurrir conformarse con

una relación de conveniencia para así evitar los sufri-
mientos que el amor acarreaba?

A ella, por ejemplo, pensó Eleanor.

El corazón le latía con tanta fuerza que temió que
Dillon lo oyera. Si eso significaba que lo amaba,
aceptaría pasar el resto de su vida con ese hombre sin
titubear.

—Entonces fue cuando terminamos casados con
aquel concurso, y Ryan se enamoró de ti... y todo lo
que tú querías era conseguir la anulación.

Eleanor se conmovió cuando Dillon mencionó
cuánto la quería Ryan. Pero no mencionó qué sentía él.

—Entonces, ¿por qué no presentaste los papeles de
la solicitud? Este matrimonio fue un error y, además,
yo ni siquiera encajo en tu idea de cómo debería ser
una esposa.

Con dos dedos, Dillon la agarró de la barbilla, y la
obligó a mirarlo. La profundidad de sentimientos que
transmitía esa mirada la sobrecogió.

—No, no tienes ninguna de las características que
escribí en esa primera lista...

Llena de furia, Eleanor intentó zafarse de sus brazos, pero el muy bruto la agarró aún más fuerte impidiéndoselo.

—... pero es que yo lo último que tenía pensado era
enamorarme. Entonces tú te fuiste abriendo un hueco
en mi vida y en mi corazón. Así que escribí una segunda lista, una lista con todas las cosas que amo de
ti. Y esa fue la que no leíste. Te quiero, Ely. Sufro
solo de pensar que tú no sientas lo mismo por mí.

Eleanor no podía creer lo que oía.

—Pero no sé cocinar.

—Ya lo sé.

—Y no me va estar en casa.

–Lo sé.

–No soy la perfecta ama de casa que buscas –insistió Eleanor. Creyó marearse.

–Ya no busco una perfecta ama de casa. Tengo echado el ojo a una mujer trabajadora. Si ella me acepta.

Eleanor iba a protestar pero Dillon se lo impidió poniendo la mano suavemente en su boca.

–Lo sé todo de ti, Eleanor Silks Rose Stone, y te quiero tal y como eres. Lee esto –añadió sacándose la lista del bolsillo–. He subrayado las partes más importantes. Este matrimonio no ha sido un error. Quiero ser tu marido y que tú seas mi mujer. Para siempre.

Conmovida por la sinceridad de Dillon, apenas podía leer lo que ponía en la lista.

Quiere a Ryan.
Le gusta el zoo.
Prepara unas galletas de chocolate deliciosas.
Sería una madre fantástica.
Me hace reconsiderar mi soltería.

¡Dios! ¡Aquel hombre la amaba! Era lo que siempre había deseado. Sintió que la felicidad iluminaba su sombrío corazón.

–Ahora tengo una familia: mi tía Tessa. Es una mujer encantadora, que quiere que me quede con ella una temporada para que nos conozcamos mejor.

Llena de paz por primera vez en su vida, Eleanor dobló el papelito con la valiosa lista y lo guardó en su sujetador, junto al corazón. Le gustaba atormentar al hombre que la miraba como si fuera a besarla en cualquier momento.

–Ya arreglaremos eso, ¿quieres ser mi esposa de

verdad? –preguntó Dillon estrechándola entre sus brazos una vez más.

–Ya tengo un marido –dijo Eleanor sonriendo. Sabía que él podía leer en su cara el amor que sentía.

–Ely... –advirtió muy serio con un gruñido. Pero sus magníficos ojos desbordaban alegría.

–Está bien... de acuerdo –contestó por fin riendo–. Esta es nuestra oportunidad de agarrar los anillos de hojalata del concurso y huir con ellos. Te quiero, Dillon, más que a mi propia vida; deseo pasar el resto de mi vida junto a ti y ser tu esposa y la madre de Ryan.

Dillon la tomó en brazos y empezó a dar vueltas con ella en señal de victoria. Luego, se dirigió al motel que estaba en esa misma calle.

–¿Adónde me llevas? –preguntó Eleanor riendo.

–Señora Stone, ha llegado la hora de jugar otra vez al strip póquer. Aunque esta vez, estoy seguro de que el final va a ser distinto.

Eleanor se acurrucó junto al pecho de su marido y se dejó llevar hasta la recepción del motel. Muchas cosas habían pasado desde que era una adolescente que seguía a Dillon por todas partes.

Ganarle una partida de strip póquer a su marido y ver lo que se había perdido la última vez le pareció un comienzo perfecto para lo que iba a ser el resto de sus vidas... juntos.

JAZMÍN™

SUE SWIFT
EN BRAZOS DEL JEQUE

El jeque Rayhan ibn-Malik estaba a punto de olvidar que la dulce y sensual Cami Ellison era la misma pilluela que había prometido utilizar como instrumento para su venganza. Había jurado hacerle pagar al padre de Cami por haberlo estafado. Pero no había previsto que la muchacha conquistara su corazón de aquella manera.

RENEE ROSZEL
EN BRAZOS DE UN SEDUCTOR

Taggart Lancaster había accedido a hacerse pasar por su amigo por una buena razón. Pero su papel de mujeriego estaba teniendo tanto éxito que todo el mundo creía que así era él realmente. Mary O'Mara no quería tener nada que ver con un tipo así. El problema era que no le quedaba más remedio que pasar algún tiempo con él.

N.º 569

SUSAN LUTE
UNA VIDA PERFECTA

Dillon Stone andaba buscando a la esposa perfecta, pero no podría ni haberse imaginado casado con la irresistible Eleanor. Lo que necesitaba no era pasión, sino una madre para su hija. ¿Sería aquella la mujer que le daría el amor y la ilusión que tanta falta le hacía?

DESEO

MAUREEN CHILD

UNA MENTIRA INOCENTE

Viajar en el avión privado de Luke Barrett y pasar un fin de semana cargado de pasión con él resultó bastante arriesgado para Fiona Jordan. Confiaba en no estropear su misión secreta de convencer al multimillonario de la industria tecnológica para que regresara al negocio familiar. Cuando Luke descubriera la verdad, ¿lograría Fiona evitar la caída? Mezclar el placer con los negocios podría terminar siendo el malabarismo más complicado de su vida…

MAGIA EN EL MAR

Hacer un crucero de lujo en Navidad debería ser como estar en el paraíso, pero Mia Harper tenía que confesarle algo a su multimillonario ex: ¡seguían casados!

N.º 532

Ahora estaba atrapada entre el tremendamente sexy Sam Buchanan y el abrasador deseo que los había rodeado siempre y, por si eso fuera poco, Sam le iba a hacer un pequeño chantaje: le concedería el divorcio si le daba lo que él quería por Navidad: una breve aventura con ella.

DESEO

KATHERINE GARBERA
SOLO POR UNA NOCHE

La heredera Iris Collins necesitaba un acompañante para una boda y el millonario Zac Bisset era el mejor candidato. A cambio, ella tenía que invertir en el equipo de regatas de Zac. El acuerdo era redondo, y todo iba bien hasta que acabaron en la cama.

KIRA SINCLAIR
PECADOS DE UN SEDUCTOR

Gray Lockwood había cumplido senten- cia por un crimen que no había cometi- do. Para limpiar su nombre, necesitaba la ayuda de Blakely Whittaker, la severa y preciosa auditora cuyo testimonio le había enviado a la cárcel. El problema era que la línea entre la enemistad y la pasión entre ellos era extremadamente fina.

N.º 531

JULES BENNETT
AMOR EN LA CIUDAD DE LA MÚSICA

El propietario de su nuevo sello discográfico, el hombre a cargo de su carrera profesional, era demasiado atractivo. Tanto que Hannah Banks solo podía pensar en él. Para evitar la tentación, se hizo pasar por su hermana gemela, una mujer mucho más discreta. Pero Will Sutherland quería a la auténtica Hannah en el estudio de grabación… y en la cama.

DESEO

Se suponía que esta vez
tenía que evitar la tentación

UN PEQUEÑO DESLIZ

JOSS WOOD

N.º 220

A Sadie Slade no le interesaban las relaciones amorosas. Ya había sufrido bastante durante su matrimonio con un hombre que la maltrataba verbalmente y su posterior divorcio. No quería arriesgarse a tener que volver a pasar por lo mismo.

Pero Carrick Murphy, el apuesto director de la casa de subastas que la había contratado para investigar la autenticidad de un cuadro, irrumpió en su vida cambiándolo todo. Tras una inesperada noche de pasión juntos, ella no podía dejar de fantasear con repetir, complicando así su relación laboral. Y por si eso fuera poco, Sadie no tardó en descubrir que no solo estaba enamorada de él, sino que también esperaba un hijo suyo.

BIANCA™

La boda con aquel italiano
iba a ser su plan de huida…

MATRIMONIO POR HONOR

LYNNE GRAHAM

N.° 3056

Cuando Enzo se detuvo para ayudar a un coche averiado, se llevó una sorpresa monumental. Skye era la conductora, y huía aterrada con sus dos hermanos pequeños. Su sentido del honor lo empujó a ofrecerle refugio y un trabajo, pero quizás, solo quizás, la atracción incipiente que sentían uno por el otro, podría ayudarle a solucionar el problema que tenía él: su necesidad de novia.

Skye necesitaba desesperadamente un nuevo comienzo… y Enzo le hacía hervir la sangre y estremecer. ¿Podría casarse con un hombre al que acababa de conocer? ¡Unirse a aquel millonario en el altar sería el salto de fe definitivo!

¡YA EN TU PUNTO DE VENTA!

BIANCA.

No se había casado con ella...
¡la había comprado!

ESPOSA
DE UN JEQUE

LUCY MONROE

N.º 3057

Después de un fugaz romance, el jeque Hakim bin Omar al Kadar le propuso a Catherine Benning que se casara con él. No hubo declaración de amor, pero la tímida e inocente muchacha estaba locamente enamorada del jeque y no pudo hacer otra cosa que aceptar su proposición...
Después de la boda... y de la noche en la que ella le entregó su virginidad, Catherine y Hakim se fueron al desierto... donde Catherine descubrió la verdad sobre su matrimonio.